LAS CUARENTA LADRONAS

VIDIS

HISTÓRICA

Es posible que de todo lo que despierta nuestra curiosidad, nuestro pasado sea lo más intrigante. Porque es real, aunque poco sepamos de esos hechos y esas personas que vivieron años o siglos antes que nosotros.

Nos fascinan las películas históricas porque durante dos horas somos verdaderos testigos, vemos hasta el detalle lo que pudo ser, en un auténtico viaje al pasado. Hemos visto, eso quiere decir VIDIS, nuestro sello de novela histórica.

Cada libro te transportará desde la Antigua Grecia a la Segunda Guerra Mundial. Descubrirás hechos, personajes, costumbres, tragedias y emociones que pudieron ser reales. Si te llegan como un relato imaginario, es porque *la Historia, para ser contada, debe ser imaginada.*

Cuando acabes la última página, sentirás que además de haber recorrido un viaje lleno de aventuras, emociones y puro entretenimiento, habrás descubierto un episodio de la Historia que no conocías, y estarás feliz por haberte enriquecido.

Te damos la bienvenida a VIDIS, sabemos que ocupará un importante lugar en tu biblioteca.

¡Que lo disfrutes!

Título original: *The Forty Elephants*
Edición original: Blackstone a través de The Laura Dail Literary Agency
Derechos de traducción gestionados por International Editors and Yañez' Co.

Cubierta: Laura Laguna

Traducción: Julián Alejo Sosa
Corrección de estilo: Juan Manuel Santiago

© 2022 Erin Bledsoe

© 2022 The Laura Dail Literary Agency

© 2024 Trini Vergara Ediciones
www.trinivergaraediciones.com

© 2024 Vidis Histórica
www.vidishistorica.com

España · México · Argentina

ISBN: 978-84-19767-18-9
Depósito legal: M-3184-2024

Primera edición en España: junio 2024
Impreso en Romanyà Valls S.A.
Printed in Spain · Impreso en España

LAS CUARENTA LADRONAS

Erin Bledsoe

Traducción: Julián Alejo Sosa

VIDIS

HISTÓRICA

Para Papaw, leíste cada revisión y creíste en mí cuando yo no lo hacía. Te fuiste de este mundo la misma semana en la que descubrí que todos mis sueños estaban a punto de hacerse realidad.

Gracias por esperarme.

PRIMERA PARTE

CAPÍTULO 1

Londres, 1920

HAY QUIEN ROBA POR DESESPERACIÓN. Y HAY QUIEN ROBA porque le gusta.

Yo lo hago por las dos razones.

—Un escocés para mí —dice el objetivo que he elegido.

Le esbozo una sonrisa.

—¿Algo más?

Me escruta de arriba abajo mientras miro el reloj de oro que cuelga del bolsillo de su traje de doble botonadura y solapa de pico. Me provoca como los vendedores en Piccadilly, agitando el pan recién hecho y las frutas frente a un grupo de niños hambrientos que se mueren por un bocado.

—¿Cómo te llamas, muñeca? No recuerdo haberte visto antes —pregunta, mientras se ajusta los pantalones antes de extender una mano para apoyarla sobre mi cintura—. Y conozco a todas las chicas de Kate.

—A todas no —Le guiño un ojo y se acerca más con una sonrisa lasciva. Desliza la mano por mi muslo, manoseando las calzas del uniforme escandaloso que todas las camareras que sirven cócteles tienen que usar en el Club 43.

—Dime cómo te llamas, amorcito, y te daré una buena propina por traerme un trago.

Me inclino hacia delante.

—¿Cuánto?

Prorrumpe en carcajadas. A los hombres con dinero les encanta el poder que este les da, en particular, sobre las mujeres. Harán cualquier cosa, lo que sea, para que cedamos. Por suerte para mí, eso también los vuelve más descuidados. Bajan la guardia a medida que me acerco, y de ese modo quedan a mi disposición.

Presiono la mejilla contra la suya y le susurro con dulzura:

—Me gusta que me llamen preciosa —digo, preparándome para tomar el reloj. Ni bien lo siento en mi palma, un escalofrío recorre mi espalda, erizándome la piel como un recordatorio de que este trabajo, es mi única vocación.

—Preciosa será. ¿Puedo verte cuando termines de trabajar? Puedo darte todo lo que quieras.

Ya lo hiciste.

—Ahora vuelvo con tu copa. —Intenta sujetarme la cara, pero retrocedo enseguida hacia la barra, guardando el reloj con discreción en un bolsillo que hay oculto en mi blusa.

—¡Necesito un escocés y dos cócteles de champán! —le grito al barman, golpeando la barra para llamar su atención, y luego me doy la vuelta para ver a los clientes mientras espero. No puedo evitarlo. La multitud es como un circo de tres pistas que perpetra un acto salvaje tras otro.

Es lunes por la noche en el Club 43, pero está tan animado como si fuera viernes. Toda la riqueza de Londres está aquí, brindando y riendo, mientras el champán salpica sus trajes de Savile Row y sus vestidos de alta costura.

Cuando era niña, solía soñar con pertenecer a su grupo, el de la élite privilegiada. Fingía que mi cuartucho era una mansión ubicada en el corazón de Mayfair, y mis vestidos de algodón eran de seda fina. Según mi madre, podía creer cualquier cosa con la imaginación, mientras que mi padre, un reputado ladrón, se aseguraba de hacerme entender que nunca tendría algo tan refinado a menos que lo robara.

La guerra me convenció que mi padre tenía razón; soñar no me llevaría a ningún lado.

—Eres la chica nueva. Alice, ¿verdad? —El barman desliza mi comanda sobre una elegante bandeja espejada—. Nunca habías trabajado en esto, ¿verdad?

Lo miro con detenimiento, centímetro a centímetro. Tiene un cuerpo con el que cualquier chica podría divertirse, delgado y musculoso, una mandíbula fuerte y unos labios grandes y preciosos. El único fallo que le encuentro es una pequeña cicatriz junto a su ojo izquierdo. Por un breve instante, me imagino pasando los dedos por su cabello antes de acercarme un poco más a él.

—¿Es una pregunta o una acusación, Rob?

Abre los ojos bien todo lo que puede, pero en lugar de preguntarme cómo he aprendido su nombre tan pronto, se encoge de hombros y responde:

—¿Quizá las dos cosas?

Sigo jugando.

—¿Cómo me has descubierto?

—Por tu manera de mirar a la gente… No sé si es fascinación o asco.

—¿Ambas cosas, tal vez? —bromeo.

Una sonrisa le tira de los labios.

—Cuando trabajas en sitios como estos, no tardas en acostumbrarte a la clientela.

Gruño a modo de respuesta.

—Vi a un tipo vomitar en su sombrero y luego casi se lo vuelve a poner sobre la cabeza para terminar el baile. ¿Quién puede acostumbrarse a eso?

Frunce el ceño.

—Entonces, ¿es tu primera vez?

Le lanzo una mirada acusadora por el reproche, pero en su sonrisa de oreja a oreja solo veo diversión.

—Yo no he dicho eso.

—Has trabajado en todo tipo de clubes en esta ciudad, ¿eh? ¿Qué decían tus referencias? ¿Murray de Beak Street? Dicen que la gente ahí es peor que la de aquí.

Está pendiente de mí. La verdad, no tengo experiencia real, solo las referencias falsas que mi madre urdió para ayudarme a conseguir este trabajo. Mis documentos laborales cambian dependiendo del trabajo, y también lo hace mi nombre. Trabajo desde que los catorce años. De eso ya hace seis; desde entonces, nada de lo que aparece en esos papeles es verdad. Soy quien necesito ser. De día trabajo como sirvienta para un tipo adinerado que es el propietario de un teatro, mientras espero la llegada del momento adecuado para robarle sin que se entere.

Por la noche, pongo copas en este club.

Tomo la bandeja y me marcho. Le llevo sin mucho cuidado la bebida al señor Sobón, y me abro paso por el salón al ritmo de la música de la banda de jazz, un ritmo trepidante que sale de sus instrumentos y consume a todos aquellos que salen a la pista de baile. Aparto la mirada de la banda durante el tiempo justo para entregarles las consumiciones a un par de personas, que señalan a la multitud juzgándola con la mirada. A veces, me pregunto qué deben de sentir esas jóvenes brillantes de la aristocracia, aterrorizando a Londres con sus cotilleos y sus jueguecitos. Estarán aquí hasta el amanecer, bailando entre copa y copa, bailando después de consumir cocaína con discreción.

—La banda suena genial —dice una de ellas.

La otra asiente.

—¿Bailamos antes de que se cansen?

Las veo alejarse hacia la multitud y el ritmo acelerado de la música me acelera el corazón. Unas gotas de sudor resbalan por mi cuello mientras busco mi próximo objetivo entre el humo de los cigarrillos y los cuerpos tambaleantes. Entonces la encuentro, una chica que ha salido de fiesta con un vestido elegante y un bolso de mano tachonado de joyas. Me abro paso por el salón para acercarme a ella, transito por las mesas abarrotadas de gente y grupos vociferantes y, de pronto, lo único que puedo escuchar es mi respiración entrecortada.

Y lo único que puedo ver es a ella.

Las mujeres son difíciles. Solo puedo acercarme a ellas fingiendo que me tropiezo o que me las llevo por delante, lo que me concede algunos segundos para llevarme lo que quiero: algún broche plateado, pendientes de oro o un anillo de rubí. Las mujeres son un riesgo, pero también un tesoro oculto.

Me acerco y, cuando estoy a punto de llevarme el bolso de mano brillante que cuelga de su hombro, se gira hacia mí y me sujeta la muñeca con un gruñido grave.

—Ni se te ocurra, cariño.

Por instinto, preparo cientos de excusas y luego decido qué haré si se chiva a Kate y esta llama a los polis. Sucumbo al pánico, pero cuando abro la boca para decir algo, lo que sea, escucho mi nombre.

—¿Alice?

Confundida, retrocedo.

—¿Maggie? —Su nombre sale de mi boca como un suspiro sin aire y, por un momento, la música del club queda en segundo plano. Si bien aún puedo sentir el sudor y el aire viciado, siento que solo estamos nosotras dos. La amiga que había perdido hace tiempo y yo.

—¿Trabajas aquí? —Su voz revela la misma sorpresa, pero luego mira su bolso y su boca esboza una sonrisa traviesa—. Estás perdiendo el toque.

Me esfuerzo por encontrar las palabras. ¿De verdad está aquí? ¿Después de todos estos años?

—Tres años y ocho meses —digo en voz alta, aún sumida en una neblina.

La Maggie que está frente a mí no se parece en nada a la muchacha de ropa andrajosa y puños ensangrentados con la que crecí. Era una pendenciera como yo, y estaba dotada de un gran talento para los robos y para salirse con la suya. Pero su gancho de derecha siempre fue mejor que el mío. Cuando nos conocimos, sus hermanos la habían llevado a combatir contra un hombre en el Pozo, mientras la multitud apostaba a gritos a su alrededor.

Por aquel entonces, en las calles la llamaban la Parca.

La mujer que es ahora presenta un aspecto radiante, con una pequeña capa de piel gruesa de color marfil y el pelo corto, aunque no hay maquillaje capaz de disimular su gesto de descaro.

Me maravillo ante su presencia.

—¡Mírate, pero qué elegancia! Hay que ver cómo has crecido desde que robabas chocolatinas en Lambeth.

Se aclara la garganta.

—Eso fue hace siglos.

Miro a su alrededor.

—¿Dónde está tu galán?

—No tengo.

La miro otra vez, con tanto detenimiento que me quedo sin palabras. Bajo la capa lleva un vestido negro, con un encaje intrincado y decorado con flecos. Sus medias no tienen ni un solo agujero, y sus zapatos impolutos no se ven marcas.

Me obligo a hablar.

—Tus hermanos no me dijeron que habías vuelto a Londres.

—Regresé hace un tiempo —confiesa—. Lo que ocurre es que todavía no me he acercado a visitarlos. La última vez que hablamos me dejaron bastante claro que no sería bienvenida en casa.

Mi mente vuelve a la noche en la que se marchó sin

decir ni una sola palabra, dejándome con una doble pre-ocupación, imaginando todos los horribles escenarios posibles. Hasta que una mañana, después de pasarme meses pensando en ella, me desperté y llegué a la conclusión de que estaba muerta.

Y si estaba muerta, no tenía sentido echarla de menos.

Ese dolor familiar de nostalgia regresa en ocasiones y la angustia de recordar cuánto había significado para mí amenaza con superarme. No puedo permitir que eso ocurra. No aquí y no ahora.

—Me ha encantado verte, pero debería volver a trabajar —le digo, y me doy la vuelta para descubrir que el barman me busca con la mirada entre la multitud con una nueva bandeja de consumiciones que me esperan en la barra frente a él. Es mucho más guapo visto de lejos, de pie frente a todas las botellas de alcohol alineadas sobre la pared espejada que tiene a sus espaldas—. Ese aún me considera un poco sospechosa.

Me doy la vuelta, dispuesta a marcharme, pero me sujeta para impedirlo.

—Me enteré lo de tu padre, Alice.

Me encojo de hombros, para restarle importancia.

—Doce meses con buena conducta.

—¿Cómo está The Mint sin él?

—No es asunto tuyo, ¿no crees? Debo regresar.

—Entonces, ¿podemos hablar cuando termines tu turno?

Le lanzo una mirada suspicaz.

—¿Qué quieres, Mags? ¿Alardear sobre lo bien que te han tratado los años y cómo se han cebado conmigo? ¿Cómo me quedé con mi familia pero tú dejaste plantada a la tuya? No se me ocurre de qué otra cosa podemos hablar.

—¿Has oído hablar de Mary Carr y de su banda de ladronas? —pregunta sin tiempo que perder; me invade cierta sensación de miedo.

Padre siempre me enseñó a no decir en voz alta lo que pienso, y mucho menos en un lugar tan atestado como este. Habría sentenciado: "Si quieres permanecer en las sombras, mantén la boca cerrada y sé invisible". Su consejo no me ha fallado nunca.

Una ladrona tiene que ser invisible.

Sacudo la cabeza y miro a mi alrededor con cuidado.

—No. ¿Debería?

—¿Las Cuarenta Ladronas? Están haciéndose bastante famosas. ¿Es que no lees la prensa? Mary Carr es nuestra líder y ella...

—¿«Nuestra»? —Arqueo las cejas al oírselo decir—. ¿Estás metida en esta banda? —Todas las palabras tienen sentido por separado, pero no juntas—. ¿Estás en una banda?

—No se parece en nada a ninguna banda de la que hayas oído hablar.

Rio con tono burlón y dejo salir un suspiro profundo y pesado.

—Mira que lo dudo.

—Mary tiene algo bueno —insiste—. Sabe mejor que nadie cómo aprovechar las oportunidades.

—Entonces qué, ¿todo eso es robado? ¿El vestido...? ¿Y el bolso?

Ríe ante esa idea y se alisa el vestido.

—Nunca usamos lo que robamos. Esto lo compré yo. Gracias a Mary Carr, tengo una nueva vida, elecciones que nunca creí que podría tener. —Se le ilumina la cara—. ¿Quieres conocerla?

Mi mandíbula se tensa en respuesta.

—¿Quieres que me una a una banda?

—No te las des de santa, Alice. —Hace una pausa—. Está aquí y ya le he contado que solíamos robar cuando éramos niñas. Y que tienes talento, como tu padre. Lo sabe todo. Le encantaría conocerte por fin.

Parpadeo lentamente y mis brazos y piernas quedan adormecidos. El aire del club me parece caliente y apestoso, y amenaza con ahogarme. Cientos de recuerdos me inundan la mente, recuerdos de la niña que era entonces y la mujer que soy ahora. ¿Cómo osa preguntarme eso? Pero, más importante aún, ¿cómo pudo haber pasado todo este tiempo alardeando de nuestros recuerdos compartidos de la infancia con cada persona por la que me abandonó?

—Creí que estabas muerta, Mags —digo finalmente, con una voz fría como hielo—. No supimos nada de ti después de que te marcharas. Ninguna carta… Nada.

Titubea durante el tiempo suficiente como para recuperar el aliento.

—Siempre soñamos con salir de ese lugar. ¿Por qué habría de mirar atrás?

—Me quedé sentada noche tras noche mirando esas calles oscuras y lúgubres, esperando que llegara un taxi y te dejara frente al local de mi madre. Y durante todo ese tiempo, ¿estuviste oculta, haciéndote amiga de la líder de una banda, alardeando sobre todos los recuerdos que tan poco esfuerzo te costó dejar atrás?

Su mirada viaja por toda la habitación antes de regresar a mí.

—No pasó como lo cuentas, Alice. Puedo estar orgullosa de la chica que era y no querer volver a ser ella.

Me mantengo firme.

—Bueno, por lo visto has olvidado que la familia Diamond no se une a ninguna banda… Así que puedes meterte tu oferta por donde te quepa e irte al diablo.

Inclina la cabeza.

—Sigues a la sombra de papi, ¿verdad?

Mi temperatura corporal sube.

—Y tú te limitas a cambiar la sombra de tu hermano por otra, ¿verdad?

—Mary no es como ellos.

—¿Es peor, tal vez? —Señalo con dedo acusador su vestido, sustituyendo la envidia por una amargura que puedo saborear—. Al menos, tu hermano no te pedía que usaras este disfraz ridículo.

De repente, la habitación vibrante que nos rodeaba parece más pequeña y carente de atractivo, y el silencio se interpone entre nosotras. Luego pasa un lapso de tiempo largo y pensativo en el que nos limitamos a mirarnos a los ojos. No sé en qué piensa ella, pero sí sé en qué pienso yo.

Es una extraña para mí, y eso me destroza.

Al final, y no sin ciertas dudas, dice:

—Buena suerte, Alice.

—No necesito suerte.

Rob me ve por fin y empieza a hacerme señas con gesto enérgico para que me acerque; aprovecho esa excusa para marcharme. Me abro paso hacia la barra a toda prisa, pero su buen humor se esfuma por completo.

—Si a la gente no le dan sus consumiciones, deja de comprarlos. Y los dos perdemos dinero. Yo hago las consumiciones y tú las sirves. Esto funciona así. —Señala unos cócteles—. Estos son para la mesa del fondo.

Antes de llevar la bandeja, me aliso la camisa y los largos pantalones. La sensación es de cierta incomodidad. Llevo toda la semana tratando de acostumbrarme al tacto de esa tela áspera sobre mis piernas.

—¿Problemas con la ropa? —observa.

—Es la primera vez que uso pantalones —confieso, aunque omito contarle los pocos momentos de mi infancia en los que actuaba como mi padre, deambulando por la casa con sus pantalones, mientras perseguía a mi hermano, Tommy.

—Porque las mujeres no usan pantalones. Tampoco son propietarias de clubes, y aquí estamos.

Señala con la cabeza a la propietaria del Club 43, Kate

Meyrick, quien revolotea de grupo en grupo como la personificación de una persona sociable, riendo y hablando con cada cliente. Nadie sabe cómo se las arregló para convertirse en la reina del mundo de los clubes nocturnos, pero aquí está. Y eso es todo. Cuando me entrevistó para el puesto de trabajo, me hizo una pregunta: "¿Qué haces si un cliente intenta ponerte una mano encima?".

Sin pensármelo dos veces, le contesté la verdad: "Le daría una patada donde más duele".

Me contrató en el acto.

—A Kate le encanta romper las reglas, así que será mejor que te acostumbres a los pantalones —termina, y se señala el uniforme: pantalones con tirantes que se cruzan sobre su pecho desnudo y un moño del mismo color—. Al menos, tú tienes ropa. Kate se divierte bastante vistiendo a las mujeres como hombres y a los hombres como… —busca la palabra correcta— esto.

Sonrío y lo miro sin recato de los pies a la cabeza.

—Pero ¿quién se va a quejar de esta vista?

Se sonroja, señala la mesa una vez más y le da un golpecito a la bandeja con los cócteles. Veo a Maggie acercarse y sentarse con las chicas que están ahí, y entonces entiendo que los cócteles son para su grupo.

Me toco las manos, incómoda, luego avanzo con determinación. Sostengo la comanda con destreza sobre un hombro mientras me acerco a la mesa. Hay cuatro mujeres sentadas en los asientos mullidos, vestidas con abrigos de piel gruesos y enjoyadas de arriba abajo. Collares de perlas en los cuellos, acompañados con pendientes con gotas de rubí y brazaletes de oro que captan mi atención incluso con esa luz tenue. Parecen maniquíes de Selfridges.

—Por fin —dice una, impaciente, y toma una copa de la bandeja antes de darme tiempo a apoyarla sobre la mesa. La gemela que se sienta a su lado hace lo mismo.

Maggie está sentada al otro lado, y me esboza una sonrisa demasiado victoriosa para mi gusto, como si diera por hecho que estoy aquí por elección propia. Mira a su compañera, una mujer con una piel de chinchilla teñida de rosa y un tocado plateado con plumas sobre el cabello dorado, como la corona de una reina.

Cuento siete anillos de diamante en sus dedos. Son piedras pequeñas, pero talladas por una mano experta. Por un breve instante, en mi mente aparecen recuerdos de mi padre arrodillado a mi lado cuando era niña, mientras me enseñaba a ver la diferencia.

"Un diamante bien cortado es luminoso y brillante, y uno mal cortado es opaco."

Entonces, yo sonreía y le preguntaba con una sonrisa llena de curiosidad: "¿Y de qué tipo soy yo?".

"Brillante, hija mía. Brillante."

Aparto el recuerdo y me concentro en sus dedos. A diferencia de las otras chicas, que solo perciben mi presencia cuando retiro las copas vacías, me esboza una sonrisa. Debe de sacarles al menos veinte años a las demás, pero el tiempo ha sido generoso con sus facciones, solo algunas arrugas alrededor de los ojos. Debería estar relajada por tanta amabilidad, pero esa sonrisa gatuna me pone alerta y me hace sentir como si ella supiera un secreto del que yo no estoy al tanto.

¿Esta es la famosa Mary Carr?

—Siento haberlas hecho esperar, señoritas.

—Entonces, ¿nos traes un whisky? —pregunta Maggie con una sonrisa traviesa—. Ya sabes que no soy una chica de ginebras.

—Se podría decir que ni siquiera eres una chica —bromea una de las gemelas; la otra ríe.

—Tú sigue abriendo esa bocaza, Norma, y te vas a comer mi puño —responde.

La mujer más grande chasquea los dedos.

—Maggie, pórtate bien esta noche.

—No puedo prometerlo, Mary —dice Maggie mientras pone los ojos en blanco.

Mary me vuelve a mirar, y entonces Norma y su hermana se marchan a la pista de baile.

Me aclaro la garganta.

—¿Os traigo algo más?

—Eres rápida con las manos —me elogia la mujer mayor; doy por hecho que se trata de Mary Carr—. Vi cómo recolectabas cosas en la multitud. Tienes talento. ¿Cómo has conocido a nuestra Mags aquí?

¿«Nuestra Mags»? Aprieto los labios y hago caso omiso del comentario.

—¿Recolectar?

—Robar —dice, con una voz que ahora es poco más que un susurro—. Pero preferimos llamarlo *recolectar*. Suena menos drástico; ya sabes, *robar* es una palabra muy tétrica. No nos gustaría que nos atrapasen hablando de ese modo.

—¿Nos?

—Somos como tú. —Señala a Maggie y luego a las gemelas que bailan foxtrot—. Recolectoras. Solo que nos quedamos con las tiendas en el West End, donde están las verdaderas recompensas.

Mi imaginación empieza a volverse loca.

—¿Os lleváis cosas de los grandes almacenes?

Nunca tuve las agallas para hacer algo tan arriesgado. Cada vez que mi padre intentaba hacerlo, un policía lo arrojaba sobre los adoquines de la calle y lo sacaba a rastras antes de que siquiera tuviera tiempo de guardarse un imperdible.

—Toda clase de tiendas —responde, y pasa con gesto complacido los dedos sobre su abrigo de piel rosa—. Algunas mujeres nacen con todo esto. Las cosas más elegantes de la vida. —Mira a las mujeres adineradas en el club—. Otras no. Otras se esfuerzan día a día para probar lo que otras mujeres dan por sentado.

Por desgracia, me quedo hipnotizada por sus palabras, observando el movimiento de su boca, anticipando lo que vendrá luego.

—Mis chicas y yo no nacimos con estas cosas elegantes, pero podemos obtenerlas. ¿Quieres saber cómo?

Se me seca la garganta cuando me giro para mirar hacia la barra, desde donde Rob me lanza una mirada fulminante.

—¿Sí? —La voz de Mary vibra en mis oídos. Vuelvo la mirada otra vez hacia ella.

—¿Cómo?

—Tenemos las pelotas para llevárnoslas.

Me detengo un momento para encontrar las palabras.

—Hay una línea muy delgada entre tener agallas y ser una estúpida. Apuesto que mis pelotas son igual de grande que las tuyas. La diferencia es que soy algo más cuidadosa a la hora de enseñarlas.

Ríe en respuesta y luego me esboza una sonrisa de oreja a oreja.

—¡Ay, cómo me gustas! Me encantaría darte la oportunidad de tener una prueba.

—Déjame que te traiga ese whisky. —Me aclaro la garganta y me marcho a toda prisa, consciente de que Mary me mira me alejo de su mesa. Mis bolsillos están repletos de cosas que he reunido esta noche, que he recolectado, y alguien aquí dentro lo sabe; mi mente empieza a avanzar a toda velocidad. Regreso a la barra y me inclino sobre el mostrador para llamar a Rob.

—¡Eh! ¿Conoces a esas chicas?

—No diría que las conozco, pero vienen aquí todos los lunes por la noche para celebrar.

—Celebrar ¿qué?

Tengo el presentimiento de que no le gusta que esto me interese.

—Son problemáticas. —Toma el periódico de hoy de debajo de la barra, lo abre frente a mí, y señala la primera plana—. Son Las Cuarenta Ladronas.

Bajo la vista y leo las primeras líneas.

—¿Una banda de ladronas de tiendas? —Extrañamente, no le había oído a mi padre mencionarlas. Por lo general, siempre habla sobre todos los mafiosos que abarrotan las calles de Londres, en especial los hermanos McDonald, que acaban de declararles la guerra a los italianos por las apuestas en el hipódromo. No podemos hacer que deje de hablar de ellos, pero nunca hizo la menor mención a bandas de chicas.

Rob lanza una sonrisa burlona.

—Una plaga de langostas que le roba a la gente honesta. Su líder, Mary Carr, lleva cinco juicios en lo que va de año.

—¿Y no la han condenado? ¿Cómo es posible?

—Pueden atraparla todo lo que quieran, pero hasta que no encuentren los bienes que ha robado, es pura especulación. Dicen que guarda todo en un almacén en algún lugar y que luego lo esconde antes de que la policía lo pueda rastrear. Tiene muchas conexiones en esta ciudad y con los hombres que la controlan. Al menos, sé que está conectada con los McDonald.

Empiezo a clavar los dedos en las palmas de las manos, lo que me deja una hendiduras profundas y curvadas.

—¿Te refieres a la banda de Elephant and Castle?

Asiente.

—¿Kate Meyrick sabe quiénes son? ¿Por qué las deja entrar a su club?

—Supongo que porque pagan una cantidad absurda de dinero para celebrar aquí. Kate se maneja así, favores por favores.

—¿Cómo sabes todo esto?

Sirve un poco de champán.

—Tengo buen oído. Sé muchos secretos. Es una responsabilidad con la que cargo por ser el tipo que hace los cócteles. —No suena furioso, solo exasperado—. Pero sabes lo que dicen… Todo el mundo tiene algún secreto en el Soho.

No soy consciente de lo preocupada que parezco hasta que su gesto relajado da paso a una preocupación que es reflejo de la mía.

—¿Qué pasa?

—Nada —contesto vagamente, y sacudo la mano con gesto de restarle importancia—. No seas estúpido. No paro de escuchar cosas terribles sobre las bandas.

Sabe que estoy mintiendo porque se apresura a replicar:

—Le pediré a otra chica que lleve las copas.

—No. —La palabra sale rápido, con tono cortante—. Yo me encargo.

—Escucha, Alice, si sabes lo que más te conviene, será mejor que mantengas la cabeza baja y te mantengas lo más lejos posible de esas chicas.

Respiro hondo y me enderezo, agradecida por su preocupación.

—No soy una niña. Puedo cuidarme sola. Además, con esa cara de crío que tienes, incluso podría ser más mayor que tú.

Frunce el labio inferior como si hiciera un puchero cuando me entrega el whisky de Maggie.

—¿Estás segura de que no quieres que lo lleve otra camarera?

—Ya te he dicho que este lo voy a llevar yo. —Y agarro el vaso.

Cuando me voy a la mesa, me grita:

—¡No me vuelvas a decir que tengo cara de crío! Esta cara es de hombre, ¿me oyes? ¡Cara de hombre!

Avanzo hacia Maggie y Mary Carr y apoyo el vaso sobre la mesa mientras frunzo el ceño. Supongo que es mejor acabar con todo esto ahora y no dejar que la cosa vaya a más.

—Gracias, pero no estoy interesada, y agradecería que no le hablases a nadie de mis tareas de recolección. Necesito conservar este trabajo.

Maggie no me presta la atención. Aferra el vaso de whisky y se lo bebe de un solo trago, pero Mary Carr me toma de la mano, sus largos y elegantes dedos sobre mi muñeca.

—¿Por qué no? —Me mira a los ojos—. Maggie ya me ha contado todo lo que hay que saber sobre ti y tu familia, y ya he visto que tienes talento.

Aparto la mano, y retrocedo con un bufido casi imperceptible. La envidia que sentía hacía apenas un momento, al ver a una amiga que creció lejos de su origen humilde, se ha desvanecido por completo ahora que sé que tiene una correa invisible alrededor de su cuello.

—No malgastes tu aliento tratando de seducirme. No me uno a bandas. Es una regla de la familia Diamond.

Abre los ojos todo lo que puede.

—Quizá sea ahí donde tu familia se equivoca. Una banda es una familia. Una banda es un hogar. La nuestra es una hermandad. Yo cuido a mis chicas.

La risa incontrolable que brota de mi interior arranca una expresión casi imperceptible de molestia en la cara de Maggie, pero ya no le presto atención a ella. Sabía muy bien que no debía reclutarme para una tarea como esta, pero lo ha hecho de todos modos.

—La respuesta sigue siendo no.

Eso deja en silencio a Mary Carr. En su lugar, me taladra con la mirada, como si esperara ver algo en el fondo de mis ojos; ¿un punto débil, quizás? Algo que pueda manipular para llevarme a su lado. Quizá buscó esa debilidad en las demás chicas.

No la encontrará en mí.

Soy hija de mi padre. No hay ningún punto débil que encontrar, ningún lado amable que explotar. No me pueden manipular ni quebrar. Estoy hecha de acero.

—¿Puedo preguntar por qué?

—Sí —contesto con frialdad—. Pero no puedo prometer que te conteste con la verdad.

Ríe, pero suena forzado.

—Maggie tenía razón al decir que eras terca y cabezota.

—¿Cabezota? —Fuerzo la misma risa que ella—. ¿Y tiene que ser Maggie Hill quien diga eso?

Maggie ni siquiera levanta la vista de su vaso vacío. Mary cruza los brazos.

—Quizá cambies de parecer.

—Avisadme si queréis algo más de bebida, señoritas.

Mientras me voy, escucho a Maggie:

—Ya te dije que no perdieras el tiempo.

***

Cuando termina mi turno, salgo por la puerta trasera hacia la acera bien iluminada del Soho, donde varios coches elegantes a motor esperan aparcados y algunas parejas se besan bajo los postes de luz. Los músicos siguen tocando en alguna de las esquinas de la calle y, si bien apenas hay tráfico en el mercado de Berwick Street a estas horas de la noche, aún puedo imaginar los suaves ecos de los vendedores que gritan desde sus puestos. Respiro hondo, dejando que el aire de la noche llene mis pulmones, preparando lentamente mis pies doloridos para la caminata de vuelta a casa.

—¡Eh! —grita una voz desde una entrada privada situada a un lado del club que daba por hecho que estaba reservada para Kate. Es un sujeto ancho de hombros, y a todas luces ebrio. Me guiña un ojo—. ¿Eres una de las chicas de Kate? Seis chelines por un baile y dos libras para algo más, ¿sí? ¿Te parece bien ese precio para divertirnos un rato?

Miro a la puerta lateral una vez más. Kate no mencionó la existencia de una entrada secreta para hombres que quisieran un poco de diversión, y seguro que eso no formaba parte de la descripción del puesto de trabajo.

—Solo soy una camarera —le digo—. Y, como parece que no necesitas otro trago, mejor te vas al diablo, ¿sí?

Se acerca.

—¿Tres libras, entonces? Me gustan las mujeres altas.

Hago acopio de una tremenda fuerza de voluntad para mantener el talante. Dejo salir un suspiro hondo.

—Si me gustaran los gordos borrachos…

La sonrisa que tenía sobre su rostro se desvanece.

—Vaya que tienes una bocaza, perra maleducada. ¿Qué te parece si se lo cuento a Kate Meyrick y hago que te eche? —Su mano abandona el bolsillo y me da varias palmadas en los pechos—. ¿O podemos llegar a otro acuerdo?

No tengo tiempo para pensar antes de quedar abrumada por una ira avasalladora. Lo tomo del brazo y lo doblo hacia su espalda con fuerza hasta que empieza a chillar del dolor.

—Solo soy una camarera —repito, con tono enérgico.

Se sacude y chilla.

—¿Todo bien? —le oigo preguntar a Rob. Me doy la vuelta. Ha salido por la puerta del frente, fumando un cigarrillo, pero alerta y entusiasmado como un perro de caza que acaba de encontrar a su presa. Suelto al hombre.

—Fantástico.

Rob señala al hombre con la barbilla.

—Quizá deberías tomar un taxi, amigo. Hora de volver a casa.

El hombre nos mira a los dos, pero sus ojos deambulan por la complexión ágil y musculosa de Rob antes de marcharse dando trompicones. Sacudo la cabeza y obligo a mis manos tensas a relajarse.

Rob me mira.

—¿Te ha hecho daño?

—Yo le he hecho daño —digo con tono firme—. Podría haberle roto el brazo si hubiera querido.

—Qué lástima. ¿Qué hombre no quiere salvar a una muchachita y ser un héroe?

—Yo no soy una muchachita y no necesito que me salven. —Ya sé que lo estoy tratando un poco mal, pero sigo furiosa, y una parte de mí quiere salir a buscar a esa escoria humana y hacerlo desear que no vuelva a poner sus ojos sobre mí.

—Ya veo. —Gira su cigarro entre los dedos antes de ofrecerme una calada. Doy solo una y se lo devuelvo. El humo llena mis pulmones y calma mi corazón acelerado.

—¿Quién te enseñó a hacer eso? —pregunta.

—¿Quién me enseñó a hacer qué? ¿A decirle que no a un hombre? ¿O a romperle el brazo cuando no me escucha?

Sonríe.

—Las dos cosas.

—Mi padre.

—Qué cosa tan extraña para enseñarle a una niña.

—Más padres deberían enseñar sus hijas a pelear igual que sus hijos. El mundo es un lugar violento, y Londres también.

—Partes de Londres —razona—. Partes de este mundo. No tiene que ser blanco o negro. Hay otras opciones.

Una risa brota de mi boca.

—¿Acaso insinúas que debería haber tenido una conversación razonable con ese cretino? ¿Un pobre diablo que no tiene intención de escuchar?

—No me refiero a eso. Solo digo que a veces hay maneras de evitar una pelea.

Cuadro los hombros, y ahora lo miro más seria.

—¿Cuántas peleas has evitado tú?

—Nunca las suficientes. —Su voz suena distante y baja la mirada—. Yo solo digo que las cosas parecen diferentes cuando has estado en una guerra de verdad.

Un aluvión de arrepentimiento me sobrepasa. La mayoría de los hombres de esta ciudad fueron a Francia a combatir, pero, de algún modo, creía que él se había librado por su encanto descuidado y por su agudeza.

—No debería haberte tratado así. Mi hermano, Tommy, estuvo en la guerra, y regresó con más fantasmas personales que los que tenía cuando se fue.

Asiente.

—Como la mayoría de nosotros.

Espero que la vida regrese a su rostro. Verlo sonreír.

—Bueno, gracias por... eso.

Ahoga una risa.

—Qué poco te ha gustado decir eso, ¿verdad?

—Me ha repateado. —Pongo los ojos en blanco con aire dramático.

Y la sonrisa regresa. Le devuelvo el gesto y señalo la entrada privada.

—No sabía que el 43 también era un burdel.

Su mirada no parece juzgarme cuando responde:

—Muchos hombres solitarios regresaron a sus hogares, y necesitaban algún tipo de consuelo. Ofrecen lo mismo en el Hotel Piccadilly. Cinco chelines por una canción y un baile.

—Pero ¿con dos libras es suficiente para conseguirte una tipa con la que te puedas acostar? —No puedo contener el gesto de enfado.

—¿Kate no te preguntó si querías hacer las dos cosas? ¿Trabajar en el club y ser una mujer de consuelo?

—¿Cómo que una mujer de consuelo?

—Así las llaman.

—Una prostituta —lo corrijo, y sacudo la cabeza—. Creí que Kate era diferente. Por eso quería trabajar aquí. ¡Una mujer dueña de su propio club nocturno! Una que evita las redadas policiales, desafía la ley en cuanto se le presenta la ocasión y que se mantiene en la cima. —Percibo como subo el tono de voz—. Pero parece que es igual que todos los hombres, al explotar lo que las mujeres tienen entre sus piernas.

—Yo no diría que lo explote —dice, y señala a algunas de las mujeres de consuelo que acaban de salir. Tienen vestidos brillantes de lamé con collares de perlas alrededor de sus cuellos. No tan fabulosos como los de Mary y su banda, pero mejores que los de cualquier otra persona con la que crecí.

—¿Insinúas que, si alguna vez quiero algo caro o bonito, tendré que robarlo como Mary o vender mi cuerpo como esas chicas? ¿Crees que solo tengo dos opciones en la vida?

—No importa lo que yo crea —dice con tono cortante—. No voy a juzgar a una mujer por lo que hace. Yo no soy ningún santo. No lanzo piedras.

Me cruzo de brazos.

—Antes mencionaste que todo el mundo tiene un secreto en el Soho. ¿Cuál es el tuyo?

—Ya te lo diré —responde—. Pero tienes que permitirme desayunar contigo.

Parpadeo lentamente.

—¿Casi le rompo el brazo a un tipo frente a ti y me invitas a una cita? —Otra vez la cara colorada—. ¿Llevas a todas las chicas nuevas a desayunar o solo a las guapas?

—Solo a las guapas —responde con una mirada juguetona, y me ofrece su cigarrillo otra vez.

Esta vez lo rechazo con un gesto.

—No puedo.

—¿No puedes o no quieres?

Paso caminando a su lado, pero no sin antes decir:

—¿Quizá las dos cosas?

CAPÍTULO 2

No hay nadie en las calles de Lambeth tan tarde, y ansío escuchar el sonido de los cascos de los caballos sobre los adoquines y el rugir de los autobuses. El silencio me recuerda que estoy sola y me obliga a mirar continuamente hacia las sombras en busca de algún movimiento. Una Londres tranquila es una Londres peligrosa.

Un claxon suena con gran estruendo cuando un coche pasa a toda velocidad a mi lado y casi se me sale el corazón por la boca. Ya estaba dispuesta a sacar el cuchillo que llevo en mi liga cuando veo a Maggie bajarse del Ford T que se detiene a mi lado.

—Deberías tomar un taxi. No es seguro de noche.

Sacudo mi navaja mariposa, tratando de no poner de manifiesto mi susto.

—Sabes que siempre llevo una navaja conmigo, Mags.

Mantengo el contacto visual y me esfuerzo al máximo por no mirar su coche de manera tan evidente. Ni se me pasa por la cabeza tener un coche propio, ni siquiera un par de medias nuevas de seda. Una sensación de envidia amenaza con sobrepasarme, pero entonces recuerdo cómo consiguió todo eso.

—Sabías que no tenías que pedirme que me uniera a una banda —digo con aire inexpresivo.

—Déjame llevarte a tu casa. No tenemos por qué hablar de eso en el camino. Plantéatelo como una amiga que ayuda a otra amiga. Solo eso. Estoy segura de que te duelen los pies.

Estos palpitan por haber pasado toda la noche corriendo de un lado a otro en el club, pero no creo que actúe solo por bondad. La Maggie que conozco no se habría rendido así como así.

—Soy perfectamente capaz de caminar.

—Quiero tu compañía —insiste, y rodea el coche para abrir la puerta del acompañante—. Solo un viaje. —Y, como si pudiera controlar el clima, empieza a lloviznar. Le lanzo una mirada fulminante y sus labios se tuercen en una sonrisa siniestra—. No irás a caminar bajo la lluvia, ¿verdad?

Dejo salir un grito ahogado de exasperación antes de claudicar y sentarme en el asiento del coche.

—¿Vas a conducir hasta The Mint en este coche y con esa ropa? Solo quiero que sepas que yo no tendré la culpa si te terminan robando.

Ríe, pero guarda silencio, cumpliendo con su palabra de no mencionar a Mary ni a la banda. Es un silencio extraño entre nosotras, dos amigas que crecieron separadas. Tengo muchas preguntas que hacerle, pero en vez de eso me quedo mirando por la ventanilla, viendo cómo las tiendas y las residencias bien mantenidas empiezan a escasear con cada minuto que pasa.

La luz del sol en Lambeth es un sueño. Bajo los rayos despiadados del sol, las calles tienen una vida propia. De camino al trabajo, paso junto a los puestos de verduras llenos de canastas y cajas bajo marquesinas coloridas, librerías con pregoneros que gritan desde la acera, y hombres y mujeres que caminan con sonrisas amplias y radiantes y ropa finamente confeccionada.

Pero de camino a casa, la única escena agradable que

nos ofrecen las calles dormidas es un organillero desaliñado y su sombrero para dejar las monedas. Con el tiempo, he aprendido a encontrar la paz en ambas escenas. La naturaleza caótica del día y el silencio inquietante cuando sale la luna.

Respiro hondo y dejo que mis hombros se relajen hasta que la serenidad tranquila se desvanece cuando mi vecindario aparece a la vista; un distrito llamado The Mint, donde las calles están ennegrecidas con la suciedad de Londres.

El comisionado Horwood lo llamó el Distrito de los Criminales, una barriada oscura donde el hollín de las chimeneas nos cubre la ropa y la piel y nunca lo puedes quitar por completo. Si asesinan a un hombre aquí, la policía no se molesta en venir, ya que el cuerpo y las pruebas desaparecerían antes de su llegada. Es una guarida para ladrones, asesinos y mentirosos; personas que se las arreglan gracias a sus talentos sospechosos.

El local de mi madre es pequeño, con un letrero desgastado que promociona su gabinete de adivinación. No es gran cosa, pero tiene muchos clientes desesperados por encontrar respuestas, quienes le ruegan alguna noticia alentadora. Y ella nunca los decepciona.

Maggie aparca enfrente y mira por la ventanilla con disgusto. Su familia, los Hill, eran la mano derecha de mi padre antes de que se mudaran a Chinatown.

—No entiendo cómo te has quedado aquí —dice al final—. ¿Cómo haces para volver a este lugar después de pasar tiempo en el Soho, con gente que realmente disfruta la vida?

—Familia —le recuerdo. Abro la puerta y salgo.

Me sigue a toda prisa, pisándome los talones antes de que entre en la tienda.

—Dije que mantendría la boca cerrada durante el viaje. Asiento.

—Podrías haberlo dejado en dos amigas que se saludan,

pero tenías que convertirlo en algo personal. Has tenido que hacer algo que me ha hecho sentir como si ya no me conocieras de nada. Has cambiado de muchas maneras que no puedo perdonar.

—Suena horriblemente dramático, teniendo en cuenta lo segurísima que estoy de que ese dinero te vendría bien.

—Estamos bien. Siempre sobrevivimos.

—¿Entonces tu único plan es sobrevivir, cuando podrías estar prosperando?

Me aprieto el tabique de la nariz.

—¿Por qué insistes tanto? Has estado en Londres todo este tiempo y nunca te has acercado a verme.

—Mary me pidió que te reclutara hace años, pero no lo hice. Cuando dijo que intentaría buscarte ella misma, la amenacé con irme si lo hacía.

Arqueo las cejas levemente.

—¿Y por qué has actuado como has actuado esta noche?

Se cuadra de hombros en respuesta.

—Porque cuando te vi…, vi muchas promesas. Si bien aprecio lo que Mary ha construido, sé que hay más posibilidades de crecer. Mejores trabajos. Desafíos a los que ella le da la espalda porque cree que es mejor ir a lo seguro. Pero yo sé que puedo aspirar a más, y las chicas también. Solo necesitan verlo. Si tú y yo les enseñamos a ellas y a Mary todas las posibilidades, seremos más que un mero entretenimiento para los periódicos. Seremos una verdadera amenaza para Londres. Tendremos algo propio.

Mi mente evalúa esa idea a toda prisa, y la envidia regresa. Cuando éramos pequeñas, no había objetivo que no pudiéramos lograr juntas. Las posibilidades que tenemos ahora, como mujeres, no tienen límite. Pero la prudencia me abruma, no solo por la idea de unirme a una banda, sino también por volver a confiar en Maggie. Y no creo que pueda hacerlo.

Me cruzo de brazos y entrecierro los ojos.

—¿Quieres reclutarme porque no me molesta ensuciarme las manos? ¿O porque siempre quieres demostrarles a tus hermanos que no los necesitas para ser importante?

—Esto no tiene nada que ver con ellos.

—¡No mientas! Lo mínimo que puedes hacer es ser honesta conmigo.

—¿Esto es lo único que quieres? —Sacude las manos, y señala todo cuanto la rodea, las calles sucias—. No hacíamos otra cosa que hablar de esto cuando éramos pequeñas, de cómo ir más allá de The Mint. Lo único que has hecho desde que te conozco es sacrificarte por tu familia y enmendar todos los errores de Tommy. ¿Cuándo va a ser suficiente?

Estoy furiosa.

—Éramos unas niñas que soñaban con un mundo que no existe. —Miro el elegante Ford T porque sé que es la última vez que me subiré a uno. Lo grabo en mi memoria antes de añadir—: Buena suerte, Mags.

Entonces la dejo atrás y entro.

La campanilla vieja y oxidada sobre la puerta anuncia mi llegada. El interior apenas es diferente a las calles sombrías, con una luz débil como una mancha de té que ilumina el local. Madre levanta la mirada de sus cartas de tarot dispersas sobre una mesa con un mantel con flecos gastado. Un rojo oscuro, su color favorito. Cuando era pequeña, vivíamos en los dos pisos del edificio, pero al irse Tommy y abrir madre su negocio, convirtió la parte de abajo en una escena colorida y llamativa iluminada por una docena de velas. Algunas pinturas de animales decoran las paredes; botellas de tierra y hierbas, cristales morados e, incluso, unos pocos cráneos de animales están dispersos sobre mesas cerca de la sala junto a la puerta.

Mi favorito es su Libro de los Muertos, un pequeño cuaderno con garabatos y dibujos que usa durante sus sesiones de espiritismo. Sus métodos varían de cliente a cliente. A veces, les echa las cartas o les lee las palmas de las manos. En ocasiones, incluso mira una bola de cristal y balbucea cosas que se ha inventado para sonar como si hablase en otro idioma.

Todo es mentira, una farsa brillante que ha perfeccionado con los años. Su único talento es saber leer a las personas; una destreza que me gusta creer que compartimos.

—¡Alice! —Camina sobre las tablas de madera chirriantes para acariciarme la barbilla y darme un beso en la mejilla—. ¿Cómo ha ido tu primera noche? ¿Kate y su club son lo que esperabas?

No exactamente, pero no tengo por qué contarle eso.

—Bien, estoy bastante satisfecha. El lugar está lleno de ricachones, todos meados por beber tanto champán.

Sonríe con aire de superioridad y abre las manos con entusiasmo.

—¡Vamos a ver qué has traído!

Vacío los bolsillos de todas las cosas que he reunido esta noche y ella las revisa, decidiendo qué podría vender y qué sería mejor conservar. Las cosas que nos quedamos son aquellas que pueden ser útiles cuando padre no está aquí. A veces, los amigos de Tommy vienen a insistir sobre alguna deuda no pagada y cualquier cosa brillante los detiene. O a veces es solo alguien de The Mint que necesita un par de zapatos nuevos o una comida caliente.

—Excelente noche —me felicita.

—¿Y la tuya? —le pregunto, mientras señalo las cartas..

Se ruboriza de manera casi imperceptible.

—Vino una mujer que quería encontrar la mejor manera de matar a su esposo. Le respondí que esa no era la clase de trabajo que hacía.

Puedo ver que está mintiendo; soy la única persona capaz de darse cuenta. Sus fosas nasales se ensanchan y se empieza a mover incómoda. Cualquier movimiento significa una mentira. Dejo salir un quejido y me acerco a una estantería tienen cuya parte inferior hay un pequeño compartimento oculto. Allí es donde padre guarda sus cuchillos. Son seis en total, pero, cuando abro la caja, solo cuento cinco.

Odia las pistolas y dice que solo hay que usarlas como último recurso. Por eso solo tiene la que guarda debajo del colchón de madre, pero atesora más de cien navajas diferentes debajo de los tablones del suelo de la cocina.

—¿Eres tonta? ¿Le has vendido un cuchillo?

Se lleva una mano a la cintura y deja salir un suspiro tembloroso.

—Su oferta era difícil de rechazar. Vino en busca de respuestas, quería que le leyera las líneas de la mano y le respondiera cómo acabar con él, en un momento dado. Pero eso no ocurriría, Alice. Él la maltrata, y yo le di la oportunidad de devolverle esas heridas.

—No vendemos armas; no vendemos droga.

—Cuídate mientras tu padre no está aquí —zanja, irritada, con la misma cantinela de siempre.

—Que me *cuide* —recalco con severidad—. Robo dinero y tú robas mentes. Son órdenes de padre.

—Estamos bien —me asegura—. Solo ha sido una excepción. —Baja la voz hasta un susurro—. ¿Puede ser nuestro secretito? Tu padre no tiene por qué enterarse.

Dejo salir un quejido y pongo los ojos en blanco, justo cuando Louisa baja a todo correr por las escaleras. Su cabello largo y trenzado me roza el rostro y me rodea el cuello con sus bracitos delgados. Nació con una enfermedad. Madre estaba segura de que no saldría adelante. Pero lo ha hecho.

Intentamos mantenerla al margen de nuestras actividades familiares menos agradables. Quiero que sea joven durante todo el tiempo que pueda, aunque cada vez se hace más preguntas sobre el lado ilegal de lo que hacemos.

—Madre le ha vendido una navaja a una mujer —dice con tono efusivo—. ¡Lo he oído todo!

—Silencio, Louisa. —Madre la intenta callar.

—Le dije que no lo hiciera. Padre estará furioso. Me dejó jugar a leer las manos con varios clientes anoche. Los engañé a todos.

Nuestra madre exhala y dice:

—Te dije que te fueras a la cama. ¡No quiero seguir escuchando tu insolencia!

Louisa se gira hacia mí y pone los ojos en blanco, haciendo caso omiso a madre.

—¿Crees que su esposo tiene los días contados?

—No hables así —la regaño, y la urjo para que suba a la habitación—. Subo en un rato. Ve a calentarme la cama.

Frunce el ceño y se marcha. Cuando ya se ha ido, madre y yo juntamos mi botín. Es extraño: cuanto más miro las cosas preciosas que recolecté, más pienso en Mary Carr y en su encantador abrigo de pieles y en su banda de ladronas. La sensación de viajar en el coche de Maggie.

Las imágenes de su hermoso peinado bailan en mi cabeza.

—¿Recuerdas si padre ha mencionado algo sobre Las Cuarenta Ladronas?

—Están en todos los periódicos —dice madre con desinterés, y luego ríe con disimulo—. Les gusta llamar la atención por todo Londres.

—Maggie se ha unido a ellas.

Veo cómo arquea sus cejas con gesto escéptico.

—¿Maggie Hill?

Frunzo los labios y asiento.

—La he visto esta noche.

—Cielo santo, cuántos años han pasado. —Pone un brazo en jarras—. ¿Ya ha ido a visitar a sus hermanos?

—No..., y no piensa hacerlo. Estaba en el 43 con su banda. La jefa me vio recolectando y dijo que tenía talento.

Resopla.

—*¿Recolectando?*

Me encojo de hombros.

—Así lo llaman ellas. Madre, tendrías que haber visto lo que llevaba puesto. Era hermo…

—No, Alice. —Me interrumpe de inmediato y deja caer sus hombros—. No me importa qué basura te hayan metido en la cabeza, ni lo que llevaba puesto. Están aliadas con la banda de Elephant and Castle, lo que significa que son enemigas de los italianos. Mafiosas que libran guerras eternas en las calles. Eso no está hecho para nosotros y lo sabes.

Hago una mueca desdeñosa.

—¿Tú puedes venderle un cuchillo a una extraña, pero yo no puedo hablar sobre la banda de Mary Carr sin que me des una lección?

—Maggie se lo ha buscado. Déjala que se las arregle sola.

Sacudo la cabeza y empiezo a subir cuando veo tres platos en la mesa de la cocina. Me detengo y me vuelvo hacia ella.

—¿Has tenido compañía?

Vacila por un instante.

—De acuerdo, Alice, mantén la calma. ¡No te vuelvas loca!

Se me cierra la garganta.

—Tommy está en casa. ¿Dónde?

—Acaba de volver a comer.

—¿Dónde está?

—No es nada.

—¿Dónde mierda está? —Vocifero como una criatura salvaje que no tuviera cabida en una casa. He heredado el temperamento de mi padre y, a veces, hace aflorar lo peor de mí.

Louisa se asoma por la barandilla de inmediato, mirando la escena boquiabierta.

—Quería contártelo. Pero madre me ha pedido que no lo haga.

—¿Le has pedido a Louisa que mienta por ti?

—Está en el pub —confiesa madre, con un susurro tembloroso por voz—. Por favor, Alice, no montes un escándalo. Nunca puedo ver a mi hijo. No lo eches.

Salgo furiosa por la puerta.

—Te dije que no lo dejaras entrar, después de lo de la última vez.

Me sigue a la calle suplicándome.

—¡Tú no eres quien decide eso!

Le suelto una carcajada en la cara.

—Ya lo he hecho.

Camino hacia el bar de Ralph. Es el único lugar en The Mint donde puedes disfrutar una comida decente y un trago sin tener que andarte con cuidado todo el rato. Durante la guerra, Ralph dejó tiesos a seis soldados enemigos con un único rifle, y luego tomó un lanzallamas para acabar con el resto de la unidad hasta que se rindieron. Al volver a casa, todos ayudaron y le compraron el pub.

Nada más entrar, la camarera señala a Tommy, que habla con un par de prostitutas. No hace falta que me lo señale; puedo verlo en cualquier lugar. Tiene el mismo tono pelirrojo que nuestro padre, y sus gafas características. Si no lo conoces, podrías pensar que es la clase de tipo inteligente que vive de los libros. Pero te equivocarías de cabo a rabo.

—Vamos, Alice, no traigas problemas aquí —dice Ralph en cuanto me ve—. Llévatelos fuera.

Al oír mi nombre, Tommy se levanta y sale corriendo. Lo persigo por la puerta trasera, lo sujeto de la camisa y lo lanzo a un charco cercano.

Cae al suelo con un golpe fuerte y se empieza a quejar del dolor.

—Siempre es un placer verte, hermana.

—¿Qué demonios haces aquí?

Gira hacia un lado, y se sujeta el brazo ahora embarrado.

—Solo estoy de visita.

—No —digo entre dientes—. Has venido porque algún plan tuyo ha ido como el culo. Es la única razón por la que vienes. Crees que estas calles te protegerán por todo lo que hizo nuestro padre para protegerlos, pero estamos hartos de ti, Tommy. The Mint no hará nada por ti. Ni yo tampoco.

—Madre dijo que me puedo quedar. —Se pone de pie retorciéndose y alza el sombrero.

—Y yo digo que te largues. —Le quito el sombrero y lo lanzo lo más lejos que puedo.

—¿Te crees padre ahora?

—Alguien tendrá que ocupar su lugar cuando no está, y Dios sabe que esa persona no eres tú. ¿Qué has hecho, Tommy? ¡Dímelo!

Se apoya contra la pared de piedra del bar y saca una petaca del abrigo. Le da dos tragos largos y luego se sacude con el ceño fruncido.

—Discúlpame. Necesito recargar energías.

Le bloqueo la puerta con el cuerpo.

—¡¿Qué has hecho?!

Baja la mirada.

—He salvado a padre. Le he pagado un buen dinero a un abogado. Tiene conexiones con un juez que le rebajará la sentencia a padre después de la apelación, e incluso es posible que lo ponga en libertad.

—¿Un abogado te hizo una promesa y tú lo creíste?

—Sé por fuentes fiables que es un hombre de palabra.

—¿Qué fuentes fiables?

—Los Hill.

Sacudo la cabeza.

—¿Has estado en Chinatown? ¿Apostando? ¿Pidiéndoles favores a Patrick y Eli?

—Solo fui a buscar un nombre y la cantidad que querría.

Se me seca la boca.

—¿De dónde has sacado el dinero para sobornarlo?

Le tiembla el labio inferior, pero se gira a un lado para que no pueda verlo.

—Eso no importa ahora. Solo quería pasar esta noche con mi familia. Mañana me voy corriendo. Correré lo más rápido que pueda.

Ya se había metido en problemas bastante grandes, pero nunca tanto como para justificar el pavor que muestra ahora.

—¿Quién te persigue? ¿Has vuelto a robar cajas fuertes?

—Les robé a las únicas personas que se me ocurrió que podían tener esa cantidad de dinero, y me van a matar por eso. Por favor, Alice, déjame pasar esta noche. Es lo único que te pido.

Quiero decir que sí. Por lo que puedo recordar, padre siempre lo hacía Sin importar los problemas, siempre era bienvenido en casa. Pero por más que mi corazón me pida a gritos que lo consienta, mi mente razona lo contrario.

—La última vez aparecieron unos hombres y amenazaron con llevarse a Louisa si no les pagabas. Casi termina en un burdel de mala muerte. Si todo el vecindario no se hubiera unido para echarlos a patadas, ella ya no estaría aquí.

—Lo hice por ella —insiste, con un susurro que suena a súplica—. Lo hice por nosotros. Lo necesitamos. The Mint lo necesita.

—¡Pero yo estoy aquí! —grito—. Siempre me ocupo de nosotros cuando él no está.

—¡Pero tú no eres él! Nunca serás él, Alice.

Me siento desconcertada.

—¿Y crees que tú puedes serlo? ¿Por quién haces esto, Tommy? ¿Por él o por ti?

—¿Acaso importa? Yo lo salvé. Yo. No tú, Alice. Yo. —Extiende las manos mientras señala el aire contaminado a su alrededor—. Por fin he hecho algo de lo que él pueda enorgullecerse.

Sacudo la cabeza y me esfuerzo por mantener una voz firme.

—Y cuando este plan tuyo salga mal —replico—, ¿quién te salvará. Tommy?

Intenta beber de su petaca otra vez, como si de repente esta se hubiera rellenado por arte de magia.

—¿Por qué no lo puedes ver? Lo hago por todos nosotros.

—Lo haces por ti, y eres un maldito idiota por eso.

¿Y si tiene razón? ¿Y si resulta que se ha metido en un lío del que no puede salir? O del que yo no lo puedo sacar. Me paso los dedos por el pelo y cierro los ojos.

—Lo siento, Tommy, pero no puedes venir a casa. Te conseguiré un billete a Nueva York para mañana. En el primer barco. Solo necesito que madre venda algunas de las cosas que recolecté.

—Quizá no sepan que he sido yo. He sido muy cuidadoso. Quizá no tenga que escapar.

Desecho la idea con un gesto.

—Nunca eres cuidadoso. Búscame en la estación Victoria mañana por la mañana. Tendré el billete. Si no te subes a ese tren por voluntad propia, te arrastraré por los pelos.

Lo dejo en el callejón para que reflexione sobre esas cosas y vuelvo manzana arriba hasta donde mi madre, hecha un manojo de nervios, me espera en la puerta de enfrente. Está temblando, con un delgado chal sobre los hombros.

—¿Qué has hecho?

—Lo que tenía que hacer.

Paso a su lado y voy derecha al horno para calentarme las manos. Me sigue un momento más tarde, dispuesta a regañarme como una madre sobreprotectora indignada.

—¡Ve a decirle que tiene una cama aquí! Ve a decirle que siempre estará a salvo aquí.

—Eso sería mentirle, madre —replico.

—Es mi hijo —anuncia, sin molestarse en ocultar las

lágrimas que se deslizan por sus mejillas—. No puedes alejarme de mi hijo. ¡Tu padre nunca permitiría esto!

—Tu querido hijo nunca hace nada malo, ¿verdad? Olvidemos que todos los meses hace que nos destripen… Pero no hay maneras de saberlo si lo único que haces es hablar y hablar sobre él. Lo esperas todo de mí, y nada de él. Tú eres la razón por la que es como es.

—¿Quieres más afecto, entonces? ¿Eso es lo que pides, Alice?

Resoplo con amargura.

—Antes muerta que reconocer que yo soy la cabeza de familia cuando padre no está, y no tu estúpido hijito.

Por un momento, se queda sin palabras, y resopla en silencio con ira hasta que suelta:

—¡Nunca lo has querido!

—¿Que nunca lo he querido? —Repito las palabras con más fuerza y más ira para tapar el profundo desdén que impregna su tono—. ¿Crees que arreglo todos sus desastres porque me divierte?

—No vengas a fingir que no disfrutas alardeando cuando él lo pasa mal y tú apareces para quedar como su salvadora. Siempre lo has rechazado porque es el hijo de tu padre y tú eres…

—¿Una mujer? —No lo niego—. Rechazarlo no significa que no lo quiera.

Toma su abrigo de un gancho junto a la puerta.

—Lo iré a buscar. Le diré que puede venir a casa.

—Mañana se subirá al primer barco a Nueva York.

Se queda boquiabierta.

—¡No se irá sin despedirse!

—No va a volver. —Si bien estoy furiosa por estar discutiendo otra vez sobre Tommy, se me revuelven las tripas por tener que ser tan fría con ella. Tener que negarle que se despida de su único hijo—. Sabes que hablo en serio esta vez, madre. Cualquiera sea el problema que tenga, no va a cruzar el mar con él. Estará a salvo… ¿No es eso lo que quieres?

Se desploma en el suelo y entonces todo el enfado que sentía la abandona tan rápido como había aparecido. Me arrodillo a su lado y apoyo la cabeza sobre su hombro, dejando que una única lágrima brote de mi ojo y se deslice por mi mejilla. De repente, nuestro hogar, lleno de recuerdos y de risas acumulados a lo largo de todos estos años, una familia de cinco, se siente frío y vacío. Mira la mesa, y su gesto de dolor se ahonda. Supongo que ambas pensamos lo mismo. Esta ha sido su última comida con Tommy, y yo consciente de que me la he perdido.

—Me voy a dormir —le digo con suavidad—. Tengo que madrugar.

Asiente con la respiración entrecortada.

Arriba oigo los pies escurridizos de Louisa que van por el pasillo a nuestra habitación. Abre la puerta y entra a toda prisa. La veo justo cuando se mete en la cama y se acomoda.

—¿Qué has oído? —pregunto.

—¿Es verdad? ¿Le has dicho a Tommy que no puede volver a casa?

Le acaricio el cabello y le acomodo un mechón detrás de la oreja.

—Sí.

A diferencia de nuestra madre melodramática, Louisa no siente la pérdida con tanta intensidad. Su pecho tenso se calma con un alivio profundo y audible por un suspiro.

—¿Esos hombres ya no vendrán a buscarme?

—Nunca más.

Está satisfecha con mi respuesta y tararea con alegría.

—Entonces háblame del club. Háblame de la ropa que usaban y de lo que bebían. —Salta de la cama y cierra los ojos, y luego empieza a girar de modo que el camisón se agita sobre sus piernas—. ¿Bailaban?

—Todo eso —respondo con una sonrisa, y me esfuerzo al máximo por sonar alegre y relajada—. Todo era glamuroso. —La entretengo con algunas historias de los clientes excéntricos del 43 mientras me cambio la ropa y me meto bajo las sábanas, dándole una palmada al colchón a mi lado. Se sube, y suspira como en un sueño.

—¿Cómo te ha ido en la escuela?

Pone los ojos en blanco y hace caso omiso a mi pregunta. Enseguida me responde con otra cosa.

—¿Kate Meyrick es tan extraordinaria como dicen los periódicos? ¿La has visto?

—Sí.

—¡Me encantaría conocerla! ¡Una mujer dueña del club más popular de la ciudad! Apuesto a que pasa todas las tardes bebiendo té y comiendo pasteles deliciosos, mientras planea su próxima jugada. —Su voz sugiere que piensa en eso con frecuencia, o que incluso sueña con ello. Tal como yo solía hacerlo cuando aún había una pequeña niña en mi interior que se pasaba las noches soñando con una vida diferente—. Haría cualquier cosa para usar esos vestidos elegantes de satén y llamar la atención de un hombre solo con pasar frente a él en la calle.

—Algún día —le prometo—. Algún día usarás tiaras y joyas y abrigos de visón. —Le alzo la barbilla—. Pero lo de llamar la atención de los hombres puede esperar.

—Pero ya sabes que soy una mujer ahora, Alice. Muchas chicas de mi edad se están casando. Mis compañeros dicen que se te agota el tiempo y que, si no te apresuras, tu útero se va a marchitar y secar. Y cuando te quieras dar cuenta, serás una bruja.

Río.

—¿Eso dicen las chicas de la escuela sobre mí?

—También dicen otras cosas.

—¿Cómo qué?

—Que nuestra familia es peligrosa... Que las chicas Diamond son peligrosas.

Respiro hondo, tratando de encontrar las palabras correctas.

—¿Qué tiene de malo ser peligrosa?

—Yo no quiero ser peligrosa —confiesa—. Quiero ser muy feliz. ¡Quiero el sol! —Juguetea con los pulgares—. Pero también dicen que los Diamond nunca se irán de The Mint y que debo dejar de perder el tiempo. ¿Crees que tienen razón?

Pienso en ello por un largo y tenso momento.

—Sí.

Pone los ojos en blanco.

—Entonces seguro que moriré como una solterona con el útero seco.

Suelta una risita y la acerco a mí. Quizá nunca nos vayamos de The Mint. Quizás ella nunca se case con un hombre importante y elegante, ni use vestidos de satén, pero nunca dejaré que crea que no hay esperanza.

CAPÍTULO 3

LLEGAN COMO UNA TORMENTA, FUERTE Y PODEROSA, irrumpiendo en la planta baja. El marco metálico de nuestra cama se sacude cuando desatan la destrucción dentro del local, insultando a mi madre.

—Baja ahora, lady Diamond. Te devolvemos algo.

Parpadeo para acostumbrar los ojos a la luz y me levanto de golpe. Louisa se levanta y grita, y se tapa la boca un segundo más tarde.

Oigo los pies de madre deambular por el suelo. Entra a nuestra habitación sin aliento y con solo una parte de la bata puesta.

—No bajes —le imploro.

Oigo el estallido agudo de un cristal y Louisa grita con la boca tapada.

—¿Quién es? ¿Qué quieren?

Madre, que por lo general lleva el cabello envuelto con un pañuelo, ahora tiene una trenza sobre la espalda. Parece un auténtico desastre, pero cuando ve lo aterrada que está mi hermana se cierra la bata y le da una palmada en la cabeza.

—Quedaos aquí arriba —le gesticula a Louisa, y toma un cuchillo de trinchar que hay sobre el dintel.

Recojo las sábanas a toda prisa, ato una punta al marco de la cama y arrojo la otra punta por la ventana.

—Si suben, vete por la ventana. Ve al bar y busca a Ralph. Él te mantendrá a salvo.

Louisa asiente y se acurruca debajo de la ventana.

Tomo la daga que siempre tengo debajo del colchón y bajo con madre por la escalera de madera hacia el peligro que nos espera allí abajo. Dos hombres corpulentos nos reciben con miradas inquebrantables y severas, mientras dan vueltas a la mesa del local como posibles clientes.

Estudio detenidamente la escena. Hay otros dos hombres junto a la puerta: uno está sentado en el sillón leyendo un libro que tomó de la biblioteca de madre y el otro deambula frente a la puerta agrietada, y fuma un cigarrillo. Cuatro hombres contra dos mujeres.

No tenemos una gran ventaja, pero en peores situaciones nos hemos visto.

—Ah, la ilustre lady Diamond —dice uno de los hombres que hay en la mesa. Tiene un bastón en su mano derecha y está vestido con un traje hecho a medida, un bombín y zapatos de cuero pulidos. A su lado, su compañero mucho más alto, viste casi idénticos ropajes. Ambos tienen la misma tez y las mismas facciones, lo que implica que deben de ser parientes. ¿Primos? ¿Hermanos? Me tomo un momento para grabar sus rostros en mi memoria; si se atreven a lastimarnos, recordaré sus caras cuando llegue la hora de la venganza.

Mi madre, sin embargo, parece saber algo que yo ignoro, porque está más pálida que un fantasma.

—Wal y Wag McDonald. —Se acerca a ellos con dudas, perdida la confianza con la que sostenía el cuchillo.

¿Los hermanos McDonald? Los miro con más intensidad. Su reputación los precede; una dupla tenebrosa que siempre aparece en los periódicos relacionada con algún asesinato sin resolver o algún tiroteo hecho desde algún vehículo. No los conocía, y no tenía intención de hacerlo.

Ellos han sido una de las razones por las que rechacé la propuesta de Mary Carr en cuanto me la formuló.

¿Por qué han venido desde Elephant and Castle a estas horas de la noche?

—Mi esposo no está aquí, Wag. Tommy tampoco —dice mi madre, la voz temblando de manera casi imperceptible mientras retrocede con paso lento y cuidadoso.

—Ya sabemos lo de tu esposo y su destino. Es una lástima. Nuestras más sinceras condolencias —dice Wag con tono conciliador. Toma una silla y se sienta, mientras Wal sigue de pie detrás de él, ambas manos detrás de la espalda. A pocos metros, el matón que está junto a la puerta se asoma como un perro guardián. No me gusta no poder verle la cara, ya que se mantiene oculto en las sombras.

—Tu esposo no tiene nada que ver con esto, lady Diamond, solo tu hijo. —Wag sacude la mano y otro matón entra, arrastrando a Tommy de los pelos. Lo han molido a palos y tiene uno de los ojos tan inflamado que no lo puede abrir. Unas cuantas marcas moradas y húmedas se extienden por toda su cara. Mi cuerpo entero queda rígido, la boca apretada con fuerza, y la ira me invade de la cabeza a los pies. No creí que fuera posible odiar a un extraño, pero aquí estoy, dispuesta a moler a palos a dos.

—Tu hijo ha estado abriendo cajas fuertes otra vez, y le ha dado por hacerlo con una de las nuestras. La única razón por la que no está muerto es el tráfico de armas que Thomas hizo para nosotros el año pasado.

—¿Tráfico de armas? —pregunto en voz alta.

—¡Ahora no, Alice! —Mi madre alza la mano al aire para callarme—. ¿Cuánto se ha llevado?

—Más de mil libras.

Me ahogo cuando escucho la cifra y abro la boca, sorprendida. ¿Mil libras? Nunca podremos pagar eso, da exactamente igual lo que hagamos.

Como quien no quiere la cosa, le da la vuelta a una de las cartas de tarot que hay sobre la mesa.

—¿Predijiste esto, lady Diamond? ¿No te molestaste en mirar tu bola de cristal esta tarde?

Su hermano lanza una sonrisa burlona. Se la devuelvo entre dientes.

Qué tipo tan patético.

—Tengo una idea —dice de repente—. ¿Por qué no me lees la mano? Dime lo que ves. Dime lo que *haré*. —Mira detrás de mí hacia la escalera—. ¿Louisa sigue durmiendo con todo este ruido? Apuesto a que no. La curiosidad puede ser una cosa poderosa en una niña, aunque me parece que ya no es una niña. Dieciséis añitos, casi una mujer.

El hecho de que sepa tanto sobre nosotras, en especial sobre mi hermana, hace que apriete con fuerza la daga que llevo en la mano; me imagino mientras se la clavo en el pecho. Sabe lo suficiente como para amenazarnos, para hacernos daño, y quiere que lo sepamos. Miro hacia arriba, aliviada de no ver a Louisa ahí escuchando.

Empiezo a escuchar un zumbido en mis oídos y ni siquiera reconozco mi voz agitada cuando digo:

—¿Y si te ha hecho un favor? Si Tommy es capaz de robarle a alguien como tú, no queda otra explicación: o los periódicos se equivocan cuando hablan de vosotros dos o vuestras medidas de seguridad son una mierda.

Madre me traspasa con la mirada como si me hubiera arrojado unas dagas.

El matón que se sentaba en el sillón se pone de pie y avanza con aire dramático, pero Wag alza la mano para detenerlo. Abre la boca, doy por hecho que para decirme todas las cosas que podría hacer para infligirme daño, pero me adelanto y salto hacia él, dejando a un lado a mi madre y situándome cara a cara.

—Si quieres intimidarme, te aseguro que lo lamentarás.

Sonríe como si le hubiera contado un chiste en lugar de amenazarlo.

—¿Sabes? Estas calles hablan de ti, Alice Diamond. Estás a la altura del espíritu luchador de un hombre con el temperamento de tu padre. Imagino que piensas en todas las maneras de hacernos pagar por esto. ¿Una pelea, quizá?

—No me asustaría; solo eres otro criminal más. No eres diferente del resto de los que vivimos en The Mint. Tan solo vistes mejor.

—No vas a pelear con nosotros —dice Wal, que al fin se une a la conversación—. ¿De qué serviría? Moriría gente y la deuda no se pagaría. Hemos venido para hacer negocios. No queremos matar a Tommy. Es un talento útil y genuino cuando no está borracho.

—Entonces, ¿qué queréis? —Mi madre se aclara la garganta y muestra su cuchillo, pero el movimiento delata que tiene las manos temblorosas—. ¿Cuál es el trato?

—Él se viene a trabajar para nosotros y, de ese modo, pagará la deuda. Robará cajas fuertes para nosotros. Nos vendría muy bien un tipo con ese talento.

—No —escupo—. No va a trabajar para vosotros.

—Por encima de mi cadáver —gruñe madre.

—No estáis en posición de negociar —dice Wag, que mira con aire de superioridad a Tommy en el suelo.

Estoy a punto de llorar, mientras pienso en todo el dolor que debe de sentir, pero controlo la necesidad. No mostraré debilidad frente a ellos. La reputación de los Diamond depende de que cada una de nosotras se mantenga fuerte, aunque estemos tan desesperadas por prorrumpir en lágrimas.

—¿Cuánto tiempo tenemos para pagar? —pregunto.

Wag suspira.

—Ya sabemos que no podéis.

—¿Cuánto? —Grito más fuerte—. Ya está bien de darle vueltas. Terminemos con esto, y así puedo seguir durmiendo.

Wag se cruza de piernas y toma un cigarrillo del bolsillo del abrigo. Uno de los matones sale de las sombras por un breve instante para prender un fósforo y encenderle el cigarrillo.

—Siéntate, entonces. Si vamos a hacer negocios, hablemos como caballeros.

Me siento con cuidado en la silla al otro lado de la mesa, la mirada fija en la suya. Juego con la daga en mi mano, la hago girar entre mis dedos.

—Cuéntame algo. Me pasé años tratando de convencer a tu padre de que trajera a su familia a Elephant and Castle para servir a nuestro liderazgo. Podríais prosperar con nosotros. Toda tu familia podría, si tenemos en cuenta vuestro arsenal de talento. Pero siempre lo rechaza. ¿Por qué?

Me froto la frente.

—¿Y a ti qué te importa?

—No me gusta que me rechacen.

—Eso te debe hacer bastante popular entre las mujeres.

Su hermano suelta una risa al oír eso, y Wag levanta una ceja con aire de reproche.

—Me harás un favor si contestas y, teniendo en cuenta todo esto, creo que no pido demasiado.

Miro a mi madre y me humedezco los labios, demorando una explicación que no tengo ganas de contar. Siempre insisto en dejar el pasado atrás. Es la única manera de sobrevivir en The Mint.

—Cuéntaselo —dice mi madre, que se queda detrás de mí y me pone una mano sobre el hombro. Me inclino hacia delante para mirarlo a los ojos, deseando captar toda su atención.

—Hace unos años, cuando era niña, los italianos vinieron a reclutar a mi padre. Sabían que juntos iban a formar una temible alianza. Pero él les dijo que no, como yo te digo ahora.

—No puedo imaginar que eso saliera bien.

—Se lo tomaron como una ofensa, así que fueron a la casa de mi tío y asesinaron a toda su familia mientras dormía. Un hombre, un cuchillo... y seis cadáveres.

Yo estaba con mi padre cuando descubrimos los cuerpos. Aún siento el olor metálico de la sangre agria si pienso mucho en eso.

La voz de mi madre se quiebra cuando dice:

—Un cobarde por la noche... Matando niños. Eran inocentes.

Refuto su idea.

—Unirse a una banda no es unirse a una familia: es la muerte de una familia.

—Nosotros no somos los italianos —responde con una pizca de desesperación—. Somos sus enemigos. El enemigo de mi enemigo es mi amigo.

—Para nosotros, sois todos iguales. Vosotros también matáis gente inocente, y todo ¿para qué? ¿Para controlar las carreras? Cuando matamos a alguien, se debe a que no tenemos otra opción. Cuando lo hacéis vosotros, es por poder o por ver quién ha meado más lejos al final del día. Un hombre hiere vuestro orgullo y es hombre muerto. Nosotros no trabajamos así.

Los hermanos intercambian una mirada rápida y silenciosa. Wag se pasa una mano por el rostro mientras medita al respecto.

—¿Quieres hacer un trato, entonces?

—Un trato —confirmo—. Te pagaremos con intereses. Solo dame algunas semanas.

Ladea la boca y luego levanta la mano. Dos dedos.

—Dos. Mil libras más intereses.

—Treinta por ciento —interrumpe Wal con educación, como si de algún modo pudiera hacer valer los buenos modales para justificar la intromisión.

Wag asiente.

—Treinta por ciento de intereses. Si no pagas en dos semanas, tu hermano viene a trabajar para nosotros.

Mira por la ventana y por un momento reflexiona acerca de algo con tal intensidad que frunce el ceño.

—Cuando llegamos aquí, nos empezó a seguir un grupo de tipos que miraban qué clase de problema traíamos. No nos tenían miedo. La única razón por la que no nos atacaron fue porque teníamos a Tommy.

Le dedico una sonría triunfal desvergonzada.

—Como ya he dicho, en The Mint no sois más que otros criminales, como cualquiera de nosotros.

Wal se acerca a él y mira por la ventana hacia la oscuridad neblinosa.

—Incluso ahora esperan, miran este lugar como si esperasen una especie de orden de él.

—De él no —lo corrige mi madre, con tono lúgubre, y me mira.

Confundido, Wag toquetea su sombrero.

—The Mint sigue a tu esposo… Hacen todo lo que él les pide. Tiene su propia banda aquí, aunque no quiera admitirlo. Hombres y mujeres que siguen su código. Sus maneras. ¿Por qué no seguirían a su hijo cuando él no está?

—No siguen a Tommy —declaro con frialdad.

—Te siguen a ti —replica Wal de repente, su voz encendida por la curiosidad—. Así pues, ¿tú eres la cabeza de la familia Diamond cuando tu padre no está aquí?

Siento que mis fosas nasales se ensanchan.

—Si tenemos en cuenta lo que Tommy acaba de hacer, no hace falta ser muy inteligente para darse cuenta quién está a cargo.

Una sonrisa parte el rostro de Wag.

—Es la primera vez que negocio con una dama por algo como esto. Hacemos negocios con Mary Carr, pero su ámbito es aburrido. Solo hablamos de porcentajes, bienes y servicios mientras nos tomamos una copa por la noche. Pero tú estás en el mismo negocio que nosotros, ¿verdad, Alice? Cosas retorcidas para gente siniestra. Esto es territorio inexplorado para mí.

Me inclino hacia delante.

—Hacer un trato con una mujer no cambia el territorio. Lo único que nos diferencia es lo que tenemos entre las piernas.

Otra sonrisa.

—Tenemos un trato entonces.

—¿Y si lo pago? ¿Estamos en paz?

—Estamos en paz —conviene—. Nos iremos y te dejaremos con estas calles apestosas como hicimos con tu padre.

Asiento, sin tener la menor idea cómo reuniré toda esa cantidad de dinero, pero desprendo confianza y tranquilidad cuando respondo:

—Bien.

Ambos nos ponemos de pie. Él endereza su abrigo y recorre la habitación con la mirada.

—Es una lástima que no seas un hombre. Pero tenemos a Tommy como el heredero de su padre y tú eres la que debe limpiar sus errores. ¿Cuándo decidirás que ya es suficiente?

Mis ojos deambulan una vez más hacia Tommy.

—¿Hasta dónde serías capaz de llegar por tu familia?

—Hasta el infierno —contesta él—. He bailado con el mismísimo diablo.

—Yo haría lo mismo.

Wag termina el cigarrillo y lo arroja a los pies de mi madre.

—Bueno, entonces. Nos iremos y doy por hecho que les pedirás a los tipos de fuera que no hagan nada, ¿verdad? No quiero problemas cuando salga.

Una vez fuera, el aire neblinoso de la noche difumina las calles y lo único visible son los faroles rotos. Si bien no puedo verlos, los noto ocultos en la oscuridad, acechando como animales a sus presas. Lo cierto es que no quiero decirles que no hagan nada. Quiero ver cómo usan sus cuchillos sobre la carne de los McDonald por haber pegado a Tommy. Pero matarlos no solucionará nada. Solo desataría una guerra más grande que no podríamos ganar.

Levanto la mano en la neblina y aparecen en la oscuridad. Uno por uno. Algunos hombres, algunas mujeres, unos pocos adolescentes. Todos ellos con talento. Todos con algo oscuro. Ralph dirige a las tropas y tiene dos cuchillos largos en cada mano. Brillan como los diamantes que les robé a los dedos y cuellos del 43 hace solo unas horas.

—Alice —dice con voz grave—. ¿Necesitas que te echemos una mano?

—Dejadlos pasar —digo.

Wal y Wag se tocan los sombreros y se suben a dos automóviles que esperan en la calle. Antes de cerrar la puerta, Wal dice:

—Nos vemos pronto, señoritas. Que tengan una hermosa noche.

Ralph guarda sus cuchillos y observa a los coches desaparecer a lo lejos.

—¿Ese era quien yo creo? ¿Qué ha hecho Tommy?

—Yo me encargo —le aseguro con tono cortante, y regreso a la casa sin decir ni una sola palabra.

Una vez dentro, mi madre y yo corremos hacia mi hermano y le damos vuelta, parpadeando entre lágrimas.

—¡Tráeme algunos paños y agua caliente! —ordeno.

Corre a buscar toallas limpias.

—Estúpido cabronazo. —Busco la sábana de lana del sofá para taparlo—. Podrías haberle robado a cualquier otro, ¿por qué a ellos?

—Lo siento —dice entre lágrimas, y se acurruca en la manta—. Quería hacer algo de lo que él estuviera orgulloso..., por una vez. Quería ayudar. Tenías razón, Alice. Siempre tienes razón.

Con brusquedad, le froto los brazos para calentarlo.

—Te pediré que me repitas eso por la mañana.

Esboza una sonrisa y luego se retuerce de dolor con las manos sobre el estómago.

—¿Qué vas a hacer? ¿Cómo vas a conseguir tanto dinero?

—Ya se me ocurrirá algo. Siempre se me ocurre.

Madre regresa con paños de cocina y agua caliente que hirvió en el quemador. Mojo uno de los paños y lo apoyo sobre la herida que le rodea el ojo.

Ella se pasa los dedos por el pelo.

—¿Por qué demonios robaste ese dinero? —Tommy y yo no decimos nada, pero nuestro silencio lo dice todo—. ¿Alice? ¿Tommy?

Tommy tose otra vez y yo vacilo, pero luego le cuento la verdad con un suspiro lleno de reticencia.

Abre la boca y le da unos cuantos pescozones a Tommy. Él se sujeta la cabeza y grita, pero no hace nada en respuesta.

—¿Has robado todo ese dinero por una promesa vacía? ¿Sabes cuánto ha trabajado tu padre para mantenernos lejos de esas guerras entre bandas y aun así nos metes en una?

Parpadeo lentamente cuando recuerdo una parte de la conversación con los hermanos.

—¿A qué tráfico de armas se referían?

Ella se detiene por un momento.

—Tu padre les debía una buena cantidad de dinero hace un tiempo. Una deuda que no pudo pagar. Usó el préstamo que le entregaron para organizar un asalto a un depósito de Southwark, pero salió mal. Dijeron que se olvidarían de la deuda si tu padre aceptaba entregar algunas armas para ellos. Lo hizo y eso fue todo.

La revelación hace que mi corazón empiece a latir con más fuerza.

—Ah, ¡qué mierda brillante! Nunca se cansó de repetirnos que no nos metiéramos con las bandas, y él va y lo hace.

Se pone de pie abruptamente.

—Hicimos lo que teníamos que hacer. Eso es lo único que importa. Deberías ir a dormir, Alice. Ya termino yo de atender a tu hermano. Tienes que levantarte muy temprano para ir a trabajar con el señor King. Ahora más que nunca es importante que nos ganemos su confianza. Revisa el lugar y llévate todo lo que puedas, y así podremos pagarles a los hermanos. ¿Sabes la combinación de su caja fuerte?

Sí. La sé desde que empecé, pero miento.

—No —digo, y bajo la vista para que no pueda verme los ojos—. Cierra la oficina todos los días cuando se va y no se me permite limpiarla. Será un cabronazo, pero es inteligente.

—Alice —dice mi nombre, sin dar crédito a lo que oye—. Nunca tardas tanto. ¿Qué está pasando?

—Averiguaré la combinación —digo, evitando una respuesta directa—. Pero ¿y si lo que hay no es suficiente?

—Ya pensaremos en otra cosa. —Su mirada se endurece—. Lo que haga falta para mantener a Tommy lejos de sus garras. Se convertirá en su esclavo, lo sabes.

—Lo sé.

—Tenemos que salvarlo.

—Lo sé.

—No puedo perderlo, Alice. No puedo. —Las palabras brotan como un balbuceo casi incomprensible y empiezan a temblarle las manos. Apoyo las mías sobre su cara y la obligo a mirarme a los ojos.

—Lo sé, madre.

***

Por la mañana, Louisa y yo nos vestimos en silencio. Abajo, madre desayuna en la mesa y sus ojeras delatan que no ha llegado a dormir. Tommy está en su camastro improvisado mientras comemos. Espero a que Louisa se vaya a la escuela antes de tomar el tranvía hacia la mansión de los King en Highgate.

Llego con unos minutos de retraso. Alba, el ama de llaves, ya tiene abierta la puerta. Me aguarda, contrariada y con el ceño fruncido.

—Ya he aceptado que no se te da bien casi nada, pero al menos podrías ser puntual.

—Lo siento —me excuso.

Me examina con los labios fruncidos.

—¿Has venido corriendo? Vaya desastre de pelo. —Cuando se acerca para alisarme algunos mechones sueltos, admiro su belleza. Su piel es de un color café radiante y precioso, y sus ojos tienen destellos de una juventud llena de aventuras que ya no me contará ahora que la vida le ha pasado por encima.

Apuesto a que el trabajo la abruma hasta tal punto que se siente mucho mayor de lo que es.

—El señor King quiere que vistas a Pearl y la prepares para el almuerzo. Hará una disculpa formal a sus amigos por lo de anoche, así que asegúrate de que tenga un aspecto adecuadamente modesto.

—¿Qué pasó anoche?

—Ponte a trabajar. Menos movimiento de lengua y más movimientos de pie.

Recibo sus insultos con los ojos en blanco, como de costumbre. Al igual que el club de Kate, la casa de los King es una preciosidad. Sus paredes oscuras rodean suelos de mármol blanco y negro enlosados en un patrón de espina de pez, y si bien el vestíbulo está vacío, sospecho que anoche estaba repleto de invitados que bebían y cotilleaban sobre el último espectáculo del señor King. Me puedo imaginar al hombre, erguido frente a su barra de caoba con su traje de Shaftesbury Avenue hecho a medida, pavoneándose y holgazaneando como un falso rey.

Alba exhala.

—La señorita King se emborrachó, como de costumbre. Tendrás que trabajar a fondo para dejarla presentable. ¿Crees que puedes encargarte?

—¿Cómo de borracha estaba?

—¿Acaso importa? Si es una tarea tan difícil, estoy segura de que puedo encontrar a otra cuidadora. Más silenciosa, también. Capaz de cumplir órdenes sencillas.

Me contrataron para ser la segunda de Alba, recibir órdenes o tareas que ella se ha ganado el derecho de delegar. Pero, en mi tercer día de trabajo, evité que la esposa de King, Pearl, se tirara por el balcón durante un numerito que montó estando borracha. Ahora recibo órdenes de Pearl, y no pasa un día sin que Alba me deje claro cuánto le molesta eso.

—La dejaré presentable —le aseguro, y avanzo hacia la enorme escalera que lleva a la habitación de Pearl. A diferencia del resto de la mansión, que es moderna y elegante, su habitación es un florido desastre victoriano. Incluso sus sábanas de seda tienen pequeños dientes de león. En más de una ocasión he pensado en llevármelas.

No hay nada mejor que la seda sobre la piel.

Paso por su vestidor gigante y entro al lavabo, donde la encuentro bañándose en su bañera de cuatro patas llena de burbujas. Me mira y se queja con enorme dramatismo.

—Me encanta eso de no tener ni un momento a solas y que estés aquí siempre conmigo todas las mañanas. —Su voz desborda sarcasmo—. ¿Ya te he dicho cuánto aprecio tu presencia?

Esbozo una sonrisa en respuesta y me siento al borde de la bañera y le alcanzo una esponja.

—Todos los días desde hace semanas. ¿Llevas bañándote toda la mañana? —Se queja en respuesta—. ¿Por qué estás tan triste? ¿Te metiste en problemas anoche?

—Fue el cumpleaños de mi amado. —Pone los ojos en blanco con mueca de disgusto y, de repente, noto que la delicada piel debajo de sus ojos está morada. Si cerrara mis ojos ahora mismo, vería a Tommy en el suelo, molido a golpes con el mismo moretón. Me aclaro la garganta.

—¿Qué pasó?

—Lo hice todo para impresionar a esos estúpidos del teatro, pero lo eché a perder.

—¿Te pegó otra vez?

—Yo lo provoqué. —Esboza una sonrisa con placer al recordarlo—. Él hacía el ridículo. Hablaba con una chica del coro tan joven que podría ser su hija, y trataba de llevársela a la cama. Estaba quedando como un tonto, así que bromeé sobre su capacidad de tener una erección. Aún puede, ya sabes, a pesar de la nieve. Pero nunca la veo; cierro los ojos cada vez que lo tengo encima de mí. —Suelta una risita efusiva—. Dije eso frente a todo el mundo… Fue glorioso. Le hice pasar mucha vergüenza.

No me río porque el moretón me perturba. En gran medida, porque ella ha empezado a gustarme, pero también porque, cuando los hombres me pegan, yo respondo pegando. Pearl King es diferente. Una superviviente, no una luchadora. Todo el espíritu que tenía se lo sacaron a golpes desde mucho antes de que yo llegara aquí.

—Estoy hundida, Alice. ¿Qué esperabas? —Como si pudiera leerme la mente o el rostro—. Y estar así significa que no tengo nada que perder.

Respiro hondo en respuesta. La verdad es que no sé qué hacer con alguien que está hundida, por lo que, cada vez que tengo la oportunidad de robarle, encuentro una razón para esperar otro día. Otra semana. Otro mes.

Meto los dedos en el agua de la bañera. Está fría.

—Vamos a sacarte de aquí y vestirte.

Se pone de pie, goteando agua, y busco una toalla; entonces, una vez que se seca, se pone su negligé de seda con un ribete color lavanda. Cepillarla y vestirla lleva bastante tiempo. Esta criatura tiene una pereza infinita, se mueve con muy poco entusiasmo, excepto cuando lleva una copa en la mano.

Pearl King solía aparecer en todos los periódicos, una joven actriz que empezó a actuar a una temprana edad y creció a la luz de la fama. La actriz favorita del señor King. Era una chica preciosa, según lo que había leído. Pero después de casarse, empezó a ser más conocida por sus excesos: drogas, fiestas, alcoholismo. A veces, ni siquiera estoy segura cómo se las ha arreglado para sobrevivir a todo eso.

Una vez que Pearl está cambiada y abajo, bebiendo una taza de té, me concentro más y más en los sucesos de anoche. La deuda es real. Lo de ayer pasó de verdad y tendré que hacer algo para arreglarlo.

Si no devuelvo el dinero, todos estaremos condenados.

—¿Qué pasa? —Las cejas de Pearl se arquean movidas por la curiosidad mientras abre el periódico frente a ella—. Siempre hablamos de mí, pero tú eres un misterio. Por mí está bien, pero ¿qué te parece si por hoy, solo por hoy, cambiamos las tornas?

—No es nada, señorita King —digo mientras le sirvo un poco de leche—. Problemas familiares.

—Entonces, ¿se te permite conocer cada detalle de mi trágica vida, pero yo no puedo echarle ni siquiera un vistazo de la tuya?

Esbozo una sonrisa, y luego me siento a la mesa.

—Mi hermano ha hecho una tontería, algo que ha puesto a mi familia en peligro.

Se inclina hacia delante, una curiosidad furiosa.

—¿Peligro? ¿Qué clase de peligro?

Una parte de mí se ve tentada a contarle la verdad; confío en que me guarde el secreto, teniendo en cuenta todos los secretos que le guardo yo. Pero no puedo confiar en la gente de fuera, en especial aquellos que tienen la barriga llena. Hace tanto tiempo que vive una vida de lujos que nunca podría entender a mi familia, ni nuestra situación.

—Es complicado.

—¿Necesitas dinero? —Se envara ante la idea—. Aunque no podría prestarte nada. Harold lo controla todo. —Lo medita durante un buen rato—. Pero puedes tomar algo de mi armario y venderlo. Tengo cosas que no he usado en la vida. ¡Llévatelas todas!

Esbozo una sonrisita y sacudo la cabeza con suavidad. Empeñar sus prendas de alta costura podría ayudar un poco, pero no sería bastaría para pagarlo todo.

—No vas a renunciar, ¿verdad? —El tono burlón al que me había acostumbrado da paso a otro que es suave y vulnerable—. No puedes renunciar. Podría morir sin ti. Casi me muero sin ti.

No hay rastro de melodrama en su voz, solo una cruda sinceridad. Busco su mano, un gesto esperanzador y reconfortante con el que calmar su creciente ansiedad.

—No renunciaré. Pero no lo desobedezcas hoy. No le des motivo alguno para que te castigue. —Miro su ojo golpeado una vez más—. ¿Me prometes que harás eso? ¿Dirás lo que él quiere que digas?

Hace un puchero con los labios y pone los ojos en blanco.

—No tiene nada de divertido.

De repente, el señor King sale de la biblioteca mientras llama a gritos a Alba. Su voz fuerte resuena por todos los pasillos como un trueno. Gira hacia el comedor justo cuando aparto la mano.

—¿Holgazaneando? Te pagamos para que cocines y

limpies, no para que te comas mi comida y parlotees sin cesar con la sinsustancia de mi esposa.

Me sobresalto y asiento levemente. Me lanza una mirada firme. Para hacerle justicia, es un hombre imponente con un físico fornido y con algunas canas que intimidarían a cualquiera. Bueno, a cualquiera menos a mí.

Gruñe en silencio, irradiando olas palpables de ira. Los hombros de Pearl tiemblan, pero levanta la cara.

—Me voy a uno de los teatros por unas horas, pero te veré a la hora del almuerzo —dice, mientras se alisa el chaleco—. Espero que seas cortés y educada con nuestros huéspedes. Te comportarás como una verdadera esposa y no me avergonzarás nunca más.

—¿Quieres que les mienta a la cara y que cuente que lo que dije anoche no iba en serio?

Arremete contra ella y la sujeta por la barbilla. Por instinto, me acerco, dos pasos que más bien parecen saltos, y sujeto la silla para detenerme, mientras mi corazón late desbocado. Pearl empalidece. La aprieta con la suficiente fuerza como para que se retuerza de dolor.

Inspecciono rápidamente el lugar y le echo el ojo a un tenedor. Me imagino clavándoselo. Los pequeños dientes atravesando su piel hasta hacerlo sangrar, mientras se sacude como un pescado atrapado en un anzuelo, llamando a Alba a gritos para que lo ayude. ¿Podría salirme con la mía? Estudio la distancia que hay hasta la puerta. Podría escaparme. Pero ¿hasta dónde llegaría?

—Si no dices lo que te pedí que dijeras, haré que te internen —dice con un gruñido grave, mostrando los dientes—. ¿Me has entendido, Pearl?

Asiente rápidamente con gesto sumiso y la suelta empujándola hacia atrás. Ella se toca la mandíbula con cuidado y deglute el desayuno de manera ostensible.

—Y tú… —Sacude una mano en mi dirección, haciendo

memoria hasta dar con mi nombre—. ¿Alice? Alba me dijo que has llegado tarde esta mañana. Si no puedes llegar a tiempo, búscate otro trabajo. ¿Entendido?

Mi cuerpo entero tiene la necesidad de empezar a atacarlo, pero me obligo a reprimir el impulso y le respondo con modestia.

—Sí, señor.

—No eches esto a perder —le dice repite a su esposa. Antes de irse de manera definitiva, cruza el vestíbulo a toda prisa, cierra la puerta de la biblioteca y guarda la llave en el bolsillo del traje.

Lo único que necesito es un momento sin Pearl a mi lado para robarle la llave, desbloquear la puerta y abrir la caja fuerte. Quizás este sea el momento; si no les robo cuanto antes, lo más probable es que cometa alguna estupidez y mate a este cabronazo con un tenedor.

Pero si me voy, le habré mentido con lo de que no iba a renunciar, y con ello la condenaría. Miento todo el tiempo. Al menos una vez por día. ¿Por qué me siento culpable ahora? ¿Por qué siento un dolor en el pecho ante la idea de abandonarla?

Cierro los ojos e intento enterrar la emoción.

No puedo salvarla. No puedo salvar a nadie.

El señor King se va con la llave y el alivio inunda mi cuerpo.

Quizá mañana.

CAPÍTULO 4

SALGO DE LA CASA DEL SEÑOR KING Y TOMO UN TRANVÍA
hacia Chinatown, donde los chicos Hill llevan a cabo su negocio. El chirrido metálico y los temblores del tranvía sobre
las vías hacen que sea imposible pensar más allá de mi ira.
Me sujeto al asiento de madera hasta que mis nudillos quedan blancos, mientras repiqueteo levemente el pie contra el
suelo.

Cuando finalmente me bajo, alzo una mano para tapar
el sol brillante de la tarde, luego parpadeo varias veces para
ajustar los ojos a la escena que tengo por delante. Chinatown rebosa de color, calles angostas delineadas por casas
cerradas y tiendas, un contraste precioso con las apagadas
sombras grises de The Mint. Paso por un mercado atestado de gente, donde el aroma de las carnes curadas y las
especias exóticas impregna mi nariz, pero no me detengo a
comprar nada porque unos rostros me miran, y siguen mis
pasos por todo el mercado.

Soy una extraña en sus calles y quieren que lo sepa.

A pesar de las miradas intranquilas, no me siento intimidada ni preocupada cuando me detengo frente a la pequeña casa de apuestas de los Hill y le doy mi nombre al
hombre de la puerta. Asiente en silencio, entra y al cabo de
un minuto sale para pedirme que lo siga.

El olor a humo de cigarrillo me consume. Hay un único salón abierto, repleto de mesas redondas con hombres que se gritan y apuestan en una neblina extasiada por el consumo. No hay ventanas que den indicio alguno sobre el paso del tiempo, solo una cantidad creciente de botellas de licor vacías. Pueden llevar aquí horas o días, y no hay manera de que lo sepan a menos que salgan de allí.

Algunos van mal vestidos, desplomados sobre las mesas, ahogados en su mala suerte. Otros tienen trajes caros hechos a medida, lo que sugiere que, fuera de esta pocilga, son hombres de estatus y poder; personajes que dejan atrás vienen cuanto cruzan esa puerta.

—Están al fondo. —El matón señala en esa dirección y vuelve a la entrada.

Detrás de una cortina negra, Eli y Patrick deambulan alrededor de un escritorio con varios documentos. Hay algunos hombres desperdigados por el lugar, más matones contratados para evitar que nadie se pase de la raya.

—¡Alice! —dice Patrick, y se levanta para abrazarme. Tiene un rostro agradable, con piel suave y juvenil, y un cabello claro frondoso. Me da un beso en la mejilla y me toma de la mano—. Cuánto tiempo. ¿Quieres un trago?

Doy un paso hacia atrás, sin abandonar la expresión tensa.

—¿Cuál de vosotros recibió a Tommy la última vez que vino?

—Yo —responde Eli, que me taladra con la mirada. Es el polo opuesto a su hermano. Tiene una complexión más rígida, ojos grandes y una barbilla rectangular, el cuerpo repleto de heridas de batalla que lleva con orgullo, y no le cuesta nada llevar las mangas levantadas y el cuello de la camisa abierta. Ahora tiene la cabeza rapada sin rastro alguno de los rizos rubios descuidados que tanto me gustaban cuando éramos pequeñitos. Casi me duele tener que proyectar mi ira hacia él.

—¿Le proporcionaste a Tommy información sobre a quién tenía que pagarle para que excarcelen a mi padre?

—Le dije que le había funcionado a un amigo. —Se pone de pie y empieza a caminar hacia mí—. Pero que había un cincuenta por ciento de probabilidades.

Cierro la mano con firmeza y, haciendo a un lado a Patrick, le asesto un puñetazo en la cara a Eli que hace que su cabeza recule hacia atrás. Se tropieza y deja salir un gruñido primigenio. Quiere golpearme, lo puedo ver en sus dientes furiosos, pero no lo hace. Incluso cuando le empieza a sangrar la fosa nasal izquierda, no lo hace. Nunca me ha pegado y no lo va a hacer nunca.

Fuimos amantes en cierta ocasión, no hace mucho. Yo amaba al animal en que se convertía si lo presionaban lo suficiente. La oscuridad de su interior que con tanta frecuencia reservaba para los negocios. Pero en ese momento quería hacerle daño a ese animal y enviarlo corriendo a su jaula.

—¡Nos has arruinado la vida! ¡Has matado a Tommy!

Uno de sus guardias ya me tiene sujetada con la fuerza de un tornillo de banco, tratando de arrojarme al suelo, pero Eli levanta una mano y lo detiene.

Mi puño palpita de dolor. Tengo un corte en uno de los nudillos; puedo sentir el aire frío en la herida.

Eli toma un pañuelo del bolsillo de su chaleco y busca mi mano ensangrentada. Me resisto, pero la sujeta con fuerza hasta que me venda el nudillo con fuerza. Un músculo de su mandíbula inferior tiembla levemente.

—¿Qué ha pasado?

—¡No seas imbécil! Sabías que cometería una estupidez con esa información. Deberías haberme buscado a mí. Deberías haberme avisado.

—Tommy pidió un nombre. Y se lo di. Se fue de aquí riendo con la idea de pagarle al abogado. No sabía que hablaba en serio.

—Ha robado a los hermanos McDonald.

Patrick ahoga un grito.

—¿Cuánto les ha robado? ¿Está muerto? ¿Tommy está muerto?

—No —confieso a regañadientes, mientras aparto la mano con un siseo—. No está muerto; no todavía. Pero todo se ha salido de control, como siempre. ¿A que no adivinas quién vino a vernos a casa?

—¿Qué quieren? —pregunta Eli, arqueando las cejas con gesto preocupado—. Podemos arreglar las cosas para que escape de Londres. Esta noche, si lo necesita.

—¡El hecho de que se vaya no va a cambiar la deuda!

Patrick parpadea lentamente.

—¿Cuánto es? Podemos ayudar.

—No quiero tu maldita ayuda. —Levanto el puño palpitante hacia el pecho y cierro los ojos—. He venido a deciros a los dos que os mantengáis alejados de mi hermano y de mi familia. No quiero volver a escuchar vuestro nombre de la boca de mi hermano nunca más. —Empiezo a avanzar hacia la puerta.

—Alice —se apresura a decir Eli, que me sigue con largas zancadas—. El que hayamos compartido cama no significa que te lo deba contar todo. Tommy es un adulto.

Me detengo y me doy la vuelta.

—No es porque compartimos la cama, Eli, sino por lo que mi padre hizo por ti. —Sacudo la mano para abarcar todo el lugar—. No tendrías nada de esta basura si no te hubiera enseñado a ser tu propio jefe. Si él no te hubiera presionado para crecer, para aventurarte más allá de los confines de The Mint. Por eso, al menos, tienes que decírmelo la próxima vez que Tommy venga pidiendo nombres. —Una vez en la puerta, me detengo y digo con la voz entrecortada—: Por cierto. Maggie ha vuelto a Londres. Anda jugueteando con Mary Carr.

—¿La banda de chicas? —pregunta Patrick. Eli deja escapar una risa tensa.

—Te está tomando el pelo. Sabes que Maggie no haría eso.

—La vi en el 43 llena de joyas. Parece que le va bien.

Patrick sacude al cabeza.

—¿Se fue porque no quería seguir nuestras reglas, pero va y se une a Mary Carr?

—Supongo que eso deja claro a qué está dispuesta a renunciar antes de volver con vosotros. —Miro a Eli cuando lo digo. Una vez más, le tiembla un músculo de la mandíbula.

—¿Por qué me cuentas esto, Alice? —Su voz es grave, feroz.

—Por mostrarte el respeto que tú no creías adecuado para mí.

***

Estoy a mitad de mi turno en el Club 43 cuando veo a Maggie en la barra. Está de charla con Rob. Hemos estado años sin vernos y ahora pasa por el club en el que trabajo para tomar una copa, como quien no quiere la cosa, dos noches seguidas.

Estudio a Maggie y a Rob con discreción desde la otra punta de la barra. Rob no expresó nada más que disgusto por Mary y por las chicas la noche anterior, pero ahora habla con Maggie como si fueran viejos amigos. Abro la boca para gritarles y ordenarle que se detenga cuando veo que Maggie le desliza algo.

—¿No tienes nada mejor que hacer? —pregunta una voz severa detrás de mí y me doy la vuelta, sujetando la bandeja de copas que había dejado a un lado para espiar a Rob y Maggie.

Kate Meyrick me mira con el ceño fruncido, su expresión hosca no encaja con el vestido de seda colorido, el corte a la última moda, el tocado de plumas de avestruz y el largo collar de cuentas destellantes e irisadas que de inmediato me llama la atención.

Lo brillante siempre lo hace.

—Lo siento, señora Meyrick, me he distraído.

Se acomoda sus guantes color crema en sus dedos y luego sonríe.

—Rob tiene talento para eso. Es una monada. —Mira mi camisa y alisa un pliegue en la tela—. Ahórrate el problema. Como decía mi madre, los hombres honestos son los mejores hombres.

—¿Rob no es honesto? —pregunto, avergonzada por la breve chispa de ansiedad que se enciende en mi pecho.

—Ningún hombre es honesto. Así que el mejor hombre no es un hombre. —Lo dice como si fuera la letra de una canción juguetona, apenas tomándola tan en serio como suena.

—No me ha distraído solo él —le digo—. Es el lugar. —Hago un gesto para abarcarlo todo—. Es otra cosa.

—Es una belleza. —Ensancha la sonrisa con orgullo—. El trabajo de mi vida.

—¿Cómo lo hiciste? —Estoy bastante segura de que ya le han hecho esta pregunta cientos de veces, pero no puedo evitarlo. Una mujer dueña de un club es una cosa, pero ¿el más importante de todo Londres? Quiero oír su historia, toda, cada uno de los deliciosos detalles. Desafió todos los pronósticos. Está en la cima de un mundo dominado por hombres. Necesito saber más.

—Pues sí que eres curiosa. Adoro a las mujeres curiosas. Riesgos, esa es la respuesta. No tengas miedo de asumirlos. Asumir riesgos es la única manera de que las mujeres puedan superar a los hombres de esta ciudad. —No me da la oportunidad de contestarle y toca la bandeja con un dedo—. Ahora, vuelve al trabajo.

Me giro y Rob está frente a mí. De algún modo se ha escabullido por la barra sin que yo lo note.

Antes de que me dé tiempo a hablar, me entrega una nota escrita sobre una servilleta.

—Para ti.

Bajo la bandeja de las copas y desdoblo la servilleta.

Ven a la mesa del fondo. —M

—Creí que no te gustaban las chicas de Mary —le digo—. Toda esa charla de anoche sobre mujeres desquiciadas que le roban a gente honesta. No me dijiste que fueras amigo de una de ellas.

—Decir amigo es demasiado. —Mira la servilleta—. Y, si aceptas mi consejo, da igual lo que te pida, dile que no.

Señalo al espacio donde había estado con Maggie hacía solo unos minutos.

—Si no son amigos, entonces, ¿qué?

—Viejos conocidos —responde—. ¿De qué la conoces tú?

—Viejas conocidas —respondo.

Tomo la servilleta y la arrugo en la mano, pero antes de poder escapar de la barra siento su mano sobre mi brazo. Sus brazos descienden hacia el pañuelo de Eli todavía envuelto alrededor de mis nudillos.

—¿Qué ha pasado aquí?

Aparto el brazo enseguida.

—Te gusto, ¿verdad, Rob?

—Sí —responde sin demora.

Trago saliva. Su honestidad me ha tomado por sorpresa.

—No deberías.

Se encoge de hombros.

—Tienes razón. Eres demasiado alta para mí. No me

importa una señorita hocicona, pero esos palos de escoba intimidan a cualquiera. Me gustan más bajitas.

Aparto la mirada y reprimo una sonrisa.

—Para que conste, no me gusta que los hombres me toquen sin permiso.

Levanta las manos.

—No volverá a pasar.

Me inclino hacia delante y bajo la voz, mientras le arreglo el moño.

—He dicho que la próxima vez me pidas permiso, no que no quiera que vuelva a pasar.

Veo que se sonroja levemente cuando me marcho con aire triunfante, contenta por haber ganado este asalto.

Me siento en la mesa con Maggie y dejo caer mis manos con un suspiro pesado.

—¿A qué debo el placer, Mags? Creo que te lo dejé bastante claro anoche.

—Quería decirte que tienes razón. No debería haberte pedido que te unieras a una banda. Solo quería darte la misma oportunidad que tuve yo.

—Ya te lo dije, no me debes nada. —Empiezo a levantarme, pero me sujeta de la mano vendada rápidamente.

—¿Esto pasó anoche? Me llegó el rumor de que los hermanos McDonald fueron a The Mint. —Me pongo tensa, buscando alguna maniobra de distracción, pero no me da oportunidad—. Es Tommy, ¿verdad? ¿Cuánto les debe? ¿Qué ha hecho? Dime así te puedo ayudar.

Aparto la mano y golpeo los nudillos lastimados contra la mesa de caoba para que no le quepa la menor duda.

—¡No quiero tu ayuda! He visto a tus hermanos hoy. No me creyeron cuando les dije que te uniste a Mary y que le sirves a ella como un perro.

Se levanta furiosa, su rostro tiene el mismo rojo feroz que su cabello.

—¡No soy el perro de nadie! Mary y yo somos parte de un equipo. Fueron mis hermanos quienes me trataron como un perro. Ellos me tiraban al Pozo para ganar dinero, pero me dejaban de lado cuando era hora de hacer negocios. No les importaba que fuera útil ni que tuviera excelentes ideas; soy una mujer y su hermana, así que no podía dirigir nada con ellos; no era mi lugar. —Su voz suena estruendosa, pero después de lanzar una mirada fugaz a mis espaldas, se calma y toma asiento. La chispa de lo que alguna vez fue desaparece, como una llama después de soplarla, dejando solo el rastro de humo.

—Le gustas a Mary, Alice, dice que tienes talento. Tenía pensado hacerte una audición antes de la pequeña escena de anoche.

—¿Audición? —Río—. ¿Mi desempeño de anoche no fue suficiente?

—Te quiere poner a prueba con algo más arriesgado.

—Los Diamond no nos unimos a bandas —repito, pero con menos entusiasmo. Estoy agotada por todo lo que pasó anoche y es todo un desafío evitar que ese agotamiento se note en mi voz.

—Entonces, ¿cuánto debe Tommy?

Me paso una mano por la cara y me siento con pesadez.

—Mil libras.

La cantidad no la sorprende.

—Puedes ganar eso con nosotras. Tardarías dos semanas, quizá tres.

—Solo tengo dos.

—¿Cuál fue el trato entonces? ¿Y si no llegas? ¿Qué pasará?

Me cruzo de brazos.

—Si no llego en dos semanas, se quedan con Tommy.

—¡Guau! —Parpadea rápidamente y su postura decae. Pasa un momento, mientras toda la incertidumbre y el asombro en su interior parece asentarse; luego levanta los hombros con un movimiento firme—. Si te doy mi parte de las próximas dos semanas, podemos hacerlo.

—No, no te pediré que hagas eso.

Se encoje de hombros sin mucho entusiasmo.

—No me pediste nada. Lo voy a hacer. Dos semanas, les pagamos juntos. Si todavía quieres irte, vete.

Cuelgo la cabeza.

—No puede ser tan sencillo. ¿Crees que me dejará ir si descubre que soy buena para eso?

—Es sencillo — me asegura—. Las chicas que siguen a Mary lo hacen por voluntad propia. Ella sabe que la mejor manera de tener éxito es tener chicas que quieran hacer eso tanto como ella.

Levanto los brazos y suspiro con aire distraído.

—Debo confesar que verte así me da envidia. Parece como si tuvieras una mansión en Mayfair, y yo me veo como una sirvienta, en el mejor de los casos. Pero no estoy dispuesta a sacrificar mi libertad a cambio de una montaña de vestidos costosos.

—Pero no somos como los hombres.

—¡Ah, no me escupas esa basura! Una banda es una banda.

—Esto es diferente. Tendrías que verlo para creerlo. Dale una oportunidad.

No respondo nada y, por un momento casi interminable, nos quedamos sentadas como antes. Maggie siempre se las arregla para hacerme descifrar lo que necesito sin meterme presión para que se lo cuente. Ansío contarle cuánto la he echado de menos, pero mi mente me advierte a gritos que no lo haga. Ella no puede saber lo sola que me he sentido sin ella.

Al final, rompo el silencio.

—Todas las mañanas, desayuna en Franny's, cerca de

The Strand. Encuéntratela ahí cerca de las ocho y media, convéncela de que te de una audición. Muéstrale que tienes tanto talento como yo le dije.

Sacudo la cabeza.

—¿Y si no es suficiente? ¿Y si me rechaza? La insulté al reírme de su oferta.

—No te rechazará. —Su voz suena segura.

—No puedo unirme a una banda —repito, más para mí misma.

—Esta guerra de bandas entre los hombres es solo eso, una guerra entre los hombres. Amas a Tommy, a tu padre. A la pequeña Louisa. Pero ¿cuándo te amarás a ti? ¿Cuándo te conocerás más allá de lo que tu padre siempre esperó de ti? Esto es la libertad, la libertad auténtica.

Suena demasiado bien como para ser verdad. La libertad siempre tiene un precio. Dejo salir un suspiro largo y lento.

—¿Qué te llevó a hacerlo? ¿Qué te llevó a abandonarnos? ¿Qué te llevó a abandonarme?

Su cuerpo entero se tensa, los hombros se le ponen rígidos. Sobreviene un silencio muy prolongado antes de que me responda.

—Mary me ofreció más. Más de todo.

—Eras la Parca —le recuerdo, y tiembla involuntariamente—. Eras la mejor luchadora de The Mint, y quizá de todo Londres. Eras alguien en nuestras calles.

—Durante toda mi vida, mis hermanos me dijeron lo que tenía que hacer y mi madre estaba justo detrás de ellos, diciéndome que los oyera y los obedeciera. Pero Mary vino y me ofreció una oportunidad de decidir. Por primera vez, alguien me preguntó qué quería. Las mujeres no tenemos eso. Al menos, no las mujeres como nosotras. Tu padre nunca te preguntó si querías esta vida, ¿verdad?

Tiene razón, por deprimente que suene, no puedo negarlo. Aun así, vacilo y pienso en mi tío y su familia asesinada. Los hermanos McDonald han zurrado a mi hermano hasta dejarlo casi al borde de la muerte. La advertencia de Rob.

Lo miro de reojo. Está mezclando algo para una pareja que no deja de mirarse con mucho amor entre trago y trago.

Maggie ríe con disimulo.

—A ver si lo adivino. ¿Rob te ha dicho que no me escuches?

Evito responder la pregunta.

—¿De qué os conocéis?

—Es lo que llamaríamos un desertor.

—¿Desertor?

—La oveja negra de la familia McDonald. Cambió de opinión con respecto a formar parte del negocio familiar cuando regresó de la guerra y quedó limpio. Los rumores dicen que hizo cosas horribles sirviendo al país.

—¿Es un McDonald? —No puedo evitar subir la voz, temblando de horror ante semejante idea—. No, el tercer hermano se llama Bert y mi padre me dijo que murió en la guerra.

No puede ser un hermano McDonald. No puede formar parte de la misma familia que entró en mi casa por la noche con mi hermano recién apalizado, exigiéndonos dinero. Él no. Se me revuelven las tripas ante la idea.

—Bert, Robert, Rob —responde Maggie como sin darle importancia—. Es él, y creo que está bastante vivo. Antes lo llamaban el Demoledor, era capaz de montar una bomba en apenas unos minutos. Ahora, en lugar de bombas, prepara bebidas.

Intento asimilar la revelación durante un minuto que se me hace interminable. Maggie interviene una vez más:

—No estaba muy metido en ninguno de sus planes, solo los ayudaba con la logística, ¿sabes?

Miro a Rob, que se mantiene ocupado colocando

botellas en los estantes mientras habla con Kate, que está detrás de él. Maggie desliza otra servilleta con una dirección escrita encima de esta. Supongo que de Franny's.

No digo nada más, se levanta y se va. Doblo la servilleta, la guardo en mis pantalones junto con la otra y me acerco a la barra. Espero a que Kate regrese a su oficina antes de quitarle el trapo de la mano a Rob y arrojárselo a la cara.

—¡Eres una maldita mierda!

Toma el trapo y me mira furioso.

—Pero ¿tú qué problema tienes?

—¡Tú eres mi problema! ¡Me dijiste que le dijera que no a Maggie a sabiendas de que no tengo otra opción, gracias a tus hermanos!

Abre la boca y deja salir una risa ahogada.

—¡No sé de qué estás hablando!

—¡Puras estupideces! ¡No me mientas!

—¡No te miento! Ya no me hablo con mis hermanos. Yo voy a lo mío. —Sacude la cabeza. Nos mira a mí y la barra y la mesa en el fondo donde estaba Maggie, tratando de atar cabos—. Y, por cierto, ¿qué haces con mis hermanos?

—¿De verdad no lo sabes?

—De verdad que no sé de qué diablos me hablas.

Sacudo la cabeza con un siseo rencoroso.

—Vaya, qué suerte tienes. Tú te quedas aquí sentado, atendiendo esta maldita barra, mientras los demás tenemos que lidiar con la mierda de tu familia. —Tomo la bandeja y le lanzo una última mirada fulminante—. Como te vuelva a ver mirándome las piernas, cara de niñato, te juro que te rompo una copa en la maldita cabeza.

***

La noche pasa rápido y estoy demasiado distraída con las palabras de Maggie como para robar algo entre la multitud.

Es una locura que me plantee hacer esto, a sabiendas de que tendré que lidiar con la ira de mi padre cuando se entere.

Él no haría esto para salvar a Tommy. Haría cosas horribles, pero nunca se uniría a una banda.

Pero yo no soy él y, quizá por suerte para Tommy, eso es algo bueno en esta ocasión.

Trabajo mecánicamente hasta que cerramos, luego regreso a mi casa para contarle a mi madre la oferta de Mary Carr. Se lleva un puño a la boca y lo muerde. Camina de un lado a otro hasta que el chal se le cae de los hombros.

—Deberías haberle dicho que no a Maggie. ¡Deberías haberle dicho que se fuera al diablo!

—Le dije que no. No sirvió de gran cosa. Es solo es una reunión. Tengo que hacer una prueba para ella. Quizá me vaya mal. —Miro el local, buscando a Tommy—. ¿Dónde se ha ido ahora?

—Lo he mandado a que le echen un vistazo. Ralph dice que le dará unos puntos y una botella de algo para que no sienta dolor.

—A mí sí que me vendría bien una botella de algo .

—No quiero que hagas esto. —Está cada vez más tensa, las facciones muestran la lucha que libra en su interior—. Puede que Mary sea dulce contigo o que te dé una parte más que generosa para que te lleves, pero si lo hace es porque sabe que nada de eso importa. Será tu dueña. Podría cambiar las reglas y obligarte a hacer algo que no quieres. Tendrá todo el poder sobre ti, y tú no tendrás nada.

—Yo no le pertenezco a nadie. Y, aun así, vaya opinión tienes de mí.

—En el momento en que la desafíes, les pedirá a los hermanos que rompan esa puerta otra vez. ¿Qué diferencia hay entre esto y que Tommy trabaje para ellos?

—Será solo por un tiempo, pagaré la deuda y dejaré de trabajar para ella. Es un plan, el único que tenemos.

—¿Por qué ha aceptado meterte ahora? Los hermanos McDonald quieren que fracases, y además son sus aliados. Todavía tienes tiempo para desvalijar al señor King.

Me resisto a permitir que la incertidumbre se note en mi voz cuando digo:

—La situación con King es complicada.

—¿Complicada? ¿Cómo?

—No sé si podré seguir con eso.

Una carcajada aflora a su boca.

—Solo conseguiste el trabajo con King para robarle. Ese siempre es el plan cuando trabajas como criada para los ricos.

Me acerco a la mesa del centro y me siento.

—No es tan fácil. Todavía no he tenido oportunidad de abrir la caja fuerte, y además él le pega a su esposa.

—¿Y qué tendrá que ver una cosa con la otra?

—No sé si puedo dejarla sola. Él podría matarla.

Un momento de silencio se cierne sobre nosotras, y luego otra risa, mucho más amarga, escapa de su boca.

—Eres una ladrona, Alice. Tú no empatizas con actrices ricachonas, ¡ni mucho menos piensas en salvarlas! ¿Crees que ella se lo pensaría dos veces antes de salvarte a ti?

—¿Por qué te parece tan sorprendente que me preocupe por algo que pasa lejos de estas malditas calles?

Se cruza de brazos, sus cejas juntas para crear la grieta tan familiar sobre su frente. Estoy a punto de que me dé una lección, llena de firmeza.

—No quieres oír esto, pero nada que hagas salvará a una mujer como esa.

—No vine a una sesión, madre.

—Ella se quedará con él, Alice, sin importar el abuso que sufra, antes de renunciar a esos vestidos de satén y esos baños de lavanda. Te lo aseguro. No quiero volver a oírte hablar de esto. ¡Le vas a robar a King y se acabó!

Me levanto de un salto y avanzo hacia ella, furiosa. El movimiento es tan brusco que la silla cae al suelo. Más que hablar, rujo.

—¡Tú a mí no me dices qué hago! Yo decido lo que haré para pagar la deuda. ¡No tú!

Retrocede unos pasos, mirando mis puños con gesto incómodo, y me recuerda a cómo temblaba Pearl durante el desayuno. Un dolor punzante me atraviesa el pecho. No quiero asustar a la gente a la que quiero.

Extiendo una mano vacilante y tomo a mi madre por los hombros con suavidad, le arreglo el chal, arrepentida. Lo sujeto con fuerza alrededor de su cuerpo.

—Perdona, madre.

Levanta una mano y acomoda un mechón de cabello detrás de mi oreja, asintiendo en respuesta.

Mis labios se vuelven una línea recta y no digo nada mientras me dejo caer sobre el sofá desgastado, exhalando por puro agotamiento. Si cerrara los ojos ahora, me quedaría dormida en cuestión de segundos.

—¿Y si no hay nada en esa caja fuerte? Necesitamos estar preparados para lo peor. Podría robarle todo el metálico que tenga por la casa, pero no hay manera de saber cuánto tardaríamos en vender todas esas cosas.

Gruñe con tono desaprobador y se sienta a mi lado.

—Si no hay nada ahí, entonces no tenemos otra opción. Quizá, con suerte, tu padre no llegue a enterarse.

—¿Y si se entera?

—En tal caso, que Dios nos ayude a las dos.

Compartimos un cigarrillo en silencio antes de subir para ver a Louisa, pero la cama está vacía.

Los McDonald.

Un pánico gélido me invade por completo cuando giro desesperada, esperando encontrarla escondida en un rincón y que no la hayan secuestrado; luego oigo el crujir de una ventana que se abre. Una ráfaga del frío de la noche me golpea la cara y veo una figura que entra a gachas.

Sus piernas delgadas entran primero, seguidas por el resto de su cuerpo. Se acomoda el vestido (mi vestido, de hecho) y se gira. Noto una serie de chupetones en el cuello, y el cabello desarreglado y los ojos vidriosos. Luego el olor; el olor es como un cuchillo en mis entrañas. Apesta al fumadero de opio de al lado.

—¡Alice! —chilla, alarmada—. No es lo que crees. Solo había salido a tomar un poco de aire.

—¿Quién es? —No puedo pronunciar otras palabras.

—Nadie.

—No mientas.

—Tú mientes todo el tiempo —me responde, a la defensiva—. Anoche, te pedí que me contaras la verdad de nuestra familia. No fuiste capaz de decírmela ni siquiera cuando unos tipos mafiosos entraron rompiendo la ventana. Vamos, dime, Alice. Dime que somos peligrosos. Dime que nunca saldremos de The Mint y que un día yo ocuparé el lugar de madre. O, peor aún, el tuyo.

—No pienso permitir que eso ocurra.

—¡Dime, Alice! Dime que mis sueños de querer escapar son una tontería. Que solo seré una chica de The Mint.

—¡Ya te he dicho que encontraré una forma de sacarte de aquí!

—Tú no has salido. —Su mirada cae, su labio inferior empieza a temblar—. Te gusta pensar que soy una niña tonta a la que puedes tener encerrada en esta habitación oscura para siempre, pero no.

La ira se apodera de mí.

—Entonces, ¿este tipo es tu plan? ¿Tu salida?

—¿Y qué más te da si lo es? Solo porque la respuesta a tus problemas no sea un hombre, eso no significa que la respuesta a los míos no pueda serlo.

—Eres solo una niña. —Señalo su cuerpo, mi vestido, suelto sobre su pecho y cintura—. Solo tienes dieciséis años.

—Soy lo suficientemente mujer para él.

—¿Quién es? Hueles a esa pocilga de al lado. Dime cómo se llama o iré a buscarlo y quemaré todo el lugar para que salga.

—No te atreverás.

—No me pongas a prueba, Louisa. ¿Cómo se llama el sujeto?

Cuando no dice nada, agarro la caja de cerillas del cajón de la mesa de luz para dejarle clara mi postura, y corro escaleras abajo. Me persigue llorando.

—¡No lo hagas! Es Jacob. ¡Jacob Sloan!

—¿Jacob Sloan? —Me quedo sin aliento. No doy crédito. Es el hijo de un matón, Richard el Carnicero, que tiene una carnicería en esta misma manzana. No es un hombre con quien padre se haya enemistado. No solo porque tiene más de ciento treinta kilos de pura fuerza, sino también porque le ha sido leal en los últimos años. Incondicionalmente leal.

Es un hombre con el que no debería meterme, pero, cada vez que respiro para mantener la compostura, inhalo ira al imaginarme a Jacob tocando a mi hermana. Me sonrojo hasta que empiezo a sudar. Cierto, muchas chicas se casan a su edad en ciudades como esta, incluso con hombres mayores que ellas. Madre se casó con padre a los quince. Pero juro que Louisa no será una de esas chicas.

Madre y yo nos cruzamos por las escaleras.

—¿Qué ha pasado? ¿Qué has hecho esta vez, Louisa?

Me acerco corriendo a la caja fuerte de padre y elijo uno de los cuchillos serrados de su colección, uno que mi mano pequeña pueda sujetar con firmeza. Luego salgo a la calle. Quien vigila el fumadero de opio es una mujer llamada Liza, que siempre está demasiado drogada como para hacer otra cosa que cobrarles entrada a sus clientes desesperados. Ni siquiera me ve cuando entro.

El lugar es una única sala espaciosa, con varios catres militares y sábanas deshilachadas, y todo el lugar apesta a una herida putrefacta, un hedor agrio y pesado que se sobrepone a todo lo demás.

Me hace tener arcadas y me tapo la boca con el cuello de la camisa mientras me abro paso por el lugar, pasando por encima de varias personas e intentando no respirar hondo. Observo el interior desastrado, iluminado por velas, y me muevo lentamente por su interior. Como Jacob me oiga venir, saldrá corriendo.

Con cuidado, aparto cortina tras cortina, asomándome y cerrándolas. Cuando al final llego a una habitación en la parte trasera, abro la puerta con fuerza y encuentro a Jacob que guarda dinero en una caja. Al ver mi expresión, siente el impulso de saltar detrás de la pequeña mesa. O tal vez sea la daga lo que lo ha alarmado.

—Alice, no hagas nada de lo que luego te arrepientas.

Un cosquilleo me recorre la espalda mientras sacudo la cabeza.

—¿Quién dice que luego me arrepentiré?

—¡Tu padre no permitiría esto! Somos una familia en The Mint. No nos amenazamos.

—No pensaría lo mismo si viera las marcas que le has dejado en el cuello a mi hermana. Es una niña. —Levanto la voz y empiezo a gruñir—. Quizá se lo cuente cuando salga y lo vea destrozar este lugar. Te apretará el cuello hasta que tu cara quede morada mientras yo me río por detrás.

De repente, me toma por sorpresa algo que se estrella contra mi espalda. El brazo de Louisa se envuelve alrededor de mi torso y me quita la cuchilla, los brazos lánguidos notablemente rápidos.

—¡Basta, basta! —resopla mientras me patea las piernas.

La empujo con el codo sobre las costillas hasta que me suelta con un chillido y luego sujeto a Jacob por el cuello con asco. Puedo oler su aliento horrible y veo el sudor que se le forma en la frente. Es un tipo bastante escurridizo, el primero que se esconde cuando hay algún inconveniente en las calles. Incluso ahora, chilla como un niño asustado cuando lo agarro.

Es la peor elección y no lo permitiré.

Levanto el cuchillo y lo apoyo justo por debajo de su barbilla.

—Si la vuelves a tocar y yo me entero, volveré y te abriré desde la nariz hasta el ombligo mientras cada maldita persona de The Mint mira.

Puedo sentir el miedo que irradia de su cuerpo escuálido. Sus ojos giran hacia Louisa, que llora detrás de mí.

Lo sacudo desde el cuello.

—¡No la mires a ella! ¡Mírame a mí! Ella no puede ayudarte. ¿Nos entendemos, Jacob?

Con su labio inferior temblando, asiente bruscamente. Bajo el cuchillo y lo suelto, no sin antes golpearle la cabeza con la mano herida. El impacto lanza una ola de dolor en mi brazo y toda mi mano explota con agonía. Mis dos manos están echadas a perder, un desastre de sangre y moretones. Intento cerrar los puños, pero me duele al hacer el gesto. Apenas consigo doblar los dedos. Recurro a toda mi fuerza de voluntad para no fruncir el ceño de dolor. Pero mantengo la calma y al final cierro los puños. Si mi padre me viera ahora, lanzaría patadas al aire y aullaría de orgullo.

En el suelo cubierto de la sangre que brota de un corte sobre su ojo, Jacob suelta un chillido agudo, pero no intenta levantarse. Espera allí, acurrucado como un perro asustado.

Tomo a Louisa de la mano y ella sale corriendo por la puerta. Una vez fuera, me da un empujón con todas sus fuerzas.

—¡Tú no eres padre! No tienes derecho a decirme a quién puedo ver.

Madre sale por la puerta delantera y de inmediato se acerca para revisarme la mano, tomándola con las suyas con un beso.

—¿Por qué no usaste el puño americano si querías darle?

Louisa está llena de una ira fría y pura.

—¿Tú permites esto?

Los labios de mi madre se tuercen.

—¿Te has acostado con él? No me mientas. Te revisaré la entrepierna si hace falta.

Con su rostro colorado y sus ojos llenos de lágrimas, Louisa sacude la cabeza.

—No.

—Bien —dice—. ¿Sabes lo que les pasa a las chicas que se acuestan con los hombres por diversión? Terminan con un bebé y de ese modo desaparecen todas y cada una de sus aspiraciones. Te casarás con él, vivirás con él, lo obedecerás porque él es lo único que os mantendrá con vida a ti y a tu hijo. ¿Eso es lo que quieres?

Su voz lo dice todo, al ser consciente de las consecuencias de tales acciones. Consecuencias que entiende y que ha vivido. Estoy segura de que había amor entre mis padres mientras crecía, pero quizá no siempre fue así.

—¿Quieres pasar el resto de la vida con un hombre como ese?

Louisa sacude la cabeza, sujetándose el pecho, abriendo la boca, incapaz de encontrar las palabras que busca. Ahora que me he tranquilizado un poco, cada parte de mí quiere consolarla como tengo por costumbre. Pero necesita sentir todo el peso de lo que vaya a decirle nuestra madre, así que me resisto.

—No. —La palabra sale de su boca como un quejido grave.

—No te he oído.

—No, no es lo que quiero. Solo me divertía un poco.

Paso por un lado de mi madre y me cuadro delante de Louisa, resistiéndome aún a abrazarla, y le aseguro que lo he hecho todo por su propio bien.

Pero tiene razón en algo: ya no es una niña y debo dejar de tratarla como una tal. Estas lecciones solo pueden aprenderse por las malas.

—Se acabó la diversión. Ahora, ve a la cama.

CAPÍTULO 5

Por la mañana, llego a lo Franny's con una determinación cuidadosa. Camino entre hombres y mujeres bien vestidos que disfrutan relajados sus desayunos. Un mozo pasa a mi lado con una bandeja de pasteles y algunas masas finas doradas y crujientes, y fijo la mirada sobre tan exquisito panorama hasta que él se funde en la escena.

El restaurante está impregnado con los olores del café recién hecho y, cuando inhalo su esencia rica y terrosa, mi estómago ruge con ansias. Si mi padre estuviera aquí, bufaría con tono reprobador y diría: "No te llenes la cabeza con sueños, Alice, sé práctica. Nunca comerás en un lugar como este, pero si eres rápida, al menos comerás".

Pienso en eso mientras busco a Mary Carr.

Al fin la veo sentada en un rincón esquinado en el fondo, con el mismo abrigo de piel grueso y el tocado que tenía esa noche en el Club 43, solo que de un color diferente. Un tono azul celeste. Todavía no me ha visto, lo que significa que aún puedo reconsiderarlo. Podría irme ahora y ella no se daría cuenta.

Pero no estoy tan segura de poder robar la caja fuerte de King y abandonar a Pearl, y no estoy segura de que él tenga la cantidad de dinero que necesito para arreglar lo que echó a perder Tommy.

Esta es la única salida. Dos semanas y estoy fuera. Puedo hacerlo.

Le ordeno a mis pies que se muevan hacia delante, haciendo caso omiso del aroma al pan con levadura que se hornea en la cocina y me deja con las tripas rugiendo. No he venido aquí a comer. He venido a hacer negocios.

Con gesto impasible, Mary levanta la mirada de su periódico cuando me acerco. Le hace una seña al mozo, quien se lleva de la mesa unos cuantos platos llenos de migas.

—Tráele a mi invitada lo mismo que a mí, ¿puede ser?

—Enseguida, señora. —Asiente y se marcha.

Me recorre de arriba abajo con la mirada.

—¿Quién te ha dicho dónde encontrarme? —pregunta por fin.

Me siento frente a ella.

—Maggie me dijo que desayunas aquí todas las mañanas.

Arquea las cejas.

—Qué graciosa. Hace apenas un momento, no tenía ni idea quién eras. Solo un nombre que Maggie mencionó, una amiga de la infancia. Y esta mañana me entero de que los hermanos McDonald tienen negocios con la familia Diamond. Y de que esta familia Diamond controla The Mint, todo un nido de criminales. Y de que tú eres su líder. Una mujer. —Deja salir una risita que parece histérica—. No sabía que nos pareciéramos tanto.

Interrumpo todo ese cotilleo.

—Entonces, ¿estás al tanto de la deuda de mi hermano?

—No me sé todos los detalles. —Se encoge de hombros antes de darle un largo sorbo a su café—. Somos aliadas de los hermanos, pero guardamos las distancias. Ellos nunca compartirían conmigo información sobre sus asuntos. Yo me encargo de los bienes y de las ganancias, y ellos se encargan de la guerra. No quiero saber a quién matan por poder. Eso no es lo que yo hago.

—Entonces, ¿qué quieres?

Me esboza una sonrisa amplia y enigmática.

—Quiero darle a cada mujer la posibilidad de vestirse de seda y viajar en coches propios. Que puedan entender que ser mujer no significa no poder elegir nuestro propio destino.

Sacudo la cabeza con aire despectivo.

—Es fácil hablar de destino cuando comes aquí, y tomas café con esas ropas tan caras.

La mención del café parece haber invocado al mozo, quien aparece mágicamente a mi lado y apoya una taza de café y un plato de huevos, judías y algunas tostadas. El aroma del café recién hecho es espectacular y me recuerda al primer trabajo en el que ayudé a padre. Vaciamos la caja registradora de una tienda de chocolates gourmet cerca de The Strand. Me recompensó con una trufa de granos de café, y puedo asegurar que aquel día toqué el cielo.

—¿Por eso estás aquí, Alice? ¿Para criticarme por tener todo lo que tú deseas tener? —Su voz suena calma, en absoluto molesta por mi comentario.

Me pregunto si quizás esto forma parte de su rutina. Hablar con una chica pobre que necesita un golpe de suerte. Aquí, rodeada de masas esponjosas de canela, hablando con una mujer que lleva diamantes y un abrigo de piel. Como una tonta, caería a los pies de toda esta brillante pantomima sin pensarlo dos veces. ¿A cuántas mujeres has atrapado, Mary?

—Come algo —sugiere con su mejor sonrisa y un tono acogedor—. Pareces hambrienta.

Pese a que mi estómago me implora devorarlo todo de un solo bocado, apenas le doy un minúsculo sorbo al café y apoyo la taza de nuevo sobre su platito con un tintineo suave.

—No —contesto al cabo—. He venido porque me gustaría aceptar tu oferta, siempre y cuando siga en pie. Maggie dijo que podría pagar la deuda de mi familia en unas pocas semanas si me uno a ti.

Exhala con aire dramático.

—Te dije que tenías talento en el 43 y lo decía en serio. También creo que la desesperación puede ser un poderoso elemento motivador. Pero, a fin de cuentas, no creo que tengas lo que se necesita.

Se me acelera el corazón.

—No parecías pensar en eso la noche en que nos conocimos. Eres una ladrona, como yo. La única diferencia es que tú no tienes las medias agujereadas.

Saca algo de un bolso de mano plateado sobre la mesa: un lápiz de labios.

—No recluto mujeres como tú. Mujeres como yo.

—¿Puedes dejar de hablar con acertijos?

—En The Mint, tú chasqueas los dedos y hay hombres en la puerta de tu casa dispuestos a hacer lo que tú digas por la reputación de tu padre. Estás acostumbrada a tener el control. No sigues órdenes. Tú las das. No puedo trabajar con alguien así. No puedo arriesgarme a que desafíes mis órdenes.

No discuto con ella porque todo lo que dice es verdad. Dejo salir una risita tranquila, y me obligo a borrar la tensión de mi postura, aunque debajo de la mesa mis piernas se sacuden salvajemente.

—Quizá sea lo mejor —replico con un tono calmado—. Padre me pondría de patitas en la calle, por faltarle el respeto a todo lo que ha construido.

—¿Qué ha construido? ¿Un nido de criminales de mala muerte alejados de la guerra entre bandas? Pura basura. Si bien podría aparentar que sus intenciones son nobles, él sabe que tiene poder sobre esas personas. Y es demasiado astuto como para renunciar a ello.

Por un momento, olvido que la necesito. Que debo rogarle para que me dé una oportunidad y cerrar la boca.

—Mi padre no controla The Mint. Él lo pone en orden. Esas personas son su familia y amigos. Él no es su dueño. No se parece a ti, ni a tus preciados hermanos McDonald. Se me reiría en la cara por el mero hecho de plantearme esto.

Entonces, comprendo que le estoy dejando un punto bien claro.

—Déjalo reír entonces —prosigue con tono firme—. Dejará de hacerlo cuando entienda en lo que te has convertido. Al fin y al cabo, una mujer no puede pelear ni decir lo que piensa. Una mujer como tú no puede pensar ni en votar. ¿Cómo podría hacer lo que hace un hombre, pero incluso mejor? Deja que todos los hombres se rían. El mundo nos recordará. Es una lástima que no pueda confiar en que me escucharás. Podríamos hacer cosas gloriosas juntas.

Me sorprende que las palabras no acudan a mi boca. Es difícil de creer: una banda de mujeres ladronas, sin reglas impuestas por los hombres, dejando claras sus propias reglas. Tengo poder en The Mint, pero solo porque padre me lo dio. Y ese poder no acarrea recompensas como vestidos y coches. Solo dolor, ira y un agotamiento que siempre me acompaña desde que nací, pues me han obligado a soportar las incontables lecciones de mi padre sobre todo lo que conlleva nuestro apellido.

Cambio de postura y me inclino hacia delante.

—Al menos, déjame hacer una prueba. Déjame enseñarte que sí puedo seguir órdenes.

Bebe un sorbo de su café mientras se lo piensa.

—¿Tienes algún día libre con Harold King?

Me reclino.

—¿Cómo sabes que trabajo para King?

—Tengo conexiones por toda la ciudad, Alice.

Toma algo de su abrigo, un pequeño cuaderno que abre y lee por encima.

—Lo has hecho más de una docena de veces este año. Entras como sirvienta a la casa de algún ricachón, te pasas una semana revisando el lugar y luego los desvalijas. Usas un nuevo nombre cada vez que lo haces para que no puedan rastrearte. Pero llevas más de un mes con Harold King. ¿Por qué sigues ahí?

La bilis me corre hasta el estómago por el recordatorio siempre presente de que no puedo quitarme de la cabeza la idea de ayudar a Pearl.

—¿Es complicado?

—¿Lo es?

Dudo por un momento.

—Pega a su esposa. Yo... me he encariñado con ella y no siento que sea lo correcto abandonarla en un momento como este. Él tiene una caja fuerte y sé la combinación. Pero en cuanto me lleve lo que guarda ahí, tendré que irme. No podré regresar. No podré ayudarla. Y quizá no tarde ni una semana en leer en el periódico que se cayó misteriosamente por las escaleras.

—¿Es la primera vez que te pasa esto?

—No —respondo sin titubeos—. No me suelo encariñar con nadie. Nunca lo hago.

—Suenas molesta contigo misma.

—Lo estoy —confieso.

Me mira como extrañada.

—Quién se iba a imaginar esa... sensibilidad en una chica de The Mint.

—No es sensibilidad.

—Es compasión, lealtad más allá de tu familia. Valoro esas cosas en mis chicas. Son cualidades excelentes.

—Querrás decir debilidades —replico, algo irritada—. Yo no soy débil. Planeo hacerlo. Solo que no sé cuándo.

Tarda un momento para contestar.

—¿Cuál es el trato que tienes con los hermanos?

—Mi hermano, Tommy, les robó mil libras porque es estúpido y lo descubrieron. Si no les pago, lo pondrán a robar cajas fuertes para ellos.

—No suena tan mal. Está claro que tu hermano necesita que alguien lo vigile.

Me aclaro la garganta.

—Pero eso no va a pasar. Mi hermano no trabajará para ellos.

Asiente con aire comprensivo.

—Entonces, eso significa que se enfadarán si te recluto para que seas una de mis chicas. No quieren que les pagues. Quieren ganar. Apuestan a que perderás.

—Yo no pierdo.

Mary sonríe de oreja a oreja.

—Yo tampoco. ¿Tienes algún día libre?

—Mañana —contesto no sin vacilación.

Levanta sus cosas.

—Maggie te pasará a buscar y lo preparará todo para la prueba. En caso de que pases, te daré la bienvenida a mi pequeño mundo. Solo tú puedes decidir si vale la pena o no.

Sacudo la cabeza, confundida.

—¿Irás en contra de ellos a propósito?

Se levanta de su asiento.

—De vez en cuando, está bien hacer enfadar a tus aliados. Eso les enseña que aún tienes el poder de hacerlo. Esperan que te rechace. Aprenderán a preguntarme la próxima vez, en lugar de limitarse a dar por sentado que antepondré sus intereses a los míos.

Me abruma una sensación de alivio, pero no me olvido de decir:

—Quiero dejar una cosa bien clara: en cuanto termine de pagar la deuda, me voy.

—Eres libre de quedarte, pero también de irte. Solo que no querrás hacerlo.

Suelto una risa amarga.

—No me conoces tanto como crees.

Acomoda sus guantes azules, y los baja hasta su muñeca con brusquedad.

—Ay, ay, ay, te conozco, Alice. Yo era como tú, en muchos sentidos: una chica pobre, hija de un panadero. Siempre me dijeron que ese era el máximo al que podía aspirar. Entonces decidí que el destino estaba en mis manos, y aquí estoy. La vida consiste en mucho más que cargar con las elecciones de tu padre y de tu hermano. Ya no soy la hija del panadero, y tú no tienes que ser la reina de los pobres.

Se pone de pie con la misma sonrisa misteriosa que me hace sentir más nerviosa que consolada.

—Pago yo —dice.

La observo mientras se mueve con gracia por la pequeña cafetería. Pasa junto a varios hombres y mujeres de camino a la salida, todos ellos maravillados por sus andares elegantes. Su compostura. La manera en que se comporta. Daría por sentado que es una mujer adinerada si no la conociera mejor, que ha nacido en una familia rica, con estatus y alcurnia. Nunca diría que es una ladrona.

Estafó a todo Londres; y esa podría ser yo.

***

Salgo de Franny's y cuando llego a la casa de King todavía es temprano. Pearl sigue durmiendo y Alba está ocupada limpiando las sobras del desayuno. El abrigo de King está colgado junto a la puerta, donde lo dejó al volver a su casa anoche. Lo reviso y guardo la llave en mi delantal mientras Alba me pide que friegue el suelo.

Cuando se va por la puerta de la cocina con los platos en las manos, me escabullo hacia la biblioteca del primer piso y abro la puerta. A un lado de la habitación, hay estantes que cubren toda la pared y, en el otro, carteles de sus presentaciones más famosas con su firma, King, en la parte inferior. Frente a la chimenea de mármol, una caja fuerte inmensa descansa sobre una mesa espejada junto a la pared.

Sé la combinación desde que apenas llevaba una semana aquí, y aun así siempre había encontrado alguna excusa para no entrar. Pero con las palabras de Mary frescas en la memoria, avanzo. Ella cree que mi compasión por Pearl no es una debilidad, pero ¿cómo puede no serlo? Si no me preocupara por su bienestar, hace bastante tiempo que me habría ido.

Si tengo suerte, el contenido de su caja fuerte podría bastar para pagárselo todo a los hermanos McDonald y liberarme de todo esto. Adiós, Mary; adiós, banda; adiós, deuda.

Pero ¿qué pasaría con Pearl?

Doy otro paso hacia la caja fuerte, repiqueteando los dedos contra el delantal blanco que me rodea la cintura. Antes de decidir qué hago, oigo unos pasos ligeros que aparecen a mis espaldas.

Pearl está de pie en la puerta con los brazos cruzados y sin quitarme la vista de encima. Esta mañana va muy arreglada, con un vestido Georgette de tiro bajo y trenzas.

—¿Piensas robarnos? —Su voz es juguetona, pero me cuesta responder del mismo modo.

—Claro que no —contesto rápido. Demasiado rápido.

Esboza una sonrisa.

—Bueno, no hay nada divertido en esa caja. —Se coloca bien los collares—. Solo las escrituras de sus teatros y su testamento.

Trato de no mostrar mi decepción.

—Si hubiera dinero allí, ya lo habría robado hace mucho tiempo y me habría ido de este dulce hogar. A veces me da por imaginar dónde habría terminado… He oído que los Estados Unidos están prosperando.

Da un paso hacia el interior de la biblioteca y gira.

—¿Alba te mandó aquí para limpiar o algo? Bueno, no importa. ¡Ven conmigo! Vamos a comer.

—Ah, ya he comido.

—Bueno, pues yo no —replica—. No irás a negarme tu compañía, ¿verdad?

Logro sonreír.

—Eso nunca.

Cuando llegamos a Claridge's para mi segundo desayuno elegante de la mañana, Pearl se sienta en una mesa reservada a su nombre. Incluso con su vestido borgoña, me siento fuera de lugar mirando las porcelanas chinas que siento la tentación de robar. Apenas puedo ver a Pearl debido a ese centro de mesa gigante con flores.

Algunos hombres y mujeres nos miran desde lejos, susurrándose cosas mientras les sirven pasteles de limón, hojaldres y sándwiches delicados, y puedo oír un piano desde el salón de baile.

¿Primero la mañana con Mary y ahora esto? Ya no parece mi vida.

Los taladro con la mirada para que presten atención a sus cosas y entonces comprendo que nadie me está mirando. Pearl King aún es alguien de renombre y alguien que tiene a todo este restaurante maravillado.

Pearl se sienta erguida e inclina la cabeza con aire arrogante. No hace contacto visual con ninguno de los otros comensales, como si nosotras dos fuéramos las únicas personas presentes en la habitación.

—Té —le dice al mozo, que está de pie a su lado.

—¿Earl Gray hoy, señora King? —Su voz es suave y esperanzadora, como si creyera que recordar su pedido le garantizará un lugar en sus pensamientos.

—Sí —responde ella con amabilidad, y le concede una sonrisa.

Me mira a mí con menos entusiasmo.

—¿Y usted, señorita?

—Otro té me parece bien —respondo. Cuando el mozo se va, le murmuro a Pearl—: Todo el mundo nos mira.

Toma un periódico doblado que tenía en su bolso y pasa la página.

—Siempre me miran. Estoy acostumbrada.

—Yo no —confieso—. Es inquietante.

El mozo trae la tetera y le agrego un poco de crema a mi taza antes de servirme.

—¿Eras una actriz muy importante?

Levanta las cejas.

—¿Nunca has oído hablar de mí? ¿Ni de mis actuaciones?

Es la primera vez que hablamos sobre la que sin duda era una carrera prometedora.

—No voy mucho al teatro.

—No hace falta que vayas al teatro para leer el periódico.

—Los dramas teatrales no son lo que se dice una prioridad para mí, y me cuesta leer.

—No me miran por mi época en los escenarios. De un tiempo a esta parte soy un desastre; a los periódicos les gusta más esta versión de mí. El drama vende más ejemplares. Solo por curiosidad, ¿qué obras has visto si no eran las mías?

Me encojo de hombros, despreocupada.

—¿Qué importa?

—Quiero conocerte mejor, Alice.

No quiero contarle la verdad: no he ido al teatro en la vida. Me esfuerzo para urdir alguna mentira mientras bebo un sorbo de té.

—Hay una en cartelera ahora, en el teatro cerca del West End. Fui con mi madre la semana pasada.

—*Pretty Peggy* está en Shaftesbury ahora. Maravillosa.

—Maravillosa —coincido, y sonrío ante esa mentira.

Entrecierra los ojos y me mira de un modo que me hace sentir nerviosa, como si cada palabra que saliese de su boca fuera una especie de anzuelo.

—Sé que tienes secretos, Alice. No confías en mí para contármelos.

Mi mirada se desploma.

—No confío en nadie, Pearl. No te ofendas.

Dejo que el silencio se asiente entre nosotras, pero sus siguientes palabras me pillan con la guardia baja, demasiado duras como para consolarme.

—Creo que lo voy a matar.

Me ahogo con mi té y me obligo a bajar la taza sobre el platito.

—¿Qué?

—A mi esposo.

—No puedo tener esta conversación contigo.

—Eh, no te hagas la inocente, Alice. Me has hablado muy poco de tu familia y doy por hecho que se debe a que tienes algunos muertos en el armario.

Enderezo la espalda por el comentario y siento que se me seca la boca. No tengo tiempo para mentir antes de que agregue:

—Por eso confío en ti.

—No estás pensando con claridad.

—¿Se te ocurre algo mejor?

—¡Divórciate!

—Y luego, ¿qué? ¿Conseguir un trabajo?

—Las mujeres lo hacen todo el tiempo. ¡Puedes encontrar trabajo!

—Soy una actriz caída en desgracia, Alice. —Su voz suena contrita—. No tendré ninguna oportunidad si lo dejo, y él se asegurará de que ningún teatro de la ciudad me tenga en cuenta.

Me reclino sobre la silla y me quejo.

—Cada día te trata peor, ¿verdad?

—Puedo emborracharlo y hacer que se caiga por el balcón. Parecerá un accidente. Demonios, casi me pasa a mí.

Sacudo la cabeza.

—No es tan fácil. Tú eres mujer y él hombre, lo que significa que te culparán a ti, en especial con los antecedentes que tienes. Debe haber otra manera.

Sus ojos se llenan de lágrimas y la terrible miseria que se lee en ellos me sacude el corazón.

—¿Qué propones?

Pienso en ello largo y tendido, pero digo lo primero que se me ocurre.

—Los hombres como él tienen secretos. Si descubrimos cuáles son, podremos extorsionarlo.

—¿Y si se le da bien enterrar sus secretos? Nos casamos hace cinco años y todavía no he encontrado nada que pueda usar en su contra.

—Entonces deja esta vida atrás —digo, con voz firme.

—Ya he sido una chica pobre —replica, y da un manotazo al aire para restarle importancia—. Si vuelvo a la pobreza, me muero.

—No es verdad que vayas a quedarte sin nada —le aseguro, y luego dudo de mis próximas palabras, consciente de que voy a cruzar una línea que no debería—. Me tendrías a mí. Yo te ayudaré.

Entonces entiendo hasta qué punto me he encariñado con ella y no sé cómo sentirme al respecto.

—Ah, ¿me conseguirás trabajo de sirvienta? —Ríe ante tal idea—. Imagíname tratando de fregar el suelo o de lavar un plato. Qué desgracia tan horrible para esa pobre familia.

No me rio. No puedo. Nada de esto me parece gracioso, pero siempre parece encontrar una manera de reírse de su miseria.

—Hay vida más allá de esto —insisto—. Incluso aunque no la puedas ver.

Me mira fijo.

—¿Por qué me tratas tan bien? Apuesto a que has trabajado para muchas mujeres privilegiadas como yo. Yo odiaría trabajar para mí si fuera tú.

Respondo con honestidad, ofreciéndole mi mejor sonrisa.

—Quizá tengo debilidad por mujeres como tú.

—¿Mujeres como yo?

—Mujeres que no saben cómo sobrevivir sin un hombre.

Se acomoda en la silla y baja la mirada.

—No es verdad.

—Ah, ¿no?

—Es solo que no sé cómo sobrevivir sin dinero. Siempre y cuando él tenga dinero, él tiene todo el poder.

—Eso no es verdad. El dinero no es poder. El poder es poder. —Le doy otro sorbo a mi té—. Estamos condenadas de nacimiento. Nada más llegar al mundo, un hombre ya nos está mirando con el ceño fruncido, amargado porque no tenemos pene.

—Tienes razón —responde con el codo sobre la mesa y la barbilla sobre la palma—. Estoy condenada.

Una sensación horrible me avasalla al ver su cara de ensoñación. Mis palabras calan hondo en su mente. No quiero que crea que no puede tener una nueva vida, una en la que es libre de los abusos de su esposo, pero sé que esa clase de nuevo comienzo solo acarreará mucha confusión y dolor. Quizá yo no sepa cómo es posible hacerlo ahora, huir de todo sin perderlo todo, pero no quiero que pierda la esperanza.

Una mujer sin esperanza es una mujer muerta.

—Algunas mujeres, mujeres especiales, desafían las probabilidades. Toman el destino con sus propias manos y empiezan otra vez. Así será contigo. Ya lo descifraremos juntas.

Las mujeres como Mary Carr.

Sus labios se tuercen en una sonrisa y sus mejillas se iluminan.

—¿Juntas?

—Juntas.

CAPÍTULO 6

Por la mañana, me despierto con mi madre frente a mí.

—Maggie está fuera.

La mira desde la ventana mientras me visto y me peino. Para cuando estoy lista para salir, Louisa ya se ha ido a la escuela y mi madre está abajo esperando para seguirme.

—¿Louisa ya se ha ido? —le pregunto, con el ceño fruncido—. No me habla desde que…

—Ya lo superará.

—¿Y si no lo hace? —Toco incómoda mi abrigo—. Es tan terca como yo, lo que significa que no debería esperar grandes avances durante el próximo par de años.

Apoya una mano sobre la mía con la sonrisa más consoladora que puede esbozar, y aun así sus ojos lo desmienten todo.

—Solo una cosa a la vez. Concéntrate en lo que va a pasar hoy. Ya me encargaré yo de Louisa cuando llegue a casa esta noche. Tommy está mejor, así que diría que es hora de tener una más que necesaria cena familiar.

La idea me alivia en parte.

Abre la puerta para acompañarme y saluda a Maggie con el ceño fruncido.

—Bienvenida de vuelta, Maggie. Aunque ¿cómo de

bienvenida puede ser una chica cuando ni siquiera va a ver a su familia? Vergüenza tendría que darte.

Maggie pone una mala cara y mi madre sigue.

—Será mejor que le digas a esa jefa tuya que solo será algo temporal. Mi esposo saldrá pronto y remediará esto. Arreglará todo esto.

Maggie le esboza una sonrisa sarcástica.

—Como siempre, un placer verte, lady Diamond.

Los ojos de madre se posan sobre el coche elegante que está aparcado en la calle, diferente del que Maggie conducía en el 43. Este es un Rolls-Royce impoluto con asientos de cuero café.

—Pues sí que te gustan los lujos ahora, puro destello sin haber pisado la calle. Alguien tratará de aprovechar la ocasión que se le presenta al ver aquí un coche como ese. Y no dudará en quitártelo.

—Bueno, será mejor que nos vayamos entonces. —Le guiña un ojo a mi madre con cierta picardía y enciende el motor. Este produce un rugido lujoso que reverbera por la calle.

Me subo al asiento del acompañante y por primera vez el coche es silencioso. Al final, en algún momento, mientras golpetea sus dedos sobre su pierna y se muerde el labio inferior, dice:

—¿Le has dicho a mi hermano que he regresado?

—Sí —le confirmo.

—¿Qué ha dicho Eli?

—Poca cosa. Ya sabes cómo es. Patrick parecía a punto de echarse a llorar.

Traga saliva lo suficientemente fuerte como para que la escuche.

—A veces los echo de menos.

—¿Pero no te arrepentías de haberte ido? —le pregunto otra vez, aguardando una nueva respuesta.

—No. —Su expresión desmiente el tono de voz firme y punzante—. Pronto vas a descubrir que esta vida realmente vale lo que dejamos atrás. A las mujeres como nosotras no se les suelen presentar oportunidades como estas.

—¿Las mujeres como nosotras?

—Ya sabes a lo que me refiero.

No puedo negar la verdad que esconden sus palabras, pero nuestras circunstancias son diferentes.

—La diferencia es que tú sí tienes elección. Si no me uno a Mary para pagar esta deuda, mi familia va a sufrir. No es una elección. No es libertad.

—Quizá te lo parezca ahora —razona—. Pero cuando hayas saldado esta deuda y veas todo lo que puedes ganar con la ayuda de Mary, no querrás dejarlo.

—Saldaré la deuda de mi familia y eso será todo.

—Ya veremos.

Vamos hacia el West End, donde la luz del día, de algún modo, apaga el carrusel de tiendas que ocupan toda la calle. Por la noche, el distrito brilla como el faro que es, y atrae a hombres y mujeres de todas partes a sus teatros y grandes almacenes, que son mucho más grandilocuentes que cualquier otra cosa que haya en el Soho. No hay noche en la que no se viva algún acontecimiento lleno de glamur. Los periódicos hablan sobre los bailes, las fiestas de jardín y galas benéficas presentadas por actrices emergentes. Un espectáculo de multitudes, talentos y, más importante aún, gente acaudalada. Pero ahora solo está la luz tenue de la mañana que ilumina las cristaleras, y me hace sentir más pesimista de lo que me gustaría. Frunzo el ceño, y me pregunto si en algún momento seré capaz de ver qué tiene esto de mágico.

Nos detenemos frente a una boutique de moda y Maggie aparca el coche. Me señala la parte lateral de un edificio donde un callejón nos lleva hacia la puerta trasera de la tienda.

—Te llevo a conocer a nuestra modista, Agatha. Ella te elegirá algo elegante.

—Te digo aquí y ahora que no puedo pagarme nada de lo que se confecciona en Oxford Street.

—No te preocupes por los precios —insiste—. Limítate a dejar que Agatha haga su magia.

Asiento y entramos a un lugar repleto de maniquíes, cada uno con un atuendo en distintas etapas del proceso. Todos los estantes están repletos de telas coloridas y, en el centro de todo, una mujer en cuyo cabello se ven algunas mechas plateadas, inclinada sobre un vestido negro con cuentas brillantes y una aguja con un hilo. El vestido está repleto de joyas bordadas sobre el corsé.

—Llegáis tarde —sentencia, sin levantar la vista—. Si no pueden llegar a tiempo, entonces no merecen mis servicios.

—Ah, vamos, Agatha, es tu clienta favorita —dice Maggie sonriendo de oreja a oreja, y abre los brazos todo lo que puede.

Agatha la mira con una expresión en absoluto divertida y con los ojos entrecerrados, y luego me mira a mí. Levanta un par de gafas que cuelgan sobre su cuello.

—¿Esta es la nueva? —Se pone de pie para mirarme mejor—. Debo hacer algo nuevo que le quede bien con esa altura. ¿Los tres de siempre? —Toma una cinta métrica y la me rodea la cintura con ella, luego me mide los hombros y el busto, memorizando todos los números, sin anotar nada—. Lo tendré listo en un par de días.

—¿Podrías prestarnos algo ahora? —pregunta Maggie, y señala mi ropa—. Algo con más estilo.

Agatha señala un mostrador pequeño de vestidos.

—Elige algo, pero rápido. Tengo una clienta en la puerta.

—¿Lo que sea? —Miro el mostrador y me maravillo por el material, una serie de rojos y azules intensos y sensuales. Casi me da miedo tocarlos. Agatha debe de notarlo, porque donde antes había una mueca seria ahora veo una sonrisa cómplice.

—Me encanta cómo las chicas nuevas se maravillan con mis vestidos.

Reviso varios vestidos sin mangas y otros con mangas caídas, cuellos redondos y cinturas de raso, terciopelo y tafetán. Y entonces, en el fondo, unos abrigos de piel gruesos que parecen como tocar el cielo con las manos.

Agatha esboza una sonrisa.

—¿Qué va a hacer? ¿Cara bonita o manos?

—Las dos —responde Maggie. Es la primera vez que oigo algo así—. Quizá ninguna. Es solo para su prueba, que será hoy.

Agatha busca un vestido de raso amarillo con un escote bastante pronunciado.

—Pues entonces, este. Contrasta bien con tu cabello negro y realzará tu piel. Cuando entres a una tienda, te mirarán y se preguntarán qué hombre te está complaciendo hasta ese punto.

Tomo el vestido y noto la tela entre mis dedos, imaginándome en él.

—¿Siempre tiene que haber un hombre de por medio? Todo ese dinero podría ser mío.

Agatha arquea las cejas.

—Encajará bien con tus chicas. Vístete ahora, tengo que trabajar y no quiero que mis clientas me vean con alguien como tú. Espero el vestido de vuelta esta noche. Intacto.

Maggie esboza una sonrisa cuando Agatha desaparece en dirección al recibidor la tienda.

—Intacto.

Me acerco a una zona cerrada por cortinas para probarme el vestido, sin tener la certeza de cómo me quedará. Salgo y me miro en un enorme espejo en un rincón de la habitación que tapan en parte varios maniquís amontonados sin orden ni concierto. Tiene razón. El contraste es precioso y casi no me reconozco.

Puedo oír la voz de mi madre en mi cabeza: "Las chicas de The Mint no usan vestidos como ese".

Maggie debe de ser consciente de mis dudas porque rápidamente se acerca a mi lado frente al espejo y apoya una mano sobre mi hombro.

—La confianza es clave. Si dudas de ti, ellos durarán de ti. Lo hiciste muy bien en el club, sin miedo. Necesito que te comportes así ahora. ¿Puedes hacerlo?

Río por lo bajo.

—Es muy tarde para decir que no, ¿verdad?

—Ya estamos en esto. —La sonrisa retorcida de Maggie no debería ponerme nerviosa, pero lo hace. Siento un cosquilleo en todo el cuerpo, una esperanza que casi me deja sin aliento. Quiero empezar. En este mismo instante. Quizá no sepa dónde me meto, pero sé qué se me da bien. Si Mary quiere una recolectora con talento, ha encontrado una muy buena.

Mary entra a la habitación y nos sorprende a las dos.

—Siento el retraso. Qué aspecto más encantador. —Se acerca un poco más para mirarme mejor, estudiando cada ángulo de mi rostro—. ¿Vamos a maquillarnos? Maggie, ¿nos vemos en el salón?

Maggie asiente y sale por la misma puerta por la que entramos. Y, si bien soy una mujer adulta capaz de manejarme sola ante todos los desafíos a los que me he enfrentado hasta ahora, cuando estoy sola con Mary séquese me hace un nudo en la garganta.

—¿Qué tiene de mal mi cabello? —pregunto.

Me mira de medio lado.

—Si vas a usar un vestido así, también tienes que lucir bien.

Nos subimos al impresionante Vauxhall de Mary y nos

detenemos frente a un salón de belleza. Hay un letrero que dice peluquería bob, y una mujer corta unos mechones largos con poca delicadeza. Cada tijeretazo es un extraño recordatorio de la vida que dejo atrás a cambio de la nueva que tengo frente a mí. Me esfuerzo por evitar que las lágrimas broten de mis ojos a medida que los mechones de cabello se amontonan a mis pies. Es tonto, en verdad. Es solo pelo y, la mayor parte del tiempo, me parece una molestia. Cepillarlo, peinarlo, pedirle a mi madre que me haga una trenza idéntica a la suya. Así pues, si cabello no me define, ¿por qué no puedo mantener la compostura?

La mujer luego me retoca el cabello que ahora me llega a la barbilla con una precisión experta y me empolva la cara y los labios con más color del que jamás tuve sobre mi piel. El resultado es una persona nueva.

La miro con detenimiento en el espejo. Mi piel ceniza está iluminada con colorete y, si bien mis ojos siguen siendo de un castaño apagado, ahora guardan cierto aire de misterio. Aún tengo la nariz angosta de mi padre; pero, con el rubor en mis mejillas y el nuevo peinado que enmarca mi rostro, no me parezco en nada a mi familia.

Y en nada a la líder de The Mint cuando su padre no está.

La tristeza por el corte de cabello parece desaparecer en un abrir y cerrar de ojos cuando veo a una mujer confiada a la que lo que más parece importarle en esta vida es la ropa que se pondrá el día siguiente. Esta mujer no carga con el peso que dejaron su padre o su hermano sobre sus hombros. Esta mujer es una persona diferente.

No la conozco, pero quiero hacerlo.

Mary extiende una mano con una sonrisa, y me conmina a levantarme de la silla, que sigue cubierta con mi cabello cortado.

—Ahora, acabemos de dar con tu estilo.

Salimos y, para completar la imagen, Mary toma una

piel de la parte trasera de su coche, una pomposa y de color crema, y la coloca sobre mis hombros. El contacto de la piel sobre mi piel me hace sentir un escalofrío en la espalda. Una suerte de entusiasmo que creí que solo un hombre podía darme.

Al principio, me siento fuera de lugar, avergonzada incluso. Esta no es la mujer que mi padre crio, tan preocupada por su apariencia y cómoda con su piel. Se habría enfurecido por la idea de que usara un abrigo de piel en lugar de venderlo y usar el dinero para algo más práctico: la familia o The Mint.

Pero entonces, con cada minuto que pasa, abrazo el poder de un vestido precioso y un grueso abrigo de piel, los labios pintados y el cabello recién cortado. Mi respiración se empieza a entrecortar y suspiro con alegría.

—Por fin estás lista. Ahora, dame un nombre —dice Mary—. Si alguien pregunta, deberías estar preparada.

Sigo mirando mi reflejo en la ventanilla del coche y pienso en lo que me ha dicho.

—Padre solía llamarme Annie cuando se enfadaba conmigo.

—¿Por qué Annie? —pregunta Mary.

—Tenía una hermana llamada Annie.

—Recuerdo que lo oí hablar de ella —añade Maggie, mientras se apea de su coche, que estaba aparcado justo detrás del de Mary. Me mira de arriba abajo con una admiración radiante—. Siempre daba problemas, lanzando piedras a los escaparates de las tiendas para reclamar el voto femenino. Se fugó con un comunista, ¿verdad?

Asiento lentamente.

—Los mataron a los dos durante una huelga del sindicato contra las ferroviarias. Padre quedó devastado.

—Ah, ¡me encanta una rebelde! ¿Lista para tu prueba, Annie?

Me tomo otro momento, apenas un suspiro, para abrazar a Annie. Esta mujer dinámica que atraerá a muchos incautos con su belleza y les robará sin que se den cuenta. Nunca hasta ahora había sido consciente de que podía usar mi belleza como un arma.

Alice no es preciosa. Está hecha de acero, sin lealtades por fuera de su familia y The Mint. No puede permitirse gastar dinero en pieles y en medias sin agujeros.

Pero Annie sí.

Al final, y casi sin aliento, digo:

—Ya estoy preparada.

***

Mary entrelaza su brazo con el mío y camina a mi lado. Maggie nos sigue por detrás, fumando un cigarrillo con aire informal.

—Cada mujer de la banda tiene un propósito —empieza Mary, y cabecea a modo de asentimiento—. Cuando organizamos un atraco, siempre somos tres. Una cara bonita, un par de ojos y unas manos habilidosas. Si no tenemos eso, estamos condenadas al fracaso. —Señala a un grupo de chicas preciosas junto a un artista callejero, cada una de ellas encantadora a su modo—. Las chicas como esas son las caras bonitas. La maniobra de distracción. Entran y el vendedor se ocupa de ellas mientras las chicas invisibles roban la tienda. Estas mujeres no necesitan la belleza. Lo sencillo siempre pasa desapercibido.

Asiento, interiorizando sus palabras, y me imagino la escena en mi cabeza. Un vendedor habla con una mujer encantadora que parece tener todo el dinero del mundo, mientras una mujer sencilla con un vestido modesto roba detrás de él.

—¿Las mujeres como Maggie son los ojos?

—Sí —asiente, entusiasmada—. Maggie observa al vendedor, observa a las caras bonitas hacer su magia, y mira a las manos. En caso de que sospeche que algo va a salir mal o ve a algún policía cerca, está entrenada para poner a las chicas a salvo. El que sepa repartir puñetazos también sirve de ayuda.

—A las mujeres más toscas se les da mejor este trabajo —prosigue—. Pero creo que tú eres diferente. Todo un descubrimiento.

—¿Yo?

Se detiene y me mira a los ojos.

—Quizá seas un caso aparte, una mujer que puede hacer cualquiera de estas cosas. Ya he tenido chicas así, pequeños camaleones. Son especiales. —No sé si lo dice en serio o solo trata de compartir su entusiasmo conmigo. Sea cual sea su intención, funciona. Se me acelera el corazón y golpea contra mi pecho de un modo frenético.

Al igual que mi padre, me siento halagada con facilidad.

—Tú dime qué debo hacer. —Me balanceo sobre los talones con un nudo en el estómago—. Sigamos con esto.

—Empezamos aquí —dice, y señala una calle llena de hombres, mujeres y niños. Se nota que están distraídos y confiados, de modo que no se lo verán venir. Son objetivos fáciles, pero quiero más. Algo mejor.

—¿Me has vestido así solo para robar a unos viandantes? —No oculto lo ofendida que me siento.

—En algún sitio hay que empezar.

Detrás de Mary está Selfridges en todo su esplendor. Las columnas griegas inmensas parecen subir hasta el infinito y recuerdo cómo se maravilló toda la ciudad cuando construyeron esas estructuras. Se rumorea que casi noventa mil personas se acercaron a verlas el día de la inauguración.

—¿Y qué pasa con Selfridges? —pregunto, en parte porque sé que es una mina de oro, pero también porque nunca he entrado allí. Los periódicos tienen algunas descripciones aduladoras de los encantadores grandes almacenes, pero siempre quise verlos con mis propios ojos.

Maggie ríe a mis espaldas y arroja su cigarrillo al suelo.

—Te dije que tiene pelotas.

Mary mira los grandes almacenes, y luego sacude la cabeza.

—¿Selfridges? No, ni pensarlo.

—¿Por qué?

—No es una buena idea, salvo para las chicas más experimentadas.

—¿De qué otra manera esperas que gane experiencia?

Sonríe.

—Harry Selfridge fue el primero en poner su mercadería en la sala de exposición y ventas del lugar en lugar de llevar a los compradores a reservados. Sus exhibiciones siempre son enormes y ostentosas. Quiere que los compradores toquen y sientan las cosas antes de comprarlas. Esto hace que nos resulte más fácil agarrar las cosas y echar a correr. Sin embargo, contrató a un detective de tienda que tiene línea directa con la policía, en caso de que atrape a alguien robando. Las chicas que entran a Selfridges no solo deben tener talento, sino que también han de pasar desapercibidas para un detective muy bien entrenado que siempre está mirando.

—¿Un detective de tienda? —Es la primera vez que oigo hablar de eso.

—El señor Selfridge se toma muy en serio su negocio. No nos tiene miedo y lo demuestra.

Siento que se me erizan los pelos de la nuca. Si me atrapan en mi primera vez, se acabará todo. Terminaré como mi padre, y mi hermano tendrá que trabajar para los McDonald. Pero ¿y si tengo éxito? ¿Qué pasa si demuestro que puedo con el objetivo más difícil en mi primer día?

—Déjame echar un vistazo —le propongo—. Correré el riesgo.

Maggie resopla.

—Te acaba de decir que ni se lo plantea. Empieza despacio, Alice.

—No puedo empezar despacio —sentencio, y lo digo más alto de lo que quería—. Si me he metido en esto, quiero darlo todo. —Miro a Mary a los ojos—. Solo te pido que confíes en mí. Y si me sale bien, nos saltamos esta etapa.

—¿Esta etapa?

—La etapa en la que soy una novata a la que le dan los trabajos más fáciles. Quiero objetivos grandes. Quiero trabajar con las mejores chicas. Quiero saldar cuanto antes la deuda con los McDonald.

Abre los ojos con entusiasmo. Su rostro entero se ilumina y se sonroja.

—Eres valiente.

—Siempre lo he sido —digo—. Déjame hacerlo.

Maggie interviene.

—Es una pésima idea, completamente absurda.

—No si me tienes a mí —insiste Mary—. Yo seré tus ojos. Si vamos a hacer esto, no hay razón para que no tengamos éxito. —Me mira—. En caso contrario, si tengo que salvar a una de vosotras, elegiré a Maggie.

Sus palabras se hunden en el fondo de mi estómago, pero no permito que me venza el desánimo.

—Está bien.

Cruzamos juntas la puerta giratoria por donde hombres y mujeres entran y salen en un flujo constante. Por dentro, Selfridges nos da la bienvenida con expositores radiantes bajo candelabros de cristal. Decenas de clientes van de un lado a otro, ven las nuevas ofertas que se exhiben sobre mostradores repletos de jabones aromáticos, almohadillas para maquillaje y pañuelos bordados. No sé si el olor a flores que me impregna la nariz se debe a las rosas frescas dispersas por el salón de venta dentro de jarrones impolutos o por los perfumes que rocían por el aire a medida que los clientes pasan.

Camino lentamente para admirar todos los detalles, pero una mujer con el uniforme verde insignia de la tienda me detiene cuando paso junto al puesto de información.

—Bienvenida a Selfridges. ¿En qué puedo ayudarte?

—Es mi primera vez aquí. —Nada más decirlo, me doy cuenta de que no me puedo mover. Estoy de pie, inmóvil, en trance. La asistente rodea el mostrador de caoba con detalles en bronce para darme el recibimiento que considera adecuado.

—¿Primera vez? Una maravilla, ¿no cree? —Su rostro resplandece con orgullo—. ¿Quiere un vestido nuevo? ¿Acaso un nuevo par de zapatos?

Sacudo la cabeza.

—Solo estoy mirando.

—Nuestros ascensores la pueden llevar a cualquier parte de la tienda. Ropa, artículos para el hogar y zapatos. O al restaurante de Palm Court, si desea beber algo. Pero eso no es todo. —Mira detrás de mí—. ¡También tenemos un estilista en caso de que quiera retocar su precioso cabello!

—Ya nos las arreglamos nosotras —interrumpe Mary—. Gracias.

—No hablamos con nadie cuando entramos a las tiendas —dice Maggie—. No queremos dejar ninguna impresión duradera en los empleados.

Asiento, aún embelesada. Frente a mí están los puestos de maquillaje y perfumes, dispuestos de tal manera que atraigan a las mujeres con fragancias seductoras que me transportan al baño de lavanda de Pearl. Las chicas de detrás del mostrador me saludan, rebotan sobre sus talones cuando hago contacto visual con ellas, levantan frascos de perfume de cristal tallado y esparcen sus aromas por el aire. Por un breve instante, me olvido de que soy la depredadora y sucumbo en sus cantos de sirena. Quieren seducirme con perfumes sobre el cuello una o dos veces, y no solo estoy dispuesta a aceptarlo, sino también entusiasmada. Estoy encantada.

Maggie me detiene, y tira rápidamente de mi brazo, para traerme de vuelta a la realidad.

—Recuerda por qué estamos aquí.

Mary se acomoda el abrigo de piel, sonriendo con aire confiado mientras caminamos dando la impresión de que pertenecemos a este lugar, y nadie se atrevería a decir lo contrario.

Nos detenemos frente a un exhibidor de joyas, donde una joven espera detrás de un mostrador de collares de diamantes, todos ellos colgados de maniquíes de cuellos largos. Incluso en una cabeza tan irreal como esa, las joyas me llaman la atención y me retienen.

Mary baja la voz.

—Querías una oportunidad para demostrar quién eres. —Inclina la cabeza hacia un collar de esmeraldas en el exhibidor. Tiene una forma ovalada inmensa, en lugar de estar cortado en pequeñas partes para cubrir el cuello de una mujer. No diseñaron este collar para acompañar un vestido cualquiera, sino para resaltar. Lo primero que ven cuando llegas a una fiesta y lo último en lo que piensan cuando se van a dormir por la noche.

Es una obra de arte.

Un hombre y una mujer ya lo están mirando y le hacen preguntas a la vendedora.

—¿Quieres que robe eso? —digo, tal vez demasiado alto.

—Tú no, nosotras —dice Maggie, para mi inmenso alivio.

Mary asiente y se retira hacia la puerta.

—Yo seré tus ojos y Maggie tus manos. Tú planifica la distracción. —Antes de alejarse tanto, mira algo en el extremo izquierdo del exhibidor de joyas: un hombre de baja estatura con un bigote encerado—. Ese es el detective. Si ves que te mira durante más de un minuto, podemos darnos por perdidas. No permitas que lo haga. No te arriesgues. Limítate a irte.

Lo miro de reojo, traje hecho a medida, reloj de bolsillo en la mano y silbato colgado del cuello. Está alerta, escrutándonos a todos con aire implacable. Me hace gracia lo poco que disimula.

Necesitamos mimetizarnos para robar, así que él se tiene que mimetizar para atraparnos.

O eso me digo a mí misma.

Cuando Mary se ha marchado a un confín de la tienda para montar guardia, miro las esmeraldas con deseo. Me rodean muchas familias que compran acompañadas por sus hijos. Sus sonrisas y risas me recuerdan a Louisa y el riesgo que estoy asumiendo. Si me atrapan, quizá no la vuelva a ver en la vida.

Mis titubeos deben de ser muy llamativos, porque Maggie me lleva al tocador con suficiente fuerza para hacerme tropezar.

—¿Qué pasa? Te has quedado petrificada y llamas demasiado la atención.

—Estoy nerviosa, eso es todo. —Miro al espejo sobre el lavabo redondo de porcelana para verla otra vez; esta nueva yo.

—La Alice que conozco no duda —dice—. Sabes lo que eres capaz de hacer y quién eres. Viste la oportunidad en el 43 y la aprovechaste. Esto no es diferente. Tú querías esto. Enséñale a Mary que eres todo lo que yo creo que eres.

—Estaba pensando en Louisa —le explico con un suspiro—. No me pillan en el club porque tengo cuidado y todo el mundo va borracho. Demasiado borracho como para notar una mano suelta en la oscuridad. Cuando pretendo ser de ayuda para robar a los ricos, uso un nombre diferente. No tienen la menor posibilidad de atraparme porque nunca saben a quién buscar.

—¿Y en qué difiere esto?

Muevo una mano para abarcar el cuarto de baño lujoso y la majestuosa tienda.

—Aquí, a plena luz del día, con un detective mirando, estoy a punto de correr el riesgo más grande de mi vida. Y si me atrapan, ya no podré proteger a mi familia. ¿Qué les va a pasar si mi padre no está? ¿Quién mantendrá a salvo The Mint?

Me siento mareada, tengo las piernas y rodillas débiles. Nunca había tenido miedo durante la cacería, no de este modo. Esto se me da bien. Sé que sí. Soy hija de mi padre. ¿Por qué no puedo recuperar la compostura? ¿Por qué no puedo enterrar el miedo?

—Sigue pensando en ellos —insiste Maggie, con voz grave y severa—. En Louisa y Tommy y The Mint. —Me sujeta por los hombros—. Piensa en todo lo que ese collar podría hacer por ellos. No solo pagar la deuda de Tommy, sino también la vida que podrías tener. La vida que podrías darle a tu familia, cosa que tu padre nunca pudo.

Respira y la decepción se cruza por su cara. Ha depositado mucha confianza en mí y ahora les estoy fallando a las dos.

—Nadie nos dejará en paz. No vamos a conseguirlo a menos que nos cubramos la espalda. Tenemos que alcanzar nuestros objetivos. Tenemos que hacer cosas que asustan a otras mujeres. Sé que me entiendes, Alice. Sé que solo estás tan asustada como yo.

—Lo entiendo —musito—. Lo entiendo más que nadie. Lo sabes.

—Lo sé, y por eso es tu momento y no quiero que lo pierdas. No quiero que huyas porque sé que puedes aprovechar esta oportunidad. Lo único que tienes que hacer es tomarla.

La miro a los ojos durante un buen rato antes de asentir.

Annie, esta nueva yo, tiene que tomar el riesgo.

Salimos del baño juntas y nos acercamos al exhibidor. Me acerco, abro la boca para hablar con la vendedora, pero la esmeralda me llama la atención una vez más. La manera en que está cortada, la manera en que brilla. Parece casi ficción. Mi padre ha robado muchas joyas, y ninguna de ellas tenía un lustre tan perfecto, en especial las esmeraldas, que son casi siempre un poco más opacas. Incluso las joyas y diamantes de calidad tienen fallos. Pienso en eso, en poner algo tan costoso en exhibición para que todo el mundo lo vea y lo pueda tocar. Esto no puede estar pasando. Aparto la mirada hacia detrás de la vendedora, el resto de la tienda, y luego hacia el ascensor. Me pregunto si la esmeralda real no estará en algún otro lugar y solo se la entregan al comprador al concluir la transacción. Quizá la manera más segura que tiene el señor Selfridge de proteger su mercancía es ocultarla.

Me giro hacia Maggie, y luego miro a Mary detrás de ella, que deambula por la entrada delantera, cada vez más impaciente.

—Es falsa —le susurro a Maggie cuando nos encontramos cerca de un exhibidor de bufandas de seda—. La verdadera está en otro lugar. Si esa no es auténtica, es razonable suponer que nada de lo que se exhibe aquí sea auténtico.

Se detiene con aire precavido y algo en su expresión me indica que esto no es nuevo para ella.

—El que sea o deje de ser auténtico no es el objetivo de esta prueba.

Siento que se me abre la boca.

—¿Me ibas a hacer arriesgarlo todo por una esmeralda falsa?

Aprieta los labios bien fuerte, pero antes de que pueda decir una palabra, miro a la multitud.

—No —la interrumpo antes de que me explique nada—. Si voy a correr tantos riesgos, quiero irme de aquí con algo auténtico.

Miro a la multitud. Antes, solo había visto familias, pero ahora me concentro en los hombres solteros con relojes caros y en las mujeres que llevan diamantes en cuellos y orejas. Los abrigos de piel, la exquisita seda, los bolsos repletos de bienes recién adquiridos, mientras buscan más.

—Le robamos a la gente. Nos llevamos cosas de verdad. Si eso no le basta a ella, entonces esta oportunidad no es lo que creía.

Maggie se muerde el labio inferior.

—Pero robarle la gente es más arriesgado. Alguien podría gritar si te pillan.

Acomodo mi abrigo de piel de color crema y me reviso el vestido para explorar los bolsillos profundos tan astutamente cosidos en los pliegues.

—¿Vienes o no?

Su mirada de incertidumbre se desvanece al encogerse de hombros.

—Elige a tus objetivos con cuidado. No hagas ninguna tontería.

—No les robaré a las familias —le aseguro.

Maggie se ríe.

—¿Una ladrona con moral?

Respiro hondo y luego estudio a la multitud para encontrar a mis objetivos. La sonrisa particular de un hombre me dice que no siempre es amable. Un grupo de jovencitas que aún van con el maquillaje de ayer. Una señora con un perro pequeño en brazos que les grita a los asistentes, quienes se mueven de un lado a otro tratando de satisfacer sus demandas.

Me concentro para encontrarlo, la oscuridad en la gente a mi alrededor, y mi cuerpo toma las riendas cuando lo hago. Deslizo la mano con sigilo dentro de los bolsos y bolsillos mientras serpenteo entre la multitud, atrayendo solo de tanto en tanto la atención de un hombre que me observa con gesto de admiración.

Me detengo frente a un exhibidor de cristal donde una asistente de la tienda me ofrece una muestra de un lápiz de labios rojo rubí. Me lo aplica sobre los labios, se maravilla por el color y luego busca otras muestras para que me pruebe, entonces guardo el tubo bañado en oro y desaparezco entre el ajetreo que reina a mi alrededor.

Una bufanda de seda, un precioso collar de perlas, todo en los bolsillos de mi vestido, que lleno inagotablemente sin que me vean. No se nota nada, no con las pieles sobre los hombros.

El detective del rincón está a la vista y recuerdo las palabras de Mary. Si me está mirando, eso significa que me puedo dar por perdida.

Busco a Maggie entre la multitud. Está cerca de la puerta con Mary, y me urge para que salga. Me mira a los ojos, y luego al detective de la tienda. La mirada de Mary lo dice todo: hay que irse.

Pero no accedo a su advertencia.

Hay un enorme diamante rosa en el dedo de una anciana. Lo vi justo antes de haberle quitado un par de guantes de terciopelo preciosos de su bolso. No presta atención a sus bolsas de compra; lleva en brazos al pequeño fox terrier, que come algunas golosinas que saca del bolsillo del abrigo. El tipo que la sigue por detrás y carga todas sus cosas lucha por mantener el equilibrio mientras ella añade más y más.

Él es mi entrada.

Él y ese pequeño perro.

Intento concentrarme en las miradas apremiantes de Maggie y en los movimientos nerviosos de Mary, pero el diamante me atrae cada vez más. Puedo hacerlo.

Como por arte de magia, Maggie se tropieza con el hombre de las bolsas, que está a punto de tirar una sombrerera al suelo en su intento por dejarla pasar. Por un momento, su presencia me pilla por sorpresa y me quedo allí plantada. ¿Cómo sabía lo que planeaba hacer?

Parpadeo rápidamente y vuelvo a la realidad y aprovecho que el hombre de las bolsas ha bajado la guardia y me acerco a Maggie a toda prisa. Los tres caemos uno encima del otro, y desatamos una escena caótica.

El hombre se tropieza con la anciana y su perrito sale despedido de sus manos, pero cae de pie. Me muevo de un lado a otro en el suelo y lo sujeto mientras ella lucha por mantener el equilibrio y evitar caerse.

—Disculpa —le dice Maggie al hombre de las bolsas—. Pero qué torpe soy.

El perro se sacude entre mis manos, ansioso por volver con su dueña y su abrigo lleno de golosinas.

Un vendedor cercano le extiende su brazo a la anciana para ayudarla a ponerse de pie y me mira furiosa. Le entrego el perro y parece que entiende que tenía intención de ayudarla. Entonces se relaja.

—Ah, gracias. ¡Gracias por atrapar a mi dulce niña!

Nuestras manos se tocan, la mía con la suya, cuando le paso al perrito. Deslizo el anillo de su dedo con facilidad mientras mira a todo su alrededor con detenimiento, buscando alguien a quien culpar. Guardo el diamante en mi abrigo y, mientras el detective se acerca para limpiar el desaguisado, me marcho de allí.

En el exterior, Mary avanza por Oxford Street completamente fuera de sí.

Corro para alcanzarla, aún demasiado orgullosa como para dejar que su ira me lastime.

—En el nombre de Dios, ¿en qué rayos estaban pensando?

Maggie se materializa delante de mí.

—Era un buen objetivo, Mary. ¿No quieres ver lo que hemos conseguido?

—Las dos habéis desobedecido mis órdenes.

Sacudo la cabeza, y me detengo a un lado de Maggie para hablarle a la cara.

—Me habías encomendado una misión inútil. Sabías que esa esmeralda no era de verdad. No iba a arriesgarlo todo por una baratija de cristal.

—No has sido capaz de seguir una simple orden. Si no puedo confiar en que me obedezcas, no puedes unirte a nosotras. ¿Y esa escena al final? Ha sido muy negligente por tu parte. ¿Por qué volviste con la mujer a la que ya le habías robado?

Saco el anillo del abrigo.

—Por esto.

De repente, Mary parece conmovida por la presencia física del diamante y parece tambalearse un poco, pero no emite ningún sonido, ni muestra sorpresa. Su boca se mueve en silencio como un pez fuera del agua. Toma el diamante para estudiarlo. Precioso, rosa, cortado a la perfección.

Auténtico.

—Dicen que los diamantes son la puerta de entrada al corazón de una mujer —bromeo con una sonrisa.

—¿Se lo has quitado del dedo? —pregunta Mary, que no da crédito—. ¡Brillante! ¿Cómo lo has hecho?

Un largo y tenso silencio se interpone entre nosotras mientras nos damos cuenta de que acaba de ocurrir algo trascendental, y de repente somos conscientes de todo lo que podemos hacer juntas y hasta dónde nos puede llevar. Mary se prueba el anillo y pone los ojos en blanco, complacida.

—Eres salvaje, señorita Annie. Tal vez seas una excelente inversión, después de todo.

Maggie esboza una sonrisa.

—Diamond Annie. Así te llamaremos. Serás una leyenda entre las chicas cuando se enteren de esto.

Trato de no exteriorizar el entusiasmo que me llena por dentro y me sonrojo.

—¿Y qué me dices tú, Mary Carr? ¿He pasado la prueba?

—Llegaremos lejos juntas, Diamond Annie. —Es su manera de decir sí. Espero—. Pero déjame ser clara: si me vuelves a desobedecer y arrastras a Maggie contigo, te expulsaré sin pensármelo dos veces. No doy segundas oportunidades, pero te daré una a ti. No hagas que me arrepienta.

No me gusta que me amenacen. Nadie me amenaza en The Mint; pero Mary es quien ostenta el poder, así que, por el momento, mantengo alejada la tentación de replicarle una barbaridad. Me trago el insulto y respondo:

—Entendido.

—Quédate con el abrigo —dice Mary con una sonrisa—. Considéralo un regalo de bienvenida.

Respiro hondo, y aferro con fuerza el abrigo de piel crema.

—¿Estoy dentro?

—Bienvenida a Las Cuarenta Ladronas.

CAPÍTULO 7

Conducimos hacia el sur de Londres, a Elephant and Castle, donde el tráfico consume el aire y el chirrido de los tranvías me deja un zumbido en el oído. Las calles están tan congestionadas que la manera en que Mary avanza por ellas me deja sin palabras. ¿Cómo puede maniobrar entre todo este caos y hacer que parezca fácil? Todo esto me supera. Cuando deja el tráfico atrás, los tranvías ruidosos dan paso a calles igual de bulliciosas y ajetreadas. Dejamos atrás una docena de puestos callejeros y los lujosos grandes almacenes de William Tarn & Co., donde miro con detenimiento a hombres y mujeres que salen con grandes bolsas de compras.

Mary se detiene junto a un almacén enorme y nos bajamos del coche.

Avanzamos por un pequeño camino situado a un lado del edificio, serpenteando hacia la entrada trasera. Un hombre espera junto a la puerta mientras hace guardia. Creo que oigo a Maggie llamarlo Lou cuando nos acercamos. Trata a Maggie de un modo informal y amigable, pero al ver a Mary adopta un aire más circunspecto y abre la puerta.

Entramos a un tesoro oculto de objetos robados. Joyas de todo tipo se amontonan sobre largas mesas de caballetes, aguardando a que las inspeccione algún traficante. Hay exhibidores de vestidos y pieles hasta donde alcanza la vista. Hilera tras hilera de objetos archivados, un caos organizado con todas las cosas imaginables, todo ello cuidadosamente catalogado y registrado por unas cuantas mujeres que escriben en unos libros enormes. En el fondo, incluso veo algunos automóviles que una mujer limpia con un trapo.

Nos miran y empiezan a cuchichear entre sí cuando Mary nos lleva a su oficina, al fondo. La alfombra es gruesa y suave, y silencia el ruido de mis pisadas.

Es una habitación grande y bien equipada, decorada con pinturas y obras de arte extravagantes. Un sofá grande de palo de rosa, cuero y marfil descansa en un rincón con varios abrigos de piel esparcidos por aquí y allá. Hay dos mesitas de ébano a cada lado con lámparas de Tiffany y numerosas cajas de anillos y baratijas. Como si Mary se pasara todas las noches revisando sola los bienes robados, o tal vez regodeándose en sus victorias diarias.

Sobre el escritorio de laca colorada hay más libros de registro llenos de nombres y números. Miro las columnas estrechas y veo que todas están escritas con su letra apretada.

Nos pide que vaciemos los bolsillos en el escritorio antes de pedirnos que esperemos fuera mientras hace recuento e inspecciona el botín a solas.

Durante la espera, las gemelas del 43 aparecen con cuatro bolsas bajo los brazos. Una tiene incluso tiene dos bolsos de noche hechos de un cuero caro y seda adornada con brillantes. La otra gemela lleva una bolsa de malla recubierta en oro y una bolsa de malla Dresden con perlas y unos acabados de esmalte suave. Las apoyan sobre la mesa para inspección y luego se acercan a nosotras al unísono, moviendo las caderas a cada paso que dan.

La que tenía las bolsas de malla habla primero. Noto que su cabello es un poco más oscuro que el de su hermana.

—¿Primer día? ¿Cómo te ha ido? Muy bueno no habrá

sido si estáis esperando en la puerta de la oficina de Mary con esa cara. Yo soy Norma. Y ella es mi hermana, Grace.

Maggie resopla.

—Os habéis pasado todo el día fuera y solo habéis vuelto con cuatro bolsas, ¿eh?

—Mary nos dijo que nos lo tomáramos con calma, ya sabes, como somos sus principales colaboradoras esta semana...

—Me llamo Alice —logro evocar una sonrisa convincente—. Y no os apoltronéis en la cima. Hemos tenido un día maravilloso.

A Norma le tiembla el labio inferior.

—Déjame que te diga una cosa, novata, como me vuelvas a hablar así, tienes los días contados en esta banda.

Emito una risita.

—¿No se suponía que esto era una hermandad?

Grace da un paso adelante, sacando pecho.

—Siempre nos deshacemos de las chicas groseras. No te conviene tenernos en tu contra.

—No sabéis quién soy —respondo—. Así pues, yo os perdono. Pero tened claro esto: ninguna de vosotras quiere tenerme en su contra.

—Basta ya, Grace —la regaña Maggie—. Sabes lo que pasó la última vez que me hiciste enfadar. Esta vez te voy a zurrar tan fuerte que ni siquiera el maquillaje te disimulará el golpe. —Levanta el puño y Grace retrocede.

—Dejadlas solas, chicas —grita una mujer desde el fondo. Es demasiado preciosa como para ser verdad, con los ojos azules como un aciano y cabello rubio rizado—. ¿Habéis visto lo que han traído hoy? Es impresionante. Mary tiene el escritorio lleno de cosas pendientes de catalogar.

Tiene el aspecto de acabar de salir de una caja, justo la muñeca de porcelana preciosa que una niña pediría a gritos para estas Navidades. Es una cara bonita. Tiene que ser una cara bonita. Mandadla a una tienda y distraerá a cualquiera con esos ojos.

Grace le lanza una mirada furtiva.

—¡No te metas en esto, Charlotte! No te queda mucho tiempo en la banda, así que no digas nada. Alice será tu sustituta.

Charlotte no le presta atención y se acerca.

—Encantada de conocerte, Alice. Soy Charlotte. Maggie siempre hablaba de la amiga de la infancia que le enseñó a recolectar. No le suele gustar mucho la gente, así que tú debes ser especial.

—Yo no diría especial —murmura Maggie, y pone los ojos en blanco.

Abro la boca para preguntarle sobre el comentario de Grace, "No te queda mucho tiempo en la banda", pero Mary no me deja esa opción. Sale de su oficina con un paso alegre.

—Buenas noticias, señoritas. Ya tenemos dos nuevas colaboradoras principales esta semana. —Las gemelas nos miran furiosas—: Mags la Vándala y nuestra nueva recluta, Ali... —Se detiene y me mira, regodeándose en su sonrisa—: Diamond Annie.

—¿Diamond? —Pregunta Charlotte, intrigada.

Mary saca el diamante rosado y las chicas se quedan boquiabiertas.

—Diamond —responde, sin poder ocultar su alegría. Todas las presentes en el depósito aplauden mientras las gemelas me perforan con sus miradas punzantes, sin molestarse en ocultar su enfado.

—¿Mags la Vándala? —pregunto con una sonrisa.

Me devuelve la sonrisa.

—Charlotte es Dulce Lote. Las mellizas..., bueno..., son las mellizas.

Ambas miran con idéntica furia.

Maggie también las mira con gesto desdeñoso.

—Nuestros apodos no nos definen, pero nos permiten empezar de cero en este mundo. Son una manera de dejar atrás nuestras verdaderas identidades y aceptar lo que somos ahora.

La sonrisa de Mary crece.

—Sois un equipo con talento, Mags y Annie, pero vais a necesitar una tercera compañera.

—Yo puedo hacerlo —dice Charlotte, que levanta la mano—. Al menos, hasta que mi prometido y yo nos casemos. —Así que esa es la explicación. Cuando se haya casado, abandonará a Las Cuarenta Ladronas.

—Maravilloso. Enhorabuena, chicas. Venderé los objetos en los próximos días, pero vamos a celebrarlo ahora. Ya he organizado una maravillosa velada en el 43 esta noche. Divertíos, bebed algo, invito yo. Por la mañana, hablaremos sobre tu mudanza a Elephant and Castle. ¿Tu familia siempre ha vivido en The Mint?

Asiento.

—Desde que tengo memoria.

—Bueno, pues eso va a cambiar. Ahora escalarás en el mundo. Y vivirás como tal.

Me río ante esa idea.

—No puedo abandonar The Mint y no quiero darle a nadie esa idea errónea. Esto solo es temporal.

—¿Aún crees que saldarás la deuda y te marcharás? ¿Después de todo lo que has hecho hoy?

—He robado. Robo todo el tiempo. Para mí, este solo ha sido un día como otro cualquiera.

—No —responde de manera tajante, y da un paso hacia mí—. Hoy, por primera vez, has sido exactamente lo que siempre has estado destinada a ser. Hoy has sido Diamond Annie.

Tiene razón. Lo de hoy ha estado bien, ha sido extraordinario. He visto el mundo como realmente es: mío. Nuestro.

Pero no dejo traslucir nada de eso y digo:

—Hoy he cumplido con la parte que me correspondía. Eso es todo.

★★★

Vamos al Club 43 para celebrarlo. Muchas chicas nos siguen desde el almacén. Me rodean al entrar al club, entre charlas y risas, y no dejan de alabarme. Me aferro con fuerza al regalo de Mary, el abrigo de piel suave color crema, mientras siento un hormigueo ardiente en la piel. Tardaré tiempo en olvidarlo. Durante todos estos años no me ha resultado fácil hacer amigas, en especial después de que Maggie se marchara. Me reprendo a mí misma y le ordeno a mi mente que no permita que esta camaradería se me suba a la cabeza ni me nuble el juicio a la hora de tomar decisiones.

Solo formaré parte de esto hasta que haya saldado la deuda. No hay amistades aquí. A estas chicas solo les interesa lo que puedo hacer por ellas, y Mary es igual.

Nos sentamos en la barra y Maggie brinda por nuestro éxito.

—Sabía que podíamos hacerlo. Me alegra que hayas hecho la prueba.

—Dijiste que querías objetivos más grandes. No se me ocurre nada más grande que Selfridges.

—Gracias por confiar en mí.

—Yo siempre he confiado en ti, Mags. Puede que seas la única en la que he confiado.

—¿Me vas a perdonar en algún momento por haberme ido, o me lo vas a recordar todos los días?

—Todavía no lo he decidido.

Mira a Mary y a las chicas como si necesitara asegurarse de que están lo suficientemente lejos como para escucharla y añade:

132

—Creo que tú y yo podemos hacer grandes cosas juntas si dejamos el pasado atrás.

Intento verbalizar lo que siento, consolarme con la idea de que puedo dejar nuestra historia en el lugar al que pertenece. Pero la traición aún es reciente, una herida que ha sanado, pero que dejó una pequeña costra que arranco cada vez que parece que nos acercamos de nuevo; un recuerdo de que me abandonó y que podría hacerlo otra vez.

Pero, para garantizar el éxito de la empresa, entierro todas las dudas por el momento y alzo mi copa medio vacía en señal de conformidad.

—Por los nuevos comienzos.

Entrechocamos las copas antes de apurar todo su contenido. Me llevo la copa a los labios para beber, pero la dejo sobre la barra.

Cuando hace la seña para un nuevo brindis, veo que Rob me mira.

Maggie me ve devolverle la mirada, y le grita:

—¡Rob! ¡Ven y cuéntanos qué tal te ha ido el día! En eso consiste tu trabajo, ¿verdad? Nos preparas unas copas y nos oyes parlotear?

Deja salir una risa y se acerca.

—Siempre tan encantadora, Maggie —dice antes de que nuestras miradas se crucen—. ¿Todavía piensas en lanzarme una copa a la cabeza?

Me encojo de hombros.

—¿Quién sabe? La noche es joven.

—Te juro que no sabía nada sobre los negocios que tenían mis hermanos contigo o con tu familia. Ni siquiera sabía tu apellido hasta ayer. Tus documentos decían «Alice Black».

—Bueno, no esperarás que ponga mi verdadero nombre en esos papeles, ¿verdad? —Mi voz se vuelve un susurro—. Y te agradecería que no le contaras nada a Kate.

—Tu secreto está a salvo conmigo.

—¿Lo está?

—Si lo hubiera sabido, te lo habría dicho.

Sacudo la cabeza.

—Ya no importa. Ya he tenido suficiente familia tuya esta semana. Suficiente para toda una vida, así que terminemos con esta conversación de una vez por todas.

Una chica llama a Maggie y, cuando se va, Rob se acerca a mí y me susurra:

—¿Me estás castigando por las decisiones que han tomado mis hermanos?

—Ellos me quieren castigar por las acciones que ha tomado el mío.

—Pareces disfrutar tu castigo —añade, una leve frustración en su tono—. No es del todo justo. Yo no disfruto el mío.

Le lanzo una mirada repleta de ira.

—Eso no es asunto tuyo.

Asiente.

—Tienes razón. No lo sé. Es lo que querías, de todas formas. Soy un libro abierto, Alice. Si quieres preguntarme algo, te diré la verdad. Siempre he sido sincero contigo.

Quiero odiarlo. Odio a sus hermanos. Apenas los conozco, pero lo que sé es suficiente. Debería sentir lo mismo por él, pero, por más que lo intente, no puedo reunir la ira, no puedo encontrar ninguna razón para dudar de su honestidad.

—¿Quién eres, entonces? ¿Rob el Barman, Rob el Demoledor o Rob el Desertor?

—Soy todos ellos —contesta con cierta decepción—. Me encanta esto, hacer bebidas. No es nada especial, pero es fácil. El hombre que yo era cuando trabajaba con mis hermanos era alguien vergonzoso, oscuro. Lo odio, pero aún forma parte de mí. Y no sé si alguna vez podré dejarlo atrás por completo. Pero estoy harto de librar guerras que no son mías.

—Entonces, ¿ahora eres un pacifista?

Se sirve un trago y brinda para él mismo.

—Por la paz.

Dejo reposar esas palabras.

—¿Me estás diciendo la verdad?

—Te estoy diciendo la verdad.

—¿Por qué? No me debes nada. Somos extraños.

Una sonrisa relajada cruza su rostro.

—Me gustaría cambiar eso.

Se me seca la boca y un calor invade todo mi cuerpo. No recuerdo la última vez que me sentí así por un hombre. Quizá por Eli, aunque éramos tan jóvenes que parece como si hubiera pasado una eternidad. Yo tampoco quiero que sigamos siendo extraños, pero ahora siento que no tenemos otra elección.

—Puede que sintiera lo mismo antes de descubrir quién eres. No confío en tu familia. No sé cómo confiar en ti.

—Empecemos de cero. Intentémoslo otra vez.

Las chicas me rodean una vez más y Rob se aclara la garganta cuando regresa a la barra para atender a algunos clientes.

—Annie —dice una de ellas, y se acerca a mí con calidez. Su cabello es un lío de rizos cortados en un peinado bob ceñido y una salpicadura de pecas a cada lado de su nariz y ojos. Estira una mano para estrecharla con la mía—. Soy Rita. El botín que Maggie y tú habéis conseguido es impresionante. Quería tocar la mano que se hizo con esa roca preciosa.

—Gracias. Encantada de conocerte, Rita.

Y eso también lo digo en serio. Comparada con las gemelas, ella es un encanto.

Tenemos una charla distendida hasta que Mary nos llama para que nos acerquemos y las chicas se separan como el mar.

135

—Kate Meyrick quiere hablar contigo.

Kate aparece desde detrás de Mary para saludarme.

—Ay, ay, querida, hay que ver qué lejos ha llegado mi nueva camarera.

Sacudo la cabeza.

—Por así decir.

Kate se sienta sobre la banqueta vacía a mi lado mientras las demás siguen celebrándolo a gritos a nuestro alrededor.

—Bueno, ahora puedo compartir contigo una información importante. Es algo que les digo a todas las chicas. Protegeré mi negocio con uñas y dientes. Si en algún momento se te pasa por la cabeza robar a mis clientes, que sepas que eso acarreará consecuencias.

Me alivia que no esté al tanto de todas las veces que he robado en este lugar. Mantengo la calma.

—Así pues, ¿no me vas a despedir?

—No —responde—. Mary dice que estarás en la banda por un tiempo limitado.

—Así es.

—Entonces no hay ningún problema.

Asiento.

—¿Desde cuándo eres amiga de Mary?

Ríe.

—No soy amiga de Mary Carr. Ni siquiera soy amiga del comisionado Horwood, que viene aquí con regularidad. Cada una desempeña su papel, nada más. Yo tengo que sonreír y ofrecer un servicio a gente que me parece ridícula o incluso repulsiva, por el bien de mi club. Mi club y mi hija son lo único que me importa. Puedes quedarte aquí todo el tiempo que quieras, siempre y cuando mantengas las manos alejadas de mis clientes y tus asuntos lejos de los míos.

—Entendido —respondo, envarada. Su tono es firme y tajante. Debería dejarlo pasar, pero no lo hago—. Apuesto a que has tenido que hacer algo horrible y asqueroso que

136

justifique cómo ha llegado este club adonde ha llegado en la actualidad. ¿De qué otra manera habría llegado a la cima? ¿Una mujer dueña del club más famoso en una ciudad administrada por hombres?

Mantiene la mirada fija en mí.

—¿Adónde quieres ir a parar?

—A que, digas lo que digas sobre las mujeres como tú o como yo, no somos tan diferentes. Para convertirte en la Reina de los Clubes Nocturnos has tenido que romper algunas reglas.

No dice nada, se limita a sonreír un buen rato.

—¿Nos entendemos, Diamond Annie?

Alzo mi copa en dirección a la suya.

—Nos entendemos.

—Muy bien. —Recupera la sonrisa como si esta no hubiera desaparecido. Vuelve al ajetreo de la gente y Maggie ocupa su lugar.

—¿Te ha amenazado con eso de "No robes en mi club"?

Asiento y le doy otro trago a mi bebida.

—Sí.

—Considéralo un cumplido. Solo lo hace con las favoritas de Mary.—Maggie alza la copa una vez más, esta vez llena de whisky—. Ahora, a celebrarlo.

CAPÍTULO 8

YA PUEDO SENTIR LA RESACA QUE ME AZOTA LA CABEZA cuando Maggie y yo tomamos un taxi de regreso a The Mint. He perdido la noción de cuántas copas tomamos y con la amenaza de la mañana en solo un par de horas, lo único que quiero es acurrucarme en la cama y dormir.

Cuando llegamos, mi madre me ayuda a entrar a Maggie, que no deja de tambalearse. La acostamos en el sofá y la tapo con una manta. Madre resopla.

—Hay cosas que no cambian, ¿verdad? Siempre se quedaba a dormir aquí cuando erais más jóvenes.

Empiezo a contestar, pero entonces veo un rostro desconocido sentado con Louisa en la mesa del centro.

—¿Una sesión a estas horas?

La expresión de mi madre se vuelve más tensa. Se aleja del sofá y se acerca a la invitada, y le apoya una mano en el hombro con suavidad. Tiene el rostro blandito y color crema, manchado con pecas, y me taladra con la mirada. Todo cuanto la rodea parece lúgubre.

—Esta es Christina Noon. La novia de Tommy.

Ah, eso explica su cara. Río un poco y empiezo a buscar a Tommy por la sala antes de decir:

—Hazte un favor, Christina, búscate otro hombre. —Me quito el abrigo de piel y lo cuelgo junto a la puerta.

Christina logra esbozar una sonrisa que me dice que no hará caso de mi advertencia.

—Tommy me ha hablado de ti, Alice. Me encanta conocerte al fin.

Su voz tiembla un poco y noto que tiene las mejillas un poco rojas. Tommy le ha hecho llorar, pobre chica.

—¿Te ha pegado? —Su rostro se frunce con desagrado—. ¿Dónde está?

Mi madre mira hacia la puerta.

—En el pub, todo el día y toda noche.

—Qué sorpresa —digo, prácticamente escupiendo.

—Tommy me dijo que nos fugaríamos juntos. Lo estuve esperando en la estación Victoria, pero no apareció. Creí que estaba muerto. —Otro temblor rompe su voz—. Nos queremos.

Doy un paso adelante. Lucho para que el agotamiento no haga que mi voz suene más severa.

—Vete mientras puedas. Amar a Tommy es una maldición. Todas sabemos algo al respecto.

—Alice —interrumpe mi madre—. Christina está…

—Estoy embarazada.

Mi corazón se detiene por un instante y dejo salir un suspiro breve. Es difícil explicar la sensación que reside en mi interior: una mezcla extraña de miedo y felicidad. Un bebé podría cambiar a Tommy para bien o para mal.

—¿Y él lo sabe?

—Tenía pensado contárselo en la estación.

Me presiono el tabique de la nariz y voy a buscar el abrigo una vez más, y me lo pongo mientras salgo por la puerta. Mi madre me sigue. Me mira de arriba abajo, y luego toca con delicadeza el abrigo de piel entre los dedos.

—¿Qué es todo esto? Estás… Bueno, estás preciosa.

—Es del trabajo —contesto, y toco mi vestido por un breve instante—. Esto pagará la deuda.

—Apuesto a que pasaste la prueba. ¿Vamos a vender el vestido?

—¿Creías que no lo haría? —Sacudo la cabeza lentamente—. No, tenemos que cuidar muy bien este vestido. Lo último que deseo es enfadar a la mujer que lo hizo.

Me toma de la mano.

—No trates mal a Tommy.

Quito la mano enseguida.

—No parecía molestarte que tratara mal a Louisa cuando se lo merecía, pero ¿me pides que sea delicada con Tommy?

—Te pido que seas amable, Alice. Eso es todo. Ha cometido un error. Todos cometemos errores.

—Ninguna de nosotras tan a menudo como Tommy.

Me alejo de ella y voy al pub. Los clientes alzan la mirada y asienten respetuosamente antes de que Ralph me señale con tristeza el final de la barra, donde mi hermano está recostado con la cabeza entre las manos.

—Ralph, ¿nos puedes dejar un momento a solas?

Asiente y golpea la barra dos veces con el puño, la señal para indicar que acaba de cerrar por hoy.

—Salgamos.

Los hombres apuran sus consumiciones, toman los abrigos, y se ponen de pie para irse. Cuando salen, Ralph los sigue y cierra las puertas del pub. Me siento junto a Tommy y me bebo lo que le quedaba en el vaso.

—No puedes beber hasta morir.

Me mira con unos ojos inflamados y rojos.

—Dame un par de días. Esto acaba de empezar.

—Le diré a Ralph que no te venda más.

—Si voy a trabajar para los hermanos, ya estoy bastante muerto.

—Todavía no estás muerto. Aún trabajo en eso.

Ahoga un grito de desesperanza.

—Cometí un error. No lo pensé bien. Nos maté. Maté

a toda la gente de The Mint. Todo lo que padre construyó. ¿Qué nos va a pasar a nosotros, a ellos?

—Todavía no ha terminado —digo, más confiada que nunca después de mi día exitoso con Mary—. Pero hay una chica en la tienda que se llama Christina.

Levanta la cabeza una vez más, ahora más alerta.

—¿Está aquí?

—Dice que es tu novia.

Su sonrisa titubea.

—Dile que me deje. No soy bueno para ella.

—Ya se lo he advertido.

Suelta una risita y se frota la frente.

—Entonces dile que no la quiero. Eso siempre funciona.

—Sería mentira, ¿no crees?

—¿Acaso importa? A veces, le mentimos a la gente a quien amamos.

—Está embarazada.

No me mira. Sobreviene un largo silencio. Presiona los labios con fuerza y hace un ademán para tomar su vaso, sin tener en cuenta que acabo de vaciarlo.

—¿Ha dicho eso?

Le tomo mano con fuerza y se gira hacia mí.

—Te vas a ir con ella y os casaréis. Padre siempre tuvo sus defectos, y todavía los tiene, pero te pediría que hicieras lo mismo. —No responde, así que le acaricio la mano con más ternura—. Estás asustado, y creo que es el sentimiento correcto. No va a ser fácil.

—Ella y ese bebé estarán mejor sin mí. Lo sabes, Alice. Los dos lo sabemos.

Me encojo de hombros para hacer caso omiso de lo que acaba de decir.

—No lo sé, y tú tampoco lo sabes.

Empieza a temblarle el labio inferior y su dedo acaricia el borde del vaso. Lo acerco hacia mí y apoyo la frente sobre la suya. Era la única manera que tenía nuestro padre para expresar amor.

—No puedes cambiar tus actos, pero puedes cambiar esto. Haz lo correcto. Llévala a un lugar agradable y tranquilo. Dile lo que sientes. —Tomo unos cuantos chelines y se los entrego.

Asiente mientras se muerde el labio inferior y no se aparta cuando digo:

—Voy a solucionarlo. Te lo prometo.

Salimos del pub y tomamos caminos separados: él hacia la casa y yo hacia donde Ralph espera, vigilando la entrada. Me escruta de arriba abajo.

—Te has bañado, muchacha —dice, mientras me pasa el cigarrillo que tiene encendido entre los dedos.

Sonrío y le doy una calada.

—¿Alguna novedad?

—Han detenido a Hannagan por robar en Lambeth; la familia no está muy bien.

—Dos hijas, ¿cierto?

—Sí —dice con tono contrito—. Intento alejarlas del burdel.

Asiento, y paso de manera discreta la punta de los dedos por la piel sedosa de mi abrigo antes de quitármelo.

—¿Conoces a alguien a quien le puedas vender esto?

Toma el abrigo con cierta incomodidad.

—Puedo preguntar si quieres.

—Dales lo que consigas. Conseguiré más el mes que viene. —Se quita el abrigo de lana deshilachado para dármelo, pero alzo la mano—. Quédatelo. Tengo otro en casa.

No tan bonito, ni suave, pero abriga de todos modos.

—¿Algo más? —pregunto.

—Jacob Sloan está furioso por lo que le has hecho.

—Claro que sí.

—¿Necesitas que me encargue de él?

142

—No. No podemos castigar a un tipo por estar enfadado. No es justo, ¿no crees?

Esboza una sonrisita.

—¿Qué ha pasado con los hermanos McDonald? Las calles hablan.

—¿Y qué dicen?

—Dicen que Tommy tiene que irse.

—Sí, Tommy tiene que irse —confirmo—. Después de todo lo que hizo para traerle problemas al barrio, no los culpo por exigir eso. Pero déjame que lo saque de aquí. Primero tengo que cerrar algunos negocios y luego me encargaré de eso.

***

Me despierto de madrugada con una pistola en la cara. Louisa grita a mi lado. El instinto me dice que me levante de las sábanas deshilachadas y me obligo a recordar cómo hace una para ponerse de pie.

Mi madre sale corriendo de su habitación y se acerca a Louisa para alejarla del arma.

Parpadeo hasta que veo a Jacob en la tenue luz. Sacude el arma y grita:

—¡Arriba! ¡Sal de la cama!

Por un momento, me pregunto cómo ha hecho para entrar por la puerta delantera sin despertar a Maggie, que duerme en el sofá. Luego veo que la ventana de nuestra habitación está abierta y recuerdo cómo Louisa se escabullía por ahí. Ha hecho lo mismo.

Lo miro fijo a los ojos. Si estuviera borracho, lo vería en sus ojos y podría perdonarlo. Pero no está en absoluto borracho, solo furioso. Sabía exactamente lo que hacía cuando entró a nuestra casa y empezó a amenazarnos, lo que significa que no puedo perdonarlo.

Padre dice que un hombre debe asumir la responsabilidad por sus actos, incluso aunque esté equivocado, o sea un loco, o ansíe venganza. Debe aceptar sus propios errores.

—Jacob, piensa en lo que estás haciendo.

—¡Cierra la boca! —Da un paso breve y agresivo adelante—. ¿Tienes idea lo que es caminar por ahí con la reputación que me has dado? ¡Alguien a quien una mujer ha pegado! Tienes que pagar por lo que hiciste.

Noto que la pistola tiembla en sus manos.

—Mi padre se enterará de esto.

—Dicen que todavía le faltan unos meses para salir en libertad. Para entonces ya me habré ido. —Mira a Louisa—. Estoy enamorado de ella. Habíamos hecho planes, planes que pensaba mantener. Planes que tú no detendrás.

Miro a Louisa, y él y yo esperamos alguna evidencia de que el sentimiento es mutuo. Al ver que no dice nada, él entiende que no lo hará y apunta el arma en su dirección.

Me lanzo hacia allí a toda prisa, pero enseguida se la quita de las manos a mi madre y la lleva a su lado. Mi madre forcejea con él mientras Louisa grita, golpeándole los hombros.

—¡Jacob, no hagas esto!

Empiezo a sentir cómo me palpita una vena en el cuello, y un fuego ardiente fluye por mi interior.

—Te lo voy a pedir una sola vez… Baja el arma y suéltala. —Mi voz es puro hielo.

Amaga con responder, pero en lo que apenas parece un segundo, Maggie entra en la habitación y le asesta una cuchillada en la pierna. Una mancha intensa de sangre le ensucia los pantalones. Camina a trompicones hacia la ventana con un grito que más bien es un llanto de dolor.

Maggie salta hacia él como un animal salvaje. Lo sacude por los hombros y lo empuja hacia la pared, donde se estrella con un golpe violento.

Su pistola se desliza hacia mis pies.

Maggie lo mantiene contra la pared y presiona su cuchillo contra su pierna.

—Muévete y te corto las pelotas.

—Basta —ruega Louisa—. Por favor, basta. No tienes que hacer esto. Dejadlo ir. No volverá. No lo hará.

Maggie me mira, esperando mi palabra. Mi silencioso "sí". Esta es la chica que conozco, la luchadora de The Mint, la que no le teme a nada. Y si Louisa no estuviera mirando, con gusto le daría la señal. Miraría cómo lo mata sin parpadear y sin lamentar su pérdida en absoluto.

Pero mi padre no lo haría. Hay una razón por la que la gente acude a él en busca de guía y orden. Él lo hará según la ley de The Mint. Una batalla justa y un desafío público.

—Suéltalo, Mags. Puestas a hacer esto, hagámoslo bien.

Maggie sisea y retrocede.

Levanto el arma.

—No usamos armas en The Mint, Jacob.

Louisa corre hacia mí para detenerme, buscando mi mano.

—No tienes que hacer esto. Puedes dejarlo ir y las calles no tienen por qué enterarse.

Mi madre se zafa de ella con violencia.

—Ni se te ocurra llevarle la contraria. Limítate a observar.

—Vete de aquí —le ordeno a Jacob, haciendo caso omiso de las súplicas de Louisa. Si la miro, me asaltarían las dudas—. Ahora.

Lo empujo hasta que baja por las escaleras hacia la puerta delantera y le paso el arma a Maggie.

—¿Cuchillos o puños?

Unas pocas personas se asoman desde sus casas para contemplar el espectáculo.

Louisa grita a mis espaldas.

—Por favor, Alice, no lo hagas.

Siempre he querido mantenerla alejada de todo esto para que pueda tener una vida diferente, libre de esta violencia y de este dolor, pero ahora sé, mientras tengo a Jacob frente a mí a modo de recordatorio, que mis cuidados la hacen débil. El dolor que conlleva todo esto la ayudará. Tiene que entender nuestro mundo y cómo tratamos a los hombres que nos amenazan.

—Quería evitar que tuvieras que ver esto —le digo con el tono más amable que puedo encontrar frente a toda la gente que empieza a congregarse—. Desearía poder hacerlo.

Maggie se queda de pie a mi lado y de ese modo, sin más, es como si no hubieran existido todos estos años que nos han separado.

—Puedo hacerlo por ti.

—No, claro que no.

Jacob contempla asustado nuestro intercambio y grita.

—Cuchillos.

Ralph se acerca sombríamente y nos entrega a cada uno dos cuchillos. Retrocede y Jacob da un paso hacia delante. Sujeta sus cuchillos como si en ello le fuera la vida. Un tenso momento de silencio se cierne sobre nosotros mientras esperamos. Un tiempo para que nuestras familias puedan reunirse, listas para despedirse porque uno de nosotros debe perder. Hombres y mujeres emergen de las sombras y sus hogares oscuros para mirar. Ralph señala a un tipo y dice:

—¡Ve a buscar a Richard!

Me muerdo el labio inferior. Mi interior se convulsiona, ansioso. No quiero esperar. No merece consideración.

—Cuando mueras —murmura; su voz delata que el miedo ha dado paso a una fuerza recién encontrada—, desafiaré a Tommy, y luego a tu padre.

¿Trata de meterse en mi cabeza? Es imposible que tenga esa clase de ambición. Y si la tiene, ¿de dónde viene y desde cuándo anida en él?

—Cuando ellos mueran..., el reino de la familia Diamond llegará a su fin.

—Yo en tu lugar tendría la boca cerrada, muchacho —interrumpe Ralph—. Tu padre va a venir de inmediato.

Pero no se detiene.

—Entonces Louisa será mía.

—Nunca será tuya.

—No podrás hacer nada al respecto porque estarás muerta.

—Alice, por favor. Podemos terminar con esto ahora —grita Louisa—. No lo hagas. Todavía podemos hablar.

Pero lo único que consigo oír en mi mente es "Louisa será mía".

Bloqueo los gritos de Louisa y arrojo mi cuchillo con una precisión experta. Mis pensamientos por un instante regresan a mi padre cuando me enseñaba a arrojar navajas a distintos objetivos, él de pie en el medio para poner a prueba mi determinación.

El cuchillo corta el aire de la noche con un arco perfecto y se clava en el pecho de Jacob. Cae de rodillas sin emitir ningún sonido y sujeta la empuñadura. Le arrojo el otro al vientre. Y entonces cae de lado con un golpe seco y empieza a desangrarse.

Cierro los ojos y me imagino junto al río Támesis con Eli, cuando éramos jóvenes y estábamos enamorados. Nos solíamos acostar sobre una manta de lana y oír el agua durante horas, comiendo quesos y algunas fresas robadas. Nunca me he sentido tan en paz. Ni antes ni después. Cuando abro los ojos, los hombres ya están levantando el cuerpo sin vida de Jacob y se lo llevan agarrándolo por las manos y los pies.

Ralph me toma por los hombros.

—Alice... Aquí no hacemos las cosas de este modo. ¿Cómo le vas a explicar esto a Richard?

—Vi que movió la mano —miento con frialdad—. Entró a mi casa con un arma. No tenía intenciones de jugar limpio. Le arrojé el mío antes de que pudiera arrojarme el suyo.

Ralph entrecierra los ojos con mirada astuta, como si no le costase distinguir las mentiras.

—Todo esto va a traer consecuencias.

—Llévale el cuerpo a su familia. Si necesitan ayuda con algo, ven a buscarme.

Asiente, no sin antes exhalar un suspiro reticente.

Me giro hacia Louisa. Tiene los ojos inmóviles, aún fijos sobre Jacob, con un tipo de emoción que no consigo clasificar.

—Louisa, no quedaba otra opción.

Todavía nada. Ni un parpadeo, ni un movimiento involuntario, ni siquiera una lágrima. No puedo leer su mente, pero ya siento el arrepentimiento abrirse paso en mi interior. Mi madre lleva a Louisa al interior de la casa para calmarla, mientras Maggie mira la mancha de sangre en la calle donde estaba el cuerpo de Jacob.

—Hacía mucho tiempo que no veía morir a un hombre.

Apoyo una mano sobre su hombro.

—Gracias por esta noche. Ahora entro. Tengo que hablar con Ralph.

Asiente y me alejo del local antes de doblar por una esquina oscura. Me escondo en un callejón donde un gato negro me mira con cautela, mientras hurga la basura entre el empedrado. Me dejo caer al suelo y lloro tapándome las manos, mientras la expresión horrorizada de Louisa inunda mi mente, una imagen que quedará grabada allí para siempre.

Al cabo de un momento, suspiro para calmarme, me limpio la cara con el dorso de la mano y me levanto, pero mis rodillas ceden y vuelvo a tambalearme. Antes de estrellarme contra el suelo, Maggie aparece delante de mí, sus manos firmes me toman de los hombros y no me permiten otro intento para ponerme de pie. La tenue luz angosta que se proyecta sobre el callejón le ilumina la cara. Tiene el ceño fruncido por el agotamiento y la compasión. Se sienta a mi lado y apoya la cabeza sobre mi hombro, como tenía por costumbre cuando éramos pequeñas.

Y, por un momento, solo por un instante, volvemos a ser esas niñas pequeñas.

—Me había olvidado de lo bien que se te daban los cuchillos —confiesa.

—¿Es un cumplido? —resoplo.

Toma un cigarrillo, ya usado, y me lo enciende.

—¿Recuerdas lo que tu padre solía decirnos? —Suelta aire y baja la voz una octava—. A las chicas de The Mint no se les permite llorar. —Piensa en eso por un momento, y luego ríe para sí misma, mientras yo le doy una calada al cigarrillo—. Luego lo vimos llorando a él como un niño cuando Tommy volvió de la guerra. Y aquella ocasión en la que aparecieron unos huérfanos cantando villancicos. Intentó esconder esa única lágrima que le surcó la cara.

Ahogo una risa.

—Siempre tratando de esconderlo.

—¿Por eso te escondes ahora?

Se me seca la voz.

—Quería un destino diferente para ella. No quería que viera este lado mío… Este lado de las calles. Creí que podía mantenerla encerrada en una habitación, prometerle que llegarían tiempos mejores y que en algún momento nos iríamos de este lugar.

—No nos funcionó, Alice. ¿Por qué habría de ser diferente en su caso? Mira, déjala que esté molesta contigo…, pero un día lo entenderá. No será hoy, ni tal vez mañana, pero seguro que algún día...

Terminamos el cigarrillo juntas y, cuando por fin estoy lista para moverme, Maggie me sigue. Ya en casa, subo a nuestro cuarto y encuentro la cama vacía, luego avanzo por el pasillo hacia la habitación de madre y encuentro a Louisa durmiendo con ella.

Me siento al borde de la cama y busco su mano. Abre los ojos en cuanto mis dedos rozan los suyos. No dice nada, pero su mirada distante me hace sentir como si la hubiera perdido para siempre.

Aparta la mano y la mete de nuevo bajo las sábanas.

**

Como remate de los acontecimientos tenebrosos que pasaron anoche, mientras vamos de camino a la mansión de los King Maggie me revela que traté de seducir a Rob en el Club 43. Yo iba borracha, y las chicas se rieron bastante por eso. No puedo contener un grito horrorizado y le pregunto:

—¿Lo besé?

—Lo intentaste —me responde a mi lado en el taxi, mientras se retoca el cabello y el maquillaje con un pequeño espejo de mano—. Fue glorioso, de verdad. — Guarda el espejito en un bolso y saca un cigarrillo nuevo de una pitillera dorada mientras yo me quedo ahí sentada, congelada, tratando de recordar, pero todo lo que sucedió antes de la pelea con Jacob son solo retazos borrosos que permanecen en tinieblas.

—¿Y me lo cuentas ahora?

—¿De verdad no lo recuerdas? Yo bebí mucho más que tú y lo recuerdo todo.

Una risa cohibida escapa mi boca.

—Es más fácil mentir.

—Somos mujeres independientes —razona impetuosamente—. No deberíamos avergonzarnos por querer a un hombre y demostrarlo. Lo único es que no deberías estar borracha como una cuba cuando juegas tus cartas.

—No lo quiero.

—No hace falta que me mientas. ¡Pero si he visto cómo lo mirabas!

—Es un McDonald, incluso aunque afirme que no lo es.

Pone los ojos en blanco.

—Si te lo quieres cepillar, cepíllatelo y ya está. Anoche no paraste de decirlo. Hazlo de una vez para que eso no te distraiga.

Enseguida cambio de tema, y así trato de borrar de mi mente la imagen de los labios borrachos y relajados de Rob.

—¿Sois así de fiesteras todas las semanas? Deberías haberme avisado.

—Somos bastante fiesteras. Debería haberte avisado. Te pasaré a buscar cuando termines de jugar a la sirvienta —bromea—. Iremos a algunas tiendas del Strand. Sabes que ya no necesidad de que vayas a la casa de ese viejo ricachón. No tienes que seguir haciendo eso. La banda podría ser tu trabajo a tiempo completo.

—Hablaremos de mi renuncia cuando nos paguen. Y pasaremos por el 43 antes de hacer cualquier cosa —respondo. No me puedo quitar de la cabeza la escena que me acaba de contar en la que yo me lanzo sobre los brazos de Rob. El taxi se detiene, pero, antes de que me baje, dice:

—No le cuentes a Mary lo que pasó anoche. No le cuentes lo que hice.

Resoplo.

—¿Que no le diga que nos defendiste a mi familia y a mí? ¿Que la verdadera Maggie Hill regresó de entre los muertos?

Pone los ojos en blanco.

—¿Te parecería mal si estuviera muerta? ¿Por qué tengo que mantenerla viva por ti?

—No tienes que hacerlo.

—Me recuerdas todos los días que no puedo dejarla atrás, por mucho que quiera. Mary pasó tiempo conmigo. Me enseñó que no tengo que recurrir a la violencia para alcanzar mis objetivos. Se llevará una decepción si se entera de lo que hice.

Entrecierro los ojos.

—La mujer que eres ahora, este papel que interpretas, no durará.

—¿Por qué no? —grita, los puños apretados hasta que los se le ponen blancos—. ¿Por qué no puedes dejar ir a esa chica a quien conocías? Lo de anoche fue un error. Perdí los estribos. No volverá a pasar.

—No, sí que volverá a pasar —replico—. No perdiste los estribos. Sabías lo que hacías. Te sentiste más cómoda con ese cuchillo que con toda la ropa que Mary te pone sobre el cuerpo. La Maggie a quien conozco sigue aquí. Nadie te dice qué clase de mujer tienes que ser. No hay ninguna regla que diga que no puedes ser preciosa y astuta, y también temible y salvaje. Puedes ser todas esas cosas.

Tiene la mirada perdida en el infinito cuando contesta:

—No, no se puede. No con Mary. Ella no entiende a la mujer que era en tiempos. No lo entendería ahora. Ella se las arregla con trucos y estrategias. No toleraría nada que le pareciera grosero. Por favor, no le digas nada.

—Sabes que lo único que diferencia esta vida con ella y la que tenías con tus hermanos son tus vestidos elegantes y tu nuevo automóvil.

Salgo rápido y, mientras me acerco a la casa, la oigo decir:

—¡Hay una enorme diferencia! —Exhala el humo del cigarrillo y, antes de poder añadir nada, se va.

Ya casi estoy en la entrada de servicio cuando oigo un grito de pánico procedente del interior. Por lo general, llamaría a la puerta de la cocina y esperaría a que Alba la abriera con esa clásica mirada de decepción que se reserva para mí. Pero hoy la abro sin esperar y cruzo la cocina hacia el vestíbulo, donde encuentro a Pearl en el suelo, tocándose con aire impotente un labio partido y lleno de sangre.

El señor King está de pie justo delante de ella, y la sujeta de la muñeca con una fuerza descomunal para evitar que se escape.

Alba está justo detrás de ellos con una taza de té rota a sus pies.

Alza la mano una vez más y golpea a Pearl en el rostro, justo en el mismo lugar. El sonido que hace al estrellarse la palma contra la piel de su esposa hace que me hierva la sangre. Esta vez no grita.

—¡No vas a ir a esa fiesta! ¡Soy tu esposo y es una orden!

Se agacha para quitarle algo del regazo, un sobre rojo con un bordado verde. Pearl suelta el rostro para sujetar el sobre con todas sus fuerzas.

Alba aparta la mirada y se lanza al suelo para limpiar los pedazos de porcelana rota, como si la escena que transcurre de nosotras no sucediera en realidad.

Pero sí está sucediendo.

Cierro los ojos y trato de recordar quién aparento ser. Aquí, soy Alice Black, una sirvienta dócil que depende del empleo del señor King. Con Mary, soy Diamond Annie, una ladrona astuta que viste a la moda y puede usar su belleza en beneficio propio. Anoche no interpretaba ningún papel. Anoche era Alice Diamond, hija de The Mint. Maté a un hombre en medio de la calle mientras todo The Mint observaba.

No puedo hacer caso omiso a la mujer que tengo en mi interior.

No puedo irme.

Tomo un pesado jarrón de cristal que descansa sobre un

aparador y lo estrello contra el suelo. El señor King se distrae por el ruido y lo deja todo para mirarme desconcertado.

Levanto la esquirla de cristal más grande y puntiaguda, y me acerco hacia él, sujetándola con firmeza.

—¡No la vuelvas a tocar! —Las palabras salen fuertes y sinceras; una voz que me atrevería a asegurar que él nunca le había oído una mujer. Me envaro, cada músculo de mi cuerpo vivo con un odio puro y liberado. La respiración entrecortada me retumba en los oídos, el único sonido en la habitación además del reloj de pie que hay cerca de la escalera. Logro emitir un sonido, pero es más animal que humano—. Como la vuelvas a tocar, te enseñaré lo creativa que puedo llegar a ser con este trozo de cristal.

Se pone más rígido, más sonrojado y, si bien veo cierta precaución en sus pies cuando dan un único paso atrás, el entusiasmo se adueña de su rostro.

—No lo harías. Nunca conseguirás otro trabajo en esta ciudad si lo haces.

Mantengo mi postura y posa la mirada sobre la sangre que gotea de mi mano. El corte del cristal arde como mil demonios, pero no quiero soltarlo. Ese poco de sangre le deja bien claro que hablo en serio y que no le temo a nada; no soy la chica que él creía. Inclino la cabeza.

—No podrás hablar si estás muerto.

Abre los ojos todo lo que puede, y frunce el labio superior. Se aleja un poco más de Pearl, pero no lo suficiente para mi gusto.

—¿Crees que te tengo miedo? ¿Crees…? —Deja la frase a medias.

—Las mujeres siempre te han tenido miedo. Necesitas ese miedo. Te alimentas de él. Pero si ese miedo desapareciera, no tendrías ni idea de quién eres. Sin él, no serías nada. —Aflojo la presión sobre el cristal y arremeto contra su brazo. Suelta a Pearl con un grito ahogado, se mira la herida, sin dar crédito a lo que ve, mientras la sangre humedece la manga impoluta de su camisa y se mezcla con la mía en el suelo.

Se agarra el brazo y Pearl se aleja, arrastrándose hacia la escalera.

—¡Me has cortado! —grita Harold sin aliento, y sacude la cabeza de un lado a otro, incrédulo.

—Puede ser peor —le advierto, y luego centro la atención en Pearl—. Pearl, busca tu maleta.

Harold gruñe por el dolor.

—No se va a ir. No me abandonará nunca.

Puede que tenga razón, y carece de sentido aparentar lo contrario. Miro a Pearl detrás de él, temblando en la escalera, las lágrimas que recorren por su cara inflamada. Es sumisa, de eso no cabe duda.

—Tú decides, Pearl. Puedes hacerlo, incluso aunque él quiera hacerte creer lo contrario.

Espera un momento, lo suficiente para creer en la posibilidad de que las terribles palabras del señor King sean ciertas y no consiga convencer a Pearl de que sea alguien que no es. Incluso mi propia madre me dejó bien claro que una mujer como Pearl estaría dispuesta a soportar lo que fuera con tal de conservar sus privilegios. Pero entonces, se limpia la sangre de su rostro con calma y corre escaleras arriba para hacer la maleta.

Mantengo aferrado con fuerza el trozo de cristal para vigilar a Harold. Aguardo con paciencia, desconcertada por las extrañas similitudes entre los sucesos de anoche y lo que está pasando hoy. Las palabras de Ralph me pesan con intensidad: "Todo esto acarreará consecuencias". ¿Cuáles serán? ¿Y cómo de malas serán?

Pearl vuelve enseguida, para acallar mis pensamientos. Mientras nos encaminamos hacia la puerta, oigo a Harold exigirle a Alba que llame a la policía.

Tomamos un taxi que nos lleva tan lejos que empiezo a preguntarme si Pearl le habrá dado la dirección correcta al chófer. En un momento dado, llegamos a un pequeño apartamento: un pequeño espacio con calefacción y las paredes sin pintar. Hay una cama, un horno y una manta preciosa sobre un diván viejo y maltrecho. Si bien el apartamento parece abandonado, veo que ya ha estado aquí con anterioridad, porque, nada más abrir la puerta, deja escapar un hondo suspiro de alivio.

Se quita el abrigo, se acerca a un rincón y, en el suelo, levanta una tabla que estaba floja. En su interior hay una pequeña caja llena de billetes y de joyas elegantes.

—Compré este lugar sin decírselo a nadie —explica—. Cuando trabajaba en el teatro, el director me daba algo de dinero de vez en cuando. No tanto como para que llamara la atención de Harold. Solía escaparme aquí. No me salió caro, pero apenas me sobró nada después de comprarlo, solo lo que tengo aquí. No me durará mucho.

Toma la caja y se sienta al borde de la cama.

—Seis meses, quizás un año.

Por un momento, me quedo sin aliento y no tengo palabras. Lo ha hecho todo sola, lo que significa que siempre tuvo la intención de irse. Me gustaría preguntarle por qué ha esperado tanto, pero me resisto.

—Ya lo resolveremos —digo, aunque no sueno tan convencida. No había pensado qué hacer después de que ella se fuera de casa de Harold. Si no hubiera sugerido que viniéramos aquí, no sé a dónde habríamos ido—. Quédate aquí por ahora. No hables con nadie. Si se entera de dónde estás, te llevará de regreso.

—Me matará —me corrige, sin delatar ninguna emoción. Parece sumida en una especie de estupor.

—No te volverá a poner el dedo encima. —Sigue impasible ante mi discurso, pero asiente a modo de respuesta. Señalo el sobre que tiene en la mano—. Con la de cosas que podrías haberte llevado de allí, ¿traes una carta?

—¿Esto? —La levanta y ríe—. Esto no es una carta. Es una invitación, y por eso discutíamos. ¿Has ido alguna vez a Selfridges?

Intento sonar tranquila y respondo:

—¿Acaso no lo ha hecho ya todo Londres?

Suspira con aire ensoñador.

—Cada Navidad, el señor Selfridge organiza una fiesta. Es el acontecimiento más exclusivo del año para la *crème de la crème* de Londres. Recibo la invitación cada año desde que el señor Selfridge me vio en *La chica de Francia* en el Teatro Vaudeville. Harold no ha recibido ninguna.

—¿No es una invitación con acompañante?

—Sí —se limita a contestar—. Pero ¿por qué iba a llevarlo a él? Me la han enviado a mí, y solo a mí. Lo vuelve loco. Este año, me ha exigido que no vaya. Decía que, si no iba con mi esposo, iba a dar una pésima imagen.—Baja la tarjeta—. Me negué.

—¿Y ha hecho todo esto porque lo heriste en su orgullo?

—Siempre es su orgullo.

Un silencio tenso flota entre nosotras y recuerdo que Maggie me pasará a buscar por la casa del señor King.

—Tengo que irme, pero volveré mañana para ver cómo estás. Tendremos algún plan para entonces.

Apoya una mano sobre mi brazo para que no me marche.

—¿Por qué haces esto?

—No lo sé —confieso.

—¿Porque eres una buena persona?

—No creo que lo sea. —Una buena persona no le haría lo que le hice a Jacob anoche—. Necesitabas un empujón. Y yo te lo he dado.

—Necesitabas ese trabajo, ¿verdad?

—No pasa nada.

—Pues entonces tiene que ser otra cosa. Renunciar a un buen trabajo por una extraña...

Dejo salir un suspiro exasperado.

—No me gusta que los hombres peguen a las mujeres. Eso es todo.

—¿Crees que podrías enseñarme?

—¿Enseñarte el qué?

—A pelear como tú.

—Eso no ha sido pelear.

—¿Puedes enseñarme?

—Depende.

—¿De qué depende?

—De si lo que ha dicho es verdad. Que, sin importar lo que pase, siempre volverás con él. Todo esto sería a cambio de nada.

Su rostro es de todo menos tranquilizador.

—Gracias por esto.

No es la respuesta que esperaba, y lo sabe. Se hunde en la cama y revisa la caja, cuyo contenido esparce. No terminé de pelear por ella para que entienda que hay una vida más allá del control de Harold King, pero de momento no puedo decir nada para demostrarle lo contrario.

—Volveré mañana —le aseguro.

CAPÍTULO 9

Para mi alivio, el coche de Maggie está en la puerta del almacén, donde ella y algunas chicas conversan entre cigarrillos. Cuando me ve, se acerca corriendo confundida.

—¿Qué ha ocurrido? Se suponía que iría a buscarte más tarde.

Le cuento lo que ha pasado con Pearl King. Sacude la cabeza.

—Sabes que no eres responsable de salvar a todas las chicas extraviadas de esta ciudad.

Chasqueo la lengua en respuesta.

Es la primera vez que las chicas me ven con el uniforme de sirvienta, con su cuello de encaje, el delantal y la diadema en la cabeza, y casi todas se ríen un montón cuando me acerco, pero las gemelas me miran enfadadas.

—La servidumbre te sienta bien, Diamond Annie.

Hago caso omiso del comentario mientras Maggie me lleva hacia el almacén.

—Llegas justo a tiempo. Mary tiene algo de dinero para nosotras.

La idea me hace sentir mariposas en el estómago.

Dentro, Mary se afana inspeccionando un nuevo automóvil que debe de haber llegado en algún momento de la noche.

—Un momento, señoritas. —Lo revisa minuciosamente, mientras hace anotaciones en un cuaderno que tiene en las manos.

—Muy bien, ¿esto significa que has dejado el segundo trabajo? —Maggie alza las cejas al oír la pregunta.

Me encojo de hombros.

—No creo que el señor King esté por la labor de recibirme en una buena temporada.

Mary se marcha hacia su oficina y deja la puerta abierta. Entramos y la vemos recoger algo de dinero de la caja fuerte, que cierra con un chasquido audible. Nos paga cien libras a cada una, y luego me entrega una llave enorme de latón.

—¿Maggie te ha contado cómo funciona esto? Yo me quedo con el cincuenta por ciento de vuestras ganancias.

Quedo tan desconcertada que por un momento me quedo sin palabras.

—¿El cincuenta por ciento?

—Todas las chicas se quedan así cuando se lo digo la primera vez. —Nos lleva al exterior del almacén y señala un bloque de apartamentos un par de manzanas más abajo—. ¿Me acompañas? Te voy a enseñar tu nueva casa.

Obligo a mis pies a avanzar.

—¿Mi nueva casa?

—Yo pago las fiestas, las bebidas y la comida, pero, más importante aún, la seguridad. Los hermanos McDonald son mis socios y, cuando necesitamos ayuda, ellos nos la proporcionan. Si pillan a una chica, ellos se valen de sus contactos con varios hombres de las altas esferas de la ciudad para asegurarles que las liberarán lo antes posible. Los necesitamos.

—¿Los necesitamos? —repito, para asegurarme de que he oído bien—. ¿La mitad de lo que gano para pagar la deuda que he contraído con ellos va a ti y luego a ellos?

Sus palabras no me han sentado bien. Mientras nos acercamos a la manzana algunas calles abajo, la ira se acumula hasta que estoy a punto de estallar, pero antes de sacarla, Mary señala el edificio.

—Las chicas se quedan aquí.

Entramos al vestíbulo y sacudo la cabeza.

—Ya te lo he dicho, no necesito que me des una casa. No quiero que esto se convierta en otra deuda.

—No tienes por qué vivir aquí, pero siempre y cuando seas parte del grupo…, tendrás una casa aquí.

Siento una pequeña sonrisa que aparece en mi cara, y mi cuerpo es más liviano, como si sus palabras me pudieran hacer volar. Miro el edificio, asombrada.

—No creo que…

Una vez dentro, tomamos el ascensor y subimos al tercer piso, donde me recibe un largo pasillo con cuatro puertas.

—Dos habitaciones. Será tuyo siempre y cuando consigas cosas como ayer. —Mary amaga con estrecharme la mano, pero se detiene—. Nada de hombres por la noche. Es una regla.

Pienso en Charlotte.

—Charlotte está comprometida, ¿verdad? Cuando se haya casado, ¿qué pasará con ella?

—Se irá del grupo —confirma, con tristeza—. No tengo ningún problema con que una mujer se enamore. El amor es divertido, inspirador. Nos hace sentir vivas. El matrimonio es otra cosa. Los hombres no disfrutan cuando una mujer está comprometida con algo que no sea ellos.

Pienso en mi experiencia de primera mano con Pearl y Harold, y luego asiento para mostrar mi conformidad.

—¿Y qué me dices de ti? —Inclina la cabeza, con gesto escrutador—. ¿Hay algún hombre en tu vida?

Meneo la cabeza.

—Ningún hombre, ni planes para tenerlos.

—No importa, ningún hombre puede pasar la noche aquí. Si quieres acostarte con alguno, hazlo en su casa. ¿Entendido?

—Entendido.

—Bienvenida a casa, Diamond Annie.

Trago saliva y pienso en ello. Pienso en todas las cosas que podría hacer, los lugares a donde podría llevar a Louisa. Podría sacarla de The Mint, pero también sé cómo se sentirá mi padre. No solo me he unido a una banda, sino que también me estoy aliando con los McDonald. Los mismos hombres que molieron a golpes a Tommy y destruyeron nuestro local con sus exigencias. Todo eso pasa por mi cabeza hasta que tengo las tripas completamente revueltas.

—Esta no es mi casa.

Sonríe.

—Ya veremos. Tengo otra tienda que quiero que Maggie y tú visitéis mañana. Disfruta.

Espero a que se vuelva a subir al ascensor antes de abrir la puerta. No se parece en nada a la mansión de Harold King, pero es perfecta para mí. Me quito los zapatos, me acerco a la alfombra Aubusson que hay junto a la chimenea, y paso los dedos por un candelabro plateado sobre el marco de la chimenea.

—¿Qué te parece? —pregunta Maggie desde la puerta. Charlotte y Rita ríen a sus espaldas—. Queríamos que fuera bonito, de modo que no te mudaras a un lugar vacío.

—Es el lugar más bonito en el que he vivido nunca —es mi sincera respuesta. Me doy la vuelta hacia las tres y no oculto la emoción cuando digo—: Gracias por lo que habéis hecho por mí.

Charlotte y Rita se acercan para abrazarme y Maggie se mantiene apartada, sonriendo.

—Tenemos que ir a buscar unas cosas —dice—. Ponte cómoda. Ahora vuelvo.

Camino por el pasillo para encontrar las habitaciones: una pequeña con un tapiz de aves azules que sería perfecto para Louisa. Cierro los ojos y me la imagino probándose vestidos y peinados, preparándose para visitar el centro.

Salgo de su habitación y entro a la mía. Podría compartirla con mi madre si la convenzo de que abandone The Mint. Es un lugar espacioso con un diván de terciopelo verde esmeralda, pero lo que me hace detener es la cama con sábanas de seda color melocotón.

No lo pienso dos veces.

Me quito la ropa, toda, y me arrojo a la cama. La tela sobre mi piel se siente como siempre imaginé que se sentiría. Pero también, de algún modo, mejor.

Quiero salir con estas sábanas a la calle, usarlas adondequiera que vaya.

Oigo cómo se abre la puerta y agarro a toda prisa la bata que alguien ha dejado colgada en el armario, y luego me asomo desde mi habitación hacia el pasillo. Maggie entra corriendo con una botella de algo oscuro en cada mano. Charlotte y Rita la siguen, cargando un gramófono inmenso.

—¡La fiesta no ha terminado, Diamond Annie!

Dejo salir un quejido.

—Todavía no me he recuperado de lo de anoche. El pelo todavía me huele a ginebra.

Maggie levanta una botella.

—Entonces, otra ronda no te hará mal, ¿no crees?

Charlotte sacude una mano.

—Vamos, mi novio y yo nos casaremos dentro de unas pocas semanas. Bebo todas las noches para celebrarlo.

—Y te lo tomas demasiado en serio —añade Rita con una risita—. Cuando va borracha, a Charlotte le gustan los hombres, y no solo su prometido.

Charlotte golpea a Rita en el hombro.

—Chis. Somos una hermandad de secretos.

Maggie rodea a Charlotte en un abrazo y me grita:

—No me hagas ir a buscarte.

Me enfundo la bata y me asomo por el pasillo, admirando

la escena que tengo delante de mí; todas estas mujeres que me reciben con los brazos abiertos en esta extraña y nueva familia. No tengo muchas amigas; nunca las he tenido. Mi vida siempre se ha basado en encontrar maneras de sobrevivir y proteger a mi familia, sin dejar lugar para simples alegrías y vínculos.

Una chica de The Mint no puede tener tanta suerte. Una banda no es una familia.

Las lecciones de mi padre acechan en mi mente, y alimentan la duda.

¿Cuándo se irá? ¿Cuándo dejaré de oír su voz?

Me recuerdo una vez más que solo estoy aquí hasta que haya saldado la deuda. Esto no significa nada. Ellas no significan nada.

—Ya voy —digo, y me sumo a otra ronda de bebidas.

***

Me voy a mitad de la celebración para pasar por el Club 43 y enfrentarme a Rob. Todavía faltan unas cuantas horas para que abra, lo que significa que el club está muerto, además de los cocineros, algunos bármanes, y Kate que revisa sus libros de contabilidad en una mesa del fondo. Levanta la vista de su trabajo y dice:

—Todavía no hemos abierto, ni siquiera para ti, Diamond Annie. Regresa hasta que comience tu turno.

—Necesito hablar con Rob.

—Rob casi nunca tiene tantas visitas. Alguien más ha venido a verlo. Están en el fondo —dice mientras sacude la mano—. Que sea rápido.

Avanzo por el largo pasillo hacia la puerta que da el pequeño callejón trasero donde tiramos la basura y las cajas vacías. Entreabro la puerta, pero el sonido de una conversación agitada me detiene.

Una voz que reconozco me hace sentir un escalofrío por la espalda.

—Tienes que venir a casa.

Wag McDonald.

—Los italianos quieren sangre y eres un objetivo fácil. Necesitamos terminar con esto. La distancia ya no funciona. No puedo protegerte si estás tan lejos.

Rob suspira a modo respuesta.

—No iré a ningún lado. Me gusta estar aquí y, si vienen a buscarme, que vengan. No me voy a esconder en Elephant and Castle.

Y si bien no puedo ver la reacción de Wag, imagino su rostro fruncido e irritado.

—Está bien. Si vas a seguir con esto, necesito que tengas un arma, un cuchillo, algo.

—No necesito armas.

Gruñe una vez más.

—Eres hombre muerto si no peleas, Rob. Sabini asesina familias enteras para dar sus mensajes.

Pongo los ojos en blanco.

—¿Tratas de sacar ventaja de la historia de mi familia, Wag?

Continúa sin demora.

—¿Qué le impide atacar el club solo para llevarse un poco de sangre McDonald?

Rob se aclara la garganta.

—Si voy a morir, que así sea. Una pistola o un cuchillo no van a evitarlo. Por mi parte, se acabaron los derramamientos de sangre. No me iré a la tumba con más hombres muertos a mis espaldas.

—Rob, escúchame...

—Gracias, hermano. Pero si eso es todo lo que querías decirme, necesito volver al trabajo.

—Eres un maldito terco.

Me aparto de la puerta y regreso a la carrera por el pasillo, y me arrojo sobre una banqueta con tanta brusquedad que casi me tropiezo. Kate esboza una sonrisa y sigue haciendo anotaciones en su libro contable.

Exhalo y aliso mi cabello despeinado. Rob aparece un momento más tarde y, cuando me ve, sonríe como si nadie le hubiera advertido de su posible muerte.

—¿Tan temprano por aquí? La mayoría de las novatas necesitan un par de días para recuperarse. Alguien tendría que haberte avisado de que a esas chicas les gustan las celebraciones por todo lo alto.

—Día y noche —añado—. Acabo de salir de otra fiesta con ellas.

Sacude la cabeza.

—Cuando no desvalijan Londres, beben desde el amanecer hasta la noche.

—Bueno, ¿intenté besarte? —pregunto, y enseguida me siento incómoda por mi brusquedad.

—Lo intentaste, sí —dice, mientras ladea un poco la cabeza para ocultar una sonrisa traviesa.

—No volverá a pasar, te lo aseguro.

—¿Me lo aseguras? —Levanta las cejas de un modo juguetón.

—Estás encantadísimo, ¿verdad?

—Bastante.

—No volverá a ocurrir —digo, esta vez más fuerte, y me bajo de la banqueta, lista para irme. Sus manos salen disparadas hacia mí y me sujetan para evitar que me vaya por la puerta como una potra asustada.

—Creo que los dos sabemos que volverá a ocurrir…, pero la próxima vez lo recordarás.

Por un momento, nos quedamos congelados mirándonos a los ojos, con su mano sobre mi muñeca. Luego la suelta poco a poco para bajarla hacia mis dedos. Eso me hace sentir un escalofrío y, sin desearlo, pienso que mi versión borracha estaba en lo cierto. O quizás ha pasado mucho tiempo desde la última vez que estuve con un hombre.

Me suelta.

—Lo siento. Ahora recuerdo. Nada de tocar.

—Déjame ahorrarte el problema. Seríamos una pareja horrible. —Decido ser dura para superar esto de una vez por todas. Maggie dijo que era una distracción, y es cierto. Cada vez que está en la habitación, me olvido de lo que tengo frente a mí para mirarlo.

Empieza a limpiar algunos vasos grandes con el número 43 grabado sobre ellos.

—No importa si lo seríamos o no. ¿Doy por hecho que Mary Carr todavía no te ha dado las reglas? Nada de hombres. Al menos, no en serio. Y, al parecer, eso complica las cosas.

Le esbozo la misma sonrisa traviesa que él me dedicó hace un rato.

—De todos modos, nunca busco nada serio.

Me lanza una mirada penetrante que hace que mi sonrisa se desvanezca.

—Cargaría contigo al hombro y te llevaría arriba ahora mismo para que nos divirtiéramos un poco si eso es lo que quieres. Pero cuando terminemos y te vayas de aquí, sentirás que algo te falta… y yo también.

Su discurso me hace sentir incómoda y entusiasmada a la vez. No estoy acostumbrada a que los hombres me hablen así. Si algún chico de The Mint sintió algo de afecto hacia mí mientras crecía, nunca lo supe.

Eli fue mi único novio antes de que decidiéramos que el amor era cosa de niños.

Rob no conoce mi verdadera identidad, así que no tiene miedo, y eso me gusta. Este torrente de emociones es una nueva sensación, y me cuesta encontrar la respuesta correcta.

—¿Partes de la base de que tú eres lo que le falta a mi vida? ¿Haces esto para llevarte a la cama a otras chicas? ¿Cuántas veces te ha funcionado?

Logra soltar una risa tensa, pero el entusiasmo no se ve en sus mirada.

—Tú eres la primera.

Sacudo la cabeza.

—No quieres ser parte de esto. —Señalo mi cuerpo de pies a cabeza—. Cuerpo, mente, alma… Nada de esto. Te lo aseguro.

—¿Puedo contarte una historia?

—¿Importa si digo que no?

Mira a Kate.

—Cuando era pequeño, lo único que mi padre nos enseñaba a mí y a mis hermanos era el negocio. En su opinión, éramos demasiado débiles. Un día nos llevó a The Mint, donde conocí a Thomas Diamond.

Sacudo la cabeza para decirle que se detenga, pero no puedo encontrar las palabras a tiempo y añade:

—Mi padre le dijo que un hombre de sus calles era el responsable de una docena de niños perdidos. Este hombre estaba metido en el tráfico de personas en esa parte de la ciudad. Robaban niños de los barrios más pobres y los vendían. Pero eso violaba directamente una regla implícita. Una que cada círculo criminal conoce.

Mi corazón empieza a latir con tanta fuerza que me pregunto si lo puede escuchar.

—No te tienes que meter con los niños.

Asiente.

—Cuando Thomas encontró la prueba, reunió a todas las familias que habían perdido a sus niños. Le entregó un cuchillo a cada una y las dividió para que se tomaran turnos. Una puñalada por cada niño perdido. Mis hermanos y yo apartamos la mirada. No podíamos mirar. En su lugar, miré a Thomas y vi que él también obligaba a sus hijos a mirar. El niño, al igual que nosotros, no podía soportarlo. Pero la niña no parpadeó en ningún momento. Miró cómo cada persona apuñalaba al hombre hasta la muerte. No escapó.

Me quedo tensa mientras el recuerdo inunda mi mente.

—Fue una lección.

—¿Lo fue?

—Incluso la gente en la que confiamos nos puede traicionar.

Su mirada se vuelve más suave.

—Me dije a mí mismo que nunca olvidaría su rostro y, cuando descubrí que tu nombre era Alice Diamond, todo encajó.

—No te recuerdo —digo.

—Bueno, yo nunca te olvidaré.

Toma una caja de botellas de licor vacías y empieza a avanzar hacia las escaleras del sótano en la parte trasera. Miro a Kate, aún perdida en su libro, y decido seguirlo.

—Te he oído hablar fuera con Wag.

—¿Ahora me espías?

—Incluso pese a su advertencia, ¿no quieres protegerte?

—Si Charles Sabini viene a buscarme, vendrá con sus amigos, y un arma no cambiará nada.

—Entonces, ¿te dejarás morir y ya está?

—No le temo a la muerte.

—Todo el mundo le teme a la muerte.

Me detengo al final de la escalera y me reclino sobre la pared, tratando de mostrarme despreocupada. Baja la caja al suelo y apoya el cuerpo contra la pared opuesta con el mismo aire de compostura, haciendo que el espacio entre nosotros parezca interminable.

A propósito, supongo.

—¿Por qué no somos sinceros, Alice? ¿A qué le tienes miedo?

—¿Qué te hace creer que tengo miedo?

—Si fuera a besarte ahora, aquí mismo, te derretirías en mis brazos. Sé que te gusto tanto como tú a mí.

No se equivoca.

—Pero tienes miedo a quererme. ¿Por qué tienes miedo?

Respiro hondo, y lo miro de arriba abajo.

—Tú primero, Rob. Dime tus miedos y yo te diré los míos.

—Estaba comprometido antes de ir a la guerra —revela; se toma su tiempo, le cuesta hacerlo—. Al regresar, la encontré con otro hombre. Casi lo mato. —Señala la cicatriz que tiene cerca del ojo—. Esta no es una herida de guerra, aunque es lo que le digo a la gente. Es de ella, de Annalise, cuando me arrojó una tetera por la cabeza para evitar que ahorcara a su amante hasta la muerte. Iba a matarlo, luego vi mis manos y entendí que ya no me reconocía. Solo fui el monstruo de otra persona, año tras año, y la violencia…, la ira… No sé cómo controlarla. Había terminado con ese hombre en ese entonces.

—¿Y viniste aquí? ¿Kate te contrató?

—No estábamos de acuerdo al principio, pero mis hermanos le alertaron sobre algunas redadas cuando abrió el negocio, y a ella no le gusta estar en deuda con nadie.

—Qué caritativos.

—Tu turno.

Pienso en eso, en todas las razones por las que he evitado a los hombres durante la mayor parte de mi vida. Se me acelera el pulso.

—¿Y si la verdad te asusta?

—Prometo no correr.

—Los hombres siempre hacen promesas que luego no pueden cumplir.

—Ponme a prueba.

Dejo salir un suspiro y los nervios hacen que se me revuelvan las tripas.

—El primer hombre con el que me acosté era mayor que yo, mucho más. Era un socio de mi padre llamado Declan Toole. Le pedí que se detuviera, pero no lo hizo. Más tarde, mi padre se enteró y lo estranguló hasta matarlo. Después, me llevó allí y me hizo mirar el cuerpo, para que yo supiera que no ya no volvería a buscarme, y luego me enseñó a detener a un hombre que no escucha. Me hizo golpear una pared hasta que me sangraran los nudillos.

Debería ser horrible revelar algo tan crudo y personal. Ni siquiera se lo he contado a Louisa. Pero en lugar de terror, siento alivio, seguido de una pizca de culpa. Quizá si se lo hubiera contado a mi hermana, no habría estado tan entusiasmada ante la idea de irse con Jacob. Para ella, yo solo le hizo daño para protegerla. Y, en gran medida, fue así.

Pero me mentiría a mí misma si negara que mis recuerdos eran parte de lo que me impulsaba tanto a golpearlo con mis puños. Que cuando lo hice, recordé la satisfacción de padre al mostrarme el extraño ángulo en el que había quedado el cuerpo de Declan, reclinado contra la pared con los enormes moretones morados alrededor del cuello.

—Creo que quizás él pensaba que tenía una oportunidad antes de Declan.

—¿A qué te refieres?

—Ser inocente, su pequeña hijita. Protejo a mi hermana Louisa tanto como puedo. Creo que él esperaba hacer eso mismo conmigo. Siempre supe que él hacía cosas horribles de vez en cuando, pero la brutalidad… Hizo lo que pudo para mantenerme alejada de todo eso.

—Pero ¿cambió de parecer?

—Entendió que no enseñarme era lo que en realidad me hacía daño. Que este mundo no es agradable para las niñas que no lo entienden. Este mundo es cruel. Él me enseñó a alcanzar esa ferocidad para sobrevivir.

—¿Y no a tu hermana?

—Ella está aprendiendo un poco ahora. Desearía poder mantenerla alejada de todo esto.

—¿Incluso si, al no saber, acabara tan dañada como tú?

—No quiero que sea como yo.

Rob me mira de arriba abajo, pero en sus ojos no veo que me esté juzgando, solo una empatía que le hace cerrar los puños: un vistazo a la naturaleza volátil que desea no tener. Bajo la vista y río para mí misma.

—Cualquiera creería que me alejé de los hombres violentos después de eso, pero fui directa a los brazos de otro. Me propuso matrimonio y casi acepto.

Da un paso adelante.

—Pero no aceptaste, ¿no?

Doy un paso hacia él.

—No acepté.

Da otro paso.

—Uno de los dedos de mis pies es más largo que todos los demás. —No puedo controlar la risa que escapa de mi boca—. Tú ríete, pero es muy incómodo. Me tengo que dejar puestos los calcetines todo el tiempo.

Quiere besarme. Veo que sus ojos bajan de mis ojos a mi boca.

—Me gustas desde aquella noche en The Mint, hace ya tantos años. Solo era un niño por aquel entonces, pero tú tenías algo especial. Esta chica entre todos estos hombres, observando cuando nosotros no podíamos. Eras aterradora y extraña para mí, pero preciosa.

—No tengo miedo de quererte —revelo lentamente—. No quiero creer que los hombres buenos existen, pero si alguna vez encuentro alguno, me iría con él lo antes posible. Para salvarlo.

Se queda inmóvil y me lanza una mirada penetrante a los ojos.

—¿De qué?

—De mí. —Doy un último paso, terminando de salvar la distancia que nos separaba—. He visto cosas, he hecho daño a gente, he matado a muchos hombres. Tengo sangre en mis manos. Has dicho que no quieres librar más guerras. Has dicho que quieres paz, pero yo soy la guerra.

—Cuando estás cerca, no los escucho.

—¿A quién?

—A los hombres que hay en mi cabeza, las vidas perdidas en manos del Demoledor. Cuando tú estás cerca…, no los escucho. Eres la paz para mí, Alice Diamond.

Se acerca lo suficiente como para que pueda sentir su aliento sobre mi rostro.

—Si me pides que me detenga —empieza lentamente; levanta una mano para tocarme la cara y luego la baja hacia la base de mi cuello—, me detendré.

—¿Por qué no estás asustado?

—¿Por qué no huyes?

Llevo mis labios a los suyos. Sabe a ginebra y huele a una mezcla de sudor y humo de cigarrillo rancio que flota hasta la eternidad en el club. No me molesta, no es algo delicado para mí. Tomo la forma de su boca, sus labios enteros, y la manera en que nuestra respiración se entrelaza con cada suspiro entrecortado. Su sabor… No podré olvidarlo.

En algún lugar distancia lo lejos, oigo una puerta que se abre y unos tacones contra el suelo. Nos alejamos enseguida, y nos movemos hacia cada lado de la escalera cuando Kate baja. Chasquea los dedos.

—Alice, lárgate de aquí. Rob, tienes que reponer la barra.

—¿Cuándo te volveré a ver? —Su voz es ligera y esperanzada.

Kate chasquea los dedos de nuevo.

Sonrío, pero no miro hacia atrás cuando subo por la escalera y salgo por la puerta trasera. Cuando estoy en la calle, siento una ráfaga de viento que envuelve mi cuerpo como un abrazo y mis pasos son casi pequeños brincos. Me permito disfrutar el momento, tocando mis labios donde estaban los suyos, antes de tomar el metro hacia Elephant and Castle.

CAPÍTULO 10

LAS SIGUIENTES SEMANAS PASAN COMO UN SUEÑO UNA NO-
che de fiebre. La mayoría de los días recolecto con las
chicas y trabajo en el club por la noche, y solo voy a The
Mint para ver cómo está mi familia. Logré pagar la deuda
de Tommy sin mayor dificultad, y ahora, en mi ausencia, él
está a cargo; aunque, como de costumbre, hace lo mínimo
indispensable y Ralph y madre siempre salen al rescate.
Pero cuanto más tiempo pase ahí, menos tiempo tendré
para recolectar con Mary, así que a veces pasan días hasta
que vuelvo.

Esta vez he tardado mucho más tiempo. Cuatro días
completos sin pasarme por casa.

Culpo a las chicas, que nunca parecen detenerse, y pasan de un trabajo a otro, mientras Mary las anima. La mayoría de las veces, me desplomo en la cama de mi nuevo
apartamento después de una fiesta, oyendo el zumbido de
los tranvías en la calle como una extraña canción de cuna
que me pone a dormir por la noche y un despertador por
la mañana.

Hoy es primero de diciembre y el invierno ya se cierne
sobre nosotras. Una leve nevisca cae en el exterior de la
iglesia, donde Charlotte se está casando, y lleva un vestido blanco de encaje y una pequeña capa de piel de color

marfil. Si bien no comparto la tristeza de las otras chicas por su partida, echaré de menos trabajar con ella. Es la cara bonita perfecta; tiene todas las herramientas adecuadas para distraer a los vendedores de las tiendas durante el tiempo suficiente para que yo me quede con sus cosas y me dé a la fuga, y odio tener que reemplazarla.

Su prometido es un hombre joven y ambicioso que trabaja en un banco. Está afeitado y tiene unos ojos enormes, lo suficientemente atractivo, pero con una complexión bastante suave. Supongo que no tiene ni idea del pasado de Charlotte, y estoy segura de que ella tiene intenciones de mantenerlo así.

La mayoría de las chicas están presentes en la boda. Quizás en algún otro momento eran cuarenta, pero ahora apenas son una docena de las mejores que trabajan para Mary. Un puñado selecto que pasa de tienda en tienda como una tormenta violenta, y que deja un caos invisible a su paso.

Del mismo modo que entramos a una tienda en grupos pequeños, también evitamos estar todas juntas en el vestíbulo de la parroquia. Nos movemos en bloque, hablando entre nosotras. Me aceptaron en un grupo de otras cinco chicas: Maggie, Rita, Evelyn, Vera y nuestra saliente Charlotte.

Después de la ceremonia y de la recepción, celebramos en un pequeño salón de baile en Soho, donde Mary se encarga de las copas y, entre bambalinas, la droga. Entre canciones, las chicas se acercan a Mary para aspirar un poco de cocaína, una adicción que ella parece alentar con gusto. Las mantiene vivas y dispuestas a hacer lo que ella quiera. De vez en cuando me ofrece, pero no acepto.

Todas ponemos todos nuestros sentimientos al brindar por Charlotte, luego bailamos desquiciadas un jazz enérgico y sincopado que hace que mi cuerpo carente de gracia se mueva con ferocidad al ritmo de la música.

—No me gusta que una chica se vaya así —dice Mary,

achispada, cuando se acerca a la mesa del fondo donde estoy con Maggie—. En especial, cuando es por un hombre. Eso significa que él ha ganado.

Maggie ríe.

—¿Preferirías perderla por una mujer?

—Cualquier otra cosa menos un hombre.

Miro mi copa de champán y muevo la mano sobre su delicado tallo; el líquido se mueve en círculos dentro del cristal. A las chicas les gusta espumoso; a mí, no tanto. Es demasiado dulce. Miro a Mary, aún perdida en sus pensamientos, y tomo una decisión a toda prisa para sacar ventaja de su luto y mencionar algo que Mags y yo pensamos desde hace semanas.

Miro a Maggie, quien de inmediato me lee la mente y asiente con un ágil movimiento.

—¿Estás al tanto de la fiesta de Navidad de Harry Selfridge? Cuando trabajaba para Harold King, vi la invitación en el neceser de su esposa. —Una mentira. Pero no quiero que Mary sepa que ayudé a Pearl a esconderse, ni que le estoy pasando fondos.

No lo entendería.

Lo consideraría una grieta en mi lealtad hacia Las Cuarenta Ladronas.

Por lo que sabe, la banda es mi única prioridad y me gustaría que la cosa siguiera así.

Mary asiente como distraída.

—Es una fiesta enorme para la élite de Londres y del mundo.

—¿Alguna vez se te ha ocurrido robar ahí? —pregunto.

Emite una risa condescendiente.

—Claro que he soñado con ello, Annie. Pero es imposible. No solo es imposible entrar sin invitación, sino además hay fuertes medidas de seguridad. Y si hacemos algo así, cambiará la naturaleza de lo que somos.

Maggie arquea las cejas.

—¿La naturaleza de lo que somos?

Mary se agarra el tabique de la nariz como si esta conversación la agotara. O quizá porque ya le ha dicho esto mismo a las otras chicas y no quiere repetirlo.

—¿Queréis saber a qué se debe nuestro éxito?

—A que tenemos talento —respondo.

—No. Cualquiera puede hacer lo que hacemos. No somos especiales. Tenemos éxito porque nos mantenemos en las sombras. No nos aventuramos a estar en primer plano y llamar tanto la atención.

Sacudo la cabeza.

—¿Salir en los periódicos no es suficiente atención?

—Los periódicos no nos toman en serio y, siempre y cuando estos no lo hagan, la policía tampoco. Una banda de chicas es un asunto bastante divertido para que el comisionado Horwood se ría y converse los domingos durante el desayuno con su esposa.

Maggie baja la vista, mostrando a las claras un conflicto en su fuero interno.

—Has dicho que los hombres que se ríen de nosotras lo lamentarán algún día. ¿Por qué no pueden lamentarlo ahora? Esto podría ser lo más grande que jamás hayamos hecho. ¡Pasaría a la historia!

—Sería una tontería. —Me mira a mí cuando lo dice, no a Maggie—. Quedamos al descubierto y demostramos que somos una amenaza, y luego nos ponen en el punto de mira. La policía me ha pillado una docena de veces, y siempre me ponen en libertad al cabo de un mes porque una mujer criminal no tiene mucho sentido para ellos.

Aprieto los labios.

—Supongo que los hermanos McDonald y toda su larga lista de contactos también ayuda, ¿no crees?

—Claro. Su protección no tiene precio.

La veo enfadada y molesta, cada vez más incómoda. ¿Por qué se opone a esto con tanta vehemencia?

—Solo quiero decir que, siempre y cuando los policías estén demasiado ocupados con los hombres y sus guerras de bandas por las apuestas y el contrabando, podemos aprovechar esa circunstancia en beneficio nuestro. Tener éxito a la sombra de su amenaza. Necesitamos ser inteligentes. Si se ríen de nosotras, nosotras tenemos todo el poder.

No puedo evitar soltar una risa.

—¿Algo de lo que he dicho te parece gracioso? —pregunta Mary, algo irritada.

—Nunca he vivido a la sombra de un hombre.

Ríe con mirada fría y severa.

—Ah, sí, claro que sí, a la sombra de tu padre. Solo tenías poder en The Mint porque él te lo entregó. No es diferente aquí.

Una vez más, lo que sabe sobre mí y The Mint me perturba. Sospecho que Maggie le habló mucho de su amiga de la infancia antes de que yo llegara, pero da la impresión de que Mary sabe más. Más de lo que quiero que sepa.

Mary le da un buen trago a su bebida antes de mirar a Charlotte y a su ufano esposo.

—Nuestro éxito ha sido posible porque los hombres que están por encima de nosotras son un desastre y muy descuidados. Matan y derivan toda la atención hacia ellos mismos, y nosotras nos aprovechamos de eso para mantenernos a salvo. Si vamos a esa fiesta a recolectar, nos convertiremos en un nuevo objetivo. El señor Selfridge se quejará al comisionado Horwood hasta que nos cacen a cada una de nosotras. Es tan protector de su magnífica creación como yo de la mía.

Tiene razón. Pero ¿a qué le tiene tanto miedo?

Como no respondo lo suficientemente rápido para su gusto, se inclina adelante y me pregunta:

—¿Lo has entendido?

Maggie asiente, pero yo no. Le sostengo la mirada con terquedad.

Vera se acerca a la mesa y toca a Maggie en el hombro, con lo que rompe la tensión.

—Alguien ha venido a buscarte.

Maggie se pone de pie, confundida, pero sigue a Vera con un encogimiento de hombros.

Las veo marcharse mientras Mary se cambia de lado en la mesa y se sienta a mi lado.

—¿Ha sido Maggie quien te ha metido esta idea en la cabeza o has sido tú quien se la ha metido a ella?

Meneo la cabeza de inmediato, para retractarme.

—Ha sido todo idea mía... y fue una sugerencia. Estábamos bebiendo una noche y yo saqué el tema. —No es del todo cierto. Maggie me presionó para que lo hiciera, pensando todos los días en la ganancia que obtendríamos. Podríamos convertir a Las Cuarenta Ladronas en una fuerza temible para todo el mundo. Pero algo más: como ya saldé mi deuda con los hermanos hace dos semanas, ya no necesito a la banda. Así que, si esta quiere deshacerse de mí, puedo retomar mi vieja vida sin cargo alguno de conciencia, aunque todavía no quiero hacerlo.

Me gusta esto. Me gustan las chicas y, si bien nunca lo admitiré en voz alta, me siento parte del grupo. Y, aun así, me cuesta creer en esto cada día que pasa. ¿Cómo puedo sentir que pertenezco aquí cuando mi hogar es The Mint? Mi gente está allí, mi familia está allí.

—No metas sugerencias como esa en la cabeza de Maggie —dice, sacándome de mis pensamientos con una voz tenebrosa—. Tú eres una ganancia, un talento, y lamentaríamos mucho perderte ahora. Has sido una colaboradora de primer nivel desde la primera semana que estuviste con nosotras. ¿No estás feliz aquí?

Duermo en sábanas de seda, visto pieles preciosas y diamantes. Se lo devuelvo todo a mi familia, les envío cantidades de dinero que mi padre jamás pudo soñar. Tengo mi propio apartamento; aunque sería más agradable que, al menos, mi hermana pudiera quedarse conmigo.

Puedo decir que soy feliz, así que, por el momento, acallo el discurso que intentaba pronunciar la Alice Diamond de The Mint, la que nunca aceptaría que la despidiesen.

—Estoy muy satisfecha.

—Entonces, nada de pensar en planes arriesgados con Maggie, y no le menciones la fiesta de Navidad de Harry Selfridge a ninguna de las otras chicas.

—No lo haré.

Sonríe con suavidad, como si no acabara de amenazarme con la expulsión.

Mags regresa a la mesa y se sienta gesto de contrariedad.

—Es Eli. Está fuera.

Me levanto.

—¿Eli está aquí?

—Sí, pero no por mí. Ha venido a verte a ti.

Me levanto con un gruñido y me abro paso entre la multitud de chicas que bailan y me empujan de un lado a otro hasta que llego a la salida del fondo del salón. Maggie me sigue, pero se detiene en la puerta.

—¿Quieres que vaya contigo?

—No —digo—. Yo me encargo.

—¿Estás segura?

—Sí.

Espero a que regrese a la fiesta antes de abrir la puerta. Todavía cae una nevisca; levanto la vista hacia los copos de nieve que giran en el aire y pienso en mi madre y en Louisa, envueltas en unas gruesas mantas de lana, sentadas alrededor del horno, bebiendo té. Se me hace un nudo en el estómago, producto del complejo de culpa, cuando presiono mi nueva piel sobre los hombros y los brazos, esa piel que me mantiene tan cálida como una fogata.

Eli está reclinado contra la pared, y mueve de un lado a otro un cigarrillo encendido. Me mira una vez.

—Elegante, demasiado elegante.

Pongo los ojos en blanco.

—¿Qué haces aquí? ¿Cómo me has encontrado?

—Se me da bien encontrar gente. Ya lo sabes.

Casi pongo los ojos en blanco otra vez.

—¿Podemos dejar de fanfarronear?

—¿Mataste a Jacob Sloan en un duelo?

Las palabras me abofetean la cara con el recuerdo de la horrible expresión de Louisa. Solo hace unos pocos días que dejé de tener pesadillas al respecto.

—Casi ni se podría llamar duelo. Lo maté con la primera cuchillada; la segunda fue para asegurarme.

Se le cae la mandíbula.

—Bueno, su padre, Richard el Carnicero, ha captado a alguna gente de The Mint para su causa, y así buscar venganza. Afirma que los Diamond han dejado The Mint a su suerte y que ya no trabajan por el bienestar de nadie. Dice que mataste a su hijo solo porque se atrevió a tocar a Louisa, y que, peor aún…, no seguiste las reglas. No esperaste a que la familia de Jacob llegara.

Tiene razón: no lo hice, y no hay manera de negarlo.

—Lo maté porque me amenazó en medio de la noche con una pistola y después intentó llevarse a Louisa en contra de su voluntad. Él rompió las reglas mucho antes que yo. Manejé la situación como habría hecho mi padre.

—¿Estás segura? ¿Tu padre realmente se habría enfrentado a Richard? —Se encoge de hombros para desechar esa idea de la cabeza antes de que pueda responder—. No importa, Alice. Esto es lo que hay. —Lanza una mirada reprobadora al salón de baile—. ¿Desde cuándo no vas a tu casa?

—Solo hago esto para pagar la deuda de Tommy. Voy a casa tanto como puedo.

—¿Cuánto te falta, entonces? ¿Para pagarla?

Vacilo por un momento.

—Ya les he pagado.

Abre la boca, pero solo sale aire, y le leo la mente. No esperaba esa respuesta. Cuando se recompone, agrega:

—Entonces, ¿qué haces aquí?

—¿Desde cuándo está mal querer más? Cuanto más dinero le lleve a mi familia, a las calles, mejor para todos.

Deja salir una risita en respuesta, como si creyera que miento, y lo odio, desearía que no me conociera tan bien.

—Estás aquí porque te gusta. Te gusta estar en esta banda.

—Puede...

Un músculo de su mandíbula se mueve de manera involuntaria.

—Has dejado mucho malestar en The Mint. La gente no sabe que Jacob te amenazó, solo que se atrevió a tocar a tu hermana, y esa no es razón para matar a un hombre.

—Muérdete tu maldita lengua, Eli —digo, furiosa—. Mi padre nunca se achantó a la hora de matar a un hombre que tocara a una niña antes de que estuviera lista para eso.

Se relaja, y una chispa de reconocimiento aparece en sus ojos, como si se hubiera olvidado por completo de Declan. Levanta una mano para rascarse la cabeza.

—No digo que no esté de acuerdo con lo que hiciste... Solo te pido que consigas que la gente de The Mint te crea. La única razón por la que esto no ha escalado es porque la mayoría de la gente de allí aún te es leal. Necesitas remediar esto antes de que la situación se descontrole.

Mi corazón late con violencia. A los Diamond nunca nos han amenazado en The Mint, no de este modo. Di un paso de lado, y ahora, si no regreso, mi familia correrá peligro.

Cierro los puños con fuerza, sintiendo cómo las uñas se me clavan en la piel.

—A todo esto, ¿dónde está Tommy? ¿Se casó con la tal Christina? Vuelvo a casa y no lo veo. Nunca. Madre dice que está sentando cabeza.

Eli respira lentamente y pone los ojos en blanco.

—Cuando no está en mi casa de apuestas, probablemente despilfarrando todo el dinero que dices que le estás dejando a tu madre, está en algún burdel. ¿De verdad te habías creído que podías confiar en Tommy cuando te fueras?

—No me he ido.

—Te has ido —dice, entre dientes—. ¿Crees que no sé distinguir cuándo me mientes? —Apunta con el cigarrillo, primero a mí y luego al salón de baile—. Esta mierda que te traes con ellas es caer muy bajo para ti.

—¿En serio, Eli? —Arqueo las cejas y lo miro furiosa—. ¿O crees que no soy lo suficientemente buena para esto? Que debería estar pasando frío, sola, en The Mint, donde me dejaste. Ya no se te permite opinar sobre lo que es mejor para mí.

Está furioso, alza la mirada y luego arroja el cigarrillo.

—La Alice que conozco no sigue órdenes de nadie. Ni siquiera por un abrigo nuevo elegante. Vuelve a tu casa y arregla este desaguisado. Richard les dice a sus seguidores que, si toman The Mint, ¿por qué no Chinatown? Pon tu casa en orden antes de que las consecuencias lleguen a la puerta de la mía y los únicos Diamond que queden en The Mint sean los que están muertos.

Cierro los ojos, el calor inflama mi cuerpo hasta que el abrigo de piel me asfixia. Flexiono los dedos y abro la puerta y lo dejo sin decir ni una sola palabra. Maggie me espera cerca, ansiosa por obtener más información. Me sigue cuando tomo mi bolso y salgo del salón de baile para buscar un taxi.

Me estudia con cuidado.

—¿Qué quería?

No le contesto porque ni siquiera estoy segura de qué debería decirle. Estoy furiosa, molesta con The Mint por desmoronarse en mi ausencia, pero también conmigo misma. ¿Cómo podría siquiera plantearme abandonar The Mint por un par de pieles y perlas? Pero más importante aún, ¿por qué ha cambiado todo en cuatro días? ¿El malestar ha crecido durante todo este tiempo pero yo estaba demasiado distraída como para notarlo?

—¡Alice, dime algo!

—No quieres ver lo que estoy a punto de hacer.

Ensancha las fosas nasales en respuesta.

—¡Entonces dime qué te ha dicho!

—¡No! —grito, y doy media vuelta para enfrentarme a mi amiga de la infancia—. Tú dejaste a Maggie Hill hace mucho tiempo y te avergonzaste cuando apareció para ayudarme. Confía en mí cuando te digo que, cuanto menos sepas, mejor para ti.

Al final, un taxi me ve y se acerca. Maggie me sujeta del brazo cuando doy un paso adelante.

—Somos amigas. ¿No confías en mí? ¿No me lo he ganado? ¿Todavía estás enfadada porque me fui?

—No —es mi sincera respuesta, y miro de nuevo al salón de baile—. Este es un trabajo. Tú haz tu trabajo y yo haré el mío. La amistad estuvo ahí para sobrevivir a The Mint juntas. La amistad estuvo ahí cuando amenazaste a Jacob con un cuchillo. La amistad estuvo ahí cuando éramos dos niñas que robábamos en las chocolaterías, y nos prometíamos una y otra vez que siempre estaríamos juntas. Lo que hay ahora entre nosotras no es amistad. Solo trabajamos juntas, eso es todo.

Se envara, y su rostro delata ahora el más profundo desencanto.

—¿Solo eso?

—Eres el perrito faldero de Mary. Me reclutaste porque buscabas objetivos más importantes, querías más de esta banda y más de ti misma, pero vienen cuanto ella te dice que no a algo, toda esa ambición desaparece. Agachas la cabeza. La Maggie a quien yo conocía no se inclinaba ante nadie. —No reparo en que estoy gritando hasta que mi garganta se seca por el aire congelado que llena mis pulmones.

—No veo que tú te hayas resistido mucho —responde.

Me encojo de hombros.

—Esto no significa nada para mí. No como para ti. No iba a permitir que te dejaran de lado por un plan que solo era una fantasía. ¿Qué tienes además de esta banda?

La pregunta la deja sin palabras.

Pero no tengo tiempo para entrar en sus revelaciones internas o tratar de convencerla de que ella es más que esto.

—Tengo que ir a casa, Mags. Hay cosas que regresan para atormentarme y, ahora mismo, son más importantes que la banda. Seguiremos en contacto.

—Pero ¿qué dices? ¿Estás renunciando?

—Digo que Diamond Annie es la libertad. El aire fresco. Me siento viva cuando estoy con vosotras y con las chicas. Me encanta. Pero Alice Diamond no se va a ir a ninguna parte; cuanto más intente escapar de ella, más cerca está. Mary dice que no puedo ser las dos, pero se equivoca.

El taxi se detiene frente a nosotras y el chófer se baja para abrirme la puerta. Maggie me toma de la mano con firmeza antes de dar un paso adelante.

—Quédate. A la mierda con todo y quédate. Olvida las obligaciones, olvida la carga familiar. Quédate, y ya está.

Aparto su mano sacudiendo la cabeza con firmeza y decisión.

—Cuídate. Volveré cuando pueda.

Desde luego, no regreso a The Mint a bombo y platillo. Nadie me recibe cuando el taxi se detiene en la calle y me deja en la puerta de mi casa. Solo veo a Ralph esperando en una silla junto a la puerta, unas ojeras negras que delatan su insomnio. Se incorpora cuando bajo del coche y se aclara la garganta. Me sonríe, pero sus labios son una fina línea.

—Ralph, ¿desde cuándo estás aquí? ¿Quién cuida del bar?

—Lo he cerrado —responde—. Por unos días al menos. Richard vino para reclutar gente; si le sirves suficientes copas a un hombre, una idea estúpida parece inteligente.

Exhalo un profundo suspiro.

—¿Cuántos hombres se han ido con él?

—Un puñado, quizá.

Miro hacia la esquina y digo:

—¿Acertaría si dijera que está aquí?

Asiente.

—Siempre al acecho, pero no tiene por qué saber que conservas hombres leales a tu causa. Esperará a que haya oscurecido y estés sola. Sabe que no puede contigo a la luz del día.

—Entonces, echémoslo —dictamino—. Tiene otro hijo, ¿verdad?

—Alister —responde—. Trabaja en Chinatown con los Hill.

—Busquémoslo. Luego lo usaremos como cebo.

—¿Y luego qué?

—Haremos lo más justo. Él y yo en las calles con todo The Mint mirando y una pelea que decidirá quién se queda con el poder. Es lo que mi padre haría.

La idea asusta a Ralph.

—Querrá pelear a puñetazos, Alice. Sabe que no puede ganarte con los cuchillos.

—Entonces será a puñetazos. —Comparto su miedo, pero no hago caso de la sensación caprichosa que tengo en las piernas. Richard es un tipo gigante como mi padre. Podría matarme muy deprisa y sin problemas frente a todo The Mint, y quedarse con todo.

Trago saliva para calmar la garganta seca.

—¿Dónde está Tommy? Nunca está cerca cuando vengo a casa, y estoy cansada de que mi madre no me responda.

—Anoche estaba en el almacén. —Señala hacia la otra punta de la manzana—. Suele dormir ahí con Jacqueline.

Jacqueline. Su amor de infancia.

—¿Y qué pasa con su esposa, esa Christina Noon?

Se encoge de hombros.

—No estoy seguro.

Suspiro. Eli tiene razón. Carece de sentido mantener la esperanza de que Tommy haga lo correcto. Cuatro días. Lo único que tenía que hacer era cuidar este lugar por cuatro días. Le pongo una mano en el hombro a Ralph.

—Iré a buscar a Tommy, pero cuando regrese, tú te irás a dormir. Sacaré a mi madre y a Louisa de The Mint y regresaré con Alister.

Suspira con alivio audible, pero dice:

—No me molesta cuidarlas.

—Lo sé, Ralph, pero tienes que cuidar un poco de ti. Necesito que mañana estés de la mejor forma posible.

Dentro de la casa, mi madre tiene un vestido de tafetán verde oscuro. Lleva el pelo corto como yo. Mi padre apenas la podría reconocer, y a buen seguro la regañaría por haberse cortado una de sus cosas favoritas.

—¡Alice! —Baja un tazón y se acerca para abrazarme—. ¿Te quedas a pasar la noche? Puedo preparar algo para la cena.

—¿Por qué no me dijiste nada de Richard Sloan? —La pregunta me sale más cortante que lo que esperaba.

Se encoge de hombros de manera demasiado espontánea.

—No había nada que contar. No es nadie. Ralph está

preocupado, pero yo no. No es el primer hombre que desafía a la familia Diamond.

—Eli ha venido a verme hoy y ha dicho que Richard reclutó a un puñado de hombres y tiene planes para seguir con Chinatown cuando se haya quedado con The Mint.

Sacude la cabeza de nuevo, como si todo fuera solo un pequeño inconveniente.

—Los Diamond han guiado a The Mint desde mucho antes que tú nacieras. Tu abuelo tomó el control de este lugar, y ese poder no se irá a ninguna parte. Mucho menos con Richard Sloan.

Me froto una sien.

—Enterraré esto antes de que vaya a peor. Pero primero, necesito encontrar al malnacido de Tommy, y, una vez que termine de darle una paliza, me ayudará a remediar esto.

Oigo el crujir de las escaleras y alzo la vista. Esperaba encontrarme con Louisa, pero veo a Christina en su lugar. Me pregunta con tono implorante:

—¿Sabes dónde está Tommy?

Puedo verlo en su mirada, la infinita tristeza que conlleva confiar en mi hermano y verlo fracasar.

—Sí —respondo, y miro a sus espaldas—. ¿Dónde está Louisa?

Mi madre duda.

—Dejó la escuela. Consiguió un trabajo, así que me encargué de los papeles.

—¿Dejó la escuela? ¿Cuándo? ¡Estaba aquí la semana pasada!

—Cuando te fuiste, me preguntó si podía ayudarla a conseguir trabajo.

—¿Dónde?

—El Savoy —contesta, orgullosa—. Consiguió trabajo como doncella y está bastante contenta. Tendrá una habitación allí con las otras doncella, pero me prometió que vendrá de visita. —Antes de que pueda enfadarme, madre da un paso adelante y me apoya una mano en el hombro, el mismo gesto que tuve con Ralph hace solo un momento—. Está feliz. Tú querías sacarla de The Mint, así que déjala que sea libre. Cuando esté preparada para volver a casa, lo hará.

La echo de menos. Desearía haber hablado más con ella la noche antes de partir. Desearía que cada vez que he venido a dejar dinero hubiera entrado para prometerle que sería diferente. Que ya no tendría que ver otra vez lo que vio. Pero sería mentira.

Ella sabe quién soy, sabe el lugar que ocupo en The Mint, y ya no hay manera de engañarla. No hay manera de resguardarla.

Está mejor lejos, pero siento un leve dolor en el pecho al pensar que no podré abrazarla. Puedo sentir mis ojos llenarse de lágrimas, pero no las dejo caer mientras vuelvo a mirar a Christina.

—Después de buscar a Tommy, nos quedaremos en mi apartamento en Elephant hasta que resolvamos esto. Haced las maletas.

—No me quiero ir —protesta madre—. Tiene que haber una Diamond en The Mint.

—No nos iremos —le aseguro—. será solo una noche.

Christina se gira para hacer la maleta, pero la detengo.

—No importa, ven conmigo. Mi madre buscará tus cosas.

Baja por la escalera con cuidado y le hago una seña para que salga por la puerta delantera. El hotel reconvertido en burdel está a solo unas pocas manzanas del pub, una breve caminata. Me quito el abrigo de piel y lo dejo caer sobre los hombros de Christina, intercambiándolo por uno de lana gruesa. Tiembla del frío y lo sujeta con fuerza, mientras pasa los dedos por el pelo suave.

—Es la primera vez que me pongo algo parecido a esto. —Suena como yo, hace unas semanas, cuando Mary me puso el primer abrigo de piel sobre los hombros—. ¿Es verdad lo que todos dicen de ti? ¿Que mataste a un hombre? Mi padre siempre dice que un hombre que cree que tiene el derecho de matar a otro nunca será bienvenido en el paraíso.

Suspiro.

—Bueno, suerte que soy mujer. —Cambio la conversación a temas más tranquilos—. ¿Dónde conociste a Tommy?

—En la iglesia —contesta.

Dejo salir una risa ensordecedora.

—Mentira. Tiene que ser mentira.

—¿Siempre fue así? ¿Antes de la guerra?

—¿Irresponsable? ¿Insensato?

—Sí.

—Ese es Tommy.

—Estaba herido y lo consolé. Hablamos y él me lo contó todo. Su familia aquí en The Mint, sus sueños sobre recorrer el mundo. Incluso su talento para abrir cajas fuertes. Yo quería vivir aventuras, y creí que él me las daría.

—Vivirás muchas aventuras con Tommy, pero también te traerá tanto dolor como felicidad.

—Lo sé —dice, ahogándose—. Pero no puedo regresar con mi padre. Él no me va a dejar entrar a la casa.

—*Tienes* una casa, Christina. —Nos detenemos y giro para estar frente a ella—. Formas parte de esta familia ahora y las mujeres de esta familia deben ser de acero. Sentirás dolor, pérdida y sufrimiento, y tendrás que luchar cada día para mostrar tu valor para The Mint. Pero cuando lo hayas hecho, te respetará. He cuidado a Tommy y arreglado sus desaguisados durante años, pero ahora es tu turno. Si no te defiendes, nunca será el hombre que necesitas.

Asiente, mientras ahoga un llanto.

Seguimos de camino al burdel y la madama, una amiga de la familia, nos da la bienvenida.

—Tommy está en la tercera habitación por el pasillo —se apresura a decir, y llevo a Christina conmigo hacia la habitación, donde me abruma el olor a sudor y sábanas sucias. Tommy duerme y Jacqueline, sentada al borde de la cama, se pone la ropa interior.

Se sobresalta un poco y cruza la habitación a toda prisa para buscar una bata.

—¿Alice? ¿Quién es ella?

—Ella es Christina Noon. La esposa de Tommy. Espera un niño de él.

Jacqueline abre los ojos.

—No ha sido nada personal, muñeca. Me ha pagado bien.

Christina no responde; al menos, no de manera audible. Pero su mirada lo dice todo; el extraño horror que aparece cuando una mujer descubre que Tommy no es el hombre que le decía ser.

—Pagó con mi dinero —intervengo, levantando una almohada y arrojándosela en la cara a Tommy. Se cae de la cama y gira en el suelo, sobresaltado.

—Cien libras —ofrezco—. Y no volverá a pisar tu cama.

Su respiración se vuelve irregular.

—Jacqueline —dice Tommy—. Te está mintiendo.

—Claro que no. —Busco en el abrigo que tiene Christina sobre los hombros y saco un pequeño sobre, y le entrego cinco billetes de veinte libras.

—¿Trato hecho, Jacqueline? Nunca más.

Le lanza a Tommy una mirada anhelante y frunce los labios, pero se apresura a tomar el dinero.

—Hay trato. —Y Jacqueline se va antes de que Tommy pueda decir algo.

Tommy no puede estar más ruborizado.

—¡¿Qué demonios haces aquí?! ¡Yo estoy al mando ahora, no tú! ¡Te habías ido!

—Y he vuelto —digo—. Para arreglar un error, y esta vez tú me ayudarás. —Doy un paso adelante en claro desafío—. Me vas a ayudar a arreglar mi error…, así como yo te he ayudado a solucionar todos los tuyos.

La comisura de sus labios sube levemente.

—¿Alice Diamond, la *perfecta*, cometió un error?

Al final, con gesto alegre y labios temblorosos, Christina arremete contra él y le da una bofetada. Una vez, dos veces, y luego empieza a darle puñetazos contra el pecho hasta que empieza a llorar.

—¡Cabronazo! —Él mantiene la sonrisa punzante. Christina sigue pegándole—. ¡Por qué! ¡Por qué eres así!

—N-no sé —tartamudea con el rostro serio, mientras la toma de los hombros—. Estoy roto, ¡lo hago todo mal! Algo aquí está mal. —Se golpea la cabeza con la palma de su mano varias veces. Recuerdo que, cuando éramos niños y se ofuscaba demasiado consigo mismo, se golpeaba la cabeza contra las paredes porque padre le había recordado sus errores. Todas las cosas que no podía hacer bien.

Siento un peso opresivo sobre mí al comprender que siempre lo he odiado porque tenía que enmendar sus errores. Nunca comprendí que había sentido también ese peso opresivo, porque se consideraba un error. Lentamente dejo salir un suspiro profundo y dolorido.

—Soy malo, Christina. Soy malo para ti. —Sus ojos se llenan de lágrimas—. Todo lo que digo, hago o soy está mal. No puedo hacer nada bien.

Me veo reflejada; oigo lo mismo que le dije a Rob con claridad en mis pensamientos. Tommy no cree merecer nada bueno, ni yo tampoco. ¿Cómo hemos acabado los dos tan maltrechos?

Christina le aparta la mano que está usando para golpearse la cabeza. La lleva entre el abrigo de piel hacia su vientre cada vez más grande.

—Algo has hecho bien —dice con sinceridad, la mirada llena de determinación—. Algo hemos hecho bien.

—Perdóname —dice, y lo murmura una y otra vez hasta que el llanto de Christina se aplaca, y él se arrodilla para apoyar la frente sobre su vientre.

—Te odio —susurra ella.

—Lo sé —dice—. Yo también me odio.

CAPÍTULO 11

Llevo a Tommy, a Christina y a mi madre al apartamento para acomodarlos allí, pero las noticias le deben de haber llegado a Mary porque nos espera cerca del ascensor.

—¿Se puede saber qué pasa aquí? Creo que fui muy clara cuando dije que nada de hombres.

Cierro los ojos, eligiendo bien las palabras.

—No están a salvo en The Mint ahora. Solo serán unas pocas noches.

Mary se planta, erguida, en respuesta.

—¿Tu familia no estaba a cargo de The Mint?

—En mi ausencia, las cosas se han complicado.

Para mi sorpresa, toda la suspicacia que se veía en sus facciones se desvanece. Luego apoya una mano sobre mi hombro y me ofrece una sonrisa reconfortante.

—Quédate todo el tiempo que necesites. Tu familia siempre será bienvenida aquí.

La observo con cuidado, desconcertada por su carisma, tratando de determinar si es sincera o no.

—No será mucho —insisto.

—No hay prisas, Alice. ¿Quizás esta sea la señal que necesitabas para dejar atrás esa vida?

Ah, es eso. Me acepta porque, cuanto más alejada esté de The Mint, más fácil será mantenerme en la banda.

Le sigo el juego por el momento.

—Quizá tengas razón. Gracias, Mary.

Una vez están a salvo allí dentro, me paso por el Club 43 a beber una copa. Es mi noche libre, pero, después de todo lo que acaba de pasar, quiero verlo, aunque sea solo desde lejos atendiendo la barra y conversando con los clientes.

Pero al entrar veo a otro hombre en el lugar de Rob; un extraño. Pregunto hasta que una de las camareras me dice que Rob tiene la noche libre y que vive en la parte de arriba del club, en una pequeña habitación que le ha alquilado Kate.

Varios golpes a su puerta más tarde, la abre con una leve sonrisa.

—Diamond Annie, Alice Diamond o... ¿Alice Black? ¿Cuál prefieres? —Lo recibo bromeando con una expresión de fastidio—. Eres la última persona que esperaba ver aquí. Me habías evitado.

—Es lo que hago después de besar a un hombre. Te lo advertí.

Asiente.

—Es verdad.

Miro su apartamento oscuro.

—¿Puedo beber algo aquí?

—Lo único que tengo es escocés.

—Está bien.

Me deja pasar. Miro todas las pequeñas cosas que componen su vida diaria: un pequeño horno manchado, una alfombra desgastada y una cama de hierro. En el alféizar hay una lata llena de colillas y alrededor de la cama hay montañas de libros, raídos y con algunas hojas dobladas.

Me acomodo junto a la puerta con la espalda contra la pared. Me sirve un vaso y me lo pasa.

—Estoy contento de verte, no me malinterpretes, pero ¿por qué ahora? No me hacías ni caso en las horas de trabajo. Solo me pasabas los pedidos.

Un buen trago más tarde, lo miro a los ojos.

—Hoy he vuelto a The Mint para enterarme de que han desafiado el poder de mi familia.

—¿Desafiado?

—Maté a un hombre y su padre quiere vengarse. —Espero que su expresión dé paso al horror, pero no lo hace, así que continúo—. Para hacer las cosas de la manera justa, como haría mi padre, pelearemos en la calle para que toda la gente de The Mint lo vea, y el ganador se quedará con el control. —Alzo el vaso en su dirección—. Así que supongo que, si tengo las horas contadas, lo mejor era pasarme a verte.

Se tapa la boca y sacude la cabeza; después, deja salir un suspiro fuerte y frustrado.

—No tienes por qué hacer eso. Puedes dejarlo. Para empezar, nunca fue tuyo.

Pongo los ojos en blanco.

—Suenas igual que Maggie. No busco consejos.

Da un paso hacia mí y siento como si estuviéramos otra vez en el sótano.

—Entonces, ¿por qué has venido? ¿Qué quieres de mí, Alice? —Su voz es grave, seductora. Adoro la manera en la que dice mi nombre. Se detiene a pocos centímetros de mí y me embriago con su olor—. Sé sincera.

—No lo sé —suspiro.

Lleva una mano a mi cara, luego usa el pulgar para bajar mi labio inferior y abrirme la boca. Veo los recuerdos que brillan en su mirada, memorias de la última vez que nuestros labios se tocaron.

—Creo que sí.

—Mary dice que no puedo tener ninguna relación con un hombre. Solo amantes.

—¿Solo amantes, entonces?

Su voz es tentadora y profunda. Apoya una mano sobre mis piernas y desliza la mano hacia debajo de la falda de mi vestido; sube por mi muslo lentamente. Lo hace todo sin romper contacto visual y mis piernas expuestas tiemblan por el frío.

—Dime qué quieres de mí.

Le sujeto la mano y me la llevo a la entrepierna.

—Aquí.

Sus dedos deambulan mientras me devora la boca. Cuanto más lo beso, más me gusta. He pensado mucho en su boca durante estas últimas semanas, y la idea de no poder olvidarlo me enerva. Se me da demasiado bien olvidar hombres.

Y él no debería ser la excepción.

Interrumpo el beso y lo sujeto por los hombros, ejerciendo presión hasta que termina arrodillado con su cara entre mis piernas.

—Aquí.

Apoya una de mis piernas sobre su hombro y siento cómo su boca sube por la parte interior de mi muslo.

Y, por un momento, me dejo llevar.

***

Durante la noche, no duerme profundamente. Debe de soñar con que sigue en la guerra, pues se mueve de un lado a otro y grita cosas a las que apenas encuentro sentido. Así pues, me levanto y me siento al borde de la cama para mirarlo. Con la luz de la luna que se filtra por la ventana, veo las cicatrices de su cuerpo. Todas las marcas que miden el tiempo que pasó en batalla.

Quiero quedarme hasta que amanezca.

Y, en otra realidad, lo hago.

Pero la sensación de duda se acrecienta en mi interior mientras lo observo e imagino todas las cosas preciosas que podríamos hacer juntos, y luego todas las maneras en las que podría hacerle daño. Entonces, me visto y salgo al aire congelado de la hora previa al amanecer haciendo el menor ruido posible. Paro un taxi y vuelvo a mi apartamento.

Tommy comparte la habitación vacía con Christina, y mi madre está en mi cama. Me meto en las sábanas con ella, dispuesta a quedarme acostada a su lado como una niña, solo por un momento antes de partir hacia Chinatown.

Justo cuando una de sus manos dormidas se extiende para acariciarme el pelo, oigo que alguien llama a la puerta. Dejo salir un quejido somnoliento y arrastro los pies hacia la puerta de entrada. Descorro el pestillo y encuentro a Mary de pie en el vestíbulo. Está tensa. Entra sin decir nada.

—Es temprano —digo, mientras me froto los ojos.

—¿Te estás acostando con Rob McDonald?

La pregunta me deja tan desconcertada que me despierto.

—¿Me estás espiando?

—Lo sé todo sobre mis chicas. Es parte del trabajo.

—Entonces eso es un sí. —Pienso en la única persona que sabía que fui a visitarlo. Kate Meyrick. Asiento.

—No se te permite dormir con él.

Doy otro paso adelante.

—¿No me lo permites?

—Así es.

Desesperada, trato de reordenar mis pensamientos y verbalizar algo con ellos. Ayer mismo me aseguró que mi familia era bienvenida aquí, pero ahora empieza a poner estas nuevas exigencias y reglas.

—Somos aliadas de los hermanos.

—Y justo por eso no puedes hacerlo. No mezclamos los negocios con el placer, y eso es innegociable. No volverás a acostarte con él. No lo verás fuera cuando yo esté en el 43. Quiero que renuncies tu trabajo ahí también. No tiene sentido mantenerlo cuando tienes asuntos más importantes por los que preocuparte.

No solo me aleja de The Mint, sino que ahora, además, quiere que renuncie a mi trabajo. ¿En serio? Es verdad que ya no lo necesito y que resulta agotador mantenerlo. Pero es el único momento en el que puedo ver a Rob y el único descanso que tengo de mis dos vidas.

—Parece como si tuviera que repetírtelo todo una y otra vez porque no me escuchas.

Levanto la voz de manera perceptible.

—No me puedes decir con quién puedo follar, Mary.

—¡Se acabó! —Grita tan fuerte que me ahogo con mi protesta—. He trabajado demasiado y me he esforzado mucho durante mucho tiempo para que me vean como una socia y no como una mujer. He trabajado demasiado para que me traten como una igual.

Abro la boca al oír sus palabras.

—¿Una igual? No nos ven como iguales. Tú misma lo dijiste; solo sobrevivimos a su sombra. Solo tenemos éxito si podemos sacar ventaja del miedo que les tienen a ellos. Cuando salimos en los periódicos, es solo una nota de color. Es un espectáculo. Cuando ellos salen en los periódicos, los hombres y mujeres les escriben a los miembros del Parlamento para que apoyen una reforma. ¡Somos un chiste para el comisionado y somos un chiste para ellos!

Está completamente ruborizada.

—¡Tú a mí no me dices esas cosas! Salta a la vista que no sabes qué lugar ocupas aquí, de modo que permíteme que te ilumine. En el momento en que aceptaste unirte a mi grupo, mi palabra se volvió ley. Puedo quitarte todo cuanto tienes. Puedo chasquear los dedos y mandarte a rastras a esa pocilga en la que te encontré. —Una risa arrogante escapa de sus labios—. Donde salta a la vista que ya no eres bienvenida. Así que me perteneces.

Da un paso más adelante.

—Si te digo que saltes, saltas. Si te digo que recolectes

de una tienda y luego le prendes fuego, lo haces con una sonrisa en la cara. Si te digo que no veas a Rob McDonald, cortas con él. ¿Nos entendemos?

—No, claro que no —gruño, casi feroz—. Esta noche, pelearé contra un hombre solo con mis puños porque amenazó a mi familia. Apuñalé a un hombre hasta matarlo en la calle antes de unirme a ti. Yo chasqueo mis dedos en The Mint y los hombres matan por mí.

Alza las cejas un poco.

—Hasta donde yo sé, no mucho. Todavía tienes que ganar tu pelea contra el Carnicero, ¿verdad?

Abro la boca para preguntarle cómo puede saber eso, pero no quiero mostrarle que me lleva ventaja.

—Yo no le pertenezco a nadie, Mary Carr. Nadie me controla. Cometiste un grave error al creer que sería como Maggie. Al creer que me entrenarías como un perro.

Se cruza de brazos con una sonrisa de oreja a oreja, y un escalofrío desciende por mi espalda.

—No eres nada sin mí, y nunca más volverás a ser algo; solo basura de la calle. Pero si quieres jugar sucio, juguemos sucio. Lo supe en cuanto Louisa abandonó The Mint. Tengo espías por todo Londres. Me dicen que ha encontrado trabajo en el Savoy con papeles falsos. Sería una lástima que su empleador se entere de eso. Falsificar documentos es una ofensa seria en esta ciudad.

Exhalo, sorprendida.

—¿Ahora amenazas a mi familia?

—Necesito algo grande con lo que hacerte daño, Alice. Quizá creas que ser inteligente no es ser valiente, pero a mí no me importa una mierda la valentía. No hay honor aquí. Esto no es una guerra. No hay códigos. Solo cuentan mis decisiones, y nada más. Así que, de ahora en más, harás lo que te diga sin quejas, si quieres mantener a tu querida hermana a salvo.

Bajo la mirada, exhalando unos suspiros lentos y airosos entre los dientes apretados. Hago memoria sobre cómo empezó todo esto; todas las palabras que usó para convencerme de que ella era todo cuanto yo necesitaba. No solo caí, sino que además entré confiada a su trampa sin pensármelo dos veces.

No parpadeo cuando digo:

—Podría matarte aquí y ahora si quisiera. Resolvería todos mis problemas.

—Puede ser. Pero si crees que una mujer como yo no ha adoptado ciertas medidas de precaución para protegerse de situaciones como esa, entonces no entiendes la diferencia entre nosotras dos.

Cierro los puños con fuerza y levanto el brazo, a punto de arremeter contra ella, pero mi cuerpo se congela a mitad de camino. De nada servirá hacerle daño. Nada que mi padre me haya enseñado ayudará en este momento.

La tensión desaparece de sus hombros y su boca seria da paso a una radiante sonrisa, como si sintiera crecer la sumisión en mi interior.

—No te recluté porque creyera que serías como Maggie. Sabía que podía manipular a Maggie desde el principio. Ella ansía la adoración de una figura materna, una oportunidad de dejar atrás a esos hermanos que no hicieron más que usarla. Convertí a esa niña agresiva en una criatura llena de elegancia y dotes para el engaño. Era una seguidora que necesitaba una líder. Fue fácil. Pero tú… No me hacía ninguna ilusión de que pudiera contenerte. Te recluté porque, si bien eras una basura callejera, eras una basura dotada de mucho talento. Y si tengo a tu hermanita, eso significa que eres mía, ¿verdad?

Cierro los ojos y lo recuerdo todo: cómo la conocí, cómo acepté la prueba. Sus elogios, su generosidad. Cada paso que dio para asegurarse de que fuera suya desde el principio. Jugó conmigo y, si bien el instinto siempre me había advertido que me marchara, me dejé atrapar. Cada músculo de mi cuerpo se tensa a la vez, y el apartamento, por lo general tan cómodo, me parece ahora demasiado cálido y controlador. Estas paredes nunca han sido mías, no en realidad.

—Louisa no tiene nada que ver con esto —tartamudeo, mientras un escalofrío me recorre el espinazo.

—Tampoco Tommy y su nueva novia —dice con un encogimiento de hombros, despreocupada—. Sería una lástima que a ellos también les pasara algo, ¿verdad? Me encantan los finales felices.

Se me para el corazón. Mary tenía un plan para mí desde el principio y ya no puedo hacer nada para cambiarlo. Lo único que me queda es recuperar mi vida.

Pero primero necesito regresar a The Mint, y luego necesito un plan para Mary.

Exhala un profundo suspiro y extiende los brazos como un gato que se estira, demasiado satisfecha consigo misma.

—Te vendrás abajo, Alice, y cuando eso ocurra, esto será más fácil. —Pasa a mi lado mientras entra en el apartamento—. Ah, y hay algo que deberías saber sobre Rob. Es un confidente del comisionado. Así que, sean cuales sean las mentiras que te haya dicho sobre por qué ya no trabaja con sus hermanos, ten claro que eran solo excusas para llevarte a la cama. Él está muy implicado.

No quiero creerla. Quiero creerle a él.

—Mentira.

—Trabaja a dos bandos para que sus hermanos siempre puedan ir un paso por delante de la policía. Astuto, ¿no crees? Pero no confío en los hombres astutos, y mucho menos en los que tienen un vínculo directo con la ley. Lo de vosotros dos se terminó.

¿Un confidente? ¿Rob, el hombre que predica la

honestidad, está viviendo esa enorme mentira? Sacudo la cabeza sin quitarle la vista de encima a Mary, a lo que tengo frente a mí.

—¿Sabes, Mary? Tienes una debilidad.

—Ah, ¿sí?

—Hablas demasiado.

Sonríe, y luego un sonido capta su atención. Mira por el pasillo a mi madre, quien se asoma desde la puerta de la habitación. Con una sonrisa, Mary da la vuelta para irse. Cuando abre la puerta del frente, veo a Mags al otro lado con los ojos bien abiertos. Salta a la vista que nos espiaba.

Mary pasa a su lado y chasquea los dedos.

—Lamento tenerte esperando, Mags. Vamos.

Maggie me mira por un breve y terrible momento antes de seguir a Mary.

Mi madre sale a toda prisa hacia el pasillo vienen cuanto la puerta se cierra detrás de mí.

—Esta es la realidad de esta banda, ¿verdad?

Me tapo la boca, y me quedo sumida en pensamientos.

—¿Esperas que te diga que padre tenía razón y que nos he echado a perder?

—No. No quiero darte una lección, solo quiero preguntarte qué vas a hacer después.

No tengo que pensarlo demasiado.

—La voy a destrozar, pero primero, necesito solucionar lo de Richard Sloan. Mantén a Christina aquí, pero despierta a Tommy y dile que pasaré a buscarlo en un par de horas.

***

Llamo a la puerta de Rob durante un minuto entero antes de que me reciba. Parece como si acabara de empezar a vestirse. Miro de reojo a la calle, por si Mary o alguien más me espían, luego entro y cierro la puerta.

Se sienta en la cama, donde las sábanas aún están desordenadas por la noche que pasamos juntos.

—¿Vuelves tan pronto? —bromea, mientras toma los vasos de anoche para rellenarlos.

—No quiero nada —digo—. ¿Eres un confidente de la policía?

Uno de los vasos se le cae al suelo y se hace añicos junto a sus pies descalzos, pero no se mueve para limpiarlo.

—¿Qué? No sé… ¿Quién te ha dicho eso?

—¿Es verdad?

Su respiración empieza a sonar entrecortada y un estremecimiento visible se apodera de todo su cuerpo.

—¿Quién te ha dicho eso, Alice? ¡Quiero saber quién te lo ha dicho!

—Mary —anuncio con una mueca de dolor. Si bien sabía que sería verdad viniendo de la boca de Mary, oírlo de él hace que se me forme un nudo en el estómago. Una parte de mí, una parte insignificante, esperaba que fuera mentira. Se supone que Rob es un hombre ejemplar, demasiado bueno para mí. Sincero. Malditamente sincero.

—Es imposible —insiste, y al final se agacha para levantar algunos trozos de cristal—. Nadie lo sabe además de mis hermanos, y ellos nunca se lo dirían.

—Dice que tiene espías por toda la ciudad. También sabe cosas sobre mí.

—No lo entiendo. Soy cuidadoso. El comisionado Horwood me reclutó al concluir la guerra. Mis hermanos creían que era una jugada inteligente, tener a alguien dentro. Mantuve el equilibrio, pero lo hice demasiado bien, y me alejó de lo peor de la violencia.

Deambulo por la habitación, con los pies inquietos. Toda esta información me inunda la cabeza como olas que no paran de llegar. No puedo detenerme para procesarlo; no tengo tiempo.

—¿Confía en ti, entonces? ¿Cree que te alejaste del negocio familiar?

—No duda de mí —confirma—. Y si alguna vez lo hace, le doy algo bueno, algo inteligente, que reafirme mi lealtad. —Su expresión se relaja y se acerca hacia mí—. Alice, quería contártelo. Pensé en decírtelo anoche. Quería hacerlo.

Levanto una mano para detenerlo.

—¿Sabes por qué Wal y Wag vinieron a The Mint cuando te hice frente la primera vez por eso?

—Te juro que no lo sabía. Mantenemos la distancia para hacer que todo parezca lo más real posible.

Sigue levantando los restos de cristal con cuidado. Cuando ya ha recogido las esquirlas más grandes, busca otro vaso de un gabinete, pero cambia de parecer mientras sirve y se pone a beber a gollete.

—Quería confiar en ti, Alice. Siento que puedo.

—No puedes —le digo con firmeza. Le quito la botella de las manos y le doy un buen trago hasta que me arde la garganta; luego se la devuelvo con violencia—. Y lo más inteligente es que no lo hagas.

Sacude la cabeza.

—Entonces, ¿qué es lo que hay entre nosotros dos, si no puede haber amor ni confianza?

—No lo sé —confieso en un susurro, mordiéndome el interior de la mejilla—. Sé que cuando estás cerca no tengo que aparentar ser alguien que no soy. —Me llevo una mano a la cabeza, tratando de encontrar las palabras—. Cuando me tocas, cuando me besas, siento que por fin estoy a salvo con alguien, con un hombre. Hay hombres crueles a mi alrededor y luego estás tú, Rob.

Se sonroja.

—Siento lo mismo por ti, Alice. —Una vez más, trata de tocarme y, de nuevo, me zafo con fuerza, negándome a mí misma lo que quiero.

—Pero no puedo darme el lujo de sentirme a salvo. ¿No lo entiendes? Entonces, si no puede haber amor ni confianza, puede haber cariño entre nosotros. Amistad.

—No puedo ser tu amigo, Alice.

—Puedes intentarlo, ¿no?

Retrocede ante la idea y se peina con los dedos, frustrado.

—Si me pides que lo intente, lo haré.

Bajo la cabeza y reordeno mis pensamientos.

—Mary es una mujer astuta y, llegado el día, querrá algo de tus hermanos y revelará tu secreto para conseguirlo. ¿Estamos de acuerdo en que su conocimiento es peligroso?

—Sí. —La palabra suena dolorosa y profunda.

—Quiero que le des al comisionado la ubicación del almacén de Mary. Lo registrará, encontrará muchos bienes robados de varias tiendas de lujo y la meterá en prisión. —Me siento en la cama, desesperada por no pensar en lo que pasó anoche, entrelazada con él, piel con piel—. Tú mismo lo dijiste: si no puede encontrar los bienes robados, entonces no podrá atraparla.

Se sienta a mi lado lentamente, mirándose las manos.

—¿Quieres que la traicione? Te perjudicará a ti. Perjudicará a las chicas y destruiría la banda.

—Si Las Cuarenta Ladronas no pueden sobrevivir sin ella, entonces necesitan renacer. —Pienso en nuestra historia familiar con The Mint y en cómo Richard Sloan pudo ganar a varios hombres para su causa porque nuestro control del lugar se había debilitado al irme yo.

—¿Quieres decir que ya no formas parte de la banda?

—No lo sé —confieso, y me encojo de hombros—. Pero ya estoy cansada de Mary. —Me inclino para besarle los labios una vez más, y luego me levanto para irme—. Si me pasa algo, no permitas que tus hermanos le hagan daño a mi familia.

Se pone de pie enseguida.

—¿Qué dices? ¿Qué está pasando? Por Dios, Alice, dime algo, por favor.

—Prométemelo. —Tomo sus manos y las presiono sin piedad.

Me acerca a él, y busca mi rostro con las manos para mantenerme quieta.

—¿La pelea? Si vas a hacerlo, ¡iré contigo!

—No, claro que no. Es mi pelea.

—No tiene por qué serlo.

Otro beso, tan rápido e inestable, mis labios que tiemblan sobre los suyos.

—Recuerda tu promesa.

***

Antes de ir a buscar a Tommy, me paso a visitar a Pearl con un poco de comida para el almuerzo. Algunos sándwiches, pasteles de fresas y tartas de limón de algunos de sus lugares favoritos. Está leyendo sentada en una silla en el rincón cuando entro, pero salta con entusiasmo al verme.

—Prepararé un poco de té —dice, y se acerca a toda prisa a la pequeña cocina. Creía que estaría fuera de sus casillas a estas alturas, incapaz de hacer frente al aburrimiento, desesperada por una noche de alcohol o una tarde de compras compulsivas en The Strand. Pero este lugar tiene algo que parece tranquilizarla.

Quizá sea porque está lejos de su esposo.

Veo algunas botellas de licor vacías en el suelo y las recojo por ella. De paso, meto a escondidas algunos billetes en su bolso de mano.

Nos sentamos y bebemos juntas en el pequeño balcón. El sol de la tarde es agradable a principios de diciembre, y solo unas pocas aves cantan fuera. Entonces entiendo por qué disfruta este lugar.

Por primera vez desde la boda de Charlotte, puedo pensar con calma.

Interrumpe el silencio.

—¿Me vas a decir cómo consigues ese dinero que me dejas cada vez que me visitas? Ya sé que tienes secretos que te gustaría mantener ocultos, pero ¿cuándo vas a confiárselos a alguien?

Quiero contárselo todo, quiero tener a alguien con quién hablar. Pero cuando abro la boca, no sale nada. Miro el periódico en la silla, doblado junto a su pierna. Estiro el brazo y lo tomo, y paso algunas páginas hasta que encuentro algo, un pequeño artículo sobre Las Cuarenta Ladronas, y se lo señalo. De algún modo, así es mejor que si se lo digo en voz alta.

Mira el titular y parece que los ojos se le van a salir de las órbitas.

—¿Estás en esa banda? —Su voz rezuma entusiasmo—. Leo sobre ellas todas las semanas. ¡Son increíblemente divertidas!

Divertidas. Quizá fue divertido al principio.

—¡Cuéntame más! ¡Tienes que contarme!

Sacudo la cabeza.

—No debería.

Exhala lentamente y se cruza de brazos, frunce los labios, irritada.

—¿Me cuentas algo como eso y luego te niegas a explicarte? Esta historia es mejor que cualquier libro. ¿Estás en una banda? —Sacude la cabeza sin dar crédito—. ¿Por qué rayos trabajabas para nosotros?

Logro esbozar una media sonrisa.

—Tienen mucho dinero.

—¿Nos ibas a robar? —Sus ojos brillan intrigados—. ¡Con razón te atrapé en la biblioteca! —Su sonrisa radiante se desvanece un poco—. Pero no entiendo por qué me ayudaste entonces. ¿Qué te traes entre manos? Si tenías intenciones de robarme, ya lo habrías hecho. ¿Acaso quieres que crea que eres una ladrona con corazón?

No me lo había planteado en estos términos hasta ahora.

—Quería ayudarte. Es solo que no sabía cómo.

—Tienes que llevarte tus sobres de dinero —dice, y sacude rápidamente la cabeza—. ¿Y si esto no dura? Tienes una familia. Yo no soy tu familia. No soy tu responsabilidad, Alice. No necesito ser una carga para ti.

—No eres una carga —sentencio—. Encontraré la manera de conseguirte suficiente dinero para que puedas empezar de cero. Todavía no sé cómo, pero lo haré.

Al principio, había creído que podría ahorrar suficiente dinero trabajando para Mary, pero ya no tengo esa posibilidad a mi alcance. Levanto mi taza de té, ya fría por el viento fresco. Le doy un buen sorbo.

—Espero verte la próxima semana como siempre, pero hay algunas cosas en juego. Cosas sobre las que no tengo el control. Si no regreso, toma el dinero que tengas y lárgate.

—¿Si no regresas?

—Si no regreso —repito, para dejárselo bien claro—. Si no regreso, necesito que me prometas que comprarás un billete y te irás de Londres. Necesito que me prometas que no estarás tan desesperada como para volver con ese hombre.

Sus ojos se llenan de lágrimas.

—¿En qué clase de problemas estás metida?

—Porque si vuelves, te matará. No será hoy, ni mañana, quizá ni siquiera el año que viene. Pero un día te hará tanto daño que no podrás curarte. ¿Me has entendido?

Respira hondo y se endereza.

—Alice, no te prometeré eso hasta que me asegures que vas a estar bien. Tú eres todo lo que tengo ahora. ¡Dime cómo puedo ayudarte!

Al final, el miedo de no poder vencer a Richard emerge

y mi labio inferior empieza a temblar con violencia. Combato el temblor de mis dedos y le sujeto la mano para presionarla.

—No vuelvas con él.

—Está bien.

Solo lo dice porque se lo pedí, y ahora sé que, si no sobrevivo, ella tampoco lo hará.

CAPÍTULO 12

Cuando paso a buscar a Tommy por mi apartamento, Maggie nos sigue mientras salimos del edificio y nos acercamos a un taxi. Logro no prestarle ninguna atención hasta que se detiene frente a nosotros y nos bloquea el paso.

—¿A dónde vais?

Madre y Christina me están ayudando a guardar las cosas en el maletero.

—Tengo que ocuparme de algo en The Mint, y luego regresaré aquí a ocuparme de otra cosa.

—Quiero ayudar.

Tommy mira a Maggie con una sonrisa.

—Tienes muy buen aspecto, Mags.

—Todavía puedo patearte el trasero, Tommy —gruñe.

Él alza las manos como si se rindiera de mentirijillas.

Pero la atención de Maggie vuelve a mí con premura.

—Dime cómo puedo ayudarte.

—¿Por qué te importa? —Me irrito—. Ya has oído cada maldita palabra que me dijo ella, y eso era perfectamente aplicable a ti. Ella es tu dueña. No eres mi amiga y ya no eres Maggie Hill. —Avanzo para dejarla atrás, pero me bloquea el paso otra vez—. Si no te mueves, te moveré yo —mascullo.

—Soy Maggie Hill —dice con firmeza—. Y estoy contigo. Sea lo que sea lo que estás a punto de hacer en The

212

Mint, iré contigo. Sea lo que sea lo que le hagas a Mary...
—Se detiene y vacila—. Estoy contigo.

No me lo creo. ¿Cómo podría? Sacudo la cabeza.

—No tengo tiempo para juegos, Mags.

—Estoy contigo —repite, con más fuerza.

—Ya lo veremos —contesto—. Mi primera parada es Chinatown.

Agacha la mirada.

—¿Para qué?

—Si estás conmigo, Mags, estás conmigo. Sin importar qué. Si no, está bien. Lo único que te pediré es no te metas en mi camino.

Se toma un momento para pensar en ello, y luego asiente.

—Bueno, vayamos a ver a mis queridos hermanos. —Les hace un gesto a Christina y a madre para que la sigan—. Pero iremos en mi coche, y así podré alardear.

—Déjanos en casa primero —insiste madre mientras los ojos en blanco con enorme dramatismo—. No tengo intención de presenciar el reencuentro con tus hermanos.

Maggie asiente.

—Me parece justo.

***

Tommy, Maggie y yo llegamos a su oficina. Esta vez no nos dejan entrar. En cambio, nos piden que esperemos fuera a Eli y a Patrick. Cuando salen por fin, nos miramos en silencio durante minutos. Empiezo a ponerme nerviosa. Eli y Maggie se taladran con la mirada; irradian agresividad hasta que me aclaro la garganta.

—He venido a ver a Alister Sloan.

—Y a beber una copa —interrumpe Tommy mientras levanta un dedo—. ¿Puedo entrar y servírmelo yo?

—No —sentencia Eli.

Patrick me lanza una mirada intensa.

—¿Nuestro corredor de apuestas, Alister? Es difícil encontrar un hombre honesto al que se le den bien los números. Es un tesoro para nosotros.

—No le voy a hacer daño. Solo lo voy a usar como cebo para atraer a Richard esta noche.

Patrick arquea las cejas.

—¿Qué piensas hacer?

—¿Cómo resolvemos las cosas en The Mint? Lo desafío a un duelo y acabamos con esta tontería.

Tommy se ahoga con su propio aliento.

—¿Qué? ¿Ese es tu plan?

Eli se aleja de la puerta lateral donde estaba inmóvil y me lanza una mirada reprobadora.

—Si lo desafías, sabes que elegirá puñetazos.

—Aprecio tu preocupación, Eli. Ahora ¿me prestas a tu corredor de apuestas o no? Me aseguraré de que no le pase nada.

Eli resopla.

—Sabes que no puedes garantizar que esto vaya a salir bien.

Patrick mira a Maggie.

—¿Qué pintas tú en todo esto?

—Ayudo a Alice —responde—. Solo soy su compañera. Eso es todo.

—¿Puedes ser su amiga, pero no nuestra hermana? —gruñe Eli—. Has estado en Londres durante todo este tiempo y ni te has pasado a visitarnos. Ni siquiera una vez. Sabes que mamá falleció el año pasado, y que suplicó saber algo de ti antes de morir.

—Lo sé —responde con tono solemne—. Estuve en el funeral, de hecho. Al fondo.

—¿Por qué al fondo? —pregunta Patrick. Suena más herido que Eli, y los ojos se le llenan de lágrimas mientras la mira. Como si, durante todo este tiempo, él también hubiera suplicado saber algo de ella.

Maggie se aclara la garganta.

—Mary dijo que no podía volver a casa, así que no lo hice.

—Menuda vida elegiste con Mary Carr —dice Eli con un deje despectivo—. ¿Vale la pena?

Chasqueo los dedos a medio caminos entre ambos.

—No hemos venido aquí a darte explicaciones, Eli. Me has pedido que ordene las cosas de casa, y eso es lo que hago.

Eli le lanza una mirada de asentimiento a su hermano y Patrick vuelve a entrar; al cabo de un momento, regresa con Alister. Es idéntico a Jacob, solo que más delgado. Me mira sin perder calma y dice:

—Lloré la pérdida de mi hermano cuando me enteré de su desafortunado final, pero llevaba años sin verlos ni a él ni a mi padre. No sé nada de lo que trama en tu territorio.

Quizá lo crea, quizás no.

Soy una mentirosa consumada. Él también podría serlo.

Solo hay una manera de averiguarlo.

Me cruzo de brazos.

—Puedo perdonar al puñado de hombres a quienes tu padre sedujo para llevarlos a su bando. Es una situación que he propiciado, por estar fuera tanto tiempo. Pero él es un hombre simple con una mente simple, ¿estamos de acuerdo en eso?

Suelta una risita.

—Mi padre y mi hermano tenían mentes simples. Yo tuve la suerte de heredar los rasgos de mi madre en ese aspecto, y los abandoné a los dos sin pensármelo dos veces cuando Eli y Patrick me dieron una oportunidad.

—Entonces, ¿sientes que perteneces a este lugar? ¿Un corredor de apuestas metido en operaciones de fraude y droga en vez de ser el dueño legítimo de una carnicería?

—Pertenezco a este lugar. Mi lealtad está en este lugar.

Eli pone los ojos en blanco, con impaciencia.

—¿Por qué sigues con esto, Alice?

—No me sorprende que un hombre con una mente simple busque venganza, pero sí me resulta extraño que un hombre con una mente simple no solo busque tomar el control de The Mint, sino también expandir su influencia a Chinatown, donde no tiene a nadie. No sabe cómo se manejan las cosas ni tiene las agallas necesarias para enfrentarse a los Hill. Pero ¿sabes quién las tiene?

Las mejillas de Alister se sonrojan un poco y su mirada es ahora más tensa.

—Si quieres hacer negocios como un hombre, entonces lanza tus acusaciones en vez de jugar con todo este caos de palabras.

Esbozo una sonrisa, pero trago saliva. Podría estar equivocada con todo esto, muy equivocada, pero persisto. ¿Y si Mary me ha contagiado? Quizá yo también pueda ser astuta.

—No te acuso de nada, pero me parece una situación extraña. Hay muchas cosas que no cuadran.

Patrick y Eli intercambian miradas.

Continúo:

—Si tu lealtad está en este lugar, como tú dices, pedirle a tu padre que se aleje de The Mint es lo mejor que puedes hacer por ti y por mí.

—Tiene razón —añade Eli, con voz escéptica. Le pone a Alister una mano en el hombro—. Confiamos que no tienes nada que ocultar. Yo iré para asegurarme de que no te pase nada.

La expresión de Alister se altera.

—Si crees que es lo mejor, haré lo que pueda para ayudar.

Alister y Patrick regresan al interior, pero Eli se queda para observarme con gesto serio.

—No me pidas cosas como esas sin traérmelas a mí

primero. Confiamos en Alister. Él no tiene nada que ver en todo esto.

Pienso por un momento en lo que ha dicho, y luego repito lo que me dijo con una precisión fría.

—¿Crees que te debo una conversación solo porque compartimos la cama una vez?

Frunce los labios.

—¡No es lo mismo!

—Es la misma mierda —mascullo—. Yo no le pido permiso a nadie, mucho menos para ponerle voz a un pensamiento que tendría haber llegado a tu mente mucho antes que a la mía. —Abre la boca para hablar de nuevo, pero señalo el coche de Maggie aparcado a un lado de la calle—. Esperaremos enfrente cuando estés listo.

Maggie, mi hermano y yo nos marchamos. Una vez nos hemos alejado lo suficiente, Maggie me pregunta con cautela:

—Cuando me fui, Eli y tú estabais locos el uno por el otro. ¿Qué pasó?

Pongo los ojos en blanco.

—No es el momento ni el lugar, Mags.

Una vez en el coche, Tommy deja salir su pánico.

—No puedes pelear contra Richard, Alice. Te matará. Quizá no tenga cerebro dentro de esa cabeza enorme, pero es grande. Y sus brazos también. No puedes pelear contra él. ¡Vas a morir!

Lo tomo de los hombros y lo sacudo.

—Yo me encargo, Tommy.

Se aleja de mí.

—¡No! ¡Hay otra manera! Siempre hay otra manera y, si no la hubiera, yo pelearé en tu lugar.

—Esperas un hijo. No vas a pelear con nadie.

—Intenta detenerme.

Lo sujeto del cuello.

—Basta, Tommy. ¡Detente de una maldita vez! —Traga con fuerza. Le suelto el cuello y acomodo su camisa, para suavizar unas arrugas invisibles—. No vas a pelear con nadie. Necesito que estés vivo, por nuestra familia y por tu nueva familia. Así que solo quiero que mires y escuches y, quizás, aprendas algo. ¿Crees que puedes hacer eso?

Anticipo un horrible altercado. Tommy siempre tiene algo que decir, incluso aunque sea veneno sin sentido. Pero, para mi sorpresa, se traga cualquier posible comentario y asiente lentamente, señal de que lo ha entendido todo. Me alejo de él.

Maggie, que de algún modo me ha leído la mente, toma un cigarrillo. Lo enciende y me lo entrega. Le doy la calada más lenta posible sin respirar.

—Tiene razón, ¿sabes? Hay otra manera —dice Maggie.

Suelto un quejido audible.

—¿Tú también?

—Puedes alejarte de aquí. Empezar una nueva vida con tu familia en otro lugar. Nada de The Mint, nada de responsabilidades, nada de bandas.

—Escapar siempre es tu respuesta a todo, ¿verdad?

—Estaba feliz con Mary, más feliz que con mis hermanos.

—Entonces, ¿qué haces aquí?

Me quita el cigarrillo y le da una pitada.

—Mis hermanos no creían en mí. Merecían que me fuera de la manera en que lo hice. Pero tú no. Siempre dijimos que estaríamos juntas, sin importar qué. Nos prometimos que saldríamos de The Mint juntas. Te debo eso por hacer lo que hice.

Hablar sobre el pasado no cambia el presente; tan solo saca a flote viejas heridas que es mejor olvidar. Bajo la mirada y siento una opresión en el pecho.

—Lo pasado, pasado está.

Respira hondo.

—Estoy aquí ahora, si sirve de algo.

Me abstengo de recordarle con sarcasmo que aún arrastro secuelas de su actitud, al igual que Patrick. Que yo a veces también aguanto las ganas de llorar, al recordar lo perdida que me sentía sin mi mejor amiga. Ya ha oído lo suficiente. Sabe que me hizo daño y seguir castigándola no cambiará las cosas. Le tomo la mano y se la aprieto.

—Sí que sirve —digo, y ella sonríe.

Patrick y Eli salen por la puerta delantera, seguidos por Alister. Vamos hacia The Mint, donde Ralph vigila nuestra casa en una silla junto a la puerta. Salgo para regañarlo, pero en su lugar sacudo la cabeza y sonrío.

—Eres un animal de costumbres.

Se pone de pie y me toma de los hombros con cariño.

—No quiero que le pase nada a este lugar.

—Vuelve al pub —digo—. Diles a los hombres que tengo a Alister. Las palabras viajarán rápido. Si Richard va a buscarte para obtener respuestas, respóndele que yo soy la única persona con la que tiene que hablar.

Asiente en silencio, y dedica a Eli y Patrick una cara de pocos amigos antes de marcharse por la calle.

—Antes éramos amigos —dice Eli.

—Amigos del alma —añade Patrick.

—El pasado no es el presente —zanjo, y abro la puerta—. Ya no lo son, así que compórtate. —Abro la puerta y los hago pasar—. Esperaremos aquí. No tardará mucho.

***

Las horas pasaron relativamente despacio para los ocho en un lugar tan pequeño, sin nada con lo que ocupar nuestro tiempo más que unas botellas de ginebra que Patrick trajo para aligerar la tensión. No subo, pues tengo demasiado miedo de recordar la cara de Louisa la última vez que la vi y que eso me distraiga. Pero les doy a los chicos la opción de dormir si quieren, excepto a Tommy. Lo mando fuera con una lista de los contactos que mi padre se guardaba para casos de emergencias, hombres y mujeres que le deben un favor, así que, si necesitamos apoyo, lo tendremos.

Madre y Christina están en el sofá, hurgando ropa vieja de bebé y cuchicheando mientras madre sonríe y se acerca para acariciar el vientre cada vez más grande de Christina. Intento imaginarme en el lugar de Christina, en caso de que las cosas fueran diferentes. En esa vida, habría aceptado casarme con Eli y tendríamos hijos. Piececitos corriendo por todo el lugar, haciendo sonreír a mi madre. No estaría aquí, librando esta pelea.

Pero a medida que una extraña sensación de añoranza se asienta en la boca del estómago, alejo de mí todo posible arrepentimiento. Si no hago esto, si no soy la mujer que decidió seguir este camino hace mucho tiempo, dejaré de ser yo.

Miro toda la habitación. Alister espera con un libro en la mano cerca del horno.

Patrick se sincera con Maggie y pasan a la cocina, donde los veo contarse cosas en voz baja, una imagen propia de otros tiempos ya perdidos. Eli no los acompaña y ni siquiera intenta espiarlos.

Espera conmigo junto a la puerta, observando la calle neblinosa por la ventana.

—No quiero que te pase nada.

Me pilla con la guardia baja. Ha pasado mucho tiempo desde que Eli y yo nos llevábamos bien. Saco una nota del bolsillo del abrigo y se la entrego.

—Toma esto. Es una dirección. Allí hay una mujer a la que ayudé a huir de un esposo que abusaba de él. Volverá con él si no regreso. Asegúrate de que no lo haga.

Mira fijo la dirección con gesto extraño antes de doblar la nota y guardarla en el bolsillo del chaleco.

—¿Qué quieres que haga?

—Sácala de aquí. A cualquier parte. Morirá si regresa con él.

Mira de reojo, a Maggie.

—¿Por qué no se lo das a Maggie?

—Quiero confiar en ella —es mi sincera respuesta—. Quiero olvidarlo todo y seguir adelante, pero no puedo. Dice que está aquí porque es mi amiga, pero ¿cuándo quiso alguien ser mi amiga sin nada a cambio?

Esa pregunta va más dirigida a mí que a él.

—Y esta mujer, ¿qué es para ti?

—Solo una conocida.

—¿Es una extraña? ¿Quieres que salve a una extraña?

—Limítate a hacerlo, Eli. Por favor.

Deja salir un hondo suspiro y asiente, luego me sostiene la mirada durante mucho tiempo, hasta hacerme sentir incómoda.

—Dime algo, Alice. Esto que vas a hacer con Richard…, ¿por qué lo haces?

Una sonrisa amarga aparece en mi boca.

—Viniste con exigencias para que pusiera orden en casa. ¿O acaso ya te has olvidado de esa agradable conversación?

—Pero podrías haber dicho que no y abandonar estas calles de una vez por todas. Quedarte en el centro con Mary y las chicas. ¿Por qué has vuelto? ¿Por qué quieres enfrentarte a Richard? ¿Es por tu padre? ¿Por tu familia? ¿Por quién?

—Por mí. —Levanto un vaso medio vacío de ginebra que había dejado junto a la ventana y le doy un buen trago—. Es por mí, Eli. —Señalo la calle—. ¿Crees que Richard Sloan habría desafiado a mi padre de esta manera? ¿Crees que estas calles lo habrían cuestionado por lo que le hice a Jacob? Nunca. No habrían hecho una mierda porque él es hombre. Pero yo soy la hija y no un hijo. —Resoplo con amargura, pensando en todo esto—. Mi padre, a pesar de criarme a su inmensa sombra, puso a Tommy a cargo de The Mint antes de que lo enviaran a su siguiente trabajo y no volviera a casa. Tommy no se entera de nada mientras yo salgo a dar la cara por él. En este mismo momento, unas cuantas niñas pequeñas miran por sus ventanas mientras sus padres se preparan para pelear.

—¿Lo haces por ellas, entonces? ¿Por las niñas de The Mint?

No lo miro a los ojos cuando digo:

—Alguien tiene que mostrarles que los hombres no pueden quitarnos todo cuando se les ocurre. Pero no, lo hago por mí misma. The Mint es mío y esta noche me lo ganaré. —Miro a Maggie—. Tengo que pedirte un favor.

—¿Otro?

—Acepta a Maggie de vuelta en la familia.

—No.

—Mañana por la mañana no quedará nada de Mary Carr y su banda.

Arquea las cejas.

—¿Qué has hecho?

Me encojo de hombros.

—Me ha amenazado… y no la he matado. Plantéatelo así: he crecido.

Ríe con fuerza, lo que llama la atención de Patrick y Maggie antes de que retomen su conversación.

—No va a volver, y lo sabes.

—Convéncela de que es lo mejor para ella y para ti.

—¿Y eso?

—Lo que ha construido Mary no es nuevo. Solo lo ha hecho más eficiente. Conseguir traficantes y compradores, entrenar a las chicas para que se queden en ciertos lugares de la ciudad liberados por la policía. Hacen todo el trabajo y ella se queda con la mitad de las ganancias a cambio de protección y un lugar donde vivir. —Meneo la cabeza, mientras pienso en ello con mayor seriedad—. Maggie puede guiarlas y ellas pueden conseguir trabajos más importantes contigo y Patrick puede brindarle seguridad y contacto con los compradores. He visto los libros de cuentas de Mary. Recauda unas cinco mil libras por quincena. ¿No te gustaría una parte?

Se le demuda el semblante, incrédulo.

—Aunque aceptara, no trabajarían con hombres. Mary recluta chicas bajo la premisa de que todos los hombres de sus vidas buscan una manera de corromperlas y ella les ofrece liberarlas de eso.

—No se equivoca —digo—. Pero un trato es otra cosa.

—¿Ha hecho un trato con los hermanos McDonald?

—En teoría, pero aún no sé qué papel desempeñan en toda esta historia. Hasta ahora, no hemos hecho nada tan arriesgado como para necesitar su seguridad. —Le doy vueltas al asunto—. Tú solo piensa en ello. Hazle la propuesta.

Exhala.

—¿Y qué me dices de Louisa? Seguirá preguntándose qué pasará contigo. Sufrirá.

Contengo un grito de emoción que lucha por liberarse de mi garganta.

—Sufrirá, pero solo por no haberse despedido. No lo viste en su cara, Eli. La perdí la noche en que maté a Jacob. Vio lo que soy en realidad.

—¿Y qué eres?

—Un monstruo.

—Los dos somos monstruos —conviene con tristeza—. Trabajamos con el diablo en estas calles.

—El mundo nos ha convertido en monstruos. Mi padre me convirtió en uno.

—Tu padre también me convirtió en uno a mí.

—¿Y lo odias por eso?

Menea la cabeza.

—Lo quiero por eso. Si no me hubiera convertido en un monstruo, otros monstruos me habrían devorado.

Sigo mirando la calle, tratando de imaginarme como si fuese alguien más. Rob me lo preguntó y no pude darle una respuesta adecuada. ¿Quién soy más allá del monstruo?

Eli toma la botella de ginebra y se sirve un poco más.

—Sabes que, si te mueres, yo también lo haré.

—Lo sé.

Ralph aparece por la calle unos minutos más tarde y llama a la puerta. Eli abre con cierta intranquilidad.

—Ya viene —dice Ralph.

CAPÍTULO 13

LAS CALLES ESTÁN FRÍAS, PERO DEJO MI ABRIGO DE VISÓN colgado sobre la barandilla y dedico un momento a cambiarme la ropa por las viejas prendas de algodón que he usado toda mi vida. Pero el maquillaje y mi peinado demuestran que Diamond Annie aún reside en mí y, por un momento, me pregunto si puedo ser las dos.

Maggie me apoya una mano en el hombro y deja salir un suspiro entrecortado.

—¿Estás segura de que puedes con esto?

—No.

—Tu padre estaría orgulloso.

Pongo los ojos en blanco por un momento.

—¿Qué importa su admiración si estoy muerta?

Se encoge de hombros.

—Cierto.

Madre se pone de pie para acompañarme. Christina nos sigue justo detrás. Tenerlas tan cerca de la batalla me pone más nerviosa si cabe, y me hace volverme todo el tiempo para asegurarme de que están a salvo.

—Quedaos aquí, ¿vale?

La mirada de madre se endurece.

—No me pienso perder esto, Alice.

—Pues entonces, míralo por la ventana. Pueden usaros a

vosotras dos en mi contra; en especial, Christina. —Aparto a madre para llevar una mano a la mejilla de Christina—. Llevas el futuro de estas calles en tu interior. Da igual lo que pase: quédate dentro. Si algo sale mal…

—¿Escapo? —Madre termina la oración con una sonrisa—. Nada saldrá mal. —Presiona la frente contra la mía por un breve instante, y luego vuelve a su lugar en el sofá con Christina.

Eli y yo salimos. Nos siguen Alister y Patrick; Tommy aparece por la calle justo a tiempo. Me acerco a él.

—¿Has tenido suerte?

Ladea la cabeza.

—No mucha.

Abro la boca para contestar, pero las calles captan mi atención. No oigo el viento, solo la suave manera de arrastrarse los pies sobre los callejones oscuros. En un momento dado, mis contrincantes emergen al mismo tiempo, a la luz de la luna, con Richard a la cabeza. Reconozco a algunos hombres, pero casi todos son nuevos en The Mint. A mis espaldas, Ralph les ordena a algunos de sus hombres que den un paso adelante con armas que se asoman de sus abrigos; hombres más longevos que no se atreverían a desafiar el dominio de los Diamond.

Hace años que no veo a Richard, pero cuando camina adelante sin miedo alguno, un hombre alto y robusto con brazos del tamaño de mi cabeza, respiro hondo. Puedo escuchar la voz de mi padre en mis oídos, su advertencia de que hay algunos hombres a quienes es mejor no tener en contra.

Richard podría arrojarme hacia la otra punta de la calle sin problemas. Podría romperme la mano con un leve movimiento de su muñeca. Exprimirme la garganta si me atrapa del cuello. Si me pone una mano encima por tiempo suficiente, estoy muerta.

Mi piel empieza a sudar y mi cuerpo entero se ve rígido.

Presiono los labios con firmeza para evitar que tiemblen. ¿Qué pasa si pierdo?

¿Qué pasará con Pearl, Maggie, mi madre, Louisa y Tommy?

¿Qué pasará con las chicas que siguen a Mary? ¿A dónde irá Eli si no las busca? ¿Siquiera seguirán a Maggie?

¿Qué hará Richard con The Mint? ¿Qué hará mi padre con él cuando se entere de lo que ha ocurrido?

Y en este momento final de silencio, antes de que intercambiemos palabras y empiece el duelo, mi mente se ilumina con el rostro de Rob. Su sonrisa, su herida. Su manera de reír.

Maggie se acerca a Tommy al trote y ambos se detienen a mi lado.

—Ya te lo he dicho —susurra—. Estoy contigo.

Cierro los ojos y trato de recordar qué aspecto tenía mi padre cuando se enfrentaba a situaciones tan complicadas. ¿Estaba aterrado? No llegué a saberlo. Recuerdo la voz de mi madre que decía "Estás hecha de acero" y pienso en todas esas niñas que ahora miran por la ventana. No soy valiente, pero debo parecerlo. Por ellas.

—Richard Sloan —digo con tono cordial, como si fuéramos viejos amigos.

—Alice Diamond.

Alister se une a la conversación, y se mueve bruscamente entre nosotros.

—Padre.

Richard le apoya una mano en el hombro, el ceño fruncido. Su voz se convierte en un grave susurro cuando pregunta:

—Hijo, ¿te han hecho daño?

—Está a salvo con nosotros —interrumpe Patrick—. Ni se nos ocurriría hacerle daño. Es bueno para el negocio. Pero esto... —Mueve las manos para abarcarlo todo a su alrededor—. Esto no es bueno para el negocio. Estamos a tiempo de evitar una guerra si lo solucionamos ahora. Una conversación entre hombres.

Las sombras se parten cuando hombres, mujeres y niños manchados de hollín emergen a nuestro alrededor para observar el duelo. Familias enteras. La presión me hace un nudo en el estómago. ¿Cómo estarán bajo el nuevo dominio?

—La hora de conversar ya ha pasado —dice Richard—. Y aquí no hay caballeros, Patrick. La familia Diamond abandonó The Mint. —Me mira—. Mataste a mi hijo porque se atrevió a querer a tu hermana. Y quebrantaste nuestras leyes. No esperaste a su familia para que fuera testigo.

Me giro con cuidado para asegurarme de que todo el mundo me mira cuando respondo con voz fuerte y tranquila.

—Maté a Jacob porque entró en mi casa a mitad de la noche y me apuntó con un arma en la cabeza. No solo me hizo daño a mí, sino que también raptó a mi hermana. Tenía todo el derecho de pelear contra él y matarlo como lo hice.

—Lo presencié todo —anuncia Maggie—. Lo vi todo.

Los hombres de Richard miran a su alrededor, intercambiando miradas, pero no les da tiempo a procesar esta nueva información.

—Eso no significa nada —escupe con amargura.

—Yo diría que significa mucho —replica Ralph—. Hizo lo que cualquiera habría hecho, y el duelo fue justo. Vi cómo Jacob empezaba a sacar su cuchillo, lo único que hizo Alice fue mover las manos más deprisa. —No es del todo cierto, pero la lealtad de Ralph es inquebrantable y me recuerdo a mí misma que no debo aprovecharme nunca de ella.

Richard sacude la cabeza, furioso.

—¡No me importa si fue justo! Estar bajo el pulgar de una sola familia no es justo. Y eso se acaba hoy. No necesitamos inclinarnos y arrodillarnos ante tu padre, ni oír nada de lo que dice. Él cree que mantenerse alejado de las bandas es una manera de vivir, pero los dos sabemos bien las ganancias que podemos conseguir si nos asociamos a ellos. Por eso te fuiste, ¿verdad?

Me estremezco al oír cómo sus palabras son el reflejo exacto de lo que le dije a Mary en la boda de Charlotte. Expansión, dejar que las chicas logren objetivos más arriesgados y mayores. Maggie y yo le pedimos más, y ella nos lo negó.

¿The Mint se merece eso? ¿Eso es lo que la gente quiere?

—Alice —me interrumpe Tommy, mientras se remanga—. ¡Déjame hacer esto! Sabes que puedo resistir.

—No, Tommy.

—Déjame compensarlo por todo. No te habrías unido a una banda y abandonado el lugar de no haber sido por mí. Yo tengo la culpa de todo esto.

—No —digo, y le doy una palmadita en el hombro—. Tengo que hacer esto. Tengo que hacerlo yo. —Presiono la frente contra la suya y le toco un mechón.

—Pelearé para llevarnos al nuevo mundo —continúa Richard, el pecho henchido, la cabeza en alto con una bravuconería inquebrantable—. Nada de cuchillos, solo puños. El ganador se queda con el control de The Mint y podrá expandirse a todos los barrios que desee. Eso incluye Chinatown.

—Controlarás Chinatown por encima de mi cadáver —gruñe Maggie.

Richard lanza una carcajada estridente.

—¿Qué os parece esto? Voy a pelear contra las dos. No le tengo miedo a dos niñas. Pero cuando gane, me quedaré con The Mint y con Chinatown. Sin guerra. Tomáis a vuestros hombres y os vais. —Mira a Eli y Patrick con intensidad—. Os vais en silencio.

Espero que Eli dé un paso hacia adelante indignado por la manera tan insolente y descarada de redistribuir nuestros territorios. Pero, en su lugar, ríe con tanta intensidad y con tanta exuberancia que el eco resuena por toda la calle.

—Imbécil de los cojones —dice iracundo, y mira a Maggie con un orgullo evidente.

Se me relajan los hombros. El Carnicero no sabe lo que acaba de hacer.

Eli corre hasta ponerse por delante de las dos.

—Es un trato.

—Señor —interrumpe Alister con una tos—. Dejar todas las operaciones en manos de una hermana que ha estado años sin aparecer es una apuesta bastante pobre. Los números no cuadran.

Eli inclina la cabeza.

—Hace mucho tiempo, no tenía fe en mi hermana. No cometeré ese mismo error otra vez. Y no apuesto por ella. Apuesto por la Parca.

Los hombres que nos rodean empiezan a susurrar.

—¿La Parca? —Alister mira a su alrededor, confundido.

Tommy ríe a nuestras espaldas, fumando con aire distraído, como si estuviera a punto de presenciar un espectáculo.

—¿Puedo contarte una historia, Richard? —pregunta Patrick como quien no quiere la cosa, mientras Maggie y yo intercambiamos una sonrisa—. Eres bastante nuevo en estas calles, así que tal vez no sepas nada de una luchadora llamada la Parca. —Continúa con tono jovial y, si cierro los ojos, puedo verlo caminando alrededor del Pozo mientras acepta las apuestas.

Le sujeto la mano a Maggie antes de separarnos y empezamos a caminar lentamente alrededor de Richard, rodeándolo. Me quito el abrigo y se lo entrego a Tommy mientras la multitud nos rodea, sus pies ligeros sobre el suelo. Las viejas farolas de gas brillan desde las ventanas y partes frontales de las tiendas, pero una neblina oscurece el aire, por lo que resulta difícil ver cuánta gente presencia el combate. ¿Hay diez o cien rostros mirándonos?

Sigo la historia de Patrick, para que Richard no me quite ojo de encima.

—Mi padre me llevaba a las peleas subterráneas de Lambeth cuando era pequeña. Se hacían en una pocilga llamada el Pozo. Una noche fui y vi a un hombre que tenía justo el mismo aspecto que tú, Richard. Me dije a mí misma que era invencible: demasiado grande, demasiado fuerte. Da un paso y ya no tienes nada que hacer. Pero la multitud seguía susurrando cosas sobre la Parca, alguien que nunca había perdido.

—Esa fue la noche en que nos conocimos —dice Eli con cariño—. Patrick y yo éramos solo niños entonces, y tratábamos de hacernos un nombre en este mundo. El Pozo era dinero fácil. Acabábamos de conocer a tu padre, que nos enseñó a convertir nuestros talentos en dinero contante y sonante. Cambió nuestras vidas como lo hizo con mucha gente aquí en The Mint. —Mira a los seguidores de Richard, confiando en que recuerden para hacerlos sentir culpables.

Maggie y yo seguimos encerrando a Richard, y mantengo un tono de voz tenebroso y bajo.

—La Parca se subió al cuadrilátero, más baja y pequeña que su oponente, delgada como un gato callejero que tiene que pelear para arrancar sobras de comida en los callejones. Esquivó cada uno de los golpes, era demasiado rápida para que la atrapara. Al final, el bruto se cansó de perseguirla y dio un paso en falso. Y entonces la Parca hizo de las suyas. Golpe a golpe, sus nudillos se cebaron con cada lado de su cuerpo y cara. Ella sujetó su enorme cuerpo y giró sobre su cuello, que presionó con las piernas hasta que ya no pudiera respirar.

—¿Ella? —pregunta Richard, ahora agitado.

—Ella —confirmo, con una sonrisa de oreja a oreja—.

Lo mató con las piernas. Nunca se había visto a una mujer matar a un hombre…, hasta esa noche. Fue precioso.

Richard observa a Maggie con mayor detenimiento y ubica sus brazos para bloquear cualquier posible ataque. Pero entonces detecto incredulidad en su rostro tenso. ¿Cómo podría eso ser verdad? ¿Cómo podría esta mujer ricachona a quien ve por primera vez haber matado a un hombre tan deprisa? Si no lo hubiera visto, yo tampoco lo creería.

Por un breve instante, mira Maggie.

—En Chinatown es la hermana perdida de los Hill. Para Mary y Las Cuarenta Ladronas es Mags la Vándala, una recolectora experta. Pero aquí, en este lugar que realmente la conoce, es la Parca.

Maggie se quita los zapatos y los arroja a un lado. La expresión de Richard se torna incómoda cuando todas las piezas de la historia encajan. Se aleja de Maggie y toma posiciones para atacarme primero a mí, la más débil. Es astuto.

Me lanza un puñetazo, pero me agacho y arremeto contra él, valiéndome del hombro para estrellarme contra su vientre; se queda sin aliento. Le golpeo el abdomen y los costados con fuerza hasta que me empiezan a arder los brazos. Me sujeta del cabello y me arroja hacia la acera; un golpe bajo.

Me tambaleo un poco y me toco la nuca.

Ahora que se ha deshecho de mí, se gira hacia Maggie, que aún da vueltas a su alrededor como una leona a punto de atacar. Se lanza contra ella con todas sus fuerzas y ella se mueve con agilidad para esquivar sus enormes manos. Pasa por debajo de él, por un lado, por todo su alrededor, como si bailara sobre la punta de los pies. Logra asestarle un golpe, rápido, en la garganta, y él retrocede, ahogándose.

—Espera mi señal —dice ella, y asiento.

Las dos hacemos el mismo baile, esquivamos y nos movemos, un pavoneo silencioso que lo hace lanzar golpes al aire como un oso enfadado. Furioso. Ruge con cada golpe.

Me atrapa, me arroja al suelo con un golpe doloroso que me hace perder el aliento. Tommy interviene para ayudarme, pero alzo una mano para pedirle que retroceda.

El cuerpo entero me duele por la caída y siento un corte encima del ojo, pero me obligo a levantarme.

No atrapa a Maggie.

Cuando el Carnicero ya está exhausto y comienza a dar tumbos, le asesta un único golpe al pecho que le quita todo el aire. Me reincorporo a la pelea y juntas lo golpeamos una y otra vez, y el sonido de nuestros puñetazos contra su carne me recuerda al sonido del ablandador de carne que mi madre suele usar para golpear los filetes en la cocina.

La mano me duele con tal intensidad que mis nudillos se adormecen, pero sigo golpeándolo y no me detengo, no hasta que está en el suelo, luchando por respirar.

Incluso entonces, esperamos que se mueva. Sus hombres le gritan que se levante, que siga peleando. Amaga con empujarnos, pero vuelve a caer. Sus ojos cerrados, inconsciente.

Ralph no infunde ánimos ni hace señas a nuestros seguidores para que aplaudan. No se oye nada en ningún lado, solo la silenciosa comprensión de lo que acaba de ocurrir y lo que significa para todos nosotros.

Levanto la vista y le dedico una media sonrisa a Maggie, mi agradecimiento mudo, y ella asiente, de algún modo, sin aliento.

Camino de vuelta a donde está Tommy, apenas reparando en el hecho de que Alister no está por ninguna parte, y solo entonces siento el frío peso del cañón de una pistola sobre mi sien.

—¡Que nadie se mueva!

—Pero ¡qué haces! —grita Eli con gran estrépito, y lo miro fijo a los ojos.

Alister mira los hombres de Richard, una señal silenciosa, y todos sacan sus pistolas. Nos superan en número.

—Menos mal que era una batalla justa —murmuro, mirando a Tommy, que ahora tiene las rodillas flexionadas, listo para saltar. Sacudo la cabeza, los ojos como dagas.

Alister se burla.

—Tu padre quiere que este lugar permanezca oculto para siempre, pero estamos en un maravilloso mundo nuevo, Alice. Los hombres que ves aquí, los talentos de The Mint… Imagina lo que podríamos hacer en esta ciudad. Por eso los pandilleros vienen aquí, y suplican nuestra ayuda para llevar a cabo sus venganzas. The Mint es poder.

Maggie pone los ojos en blanco y añade:

—Menos mal que no eras ambicioso.

Alister mira al ejército de ojos que nos rodea. Todo The Mint.

—Yo los guiaré hacia el sol si me lo permiten.

Nadie le dice a The Mint qué debe hacer ni a quién seguir. Quizá tenga razón. Quizá podamos ser más. Quizá mi padre no le preguntó a la gente de The Mint qué quería, y ese fue su error.

—¿Queréis ser más? —pregunto en voz alta, y miro a todos los hombres que miran y escuchan—. Si eso es lo que queréis, entonces os guiaré. Podemos caminar hasta el sol, llevar nuestro talento al corazón de Londres. Pero tenéis que saber lo que eso significa. El comisionado no presta atención a estas calles. Cree que somos un lugar que está perdido, pero si ocupamos el centro del escenario, dejará de hacernos caso omiso.

Rememoro las palabras de Mary y las repito.

—Nos tendrá en el punto de mira.

—Cállate ya —exige Alister, y me encañona la cabeza con más fuerza.

—Haré lo que me pidan —grito—. Soy hija de mi padre y os serviré como él lo hizo. Pero Alister Sloan no. Él no os es leal. No le importáis y no os entiende.

—Te voy a matar —dice con voz estridente—. Y será una lástima, porque debo admitir que no te pareces a ninguna mujer que haya conocido, pero no dejas de ser una mujer. No puedes ir a la guerra en una ciudad administrada por hombres. Fracasarás.

—No —interrumpe Tommy—. No fracasará.

—No te metas donde no te llaman —espeta Alister—. Solo eres un despojo humano. No eres nada. Estabas durmiendo mientras tu hermana se preparaba para pelear.

Esboza una sonrisa voraz.

—¿Quién te dice que estaba durmiendo? ¡Ahora!

El sonido de una explosión me deja sorda por un momento. Los hombres de Richard caen al suelo y varias pistolas salen volando de sus manos mientras nuestros hombres tratan de huir de la explosión. Intento girarme y quitarle el arma a Alister, pero, en su lugar, me tropiezo y caigo de rodillas.

Levanto la vista, pero solo veo una nube de humo y cuerpos.

Me tapo los oídos, pero el pitido se vuelve cada vez más y más fuerte. Tengo que detenerlo. No puedo pensar ni ver nada; el miedo me ha revuelto las tripas. Si no puedo ver al enemigo acercarse, puedo darme por muerta.

—¡Alice! —Dos manos se extienden hacia mí, y me sujetan por los hombros para levantarme. Siento mi cuerpo subir en un único movimiento fluido, y lo único que me mantiene lejos del suelo son dos manos firmes y una voz que reconozco incluso en la más ruidosa de las habitaciones.

—¿Rob?

—Vaya pelea. Creí que ibas a perder. —Me lleva lejos del caos y extiende una mano para tocarme la mejilla. En un abrir y cerrar de ojos, el pitido de mis oídos se disipa. Busco su mano para que me acaricie, agradecida de poder tocarlo otra vez.

—¿Y tú de dónde sales? —Esboza esa sonrisa que me encanta. Meneo la cabeza—. ¿Tommy y tú habéis planeado esto?

—Tommy vino a verme más temprano. Puede haber cariño entre nosotros, ¿recuerdas?

Busco a Tommy y lo veo de pie junto a Eli y Patrick. Los tres sujetan a Alister y sacudo la cabeza totalmente sorprendida.

No estaba durmiendo. Observaba y escuchaba, como le pedí que hiciera.

El sentimiento de culpa me oprime el estómago como una roca.

—Dijiste que querías paz, Rob…, no más violencia. Esto no es paz.

—Ya te lo he dicho: estoy en paz contigo. Si te pierdo, quizá vuelva a la guerra.

Con Alister golpeado, inmóvil en el suelo, Tommy se acerca.

—Espero que no te moleste que tuviera algunos nombres en mente. Pero tu lista estaba bien.

Me levanto para abrazarlo.

—¿Cómo sabías de Rob?

—¿Crees que te dejé ir de The Mint sin tener ni idea a dónde ibas o qué hacías? Cuidaba de ti, Alice. Eres mi hermana. No podía dejar que desaparecieras sin más.

Lo abrazo otra vez.

—Sabes que nos podríamos haber matado los dos.

Una carcajada estridente.

—Pero no ha pasado nada, ¿verdad?

Ralph y otros hombres se llevan a Alister, y después Eli se une a nosotros. Le lanza a Rob una brusca mirada cargada de suspicacia.

—¿Rob McDonald? Creí que el Demoledor ya no jugaba con fuego. ¿Saben tus hermanos que estás aquí?

—No —reconoce—. Y agradecería que no lo supieran.

Eli abre la boca para hablar, pero Patrick lo interrumpe.

—Si eso es lo mínimo que podemos hacer por ti, entonces tienes nuestra palabra.

Patrick se lleva a Eli. Detrás de ellos veo a Maggie que camina tranquila hacia el pub. Antes de que pueda seguirla, Rob se inclina y me susurra algo al oído.

—Me he encargado de Mary. Harán la redada en el almacén esta noche.

Muestro mi conformidad, y su aliento cálido sobre mi cuello me hace sentir un escalofrío. Si cierro los ojos, me lo imagino desnudo con nada más que la luz de la luna que entra por la ventana para iluminar su precioso cuerpo. Lo quiero ahora más que nunca, pero resisto la urgencia.

—Vete de aquí —le ruego con voz calmada—. No quiero que te reconozcan. Luego me pasaré a verte para agradecértelo como es debido.

—No —dice, sacudiendo la cabeza—. Me debes un desayuno o una cena. Una cita de verdad.

Tengo que morderme los labios con fuerza para reprimir una sonrisa.

—Una cita.

Me guiña el ojo antes de desaparecer por la calle. Cuando se va, me giro y le sonrío a Tommy otra vez, mi corazón lleno de orgullo.

—Estoy orgullosa de ti, Tommy. Padre estaría orgulloso. Quizá puedas hacer más por estas calles que lo que creí.

Un rastro de emoción le ilumina los ojos, pero, cuando se aclara la garganta, su voz suena firme.

—Estaba pensando en irme de The Mint.

—¿A qué te refieres?

—Estoy esperando un bebé, una familia. Me gustaría vivir lo suficiente para verlo a él, o ella, y creo que un trabajo normal sería la mejor manera de afrontar la situación.

Sacudo la cabeza.

—Pero a ti no te gustan esos trabajos.

—Madre puede darme algunas referencias. —Se mira los pies—. He cometido muchos errores, pero aún estoy a tiempo para hacer lo correcto con mi nueva familia. Puedo sacar a Christina y al bebé lejos de The Mint, y podemos empezar de nuevo.

Más allá de todo lo que pasó, no me puedo imaginar una vida sin él, aunque también entiendo la decisión que ha tomado y admiro al hombre en el que quiere convertirse. Pero mi mente es un hervidero de preocupaciones.

Ralph se acerca y Tommy cambia de tema.

—¿Crees que Alister decía la verdad y la gente de The Mint quiere más?

—Es difícil saberlo —admite—. Los hombres de estas calles no hablan mucho, pero haré todo lo posible para averiguarlo.

Pienso un momento antes de decir:

—Gracias, Ralph.

Señala la calle.

—Maggie está en el pub. Deberías ir a verla.

Asiento y espero a que los dos se vayan antes de dejar atrás el caos que se ha desatado en la calle y marchar hacia el pub. Maggie se ha desplomado sobre la barra y la chica que prepara las bebidas le sirve un vaso de whisky. Me siento a su lado y le doy las gracias a la camarera con un cabeceo.

—De no haber sido por ti, Richard me habría matado . Gracias por hacerlo… Ya sé que no querías.

Su risa frágil penetra el aire quieto y, cuando me mira, espero ver frustración. Ira. Alguna señal de arrepentimiento por terminar en este lugar. Pero sus ojos están radiantes, inmensos y, de una manera extraña, inspirados. Como si llenar sus puños de sangre le hubiera permitido encontrarse consigo misma otra vez.

—Me encanta ser Mags la Vándala, pero echo de menos ser la Parca. Dios, cómo la echo de menos. Si tú puedes ser las dos, yo también.

—¿Es lo que realmente quieres?

—Eso creo. —Endereza la espalda y apura la bebida.

Eli y Patrick entran. El segundo corre hacia Maggie con una toalla húmeda y una venda. Inspecciona sus puños heridos y luego se la lleva para lavarlos. Eli hace pasar a todos los habitantes de The Mint, insiste en que invita él y se pone detrás de la barra y empieza a servir en ausencia de Ralph. La mía es la primera bebida que prepara.

—¿Ginebra?

—Siempre —digo, y sujeto el vaso con una sonrisa, aunque solo le doy un sorbito. Tengo sangre por todas partes. Me duele todo el cuerpo por la paliza que me han dado y solo quiero encerrarme en una habitación donde sea y dormir hasta que salga el sol.

—No volverá a pasar —dice.

—¿Qué cosa?

No parpadea.

—No volverá a quitarte nada. —Baja la cabeza mientras sirve, y sigue hablando por lo bajo, apenas lo suficiente como para que yo lo pueda escuchar—. No estás con él, ¿verdad? Con Rob, digo. Me pareció ver que había algo entre vosotros dos.

Estoy un poco desconcertada.

—¿Te pareció ver algo?

—No puede ser verdad... Tú con un hombre de la misma familia que causó todo esto.

Quiero defenderlo, explicarle que Rob no es como él se cree, pero sería mentira. Rob aún trabaja con sus hermanos. Los mismos hermanos que apalizaron a Tommy sin piedad. Así que, en lugar de decirle la verdad, le miento.

—No es lo que parece.

Todavía no sé qué es Rob para mí, así que ¿cómo rayos voy a explicárselo?

Maggie se sienta de nuevo en la pesada banqueta de madera y golpea la barra para captar mi atención.

—Bueno, ¿qué planes le reservas a Mary? No me digas que no lo sabes, porque yo sé que sí.

Asiento, agradecida de tener una excusa para librarme de la mirada inquietante de Eli.

—Puede que no lo tenga.

—Déjame formar parte de él —insiste—. ¿Necesitas más pruebas por mi parte?

Bajo la mirada, sin poder reprimir la sonrisa malvada que aflora a la comisura de mis labios. La tomo de la mano.

—Ven conmigo y te lo enseño.

Conducimos hasta Elephant y aparcamos a una distancia prudente, casi una manzana. Le hago un gesto para que se baje del coche conmigo para mirar. Bajo la luz de color carbón de la madrugada, aguardamos a que los policías aparezcan para registrar el almacén. Sacan cientos de objetos y cajas como si saquearan el lugar y rompen las ventanas con sus enormes cachiporras.

Veo a Mary, que sale gritando obscenidades y forcejeando mientras patalea para alejarse del oficial que tiene a sus espaldas. Incluso ante una aparente derrota, se mantiene firme, sin mostrar miedo mientras le quitan el abrigo de terciopelo con ribetes de piel de visón y todos sus anillos de diamante. Pienso en la primera vez que vi esos diamantes brillando a la luz del club. Lo importante que me pareció cuando me prometía todas esas cosas que podría tener si confiaba en ella.

Al final, cuando ya solo le quedan las enaguas, la esposan.

—¿Qué has hecho? —susurra Maggie sorprendida, completamente inmóvil—. Sin Mary, sin el almacén, las chicas no tendrán nada. Este es el fin de la banda.

—No —digo, con toda la seguridad del mundo—. Este es el fin de Mary. Tú y yo, nosotras, apenas acabamos de empezar.

Ahora está más relajada y dice:

—¿Qué hacemos ahora?

—Recolectar, ponernos a recolectar en la fiesta más importante del año. Pasar a la historia por hacer lo imposible.

Sigue contemplando la redada.

—¿Cómo?

—Debemos reclutar a alguien más. Alguien que forme parte de la alta sociedad. Alguien que tenga la cara ideal. Que sea la mejor distracción posible. —Pienso en Pearl y en la manera en la que todos los presentes en Claridge's quedaron petrificados cuando entró bailando al hotel. Mi mente deambula, pero no le quito ojo a lo que sucede en el almacén. No quiero perderme ni un solo segundo.

—Pero, por ahora, disfrutemos el espectáculo.

Mientras los policías se llevan a Mary al furgón policial, nuestras miradas se cruzan y la saludo con un pequeño gesto.

Ha llegado tu turno.

SEGUNDA PARTE

CAPÍTULO 14

EN EL ESCONDITE DE PEARL, ME SIENTO AL BORDE DE LA cama, pensando en la decisión que he tomado y en lo que significa para nosotras. Todas nosotras. La banda. Las chicas. Mi familia. Pearl, a quien aún debo llevar a Nueva York.

No se mostró sorprendida cuando Maggie y yo aparecimos en la puerta de su apartamento y se mantuvo en silencio mientras preparaba el té para las tres, pero ahora veo que rebota sobre los talones con ansiedad sentada junto a la mesa.

Por fin rompo el silencio al hablarle a Mags.

—¿Crees que los hermanos McDonald usarán sus contactos para sacarla de aquí?

Maggie niega con un cabeceo a modo de respuesta.

—No sé si su influencia funcionará esta vez. El emplazamiento del almacén siempre se mantuvo en secreto. Se suponía que ellos lo protegían, pero no hubo manera de dar con ellos durante la redada, lo que significa…

—¿Qué significa?

—Que quizás está fuera de su alcance. Mary siempre dijo que, si la policía registraba el almacén, allí acababa todo. Tendríamos que partir de cero. Por eso, además de Wal y Wag, solo nosotras, las chicas que estamos dentro, conocemos su ubicación.

—O quizá su trato con los hermanos no es lo que creímos. Si no han aparecido para prestarnos protección, eso significa que quizá no les pagaba por eso.

—Entonces, ¿por qué les dábamos esos porcentajes?

Niego con la cabeza.

—No lo sé, pero lo descubriremos. Lo primero es lo primero. —Me acerco al pequeño bolso de Pearl, saco una tarjeta carmesí arrugada a nombre del señor Selfridge y se la entrego a Maggie—. Esta es la prioridad número uno. Tenemos una fecha de recolección.

Miro a Pearl con gesto serio.

—Si hacemos esto, tendremos suficientes fondos para enviarte a Nueva York y disponerlo todo para que empieces una nueva vida allí. El resto nos lo quedaremos. Las chicas. The Mint. Una nueva banda, una nueva familia. —Ahora miro a Maggie—. Una en la que compartamos el poder. Sin reglas, ni amenazas, toda nuestra.

—¿Nuestra? —pregunta Pearl.

—Nuestra. Necesitaremos tu ayuda esta vez, Pearl.

—Solo la lista de invitados será un trabajo ingente. —Le entrego la invitación a Pearl—. Tú eres nuestra puerta de entrada. Ni siquiera tenemos que enseñarte cómo funciona. Tú serás la distracción. Nos escabullimos, recolectamos y empezamos de nuevo.

Sacude la cabeza cuando escucha la idea.

—¿Vais a robarle a Harry Selfridge? Eso es imposible. El año pasado, en esa misma fiesta, alardeó de que la seguridad de su tienda era tan excelente que ni siquiera Houdini podría escapar con un lápiz de labios robado.

—Ya robé allí una vez —digo, y queda boquiabierta.

—¿Que tú qué?

—No veo por qué no podemos hacerlo de nuevo.

Maggie aplaude entusiasmada, pero Pearl está cada vez más frenética.

—No puedo.

—Eres actriz, ¿verdad?

—Bueno… Sí.

—Entonces, considérala otra función.

Maggie se aclara la garganta.

—Debemos extremar precauciones con Mary. Si sale, intentará vengarse.

Pongo los ojos en blanco.

—No le tengo miedo a Mary y, después de lo que le hiciste a Richard Sloan, tú tampoco deberías.

—Diferimos en el motivo por el que deberíamos tenerle miedo —es la audaz respuesta de Maggie—. Hemos librado nuestras guerras en las calles. Nuestros padres usaban cuchillos para dejar las cosas claras. Pero buscará venganza en la oscuridad, cuando menos lo esperemos. Es inteligente y calculadora, y nos lo hará pagar.

—No podemos preocuparnos por una venganza que tal vez no llegue. Solo faltan dos semanas para esa fiesta, así que tenemos que decidir aquí y ahora si vamos a hacerlo o si nos vamos con la música a otra parte.

Pearl sostiene la invitación, nerviosa, mientras sopesa los pros y los contras de la idea.

—¿Dices que este es mi billete a Nueva York?

Le sostengo las manos.

—Sí, eso es lo que digo.

—En tal caso, contad conmigo. —Y su voz no flaquea cuando lo dice.

Maggie estudia a Pearl. Salta a la vista que la está calibrando, en busca de algún fallo.

—Sabes lo que podría pasar si te atrapan con nosotras, ¿verdad? Lo perderás todo.

Resopla y lanza una mirada sarcástica al pequeño apartamento.

—Ya lo he perdido todo. Si hacemos esto, me quedo con

la parte que me corresponda y me voy de Inglaterra de una vez por todas. Me alejo de la influencia de mi esposo de una buena vez. Es lo único que quiero.

Maggie deambula por el apartamento, ansiosa.

—Hay que valorar otros factores. No conocemos Selfridges. No entendemos el edificio ni a las empleadas. No tenemos ni idea de cómo escapar una vez hayamos obtenido el botín. Y hay una nueva detective allí, una mujer, la detective Betts. Escribieron un artículo sobre ella. Es la primera detective que hay en una tienda de Londres.

Pienso en lo que acaba de decir. No hay manera de evitarlo, necesitamos a alguien que trabaje dentro para hacer esto. Una empleada de verdad que nos ayude a entender a qué nos enfrentamos, alguien que sea la vendedora perfecta, o que al menos lo parezca.

—Conseguiré trabajo ahí si mi madre me da referencias. Soy bastante nueva en Las Cuarenta Ladronas, así que el comisionado Horwood no debería tener ninguna fotografía mía.

—Selfridges no se parece a ningún otro trabajo que hayas tenido, Alice. Sus niveles de exigencia son muy elevados y te prestarán mucha atención, te seguirán a todas partes y esperarán que seas la empleada perfecta.

Suelto una risita.

—Creo que puedo hacerlo.

Maggie sacude la cabeza, en absoluto convencida.

—No tenemos traficantes y necesitamos más chicas de fiar que quieran participar en esta historia. No van a abandonar a Mary por nosotras así como así, deberías saberlo.

—Iremos con tus hermanos y ellos lo dispondrán todo entre los traficantes y los compradores.

—No —contesta sin titubeos—. Lo que Eli dijo antes de la pelea ha estado bien, pero, si volvemos con ellos, nada de lo que he hecho tendrá sentido.

—Los necesitamos.

—La gente de Mary, podemos buscarlos a ellos.

—Está bien —convengo, con poco entusiasmo—. Pero no van a darnos un precio justo. Saben que somos nuevas y nos querrán esquilmar. Y no solo eso: siempre serán los contactos de Mary, no los nuestros, y si ella se entera de lo que estamos planeando, lo más seguro es que lo eche todo a perder antes de que podamos dar el primer paso. Tus hermanos no nos engañarán. Se quedarán con lo que consideren justo.

—No me importa si es menos —dice—. No voy a volver con ellos.

—¿Te importa más tu orgullo que nuestro éxito?

—¿A ti no?

Trato de mantener la calma cuando respondo.

—Si hacemos esto, no habrá ningún traficante o comprador en Londres que no quiera trabajar con nosotras. Nosotras pondremos las condiciones. Nosotras decidiremos con quién trabajar y con quién no. Si hacemos esto, nunca más tendremos que acudir a un hombre para pedirle ayuda. Todo lo contrario, se agolparán en la puerta para ayudarnos a nosotras. Pero primero tenemos que demostrar de lo que somos capaces, así como hicimos en The Mint.

Cierra los puños y pasa unos minutos en silencio. Soy consciente de que prácticamente le pido imposible, pero no cedo. Si queremos que esto salga adelante, tenemos que sacrificar algo a cambio. Y como si pudiera leerme la mente, frunce el ceño con gesto serio.

—Solo si consigues el trabajo en Selfridges. Esa tiene que ser nuestra prioridad. Nada de distracciones. Si yo renuncio a mi orgullo, tú renunciarás a él.

—¿A quién? —pregunta Pearl.

La miro y sacudo la cabeza. Debería ser fácil darle a Maggie la respuesta que quiere. Rob y yo nos conocemos desde hace poco tiempo y, más allá de nuestra "amistad" y de una noche de pasión juntos, no deja de ser un extraño para mí. Un hermano McDonald que está en contacto con el comisionado.

Tengo todas las razones para mantenerme alejada de él, es lo mínimo que necesito para asegurar el éxito de esta empresa. Pero ¿por qué no puedo darle la respuesta que quiere sin dudarlo?

¿Acaso lo he dejado entrar en mi vida? ¿Estoy más enamorada de lo que me gustaría admitir?

—No es una distracción —miento.

Pone cara de incredulidad.

—Es una distracción y es un McDonald. Hasta que no entendamos el alcance de la relación que Mary tiene con ellos, no podemos asumir ningún riesgo.

Tiene parte de razón. Aun así, tengo que obligarme a aceptarlo.

—Está bien.

Las tres intercambiamos miradas.

—¿Esto significa que estamos en marcha? —Los ojos de Pearl brillan como no los había visto hasta ahora. Están llenos de esperanza, brillantes e inspirados.

Miro a Maggie.

—¿Y tú qué crees?

La incomodidad sigue ahí cuando responde:

—Mejor será que esto valga la pena.

—Ya te digo yo que valdrá.

***

La escalera del apartamento de Rob cruje y chilla bajo mis pies con cada paso que doy. No quiero despedirme, pero lo que yo quiera o deje de querer ya no importa. Le pedí a Maggie que volviera con sus hermanos, que mandara al diablo a su orgullo. Lo mínimo que puedo hacer es pasar a ver a Rob.

Llamo a la puerta solo una vez. Me recibe descamisado y con un libro en la mano, y entonces me transporto de regreso a The Mint. El caos de esa bomba y él sujetándome con brazo firme para ponerme a salvo. La noche en que nos conocimos y cada momento que siguió cuando me juré a mí misma que no lo dejaría entrar en mi vida, segura de que lo echaría todo a perder. ¿Por qué me permití llegar tan lejos?

—¿Así que se han llevado a Mary?

No respondo la pregunta directamente y voy directa al grano.

—Planeo algo con Maggie y cree que eres una distracción.

Arquea las cejas y·se le desencaja la mandíbula.

—Tiene razón.

—Sí. —No puedo apartar la mirada de su cuello ni de sus hombros, mientras imagino mis dedos deambular sobre su pecho.

—¿Qué quieres?

—No importa lo que quiera.

—¿Alguna vez importará?

Un dolor punzante me recorre todo cuerpo y me dan escalofríos al pensar en sus manos, en nuestros labios, en la manera en que su piel calienta mi tacto. Cierro los ojos para concentrarme, y luego cambio de tema rápidamente.

—¿Crees que tus hermanos sospechan que fuiste tú?

—Quizá —contesta con sinceridad; luego me sujeta y me acerca a su cuerpo—. Pero no me importa si es así.

No intento resistirme, al menos no físicamente. Colisionamos, cada nervio de mi cuerpo vuelve a la vida y, por un instante, no puedo sentir el dolor en mis músculos y mis manos palpitantes. Nuestros besos sabrosos se tornan posesivos y sus labios me mordisquean clavícula y cuello, una desesperación se apodera de sus manos mientras me quita la ropa, y me arranca el sujetador con facilidad. Caigo en la cama y él se abalanza sobre mí, desde donde lo miro a los ojos por un momento. Solo una vez. Sus labios se parten lentamente y me pregunta:

—¿Esta es tu manera de despedirte, Alice?

No sé cómo contestarle. No quiero que las cosas entre nosotros terminen, pero si lo elijo a él, quizá pierda a Maggie y el trabajo. Nuestro plan. No puedo tener las dos cosas.

No sé qué decir, así que no digo nada. Paso las manos por su pecho y le sujeto los pantalones. Me besa los pechos y luego baja hacia el vientre, y mi cuerpo se retuerce. Permito que me lleve a la cama y luego al suelo.

***

Cuando se va para empezar su turno abajo, espero en las sábanas con la cabeza sobre su almohada. Puedo oír el tráfico del exterior, el ajetreo de hombres y mujeres que se preparan para entrar al club. La música se filtra por la ventana, pero mi mente está en paz. Si cerrase ahora los ojos, podría dormir hasta que regresara, pero cuanto más miro mis nudillos inflamados, más pienso en Maggie y en nuestra gloriosa pelea.

Lo bien que me sentí al tenerla de vuelta y su decepción visceral cuando aceptó trabajar con sus hermanos otra vez. Me pidió una cosa y aún no se la he dado.

Me levanto y me visto sin prisa, mientras reviso la ropa de Rob y los libros antes de dejar que la música saque lo mejor de mí. Salgo de este lugar, bajo por las escaleras desvencijadas y cruzo la entrada "privada", donde al final puedo echarle un buen vistazo al trabajo paralelo de Kate con las mujeres de la vida.

Paso por cada habitación lentamente, sin asomarme al interior, solo observando lo suficiente para saber que ninguna de estas chicas duerme en sábanas deshilachadas. Así como ellas visten con perlas y raso, dejando una leve esencia de perfume de rosas cuando pasan a mi lado, sus habitaciones también están amuebladas con elegancia. Kate me ve justo cuando abro la puerta del club.

Arquea las cejas de manera casi imperceptible.

—¿Escapaste de la redada en el almacén? Maravilloso. Me alegro de que estés aquí. Tengo que dejarte ir, Alice. Voy a guardar distancias con las chicas de Mary... y eso te incluye a ti. Es una desgracia que Mary no pudiera proteger su casa, pero mi obligación es proteger la mía. Si no puedo hacer nada más por ti, por favor, te ruego que salgas de mi club.

—Podrías ayudarme cerrando la boca —le contesto con brusquedad—. Ya sé que tú le contaste a Mary lo que hacíamos Rob y yo. Así que mantén la boca cerrada en todo lo que tenga que ver conmigo y yo mantendré al comisionado alejado del pequeño negocio que tienes ahí atrás. —Retrocedo hacia la plétora de habitaciones y de hombres que entran y salen; luego veo uno que me deja temblando.

Harold King.

Respiro hondo y resisto las ansias de insultarlo por ser la escoria humana que es.

Kate tiene una mirada tensa.

—¿Qué te hace pensar que va a creerte?

Me inclino hacia delante.

—Ya le he entregado a una de las mujeres que quería. ¿Por qué no entregarle otra?

Se cuadra de hombros y, por un momento, se esfuerza por encontrar las palabras. Abre la boca, pero la cierra de inmediato. Sus labios forman una línea delgada.

—¿Me estás diciendo que tú...?

—Solo pasaba por aquí a tomarme una copa —le aseguro con una sonrisa—. ¿Invita la casa?

Paso a su lado, saltando con una confianza que no puedo

ocultar, y cierro la puerta del burdel para abrazar el aire del club por la noche. Me inclino sobre la barra y llamo a Rob y con gusto se aleja de los clientes vociferantes con una sonrisa.

—No deberías estar aquí... Ya te habrás enterado de que Kate les está prohibiendo la entrada al club a las chicas de Elephant hasta que las cosas se hayan serenado.

Me extiendo sobre la barra, y abro la mano.

—Quiero bailar.

Me mira como si me hubiera vuelto loca y deja caer un trozo de hielo en un pequeño vaso de whisky. Una camarera pasa a mi lado sin decir ni una palabra y se lo lleva.

—No puedo abandonar la barra ahora. Kate me despediría.

Sacudo la cabeza.

—Mira, no suelo bailar. Acepta esta oferta ahora, porque no va a volver a pasar.

No puede estar más ruborizada. Habla con el otro barman y sale para tomarme de la mano. Lo llevo entre la multitud de parejas danzantes, donde el aire es sofocante y apestoso, pero en cierto modo sugerente. Bailamos el foxtrot y no desaprovecha ninguna oportunidad de inclinarse adelante para darme un beso furtivo en el cuello.

Si esto va a ser una despedida, este es el recuerdo que quiero mantener vivo en mi mente.

***

A la mañana siguiente, voy a Chinatown para discutir las condiciones con Eli. Nos sentamos en una mesa como si fuéramos dos desconocidos. Estoy incómoda. Le cuento mi plan y lo que necesito, pero él pone los ojos en blanco.

—Estoy confundido —dice al final—. ¿Este es solo tu plan o Maggie está contigo? Porque no la veo por ninguna parte. —Hace un gesto dramático como si escrutara la habitación de arriba abajo, se pone de pie y camina de un lado a otro mostrando las palmas de las manos—. ¿Dónde está mi hermana?

—No sabe que he venido. Quiero hablar de esto contigo y dejar claro el aspecto económico sin que acabemos a la greña.

—Todavía no has conseguido el trabajo.

—Lo haré.

Se frota los ojos con la palma de la mano, y luego la cara, cada vez más frustrado por esta conversación.

—¿Te lo estás follando, Alice?

Pongo los ojos en blanco, burlándome con un quejido exagerado.

—¡Que os den por el culo a todos los hombres! ¡Vengo a hacer negocios y lo único que haces es pensar con la polla! Con quién me acuesto o me dejo de acostar dejó de ser asunto tuyo en el momento en que te fuiste de The Mint.

Se frota las sienes.

—¡Te pedí que vinieras conmigo!

—¡Para que fuera tu esposa! —grito, furiosa, y me pongo de pie—. No tu compañera, ni tu socia, tu esposa. Me pediste que me convirtiera en algo que sabes que nunca podré ser. Una cosa es con quién me voy a la cama y otra cosa son nuestros negocios. No tienen nada que ver.

Mira a los pocos hombres dispersos que podrían escucharnos. Patrick está en la barra haciendo un cóctel cuando ve la mirada fatídica de Eli. Se aclara la garganta.

—Dejémosles espacio, caballeros.

Cuando nos hemos quedado a solas, Eli continúa su diatriba.

—Si te lo estás follando, te estás acostando con los hermanos McDonald. Te los llevas a la cama a ellos. Quieres traficantes y compradores. ¿Por qué no vas con ellos?

Lo detengo con un puñetazo en la mesa.

—¡Porque ya he cortado con él! —grito, sin aliento y cansada de hablar de este tema—. Maggie me pidió que lo hiciera.

Una tensión silenciosa flota en el ambiente mientras creo que tal vez vea la verdad. No he cortado oficialmente con Rob. No me he despedido de él, y Eli siempre ha sabido notar la incomodidad en mi voz. Yo sé cuándo mi madre miente; él sabe cuándo lo hago yo.

Pero, para mi alivio, sacude la cabeza y se sienta, y deja salir un hondo suspiro.

—Entonces, Maggie sabe lo que es bueno para el negocio. Solo cuida el trabajo.

Me siento con él.

—Es inteligente, más de lo que te gustaría admitir. Lo haremos. Vamos a hacer algo, algo más grande que lo que ha hecho Mary. Pero, para que salga bien, necesito tu ayuda.

Apura la ginebra antes de asentir.

—Puedo arreglar las cosas aquí y allá para traficar con los bienes y atraer a los compradores, pero quiero el treinta por ciento.

—Veinte.

—Veinticinco.

—Veinte.

Sonríe, luego escupe en la mano y la extiende hacia mí.

—Hecho.

Escupo en la mía y las estrechamos.

—Por un nuevo comienzo.

Por un momento demasiado largo, me sostiene la mano y luego la aparta.

—Y las viejas historias.

CAPÍTULO 15

—LA POSTURA —me ordena Pearl, y me rodea como un ave hambrienta, lista para alimentarse de los restos de la mujer que soy para impulsar a la mujer que debo ser. Está de pie con la espalda recta, sonriendo con tono confiado, inspeccionando mis hombros cada vez que relajo un poco los músculos—. Tienes que caminar y hablar como una señorita.

Estoy de pie en medio de su apartamento mientras Maggie descansa en la cama, riendo y bebiendo té, y obviamente disfrutando el espectáculo. Cómo odio haber acudido a Pearl en busca de ayuda. Pero solo falta un día para la entrevista, y la prueba del vestido con Agatha también es mañana, así que necesito un curso de repaso. Tener modales fue la menor de mis preocupaciones mientras estaba con Mary durante las últimas semanas. De hecho, aparentar ser una mujer humilde, modesta, trabajadora ya era demasiado para mí.

—Soy una señorita —le digo—. Deberías ver estas curvas en ropa interior. —Miro a Maggie y sonríe. Antes de que pueda soltar una carcajada, Pearl da unas palmadas frente a mi cara.

—¡No!

Parpadeo, desconcertada.

—¿No qué?

—Una señorita nunca se ríe de sus bromas… De hecho, una señorita nunca hace bromas. Siempre es mejor hablar poco. ¡Si hablas de más, no conseguirás el trabajo!

Me quejo y levanto una mano para sujetarme el tabique de la nariz, pero la baja con otro resonante:

—¡No!

—¡Basta! —gruño, más fuerte que lo que me habría gustado.

Sacude la cabeza, decepcionada.

—No te enfades. Tu voz tiene que sonar suave, compasiva quizá, pero nunca brusca.

—Tengo temperamento —admito, como restándole importancia—. Nunca se me ha dado bien mantener la boca cerrada.

—Eso es cierto —murmura Maggie.

Me giro para mirarla.

—¿No tienes nada mejor que hacer?

—No —responde con sinceridad—. Esto es mejor que el mejor de los planes que tenía para hoy.

—Tienes que cambiar. —Pearl me mira y cruza los brazos con gesto muy serio—. No van a contratar a Alice Diamond en Selfridges. No van a contratar a Diamond Annie en Selfridges. Debes convertirte en otra persona. Alguien que tal vez no te guste… Una mujer que quizá nunca querrías ser.

Pienso en lo que acaba de decir, y las mariposas comienzan a revolotear en mi estómago, lleno de una ansiedad hostil. Intento aparentar que no estoy incómoda cuando pregunto:

—¿Quieres que sea como todas las demás?

Pearl deambula un momento antes de sentarse en la cama junto a Maggie.

—No tienes que perder la fuerza que hay en tu interior, Alice, el fuego que hará que lo imposible sea posible. Pero cualesquiera que hayan sido los trucos que usaste para que mi esposo te contratara, o cualquiera de los ricachones que estuvieron antes que él, no funcionarán en Selfridges. Tienes que mimetizarte, no sobresalir, pero muestra veneración. Muéstrate lo suficientemente ágil como para compartir ideas y pensamientos. No creo que... —Se detiene por un momento y agacha la mirada—. No creo que puedas hacer esto.

Una sensación de miedo me recorre la espalda, y odio que sus palabras, que no deberían hacerme dudar ni estremecerme del miedo, logren hacerlo, de algún modo. Recupero la compostura respirando lo más hondo que puedo, dejando que el aire llene mis pulmones con un dulce alivio.

—Claro que puedo —digo, y espero sonar más segura que lo que estoy.

Pearl frunce el ceño.

—¿Y si no puedes? ¿Y si esto no sirve de nada? Y no tenemos salida... Yo no tengo salida. —De repente, su voz está llena de miedo y entiendo que sus dudas están alimentadas por el miedo a lo que suceda mañana. Me ha entregado su vida, su esperanza y, si la decepciono, no tiene ni idea de qué pasará con ella.

—No podemos pensar así —nos interrumpe Maggie, y nos taladra a las dos con la mirada—. Se nos ha presentado la oportunidad de hacer esto y no podemos permitirnos el fracaso. —Baja la taza de té y se levanta de la cama para situarse entre ambas. Señala a Pearl—. Tú enséñale todo lo que puedas. Durante unos años has aparentado que amabas a tu esposo; si pudiste hacer eso, puedes enseñarle a Alice cómo aparentar ser una señorita en unas pocas semanas.

Y luego me señala a mí.

—Tú eres Alice Diamond. Puedes hacer lo que sea.

No es solo un discurso motivacional, pero sí calma la tensión que crece en mi pecho.

Maggie pone los brazos en jarras y asiente como si estuviera orgullosa por su breve contribución.

—¡Sigamos trabajando!

—Cueste lo que cueste —digo, con tono firme—. Dime qué hacer, Pearl, y lo haré.

***

A la mañana siguiente, y ya con los impresos laborales falsificados en la mano, llego a la sastrería de Agatha. Hago gala de mi mejor sonrisa, aunque no he pegado ojo en toda la noche; tiene que creer que voy a conseguir un trabajo honesto en ausencia de Mary, y no que planeo algo por mi cuenta. Maggie me aseguró que Agatha no tiene ninguna lealtad con nadie, pero más vale prevenir que curar.

Se mueve a toda prisa de un lado a otro y me prueba un vestido gris de dos tonos sencillo, pero de buena calidad, acompañado por un sombrero, unos zapatos chatos y un bolso trágicamente aburrido. Me miro en el espejo y apenas me reconozco.

Bien. Necesito ser otra persona para conseguir este trabajo. Me repito una y otra vez lo que ha dicho Pearl: es mejor mezclarse que sobresalir.

Sobre un escritorio lleno de cosas, veo un lápiz de labios rojo sangre. Incapaz de resistir el impulso, me lo aplico para darme un poco de color, pero Agatha me ve y chasquea la lengua. Me lo quita y lo vuelve a dejar sobre el escritorio.

—Nada de lápiz de labios. Una cosa es venderlo en su tienda y otra muy diferente es que sus empleadas lo usen. Tienes que ofrecer un aspecto adecuado.

—Demasiado adecuada es deprimente —me digo a mí misma, demasiado fuerte, pero Agatha oye mi queja y ríe. Me aclaro la garganta—. Pero si es lo que hace falta, nada de lápiz de labios.

—Las apariencias lo son todo en Selfridges —comenta, para que sea realista—. Tiene que parecer que tienes clase y, lo más importante, que eres eficiente. Mi hija Beth trabajó allí hace algunas temporadas y decía que era el trabajo más difícil que ha tenido en su vida. Decía que el señor Selfridge pasaba una vez por semana y que si veía una pizca de polvo en algún lugar, escribía sus iniciales en la superficie con el dedo y, si no lo limpiaban para la siguiente vez que pasara por allí, la gente perdía sus trabajos.

Respiro hondo.

—Qué divertido. ¿Y despidieron a Beth?

—¡No! —Pone los ojos en blanco ante semejante idea—. Se casó con un yanqui y se fue a Chicago el año pasado. No había manera de que esa chica estuviera quieta, y daba lo mismo cuánto lo intentara. —Retrocede para ver mi aspecto en el espejo de cuerpo entero que tenemos frente a nosotras. No delata ninguna emoción que revele qué le parece su trabajo—. Conseguirás el puesto si mantienes la boca cerrada. Nada garantiza que lo hagas.

—¿Agatha? ¿Cuánto tiempo llevas en la lista de Mary?

—El tiempo suficiente —responde, sin mucha pasión.

—¿Por elección?

Me traspasa con la mirada, casi a la defensiva.

—¿A qué te refieres? ¿A qué viene esa pregunta?

Me bajo de la banqueta que hay frente al espejo.

—Esta es una tienda agradable en una zona respetable. Tienes una enorme cantidad de clientes honestos. Mary debía de pagarte una suma importante para asumir el riesgo que conlleva todo este trabajo para Las Cuarenta Ladronas. ¿Accesorios a nuestro gusto? Si nos atraparan y la policía accediese a los registros de Mary, verían tu nombre y sabrían que confeccionaste vestidos con bolsillos especiales para robar. ¿Vale la pena? ¿Te paga lo suficiente para ello?

Entrecierra los ojos. No mido mis palabras con el

suficiente cuidado, pero quiero saber más de su relación con Mary, porque, si no es lo que parece, tal vez la tenga de nuestra parte en algún momento.

—¿No has oído el dicho "La curiosidad mató al gato"?

—Los gatos tienen siete vidas, ¿no?

—Mantén la cabeza baja, Alice. Las chicas que hacen demasiadas preguntas terminan en la calle en un abrir y cerrar de ojos. Ya lo he visto una y otra vez. La curiosidad es peligrosa. —Se para por un momento antes de continuar—. ¿Cómo estás desde que Mary se fue? Rara vez veo a una de sus chicas buscando un empleo honesto.

—Trabajaba como sirvienta antes de que me reclutara. Estoy acostumbrada a conseguir trabajos comunes. No está bien retribuido, y seguro que es bastante más agotador, pero sé arreglármelas para sobrevivir.

Ríe.

—No lo dudo.

Mira las paredes cerca de su mesa de trabajo principal. Hay una fotografía de una joven que tiene los ojos de Agatha y una frente ancha.

—¿Esa es Beth?

No levanta la vista, pero responde con orgullo:

—No, mi otra hija, Dorothy.

—¿Dónde está ahora?

—Lejos de Londres. Invertí mucho dinero para que asistiera a una excelente escuela en las afueras de la ciudad. La veré estas vacaciones.

—¿Mucho dinero?

—Otra vez esa curiosidad. —Chasquea la lengua—. Mary la pagó. La matrícula completa. Lo único que hago ahora es trabajar para pagar la deuda. Y cuando haya terminado de pagarla, estaré libre de las de tu clase.

—¿Mi clase?

—Las malvadas —anuncia antes de cortar un último

hilo del volado de mi vestido; se pone en pie—. Ahora pareces una señorita…, pero recuerda… —Señala su boca—. Mantenla cerrada y sigue el guion.

Le dedico una falsa sonrisa y voy en taxi hacia Oxford Street llena de determinación. Debo conseguir este trabajo.

No tengo otra opción.

Soy Alice Diamond. Puedo hacer lo que quiera.

***

Entrar a la tienda me hace tener un agradable *déjà vu* y me siento tentada a jugar con la multitud otra vez para ver qué clase de cosas puedo recolectar. Pero no tengo margen para cometer errores hasta después de la fiesta y necesito pensar en el bien de la banda, lo que significa que debo mantener la cabeza baja hasta que llegue el momento indicado.

Camino hacia el ascensor, donde una empleada rellenita con las mejillas sonrosadas me pregunta con dulzura:

—¿A qué planta?

—No estoy segura —le contesto—. He venido a una entrevista para un trabajo de temporada.

—Cuarto piso, oficina de dirección —dice, y cierra la puerta del ascensor—. Pagan bien, pero, si no te molesta que lo diga, no pareces la persona más indicada para el puesto. Las chicas guapas van a la sección de ventas. Y chicas como nosotras terminamos haciendo cosas como estas.

Parpadeo lentamente.

—¿Las chicas como nosotras?

—Eh, que no lo he dicho como un insulto. —Ríe un poco nerviosa—. Eres bastante guapa. Es solo que tienes las uñas un poco sucias.

Me miro las uñas, ahora consciente del hecho de que tengo tierra debajo de ellas. Un detalle que se nos pasó por alto a Agatha y a mí durante mi transformación.

—Chicas que no han tenido una vida fácil, querrás decir —digo lentamente—. ¿Te parezco esa clase de chica?

Sacude la cabeza con vigor.

—No quería decir eso. Por favor, perdóname. Hablo demasiado.

—No tienes que disculparte —insisto—. Es solo que no sabía que se notaran tanto las adversidades vida las que he tenido que hacer frente.

—¡Aquí estamos! —Abre la puerta del ascensor y se gira para mirarme—. Tercera habitación a la izquierda. Un consejo, si es miss Waller quien hace las entrevistas, hazles preguntas. No le gustan las chicas silenciosas. La ponen nerviosa y todo eso.

Asiento y noto que el consejo se contradice con los comentarios de Agatha sobre mantener la boca cerrada.

—Ah, y... ¿señorita? No le digas a nadie lo que he dicho. Se supone que no tenemos que mencionar estas cosas. Es solo que me sentía un poco culpable por lo que acababa de decirte.

Le sonrío para tranquilizarla.

—No pasa nada. Tu secreto está a salvo conmigo. Esas adversidades me convirtieron en lo que soy. No las borraría. Con uñas sucias y todo. —Le muestro mis uñas y esboza una sonrisa.

—Es una buena manera de verlo.

Camino por el pasillo y giro hacia la habitación con la puerta entreabierta. Hay un grupo de mujeres que llevan sus mejores galas. Siempre me sentía confiada aparentando ser otra persona para estafar a alguien, pero cuando entro a la habitación, me abruma una oleada de nervios de manera tan repentina que me siento en la silla más cercana y trato de recuperar el resuella. En algún lugar oculto en lo más recóndito de mi corazón hay una pequeña niña asustada en su primer día de clase.

Siempre corrí riesgos en mis trabajos, pero ninguno tan difícil como el que acometo ahora.

Me obligo a quedarme sentada tranquila justo cuando otra mujer se sienta a mi lado. Saca pecho. La competencia flota en el ambiente y crece en silencio mientras nos estudiamos con atención. No obstante, somos discretas. Todas queremos lo mismo y solo un puñado lo conseguirá.

Espero, todas esperamos, durante poco más de una hora. El reloj marca el exasperante paso del tiempo con su tictac ensordecedor. Cuanto más espero, más impaciente me siento. Nadie viene a vernos, y ni siquiera se asoma para saber que estamos aquí. Algunas mujeres se van, pues da la impresión de que tienen muchas cosas que hacer, otras se quedan sentadas mientras resoplan con frustración.

Al final, ansiosa por obtener respuestas, me pongo de pie y me acerco a la puerta. No para irme. No pienso irme de aquí sin trabajo, pero empiezo a caminar de un lado a otro por el pasillo hasta que alguien, quien sea, nos diga qué rayos está pasando.

Agarro el picaporte de la puerta y, de repente, alguien lo gira para abrir y me choco con una mujer. Mis papeles caen al suelo y los levanta antes que yo.

—¿Tiene prisa, señorita...? —Se detiene y revisa mis documentos—. ¿Black? ¿Alice Black?

Quiero insultarla, exigirle que me explique por qué nos ha tenido a todas esperando durante tantas horas. Pero el consejo de Agatha acude a mi cabeza otra vez, seguido por el recuerdo de la ascensorista que vio que yo no era como las otras chicas que venían a la entrevista.

Y entonces la advertencia de Pearl adquiere todo su sentido: no será fácil conseguir este trabajo.

—Solo iba al tocador para refrescarme —digo con amabilidad, alzando la voz—. Esperamos durante un rato, pero no quería perderme nada.

La mujer que tengo delante es de facciones duras, nariz

delgada y el pelo corto. Frunce los labios con fuerza, pero su expresión no denota enfado. Más bien, desaprobación, si acaso.

—Las he hecho esperar porque esto, querida, es Selfridges. Aquí, los clientes siempre tienen razón, incluso aunque necesiten captar toda su atención durante horas y horas. Esa es la dedicación que se requiere para el puesto. —Su voz se proyecta hacia las otras mujeres presentes en la habitación—. Esta era una prueba de paciencia. Soy miss Waller.

Bueno, yo creo que mi paciencia ha quedado más que probada.

—El tocador del cuarto piso está en la otra punta, señorita Black. —Revisa mis documentos de nuevo, solo que esta vez les presta mayor atención. Cuando terminado, me mira de arriba abajo con cierto escepticismo—. Impresionantes referencias, pero hace falta más que eso para entrar en Selfridges. Ya veremos de qué estás hecha. Tú empiezas las entrevistas hoy. Pasa a mi oficina al final del pasillo cuando termines.

CAPÍTULO 16

Entro al tocador para mojarme un poco la cara y me miro en el espejo hasta recuperar la compostura. Puedes hacerlo. Tienes que hacerlo. Respiro hondo y avanzo por el pasillo pasando varias puertas hacia la oficina de miss Waller.

—Señorita Black —dice miss Waller, y me indica que tome asiento. Me centro en lo que tengo que hacer, esbozando una amplia sonrisa y acercándome a las sillas que hay frente a su mesa. Para mi sorpresa, veo a una mujer sentada en una banqueta alta en un rincón, que toma notas con furia sobre un cuaderno de bolsillo. Tiene complexión atlética y nariz pequeña. Lleva puesto un vestido dolorosamente aburrido y oscuro, y su cabello con trenzas está levantado por la parte de atrás; a todas luces, a esta mujer no le importa un comino su aspecto, con la única salvedad de los zapatos Mary Jane con hebillas que parecen relativamente nuevos.

Incluso miss Waller tiene ondas a cada lado del pelo y un vestido elegante con cuello Peter Pan. Pero la otra mujer tiene algo que me pone alerta: la completa despreocupación por su apariencia nada femenina, sumada a la manera en que mira sin parpadear.

—Empecemos —dice miss Waller tosiendo con

educación—. Pearl King es tu última referencia. ¿Te refieres a la actriz? —Su boca hace ese gesto reprobatorio—. ¿Eras dama de compañía de los King?

—Sí, así es.

—Entonces, ¿por qué quieres trabajar aquí entonces? Este trabajo requiere habilidades bastante especiales.

Pienso en los interminables baños de espuma de Pearl y en cómo tenía que demorarme un buen rato para que se vistiera al empezar el día.

—Bueno, me encantan la moda y ayudar a que las mujeres luzcan el mejor aspecto posible. Eso era lo más destacable de mi trabajo para la señora King. Y siempre he adorado la tienda. Cuando me enteré de que el señor Selfridge buscaba personal de temporada, no quise perderme la oportunidad.

Por algún motivo, he captado la atención de la mujer del rincón.

Miss Waller asiente.

—¿Hay algo que deba saber que no está aquí? Es importante que seas lo más sincera y directa posible.

Trago el nudo que se me formaba en la garganta.

—Le entregué mi renuncia escrita al señor King antes de venir aquí. Su esposa hablará maravillas de mí, pero no creo que él lo haga. Es cruel con su esposa, y ya no podía tolerarlo más.

La mujer del rincón anota algo.

Miss Waller frunce el ceño mientras me examina con gesto indescifrable. El silencio se prolonga hasta el punto de convertirme en un mar de dudas. Quizá ser sincera no haya sido lo mejor. Tendría que haberme inventado alguna historia relacionada con los rumores que corren sobre el problema de Pearl con el alcohol y el supuesto abuso de drogas.

—Dudo que el señor King admita semejante extremo, y yo no querría que usted hablara con él y se enterara de cosas aún menos favorables —añado a continuación, tratando de elegir bien las palabras.

Claro está, me refiero a que lo amenacé con cortarle la garganta con un pedazo de vidrio.

—¿Pero la señora King sí?

—Sí.

Abro la boca para añadir algo, pero me detiene..

—No hace falta que lo sigas explicando. No hablaremos con el señor King, y gracias por tu sinceridad.

Apoyo las manos sobre el regazo y bajo la vista con gesto humilde, pero no logro resistir la necesidad de mirar de reojo a esa mujer que aún me mira con una extraña intensidad, mientras escribe y escribe en su cuaderno. ¿Quién es?

La ascensorista dijo que a miss Waller le gustan las preguntas.

—Disculpe, pero ¿puedo preguntar qué hace esa mujer del rincón? ¿También me va a entrevistar?

Miss Waller mira a la mujer sin mucho entusiasmo y suelta una risa irónica.

—Es la detective Betts. Será la detective de la tienda durante la temporada. La verás patrullando el lugar, observando a los clientes y a las empleadas para asegurarse de que todo vaya bien y sin problemas.

Se me hiela el corazón. Debe de ser la nueva detective de la que hablaba Maggie.

—¿Bien y sin problemas?

—La contrataron para evitar robos, y por eso insiste en sentarse aquí durante todas las entrevistas. —Su labio inferior se contrae levemente—. Sin importar cuánto me haya opuesto a la idea.

Me hago la tonta.

—¿Nos tenemos que preocupar por los robos? —Le dirijo la pregunta a la detective Betts, pero miss Waller contesta por ella.

—Es una preocupación importante que hay que tener en cuenta durante las fiestas. Quizás hayas leído las noticias sobre un grupo de mujeres, Las Cuarenta Ladronas, que los periódicos publican de un tiempo a esta parte. Suelen robar tiendas y trafican con lo que roban antes de que la policía las encuentre. —Sacude la mano para restarle importancia, a todas luces tranquila—. Pero creo que los robos disminuirán como nunca este año, en especial ahora que su líder está entre rejas.

—Sí, he oído hablar de ellas —digo, bajando la mirada—. Y leí la noticia de ayer sobre la redada en el almacén que ordenó el comisionado Horwood.

—No me preocupa demasiado un grupo de mujeres que cosechan un éxito relativo mientras las mafias se descontrolan. Si me lo preguntas, protegernos de estas mujeres es un gasto inútil de recursos, pero el señor Selfridge quiere tomar todas las precauciones necesarias para evitar que alguien robe su mercancía. —Miss Waller vuelve a mirar a la detective Betts—. Te pido disculpas si su presencia te incomoda.

—En absoluto —digo, manteniendo la voz firme—. Si el señor Selfridge está preocupado, tiene todo el derecho del mundo a tomar las medidas que considere necesarias.

Los ojos de la detective Betts pasan de mí a su cuaderno de notas. Escribe algo más. Su silencio es lo peor. Es difícil leer a una mujer silenciosa.

Miss Waller se da la vuelta para mirar el reloj de pared.

—¡Cómo vuela el tiempo! Te va a ir bien. Lo más difícil no es la entrevista, sino el período de prueba. Debes pasar satisfactoriamente una semana de prueba con una vendedora experimentada antes de que te permitamos estar sola en la sala de ventas. Empezarás mañana por la mañana.

Casi doy un brinco.

—Me va a ir bien —digo con seguridad, obligándome a mirar a los ojos a miss Waller.

Asiente.

—Mantén esa confianza. La necesitarás.

Me estrecha la mano con decisión y no tiento mi suerte. Me levanto y salgo de su oficina a toda prisa. Sonrío de oreja a oreja mientras regreso al ascensor. Cuando se abre la puerta, digo:

—¡Planta baja, por favor!

La ascensorista me mira con una emoción exagerada.

—¿Y bien? ¿Cómo te ha ido? ¿Bien? Miss Waller es como un dolor de muelas, ¿verdad?

—Me ha ido genial —respondo, animada—. Volveré mañana por la mañana para el período de prueba. Ha sido un poco dura, pero creo que la detective Betts intimida mucho más. Aunque me han dicho que las ascensoristas no deberían compartir sus opiniones de ese modo.

Ríe con disimulo. Disfruta de nuestra charla.

—Bueno, las ascensoristas lo sabemos todo. Todo lo que no es asunto nuestro. Y por eso se supone que debemos guardar silencio con los clientes y con cualquiera que venga a buscar trabajo. ¡Pero ahora eres parte de la familia! No te preocupes por la detective. A miss Waller tampoco le importa mucho. Es muy callada.

—¿Habla con alguien? No ha dicho ni una sola palabra durante toda la entrevista.

—Habla con el comisionado Horwood. El señor Selfridge la ha contratado por medio de una empresa privada, pero no le da ninguna orden. No sabría decirte cómo funciona, pero se toma su trabajo muy en serio.

Asiento, pensativa.

—Sí, eso parece.

Una vez en la planta baja, abre la puerta del ascensor.

—Disfruta el día. ¡Nos vemos mañana! —Su voz roza la esperanza.

—Claro. Soy Alice Black, por cierto.

—Lucille Roth —se presenta, con voz dulce.

Salgo del edificio y respiro hondo, dejando que el aire fresco llene mis pulmones hasta que estoy contenta y tranquila. He conseguido el trabajo. Quizás sea un absoluto infierno tratar de conservarlo, pero por ahora lo tengo. Algo es algo.

—¡Alice! —Oigo a Maggie aparecer por la esquina a toda prisa, mientras se abre paso entre los hombres y mujeres que caminan por Oxford Street.

—¿Cuánto tiempo llevas esperando?

—No mucho —dice—. Tenemos un problema.

—Acabo de conseguir el trabajo —le anuncio, y resoplo frustrada—. ¿No puede esperar a mañana? Me gustaría disfrutar este momento.

—Son las chicas —me explica con tristeza—. Volví a Elephant para ver si podía convencerlas para que se sumaran a nuestro plan. Los hermanos McDonald estaban ahí. Dijeron que ahora son ellos quienes controlan la banda.

—¿Qué? —Más que una pregunta, me sale un chillido.

Asiente con brusquedad.

—Tenemos que hacer esto sin ellas.

—No. —Sacudo la cabeza y me paso una mano por el pelo, tratando de pensar en lo que debería y en lo que no debería hacer. No debería venirles a las chicas con exigencias; no necesito ponerlas en mi contra. Necesito concentrarme en este trabajo, conseguir toda la información que pueda de la tienda, y luego recolectar ahí con Maggie y Pearl.

Necesito hacer caso omiso de esta información, pero ¿cómo hacerlo? Las chicas no tienen nada que ver con esto. Más importante aún, destrocé todo su mundo al entregar a Mary.

Todos los músculos de mi cuerpo se tensan y me trago los pensamientos.

—Vayamos a verlos. ¡Ahora!

En el pub de Elephant and Castle nos recibe un grupo que vigila la entrada. Les damos nuestros nombres y esperamos unos cuantos minutos hasta que nos escoltan al interior, donde veo a unos cuantos hombres que beben alrededor de mesas de madera robustas bajo unas luces bajas. Las voces se callan al vernos, y el único sonido que flota en el aire es el leve tintineo del cristal sobre las mesas.

Inhalo el aire putrefacto y saboreo el humo a cigarrillo que me impregna la nariz.

—Por aquí —dice un hombre, y nos lleva hacia una sala grande detrás de una cortina donde Wal y Wag se sientan, el uno enfrente del otro, en una mesa redonda. Ríen y hablan. Wag incluso levanta la vista y sonríe al verme entrar. El hombre que nos hace pasar apaga el gramófono en un rincón.

—Alice Diamond —dice Wag, mientras baraja unos naipes que deja a un lado—. Es un placer contar con tu visita. Cuánto lamentamos el desafortunado aprieto en el que se ha visto implicada Mary.

Me yergo y recorro el lugar con la mirada. Tengo la impresión de que todo lo que me dijeron era mentira. ¿Cómo demonios pudo mi hermano entrar aquí sin que le patearan el trasero?

—¿Cómo se las arregló Tommy para sortear todas estas medidas de seguridad y acceder a tu caja fuerte privada? Este lugar es una fortaleza.

—Vestido de mujer —responde Wal, sin molestarse en ocultar su rubor—. Las chicas aseguraron haber visto un rostro desconocido que vino aquí a limpiar, pero no les pareció nada del otro mundo.

Río para mis adentros.

—Pero qué cabrón más listo. Solo Tommy.

—Solo Tommy —conviene Wag—. Ha llegado a nuestros oídos una historia fascinante sobre tu aventura nocturna en The Mint. Enhorabuena. Pocas veces, por no decir ninguna, hemos oído hablar de una pelea en la que una mujer salga victoriosa; y, mucho menos, dos. ¿En qué podemos ayudaros?

—Según Maggie, ahora creéis estar a cargo de la banda de Mary.

Wal se aclara la garganta y alza las cejas.

—Ahora somos los dueños de la banda.

—No, claro que no.

Wag ríe por lo bajini.

—No entiendes cómo funciona esto, ¿verdad?

Alzo los brazos al cielo.

—He venido para entenderlo. Así pues, ¿qué os parece si hablamos como hombres y no como unas señoras que marujean mientras toman el té? Decidme qué es lo que no sé, porque ya estoy cansada de vuestros estúpidos monólogos.

Les he tocado la fibra sensible. Un músculo del cuello de Wag parece tensarse.

—Mary tiene una deuda con nosotros.

—¿Una deuda? —pregunta Maggie.

Wag la mira con detenimiento.

—Y bien grande.

—¿Se puede saber qué pasa? ¿Es que todo Londres os debe dinero? —pregunto a bocajarro—. ¿Cuánto?

—Diez mil libras más intereses.

Casi me atraganto, pero logro preguntar:

—¿Por qué motivo, si puede saberse?

—Una parte, para poner en marcha su negocio, y otra, por deudas relacionadas con las apuestas. Verás, necesitamos que las chicas sigan recolectando para saldar la deuda en algún momento. ¿Nunca te has preguntado por qué Mary se llevaba el cincuenta por ciento?

—Dijo que era para asegurar la protección, los apartamentos, la comida… Para mantenernos cómodas.

—Era para nosotros.

Me tiemblan las manos.

—¿La mitad de lo que ganan las chicas se va en pagar la deuda de Mary? ¿Os lo lleváis vosotros?

—Sí —confirma Wag—. Y ahora que no está Mary, nosotros nos encargamos. Las chicas conservan sus casas mientras siguen recolectando, y nosotros nos quedamos con nuestra parte.

Se me seca la boca y se me hace un nudo en el estómago mientras me obligo a exhalar.

—No.

Wag se pone de pie.

—No quiero que haya problemas entre nosotros, así que te propongo un trato, Alice. Ni tú ni tu amiga nos debéis nada. ¿Está bien?

—No. Tengo un plan en mente y necesito a las chicas.

—¿Un plan? —repite Wal lentamente. Y así comprendo cuán en serio se está tomando esto.

—Maggie Hill y yo —digo—. Debería ser muy lucrativo.

A diferencia de la expresión sombría de Wal, Wag parece interesado.

—Y si no está Mary, ¿cómo pensáis traficar y vender la mercancía de este plan tan misterioso?

—Contamos con la ayuda de los hermanos de Maggie, los Hill. Ellos nos pondrán en contacto con los traficantes y los compradores.

—¿Los Hill? —vuelve a interrumpir Wal, mirando a Wag. Intercambian una mirada—. Hace meses que tratamos de concertar un encuentro con ellos.

—¿Para qué? —pregunta Maggie.

—Negocios —dice Wag, y le resta importancia a su pregunta con un manotazo.

Maggie asiente bruscamente.

—Quieren aliarse con ellos porque su guerra con los italianos comienza a írseles de las manos. Cuanto más pelean, más refuerzos trae Charles Sabini a Londres. Tienen el poder ahora, pero eso no durará mucho, ¿verdad?

—Necesitan hombres. Y por eso fueron a The Mint —añado, terminando su razonamiento, ahora con una nueva perspectiva sobre los motivos por los que Wal y Wag fueron a The Mint y pusieron mi mundo patas arriba.

Wal se pone de pie a un lado de Wag.

—Es una acusación bastante grave para dos jovencitas.

—He venido a hacer negocios. —Más que hablar, he rugido—. No para decidir qué debería o qué no debería decir por tener lo que tengo entre las piernas. Así que, para ahorrar tiempo, seamos honestos respecto a nuestra voluntad. Yo quiero a las chicas. ¿Cuánto me costará? Puedo pagar la deuda de Mary en dos semanas.

—¿Qué clase de plan te permitirá conseguir diez mil libras? —pregunta Wag.

—Ese es mi problema, ¿no crees?

Una vez más, intercambian miradas como si pudieran leerse la mente.

—¿Con las mismas condiciones que antes? ¿Nos quedamos con The Mint si no puedes pagarlo todo una vez transcurrido el tiempo acordado?

—No, no voy a apostarme The Mint, pero si no lo logro, podemos hablar de la creación de una alianza. Una amistad beneficiosa para ambos.

Ambos resoplan ante la idea.

—¿Una alianza? La realidad es que el acuerdo con Mary le permitía repagar sus intereses con los bienes que conseguía mientras su deuda seguía creciendo cada vez más, y eso nos beneficiaba a nosotros. Ganamos más dinero si se lo hacemos pagar con el tiempo. Es un muy buen negocio respetar los términos de nuestro contrato y asumir el control de las operaciones mientras Mary no está.

—¿Y las chicas que no forman parte de este trato? ¿Se supone que solo tienen que confiar en que las vais a cuidar? ¿O en que seréis justos con ellas? —pregunto.

Maggie asiente en señal de conformidad.

—Yo no las culparía por ser precavidas, sobre todo cuando se enteren de todo lo que Mary nos ha hecho durante todo este tiempo. Pero ahora que estáis vosotros a cargo, si cualquiera de nosotras se atreve a haceros preguntas, nos zurraréis hasta dejarnos tiradas en el suelo, ¿verdad?

—No hacemos negocios de ese modo. No somos esa clase de hombres.

Lanzo una risotada enérgica.

—Dijo el que se ha llevado algo que no les corresponde y planea explotarlo para su propio beneficio. ¿Incrementar una deuda que pagan unas chicas que no tienen nada que ver con eso? ¿Y luego dices que no nos vais a zurrar hasta dejarnos tiradas en el suelo?

Wag se aclara la garganta.

—Esto no está sujeto a negociación. Nos quedamos con las chicas.

Una ola de calor me invade todo el cuerpo mientras el sudor se resbala por mi nuca, como si acabara de empezar el verano y no el invierno, pero me niego a que la ira saque lo peor de mí. Todavía tengo tiempo para organizarlo todo después de la fiesta. Lo único que importa ahora es que las chicas queden en libertad. Yo las he metido en esto, de modo que lo mínimo que puedo hacer es tratar de arreglarlo. Y solo me queda una sola cosa con la que puedo sacar ventaja.

Una cosa que podría hacerles daño, obligarlos a ser razonables conmigo, pero sería caer muy bajo; algo tomado del manual de estrategias de Mary. No del mío. No encuentro nada honorable en el chantaje, pero no tendremos futuro si no me impongo aquí y ahora. Las palabras me saben a hiel mientras salen de mi boca.

—Sé lo de Rob y su trabajo secreto.

Dos miradas idénticas de terror aparecen en sus caras. Los dos se levantan enseguida, y miran con furia a su alrededor y más allá de las cortinas gruesas para evaluar quién ha podido oírnos.

—¡Todo el mundo fuera de aquí! —gritan al unísono—. ¡Todo el mundo fuera! ¡A cerrar! Este sitio ya está cerrado por hoy. ¡Ahora! —Reina el caos mientras salen con una incómoda rapidez hasta que al final nos quedamos solos. Sin guardias. Sin amigos. Solo nosotros cuatro.

Wag dice con tono amenazador:

—Te sugiero que te andes con cuidado, Alice. Piensa muy bien lo que vas a decir.

—Sé que parece un confidente del comisionado Horwood, pero es una traición. Nunca os daría la espalda. Sería una lástima que el comisionado descubriera la verdad. Y sería mucho peor que se corriera la voz de que es un soplón; todos sus aliados os cuestionarían. Y, tal vez, todos vuestros negocios se vendrían abajo.

—¿Nos estás amenazando? —Wag titubea antes de decirlo.

—No quería llegar a este punto, pero lo único que me importa es liberar a las chicas. Dejadlas ir, y que reciban todos los pagos de Mary, más intereses, y luego todos seremos libres de seguir adelante.

—Deberías saber una cosa —dice Wal, tenso—. Observamos a nuestro hermano, lo protegemos, y sabemos lo que pasó entre vosotros dos.

—Te importa —conviene Wag—. No creo que lo pongas en peligro a propósito.

Tiene razón. No lo haría. Pero no es él quien decide si miento o no. Me pongo cómoda y hablo con tono gélido, tal como mi padre me enseñó que debía hacer cuando un hombre me desafiara.

—No te creas que soy sensible solo por razón de mi sexo. Richard Sloan y sus hijos me infravaloraron. Mary Carr me infravaloró. Huelga decir que sabéis lo que les pasó a todos ellos.

Wag parpadea sin dar crédito.

—¿Me estás diciendo que tuviste algo que ver con la re-dada del almacén?

No dejo que la frialdad de mis ojos desaparezca.

—Dos semanas. ¿Trato hecho?

Una vez más, se miran entre sí. Pasa el tiempo. El silencio se nos hace interminable hasta que Wag dice:

—Trato hecho.

Les estrecho la mano a ambos y me giro, dispuesta a marcharme, pero Wal tiene algo que decirme antes de que me vaya.

—Recuerda que esta manera tan sucia de hacer negocios nos convertirá en enemigos cuando hayamos terminado.

Dejo que sus palabras se posen en mi cerebro y elijo la respuesta con cuidado. Doy media vuelta con gracilidad para encararlos una vez más.

—Mary Carr sabe lo de Rob. Ella fue la primera que se valió de esa información para chantajearme de modo que acatara sus órdenes. Tenía toda la intención de hacer lo mismo con vosotros en el futuro. Supongo que por razones más despiadadas. Yo no soy Mary. Yo no quiero que haya víctimas.

No contestan.

—Pero, caballeros, en caso de que me sigáis conside-rando vuestra enemiga cuando todo esto haya terminado, sentíos libres de hacer lo que consideréis necesario. The

Mint estará preparado. Y os prometo que los hombres que luchan por mí son mucho más fuertes que vuestros guardias armados y vestidos con trajes elegantes. Mis hombres son fríos, implacables y sedientos. Una pelea contra mí, contra ellos, será sangrienta, y vosotros saldréis perdiendo.

CAPÍTULO 17

Envío a Maggie para que comunique a las chicas lo que acaba de pasar y elija a aquellas en las que más confíe para que nos encontremos en el escondite de Pearl. Solo Rita, Vera y Evelyn llegan con ella. Las gemelas montaron en cólera ante la idea de formar parte de cualquier plan en el que yo estuviera a la cabeza. Nos sentamos por toda la sala. La única luz es el resplandor del farol que se refleja en todas las paredes e ilumina nuestras caras igual de perturbadas.

—¿Qué les dijiste a los hermanos McDonald? —Rita rompe el silencio mientras Pearl nos pasa unas copas de ginebra—. Nos dijeron que ahora trabajábamos para ellos.

—Ya no —les revelo—. Los hermanos McDonald iban a quedarse con el negocio para que las chicas siguieran recolectando bajo su dirección, pero ya he negociado vuestra libertad. Por ahora.

—¿Por ahora? —Vera frunce los labios.

Rita mira a Maggie con suspicacia.

—Pero ya encarcelaron a Mary en otras ocasiones y nunca hicieron eso. Están asustados por la redada en el almacén, ¿verdad? Creen que los polis nos van a llevar a todas la próxima vez.

Un gritito escapa de la boca de Evelyn, pero se la tapa enseguida.

—Y eso no es todo. —Me aclaro la garganta, mientras me preparo para compartir con ellas las noticias más amargas.

Vera toma una bocanada de aire.

—¿Cómo que todavía hay más?

No puedo hablar, de modo que Maggie interviene.

—Mary está pringada hasta el cuello con los McDonald. Les debe diez mil libras más intereses. ¿Os acordáis del cincuenta por ciento que nos quitaba? Lo destinaba a pagar las cuotas.

—¿Diez mil libras? —Rita repite la cifra una y otra vez hasta que la ira se adueña de sus palabras—. ¿Durante todo este tiempo hemos pagado la deuda de esa zorra?

Vera sacude la cabeza.

—Le hemos dado el cincuenta por ciento en conceptos de protección y contactos… ¿y ahora me dices que la mayor parte de eso, o más bien todo, se iba en pagarles a ellos? ¿Y que ellos iban a asegurarse de que la banda siguiera trabajando como siempre para seguir cobrando su parte?

Evelyn suelta su ginebra y se mueve desesperada para limpiar la copa. Maggie la ayuda, le sujeta la copa con una mano y a Evelyn de un hombro para calmarla.

—Respira. Haremos todo lo posible para protegeros a ti y a tu hija. Te lo prometo. Estamos juntas en esto.

¿Hija? ¿Evelyn tiene una hija? ¿Qué otras cosas no sé sobre las chicas? Me siento tan culpable que se me forma un nudo en el estómago. No nos conocemos hace mucho tiempo, pero podría haberme esforzado un poco más. Podría haberme interesado más por sus vidas.

Mags me lanza una mirada punzante, a la espera que comparta todos los detalles con ellas. La idea que tenemos en mente. El plan. Aun así, me resisto, pues soy bien consciente de las posibles repercusiones que todo esto tendría si Mary se enterase por boca de una de ellas. Aún conserva recursos y contactos. Podría arreglárselas para que todo esto fracasara si no tenemos cuidado.

—Yo sabía lo de la deuda —confiesa Evelyn con gesto serio, para sorpresa de todas, menos Vera. Su expresión sugiere que ella también lo sabía—. Me cuestioné el porcentaje nada más unirme a la banda. Vera sabe muy bien el valor de la mercancía en la calle y a mí se me dan muy bien los números. Nunca me cuadraron las cuentas.

—Ni una sola vez en todos los años que trabajé con ella —añade Vera—. La mayoría de las chicas no sabían nada.

Evelyn asiente, y una lágrima se desliza por su rostro.

—Cuando puse en duda que su parte fuera legítima, compartió nuestra ubicación con el padre de Cora cuando este salió de la cárcel. Salimos vivas de milagro. Huyo de él desde que Cora nació. Mary me dijo que, si se me ocurría volver a cuestionar sus métodos, la próxima vez no tendría tanta suerte.

Las noticias me conmocionan. Sabía que Mary era una mujer astuta y despiadada, pero ¿cómo podía poner en riesgo la vida de una niña?

Vera bebe un buen trago de ginebra, se aclara garganta y nos dice:

—Yo tengo una madre enferma que vive en las afueras de la ciudad. Cuando empecé a hacer preguntas, Mary me amenazó con matarla. Sabía dónde vivía, qué enfermedad tenía. Lo sabía todo.

—Por no hablar de los hermanos McDonald. —Furiosa, Evelyn agita las manos—. Cada vez que nos salíamos del guion, se valía de ellos para asustarnos. Se las arreglaba para que parecieran sus amigos del alma.

—Lo suyo no es amistad. Son solo negocios —anuncio.

Rita se inclina sobre Maggie y las dos intercambian pareceres en voz baja.

—Maggie nos ha contado que planeáis algo —dice al fin.

Me pongo rígida y miro a Maggie.

—¿Eso os ha contado?

Quería saber a ciencia cierta de parte de quién estaban antes de revelarles todos los detalles de nuestro plan. Vera toma una bolsa grande y saca un libro contable de su interior.

—Es solo uno, pero fui al almacén después de que los polis se hubieran ido. Mary tiene sus registros escondidos para que sus redes sigan en el mismo lugar cuando salga y nadie los pueda usar en su contra. —Recorre con los dedos los bordes del registro—. Lo tiene todo. Sus vendedores. Sus cómplices. Los recibos de cada acuerdo y también información sobre los policías, los camioneros, los banqueros a quienes soborna para que hagan la vista gorda. —Se acomoda en su asiento y toma partido—. Queremos unirnos a ti. Hemos cogido estos registros para vosotras.

Sacudo la cabeza, segura de no haberla oído bien.

—¿Te refieres a que te unes al trabajo? —pregunto—. Porque no estoy empezando nada mío. —Tomo el registro de sus manos y lo hojeo, disfrutando por el hecho de tener los arreglos más secretos del negocio de Mary en la palma de las manos.

—Las dos cosas. Sea lo que sea lo que estás maquinando, queremos formar parte de ello. Las tres. Y quizá también algunas de las demás chicas, cuando se enteren. Y más chicas significa objetivos más ambiciosos. No tenemos nada que perder.

—Lo tenemos todo que perder —la corrijo, y dejo salir un suspiro profundo antes de apoyar los codos sobre las rodillas—. Cuando alguien se enfrenta con Mary, lo primero que hace ella es ir de cabeza a por nuestros seres queridos. Amenazó a mi hermana cuando la desobedecí. Evelyn, amenazó tu vida y la de tu hija. Vera, hizo lo mismo con tu madre. Así que, si vais a implicaros en esto con nosotras

283

dos, ella podría asegurarse de que os hará sufrir cuando salga. Es un riesgo. Un riesgo colosal.

Sé que puedo proteger a mi familia a pesar de sus puntos débiles. The Mint marca la diferencia. Maggie y sus hermanos también pueden cuidarse por sí solos. Pero estas chicas no son como nosotras.

Recuerdo cuando conocí a Mary y me habló de la clase de chicas que no reclutaba y la clase de chicas que sí. Me apresuro a añadir:

—Y su deuda no va a ninguna parte. Hay que pagarla. Y si no lo hacemos, Wal y Wag vendrán a por nosotras. Ellos se quedarán con su parte pase lo que pase.

—A menos que… —interrumpe Vera, que deambula agitada frente a la chimenea—. A no ser que paguemos la deuda de Mary de inmediato. Si la pagamos, nos liberamos de ellos y de ella. Nadie le debe nada a nadie. Y al final, podríamos dejar de estar bajo su control.

—Al final seríamos libres —insisto, completamente de acuerdo con ella—. Ese es el trato que negocié con los hermanos. Les pagamos el importe total en dos semanas. Este trabajo será grande, pero…

—No tan grande —interrumpe Maggie—. No podemos pagar la totalidad de la deuda y quedarnos con algo para nosotras. No, si nos limitamos a recolectar a costa de los invitados de la fiesta.

—¿Qué fiesta? —pregunta Vera, con los ojos entrecerrados—. ¿Cuál es este trabajo tan ambicioso que estáis planeando? Maggie no nos lo ha contado todo.

Le hago a Maggie la señal que habíamos convenido y, sin tomarse un respiro, lo revela todo.

—¿La fiesta del año? —repite Vera, cada palabra más pesada que la anterior.

—La madre de todas las operaciones —murmura Rita.

Evelyn no le quita ojo a la cara de Maggie.

—¿Por qué no recolectamos también de la tienda? Si vamos a por las dos…, saldremos ganando.

—Es más difícil —añado—. Recolectar de los invitados será fácil. Hoy he conseguido un puesto de trabajo como vendedora allí. Necesitamos estar muy familiarizadas con la disposición de la tienda y con la planificación de la fiesta, por no hablar de la nueva detective de la tienda. Solo así tendremos éxito.

—¿Has conseguido el trabajo en Selfridges? —Pearl se une a la conversación con una sonrisa contagiosa—. ¡No debería haber dudado de ti! —Me abraza con energía, como si se hubiera quitado un peso de encima. Eso desconcierta a las chicas.

Rita se aclara la garganta.

—Perdón, pero… ¿quién es ella? —Señala a Pearl, y les contagia a las chicas la mirada de confusión.

—Os presento a Pearl King —dice Maggie.

—¿La actriz? —pregunta Vera para sí misma, tocándose la barbilla—. ¡Creo que te he visto en algún sitio!

—Exactriz —añade Pearl.

—¿Qué papel desempeña en esta historia? —pregunta Rita, que mira su vaso de ginebra, aunque no bebe—. Sin ánimo de ofender, no confío en la gente rica.

—Pearl nos va a ayudar —explica Maggie con tono enérgico—. Su participación no es negociable.

Evelyn sacude la cabeza y corta en seco la posible respuesta de Rita.

—Todas las joyas que se exponen son falsas, pero tiene que haber un lugar en Selfridge donde guardan las auténticas. ¿Quizá su oficina o el despacho del contable?

Se me seca la boca antes de responder.

—Solo quiero robarles a los invitados porque la detective de la tienda no prestará atención a sus objetos de valor. Pero estará muy atenta a los potenciales ladrones que intenten aprovechar la fiesta para llevarse algo. No puedo hacerme una idea de si las oficinas estarán vigiladas, ni de si hay joyas auténticas ahí dentro.

—Podemos empezar con una maniobra de distracción —propone Maggie, y me mira a los ojos—. ¿Una bomba, quizá? Como la que usaste en The Mint.

Ahogo una risa.

—¿Sugieres que tiremos una bomba? Me pediste que cortara por completo con el Demoledor, ¿recuerdas?

Maggie asiente con un cabeceo.

—Mis hermanos pueden hacerlo. Quizá no sea tan perfecta, pero funcionará. Obligará a desalojar el edificio, y eso nos dará tiempo suficiente para llegar a las oficinas y encontrar la caja fuerte donde guardan las joyas auténticas.

—Claro, y ni que decir tiene que la tendrán abierta de par en par por si nos dejamos caer por ahí...

—Necesitamos a alguien a quien se le dé bien abrir cerraduras —reflexiona Rita con tristeza.

Otra mirada punzante de Mags.

—¿Se te ocurre alguien?

—¡Ja! —La risa que suelto es más bien un exabrupto—. ¿De verdad estás sugiriendo que metamos a Tommy en todo esto? ¿Después de todo lo que hemos sufrido por su tendencia a abrir cajas fuertes? ¿Ahora que acaba de anunciar que va a rehacer su vida?

—Tú piensa en ello —me ruega, y pone los brazos en jarras, como si lo entendiera todo y le irritase que yo no fuera capaz de verlo—. Es uno de los mejores ladrones de cajas fuertes de todo Londres.

Me llevo una mano a la cara. Si dejo de lado todas las cosas que podrían salir mal, se me presenta un escenario en el que prácticamente doy saltitos de alegría como una niña. Pero también soy consciente de que tenemos mucho que perder, por muy bien que lo hayamos organizado todo.

Hay demasiada gente implicada ahora mismo, demasiados imponderables, y uno de los más importantes es mi hermano.

—No puedo pedirle a Tommy que haga eso.

—Convéncelo —me presiona Maggie—. Yo acepté volver con mis hermanos, ¿no? Lo mínimo que puedes hacer es pedirle a Tommy que se una a nosotras.

Me pongo rígida. No sabe que acabo de echar a Rob a los leones. Me pongo de pie para discutirlo con ella.

—No vas a volver con tus hermanos. Ya he hecho un trato con Patrick y con Eli.

—¿Cuándo?

—¿Acaso importa? Hecho está. He conseguido el trabajo, tus hermanos se encargarán de los traficantes, y Pearl es nuestro salvoconducto. —La señalo con un gesto despreocupado.

Pearl levanta su vaso en el aire antes de darle un sorbo.

Rita entrecierra los ojos y frunce los labios.

—No me convence. Las personas ajenas a la banda son peligrosas. Si la actriz se asusta o comete un error estúpido, podría fastidiarnos la vida a todas.

Me cruzo de brazos con mirada inflexible.

—Ella tiene tantas ganas como nosotras de hacer esto. Si lo hacemos, ella podrá hacer borrón y cuenta nueva con su vida. Tiene la misma determinación que cualquiera de nosotras —digo, rompiendo una lanza en favor de mi amiga—. Pearl es de confianza y no toleraré que la maltratéis. Ya ha tenido suficiente maltrato para toda una vida.

—Alice —me corta Pearl—. Puedo defenderme sola.

—Entonces baja ese vaso y habla, mujer —dice Maggie, y se lo quita.

Pearl se aclara la garganta con delicadeza.

—Señoritas, puedo aseguraros que tengo tantas ganas como vosotras de hacer esto. Alice me ha salvado la vida, en más ocasiones de las que me gustaría admitir. —Se queda inmóvil y baja la mirada—. Le debo esto, y no pienso fallar.

Siento que una sonrisa aflora a mi rostro, pero antes de incorporarme para darle las gracias como es debido, se enjuga una lágrima y le arrebata el vaso a Maggie para acabarse la ginebra.

Las chicas meditan en silencio hasta que Vera esboza una sonrisa.

—Podemos hacerlo. Y entonces seremos libres de todos los que intentan controlarnos. Libres de Mary y de sus mentiras.

—Por primera vez, obtendremos la recompensa que merecemos por nuestro trabajo —coincide Evelyn.

Las estudio con cuidado. Toda esta charla es divertida e inspiradora. Pero ponerla en práctica significa dejar atrás de una vez por todas a Mary, la mujer que, a pesar de sus errores, nos ha dado esta vida. Planear un único golpe tan osado con Maggie es una cosa, pero ahora estas chicas quieren que yo sea su líder y ocupe el lugar de Mary. Sé cómo dirigir The Mint. Conozco a los hombres y mujeres que viven allí. Sé qué quieren de mí y qué esperan que haga.

Estas chicas no son ellos, pero quizá puedan serlo.

Quizá mi vieja familia y mi nueva familia puedan ser una sola y la misma.

—Queremos formar parte de todo esto —repite Rita, su voz fuerte y clara, y sin el menor asomo de duda, como si pudiera leerme la mente—. Esta libertad que Mary nos vendió no era libertad. Trabajaremos contigo y con Maggie. Formaremos una sociedad entre todas. Una nueva banda.

—No será como antes —les advierto—. Si no nos aliamos con hombres como los McDonald, cada ladrón de esta ciudad se creerá que puede avasallarnos. Entrar a nuestras casas, robar nuestro almacén, hacernos lo que le dé la gana por el mero hecho de ser mujeres. Así que, siempre y cuando no tengamos las agallas para igualar la violencia de los hombres, siempre estaremos a su merced.

—Tenemos que cambiar —dictamina Maggie—. Puedo enseñaros a pelear, y Alice a usar una daga. Podemos igualar su violencia si no tenemos otra opción. Podemos convertirnos en sus iguales. Si nos desafían, los desafiaremos en los mismos términos.

Le dedico una sonrisa cansada.

—Suena realmente prometedor cuando lo dices así, Mags, pero la clase de mujeres en las que nos tendremos que convertir…

—Lo haremos —dice Rita.

—Las cosas tienen que cambiar —coincide Evelyn—. Podemos cambiarlas —Levanta su vaso—. ¡Brindo por nosotras!

—¡Por Las Cuarenta Ladronas! —grita Rita.

—Por Alice Diamond y Las Cuarenta Ladronas. —La alegría de Maggie es contagiosa pero cortante, y se me ensombrece el gesto. Ya sé lo que quiere decir. Me he encargado por mi cuenta del problema de sus hermanos, y habíamos acordado ser iguales.

Y es verdad: no sé compartir nada con nadie.

Si las chicas tienen que cambiar, yo también tendré que hacerlo.

—Por un nuevo mundo —zanjo, y brindamos. Maggie y yo nos miramos a los ojos antes de beber—. ¿Juntas?

Es mi manera de disculparme y de prometerle que la próxima vez trataré de hacerla partícipe de la toma de decisiones. Y confiar en ella.

Pone los ojos en blanco y asiente. Me guiña un ojo.

—Juntas.

***

Esa misma noche, mientras las otras chicas están acostadas sobre mantas que hemos dispuesto en el suelo, Pearl y yo salimos al balcón para beber juntas y oír el sonido que hace el viento de la noche contra el edificio. Nos hemos tapado con mantas y echo de menos a Louisa. En las noches frías como esta, mirábamos la nieve desde la ventana de nuestra habitación. El año pasado le prometí que este invierno iríamos a ver cómo la ciudad se iluminaba para la Navidad y oír cómo el Big Ben recibe el año nuevo.

Trato de imaginarla feliz, trabajando en el Savoy, lejos de mí.

—Has manejado muy bien esta situación —le digo a Pearl, ansiosa por distraerme.

—Es muy gratificante sentirse querida… Formar parte de algo. Incluso aunque ese algo sea ilegal. —Arquea las cejas y sonríe—. No parecías cómoda con la idea de incluir a tu hermano.

—Es complicado —admito a regañadientes. Me entrega el vaso medio vacío y le doy un buen trago.

—¿Te preocupa que no pueda hacerlo?

Resoplo y sacudo la cabeza.

—No hay caja fuerte que no pueda abrir. Pero ahora está casado y espera un bebé. Me dijo que quería dejar atrás esta vida.

—Pero ¿lo hará si se lo pides?

—Sí.

Se reclina sobre la silla y levanta las piernas.

—Qué afortunada eres por tener una familia que te quiere. —Mira al infinito—. Mi madre me amaba. Por eso quería que me casara con Harold. Sabía que me iría mejor en el teatro si estaba con él. Tardé mucho tiempo en darme cuenta de lo desagradable que es. Cuando me dio la oportunidad de dejar atrás mi anónima y deprimente vida en el campo y acaparar los focos deslumbrantes de Londres, la tomé. Dejé a mi madre atrás desplumando gallinas y cargando una carreta de frutas todos los días, de camino al mercado.

—Eras solo una niña. Demasiado pequeña como para darte cuenta de eso.

—¿Demasiado pequeña como para darme cuenta de que la estaba abandonando? —Sacude la cabeza para expresar su desacuerdo—. Sabía perfectamente lo que hacía. Quizá no tendría nada con ella, pero al menos, tendría amor.

—Ahora tienes amigas —replico de inmediato—. Y no uses la palabra a la ligera. Para serte sincera, no tengo ni idea lo que es tener amigas, ni mucho menos de conservarlas. En esta vida me he limitado a sobrevivir, y cualquier persona ajena a mis vínculos de sangre era solo una batalla perdida en esa guerra. Pero aquí estamos todas juntas, así que me gustaría intentarlo.

Toma su vaso con una risita y me lo acerca, mientras dice:

—Por los intentos.

—Por los intentos.

—Estados Unidos —dice con tono ensoñador—. Quizá vuelva a los escenarios y me labre un nombre en Nueva York.

Me la imagino lejos de Harold King, floreciendo y siendo feliz, y esa imagen me hace sonreír.

—¿Y qué me dices de ti? Si lo conseguimos, y desde luego que nos va a costar hacerlo, te habrás coronado.

—¿Coronado?

—Habrás destronado a Mary. Las chicas responderán ante ti y otras se amontonarán para unirse a tu banda, sorprendidas por el éxito de esta misión enorme e imposible.

Frunzo los labios y pienso por un momento.

—¿Qué será de mí? —pregunto a media voz, más para mí misma que para ella.

Pero se inclina adelante con la intención de responderme.

—¿Qué será de ti? Yo sabía que eras diferente cuando me hiciste bajar de ese balcón. Eres la mujer más formidable que he conocido. Lo vas a lograr, Alice.

La miro sin parpadear.

—¿Estás segura de eso?

Apura la ginebra.

—Más que segura.

CAPÍTULO 18

A LA MAÑANA SIGUIENTE, MISS WALLER HACE FORMAR A todas las nuevas empleadas para examinarlas. Llego por los pelos y me uno al resto, todas ellas vestidas con el mismo tono verde corporativo de la tienda. Miss Waller se vale de una regla para corregir la postura de las chicas, mientras comenta al pasar todos los rasgos que le resultan "poco favorables" de cada mujer.

Al detenerse frente a mí, suspira decepcionada.

—El vestido, bien, y la postura bien también, pero ¿el pelo y el maquillaje? ¿Te has caído de la cama esta mañana?

—Mejoraré en este aspecto —digo, disimulando cuánto me ha dolido su insulto. Anoche hablé con Pearl hasta las tantas y no he dormido lo suficiente, pero mi mente era un hervidero. Seguía pensando en las chicas, y en lo que le he hecho a Rob. ¿Qué va a pasar si esto sale mal?

Miss Waller aprieta los labios y asiente.

—Ya veremos, ¿verdad? —Da unas cuantas palmadas—. Comencemos con el período de prueba. Queda poco más de una semana para la Navidad, y algo menos para el evento de Nochebuena. El señor Selfridge espera que deis lo mejor de vosotras mismas en esa fiesta. ¿He sido lo suficientemente clara?

No me quita ojo de encima.

Todas respondemos al unísono:

—Sí, miss Waller.

El día es cualquier cosa menos lento, y aun así se hace eterno. En cuanto bajas la guardia, aparece una regla nueva. Se espera que cada empleada nueva cubra un departamento en concreto, donde se queda durante horas hasta que se ha familiarizado con los productos, y cuando parece que le ha pillado el tranquillo le asignan un nuevo destino.

Conozco el género, pero las ventas no son mi fuerte, y cuanto más me presiona miss Waller, más irritada estoy.

Pero mantengo la sonrisa, incluso aunque me duelan los pies y me rujan la tripas. Resisto todo lo que me echan porque necesito aprender todo cuanto esté a mi alcance para tener la mayor ventaja posible.

Al final de la tarde, miss Waller anuncia una pequeña pausa para el té. Nos damos un breve respiro, pero debemos regresar a nuestras secciones en menos de quince minutos.

Luego de beber una taza de té y comer una galleta, voy hacia los ascensores, donde Lucille me saluda con calidez.

—¡Bienvenida de vuelta!

Le sonrío a pesar de lo mucho que me duelen los pies por culpa de esos tacones apretados y despiadados.

—Es bueno estar de vuelta —dejo salir un quejido fuerte y doloroso—. Me preocupa no sentirme los pies en los próximos días después de lo que miss Waller nos está haciendo pasar. —Me doy por vencida y me quito los zapatos para estirar los dedos.

Lucille ríe compasivamente al verlos tan rojos.

—¿Sabes lo que necesitas? Un cigarrillo. —Me hace un gesto para que suba al ascensor.

—Un cigarrillo… o una copa —murmuro, y subo—. ¿A dónde vamos?

—Al sótano, a la sección de rebajas —dice con entusiasmo. El ascensor se abre a un mundo totalmente nuevo de mercancías, un poco más caótico y pensado para las mujeres trabajadoras—. Vengo aquí cuando me dan la paga. No puedo evitarlo. Pero hay una puerta en la parte trasera que lleva a un túnel. —Deja claro lo entusiasmada que está—. Te lleva directo a la estación de metro de Bond Street. A solo unas pocas manzanas, después de cruzar algunas rejas y madera apilada.

La información es tan increíble que tardo un buen rato en procesarla.

—¿Un túnel? ¿Bajo tierra? No sabía nada de eso. —Suena a que se lo inventa, y no puedo ocultar mi escepticismo. Pero, a juzgar por lo poco que conozco a Lucille, parece honesta. No es la clase de persona que mentiría.

—Es un túnel privado, aún lo están construyendo. Es el proyecto secreto del señor Selfridge. Me escabullo ahí de vez en cuando para fumar un cigarrillo cuando el desenfreno de la tienda me exprime al máximo. —Sale del ascensor y me hace un gesto para que la siga.

La sección de rebajas todavía no ha abierto, pero el género ya está dispuesto para las fiestas. Me abro paso entre los productos catalogados, mientras miro las paredes en busca de una puerta oculta, segura de que no será tal como lo describe Lucille.

—Aquí estamos —dice, y me indica una puerta angosta que parece cerrada, pero toma el picaporte y la abre con un fuerte empujón—. La cerradura es solo una fachada, una advertencia para mantener a la gente alejada.

Allí dentro, el aire ventoso del túnel me golpea con un frío repentino y mis pies se hunden en la tierra húmeda. Observo la construcción, estudio el interior y una sensación de optimismo me invade: la inspiración que arrincona para siempre todas las dudas que había tenido en los últimos días. Aquí está. Nuestra vía de escape con todo lo que robemos… y sin que nadie se entere.

Me quedo boquiabierta.

—No es en absoluto elegante —dice Lucille.

No, no lo es. Es un lugar tan olvidado y apestoso que el señor Selfridge no está preparado para ponerle su nombre. Por suerte para mí, no me molesta ensuciarme un poco.

—Pero es un lugar agradable al que escapar —añade, mientras me pasa un cigarrillo y enciende el suyo—. Se suponía que el señor Selfridge lo terminaría el año pasado, pero hubo algunos retrasos. ¿Tienes un hombre?

El cambio abrupto de tema me pilla con la guardia baja. No sé cómo responder su pregunta. No sé qué es Rob para mí, ni si somos algo después de lo que le he hecho.

—Es complicado.

—Ah, esos son los mejores —Pestañea con una sonrisa juguetona.

—¿Y tú tienes uno?

—Es complicado. Mi padre murió en la guerra, me dejó sola con mi madre y mis dos hermanos menores. Hay un hombre que quiere casarse conmigo, pero eso implicaría dejar la ciudad y a mi familia. No sé si podré hacerlo.

Esa sola información nos convierte en iguales. Empatizo con sus circunstancias y una sensación de culpa se apodera de mí. Es una chica agradable, por lo que sé, y no merece que le mienta.

Me aclaro la garganta y enseguida cambio de tema.

—¿Cuántas empleadas conocen este túnel?

Lucille se encoge de hombros.

—No estoy segura. La verdad es que lo encontré de casualidad. —Pasa el tiempo y lanza su cigarrillo al suelo y lo aplasta con el pie—. Será mejor que regresemos. No debería abandonar mi ascensor, y no me cabe duda de que miss Waller te estará buscando.

Asiento y salimos del túnel, luego cruzamos el sótano, mientras un millón de pensamientos se arremolinan en mi mente, mientras trato de encajar esta nueva información en nuestro plan.

Una vez ante el ascensor, me detengo y me vuelvo a poner los zapatos en los pies hinchados. Lucille se sube, pero antes de seguirla, oigo cómo se abre una puerta desde un pequeño pasaje que hay a nuestra izquierda.

Me asomo hacia el largo pasillo.

—¿Qué haces aquí? —La voz de la mujer suena decidida y con cierto tono acusador. Apenas puedo verla a lo lejos, pero abre un poco más la puerta y empieza a caminar adelante. La miro con indignación, y me quedo petrificada. La detective Betts. Sacudo la mano detrás de mí con discreción para que Lucille cierre la puerta del ascensor y me deje afrontar sola las consecuencias.

Respiro hondo y me relajo. Una cosa es hablar de ella y observarla. Pero esto es diferente. Ahora tendré que interactuar con ella.

No quiero llamar la atención. Debo camuflarme.

—Señorita Black, ¿verdad?

Mierda. Sabe cómo me llamo. Se me para el corazón.

La distraigo con otra pregunta.

—¿Recuerdas mi nombre? Qué halagador.

—Conozco a todas las empleadas de la temporada. ¿Qué haces aquí abajo? —pregunta una vez más, impaciente.

—Miss Waller nos dijo que podíamos tomarnos un descanso y explorar la tienda. —En mi defensa, debo decir que esas fueron sus palabras exactas—. Algunas empleadas hablaban de la sección de rebajas que hay en el sótano. Y quería verlo con mis propios ojos.

La mentira debe ser lo suficientemente convincente porque me mira de arriba abajo y se acomoda las enormes gafas circulares. No las llevaba puestas cuando nos conocimos.

—Qué bien que estés aquí abajo. Tengo que hacerte algunas preguntas sobre tus referencias.

—¿Preguntas? —digo sin moverme.

Vuelve a un despacho, busca algo y sale trotando hacia mí sin demora. Revisa algunos papeles antes de hablar.

—Tu historial es poco preciso, muy poco preciso.

—No se me ocurrió incluirlo todo.

—¿Qué es lo que no quieres que sepamos de ti? —Su voz es firme e impenetrable, sin rastro de emoción que pueda leer.

Me esfuerzo por no delatar esa sensación que se extiende desde mis pies y me sube por las piernas.

—Nada, solo cosas personales que no creí necesario mencionar.

—Hummm. —Estudia los documentos otra vez—. La mayoría de las empleadas nuevas no paran de hablar sobre su personalidad, sus familias, todas las cosas que las convierten en candidatas perfectas para la sección de ventas. Y el que tú dejes todo eso afuera me resulta muy curioso.

No. Curioso no. La curiosidad es mala.

—Es como si no quisieras que te conozcamos o te recordemos. Debo admitir que tu historia con el señor King fue de verdad muy atractiva. ¿Quién no ama a una mujer que se rebela contra un hombre? —Más que parecer impresionada, es como si se burlara de mí. De todo lo que dije porque, de algún modo, sabe que no soy la mujer que atestiguan esos documentos.

—Crecí en los barrios bajos de la ciudad —digo al fin, de algún modo sin aliento, la mirada gacha—. No quería que mi lugar de nacimiento influyera a la hora de conseguir el puesto.

Aun así, permanece imperturbable.

—No te creo.

Mis hombros se ponen rígidos.

—¿Disculpa?

—Tienes algo… —dice, y su voz se apaga lentamente—.

No sé muy bien lo que es, pero exige mi atención. Mi curiosidad. Mis ojos. —Guarda los papeles en una carpeta—. Te voy a vigilar, señorita Black. —Me hace un gesto para que me vaya—. Que sea la última vez que te veo deambular por aquí. ¿Entendido?

—Entendido —susurro, antes de pasar junto a ella y marcharme casi a la carrera, hacia la escalera. El aire se me hace irrespirable, y el sudor que me recorre la espalda es frío y desagradable. Cuando encuentro la puerta con una pequeña ventana que da a la escalera, la abro y siento los pies arder a cada paso que doy.

Cuando regreso a la sección de ventas, miss Waller me mira con gesto sombrío, chasquea los dedos y me hace unirme a toda prisa a un grupo de mujeres a las que les asigna nuevas tareas. Nos pide que les preguntemos a las clientas qué necesitan y que las intentemos convencer para que compren cosas que no necesitan.

Las chicas que lo logren pasarán el período de prueba.

Miro a mi alrededor. Todavía siento náuseas. A punto de ceder y zambullirme en los aseos más cercanos, oigo la orden de miss Waller, pero sucumbo al pánico, y busco la mirada inquisitiva de la detective Betts, segura de que por fin me ha descubierto. Cada segundo que pasa está un paso más cerca de descubrir mis mentiras, y la ansiedad erosiona mi confianza.

Si se deja llevar por la curiosidad, inspeccionará cada detalle de mi historial con mucho cuidado. Tengo que cortar por lo sano antes de que sea demasiado tarde.

Miss Waller nos presiona para que elijamos a una clienta que busque algo en particular y hagamos la venta. Pero mientras estoy al acecho, veo a Charlotte entre la multitud, pasando los dedos por el exhibidor de lápices de labios para llevarse algunos mientras el vendedor mira hacia otro lado, atendiendo otra petición.

Miro a mi alrededor, tratando de encontrar a las otras dos que en teoría la acompañan, pero está sola. No entiendo qué hace aquí. Está casada, y en teoría ya no se dedica a recolectar. Sin embargo, la poca amistad que conservo con ella cede ante el miedo por lo que ocurrirá si la detective Betts descubre la verdad sobre mí.

Adiós plan. Adiós a ese volver a empezar de Pearl o las chicas. Un fracaso en todos los sentidos.

No puedo decepcionar a ninguna de ellas.

Mis mejillas están que arden y me azota un pensamiento horrible mientras recapitulo a toda prisa, alternando la vista entre Charlotte y la detective Betts. Charlotte toma un par de pañuelos de seda sin mayor problema.

Si voy a llevar a cabo esta misión, tengo que pasar inadvertida para Betts. Y, por eso, tengo que darle algo; una razón para que no sospeche de mí. Una razón para que se fije en otras.

Tengo que traicionar a Charlotte para salvaguardar el plan.

Me preparo y me acerco ágilmente a miss Waller y la detective Betts.

—Hay una chica allí, una mujer. He visto cómo se guardaba unos pañuelos en el abrigo.

Veo cierta duda en la mirada de miss Waller, pero la detective Betts se pone alerta de inmediato, y mira a la multitud con los ojos entrecerrados e inquisitivos.

—¿Una mujer? —pregunta miss Waller con suspicacia—. ¿Estás segura?

—Segurísima. —Me doy la vuelta y la señalo del modo más casual posible. Charlotte no se ha dado cuenta, sigue concentrada en distraer al vendedor y mantenerlo ocupado con pedidos falsos—. Unos pañuelos de seda y un par de lápices de labios.

Miss Waller mira a la detective Betts.

—¿Y tu trabajo no consistía en prestarle atención a eso?

La detective Betts se toma un momento, apenas un suspiro, para mirarme a los ojos. No doy ninguna muestra de querer desafiarla.

—La he visto. Estoy segura.

No parpadea, pero asiente a modo respuesta, y hace una seña a dos guardias de seguridad que deambulan frente a la entrada. Precavida, se acerca con una sonrisa tan deslumbrante como la que luce Charlotte. Se produce un breve intercambio de palabras entre ellas y, tras un leve gesto de asentimiento, los dos guardas sujetan a Charlotte por los brazos.

Grita y empieza a patalear, montando una escena para que toda la tienda la vea. La detective Betts revisa el abrigo y saca los pañuelos, luego les ordena a los hombres que la lleven a su despacho.

No sé qué pasará ahora, pero la detective Betts me lanza una última mirada. Podría equivocarme, pero parece satisfecha. Leo un agradecimiento mudo en su mirada.

Veo la expresión aterrada de Charlotte cuando la puerta del ascensor se cierra y la vergüenza arde en mi interior hasta que comienzan a flaquearme las rodillas. La tienda en el momento de mayor ajetreo es como la bomba que estalló en The Mint: un zumbido fuerte que no logro acallar. Me repito a mí misma que o era ella o era yo. No tenía otra opción. Tenía que hacerlo. Pero no me sirve de consuelo.

Me apoyo sobre el mostrador más cercano para mantenerme firme.

Miss Waller se disculpa con las compradoras que había en los alrededores y continúo con el período de prueba, un poco conmovida pero concentrada en la tarea. Sigo sus instrucciones, y ruego para que el dulce alivio se sobreponga a la culpa.

No lo hace.

Al acabar la jornada, salgo corriendo; ansío sentir el frío del invierno en la cara. Estamos a principios de diciembre, pero ya se respira el aroma de la nieve en el aire.

—¿Alice? —Oigo la voz de la detective Betts a mis espaldas y me giro, casi con el ceño fruncido, convencida de que dará con la manera de llevarme adentro con cualquier pretexto.

Necesito alejarme de aquí por esta noche.

—Hay una pequeña cafetería en la manzana de al lado. Allí está la mejor pastelería de todo Londres. ¿Tienes tiempo para ir a tomar un té? Pago yo.

Quiero decir que no. Una conversación entre nosotras dos podría levantar más sospechas.

Mantener la distancia es lo mejor.

Pero su expresión, aún firme a la espera de una respuesta, me indica que rechazarla sería peor.

—Claro.

***

La detective se pide un té, sin leche ni azúcar, y una galleta de chocolate. Yo me pido solo un té, porque no quiero darle la impresión de que me quedaré para la cena.

—Me he esforzado mucho para conseguir este puesto —me cuenta con voz firme—. Edith Smith abrió la puerta a que las mujeres tuvieran sitio en las fuerzas policiales, pero todavía somos pocas y nuestros colegas de género masculino se ríen de nosotras. Según el comisionado Horwood, ocupar este cargo es algo positivo, si tenemos en cuenta el aumento de robos por parte de las mujeres. La verdad es que, por más que yo intente encontrar un trabajo de policía de verdad bajo su dirección, nunca estará a gusto con la idea de que una mujer trabaje en otros casos en esta ciudad. Pero si atrapo suficientes ladronas durante la temporada navideña…, quizá cambie de parecer. Quizá ya no tenga que trabajar para agencias privadas.

Escucho con atención, y muestro mi conformidad de vez en cuando.

—Tengo varios archivos sobre estas mujeres. Notas recopiladas por otros detectives, pero ninguna entra en detalles. He estado demasiado preocupada con mi reputación y tratando de demostrar mis aptitudes. No solo para Londres, sino para mujeres como miss Waller, que se ríen cuando una mujer ocupa el puesto de un hombre porque dicen que no nos sentimos en nuestro elemento, que es como ver a un pato en un pub. Según ella, el lugar que debe ocupar una mujer es a las órdenes de un hombre, y no hay nada de malo en eso.

Ahora noto que me he inclinado adelante, tan entusiasmada por su discurso que me he olvidado del té. ¿Cómo puede mi enemiga ser tan fascinante? Esto no me lo esperaba.

—No hace nada sin la aprobación del señor Selfridge. Yo, por el contrario, a veces pienso que, cuanto menos sepan los hombres que están a cargo, mejor.

Sus palabras lo cambian todo. Apenas me diferencio de esta mujer que está en el otro lado de la ley. Busca la validación, que la tomen en serio, ganarse un lugar entre los hombres que se burlan de su ambición. Tiene fuerza y eso la hace peligrosa. Muy peligrosa. Pero ¿podría poner ese peligro a mi favor? Inclino la cabeza de manera casi imperceptible, planteándome muy en serio si Betts podría pasarse al otro bando.

¿Puedo usar su ambición en su contra?

—La mujer a quien atrapamos tenía en el abrigo una enorme cantidad de objetos de otras tiendas del West End. El señor Selfridge alabó mi trabajo y ahora entiende que el peligro persiste.

¿Tu trabajo?

—Aunque nada de esto habría pasado de no haber sido por ti.

Mucho mejor.

—De verdad que no hay de qué —insisto, tratando de mantener la voz calmada y la mirada llena de determinación—. Yo solo quería proteger la tienda. Quizás esta detención evite otros robos. Esto disuadirá a las mujeres que intenten robar tiendas en temporada navideña.

Ríe como a desgana.

—Por lo que he visto y leído, no es fácil asustar a estas mujeres. Para serte sincera, admiro su fuerza y su determinación, pero tengo intención de demostrar a mis superiores que soy una fuerza a la que deben tomar en serio.

En sus ojos arde ahora un fuego apasionado. Intimidante y crudo.

—Verás, con Mary Carr entre rejas, toda la ciudad cree que Las Cuarenta Ladronas se limitarán a desaparecer. Pero yo creo que, con el trono vacante, habrá quien se considere digna de ocuparlo.

Se me forma un nudo tenso e implacable en el estómago. Como si ella me viera las intenciones. Entonces, de repente, sacude la cabeza.

—Perdona si me dejé llevar. Solo quería darte las gracias y espero que acudas a mí si ves algo. Eres muy buena observadora. Es una cualidad bastante extraña y debería tener recompensa.

—Para serte sincera, no creo que me la merezca. Tampoco ha sido para tanto. —Me esfuerzo por mantener la voz firme. Sé muy bien por qué hice lo que hice. Necesitaba que Betts estuviera pendiente de otras cosas. De otras mujeres. Pero no me siento bien y desearía haber dado con una solución más satisfactoria. En la que Charlotte no hubiera salido perjudicada. En vez de exteriorizar estos pensamientos, sonrío y añado—: Si en algún momento veo algo, serás la primera en saberlo.

Asiente y se termina el té.

—También te debo una disculpa por haberte acusado en vano. Tus documentos me parecieron un poco sospechosos, dada tu falta de información personal. Pero luego pensé en lo que yo habría escrito si hubiera querido el trabajo. —Pone los ojos en blanco—. Habría hecho lo mismo que tú. Dejaría que mi experiencia hablara por sí sola. No soy la clase de persona que se queda con palabras elegantes o que se viste para impresionar a nadie. Yo tampoco vengo de un barrio privilegiado. Conozco demasiado bien la vergüenza que conlleva criarse en una familia sin muchos recursos.

Se lo agradezco con modestia. Todavía no sé cómo engañarla durante la fiesta de Navidad, pero tengo una semana para decidirlo. Tiene una debilidad: es ambiciosa, intrépida. Haría lo que fuera con tal de que se la tomen en serio.

Eso podría serme útil.

Pasamos la siguiente hora hablando de la tienda, de las pruebas tan descaradas a las que nos somete miss Waller y de lo diferente que es Londres de Winchester, donde reside. Incluso le arranco una carcajada cuando menciono que me duelen los pies, un dolor con el que se siente identificada. Al despedirnos, me desea que pase una maravillosa noche y yo hago lo mismo.

Pero cuando empiezo a caminar, me siento atenazada por la pesadumbre. Anoche las chicas me suplicaban ayudarme y seguirme. Les di esperanza. Pero no me van a perdonar lo que acabo de hacer.

Ni siquiera sé si yo podré perdonármelo.

Doblo en la esquina más cercana, frente a una sombrerería, y siento que todo mi cuerpo empieza a temblar. Mi respiración está acelerada, fuera de control. La expresión de Charlotte aparece en mi mente una y otra vez, y se repite de manera exasperante. Ni siquiera los ruidos de la ciudad, el autobús que pasa a toda prisa o las voces de los vendedores ambulantes me distraen.

Estoy perdida en sus ojos, sus débiles y asustados ojos.

Paso los siguientes minutos respirando por la nariz y exhalando por la boca, contando en voz baja. De uno a diez. De uno a diez. Me siento tan desconsolada como la noche en que perdí a Louisa, solo que Maggie no está junto a mí para calmarme. Así que tengo que hacerlo sola.

Lo he hecho para proteger a las demás chicas, para proteger la misión. Tenía que distraer a la detective Betts, ganarme su confianza. Y solo había una manera de hacer eso.

Solo una manera.

Una manera.

***

De regreso en The Mint, busco a Tommy, pero mi madre está sola en la casa, recogiendo el local después de una sesión. Dejo salir un suspiro exasperado.

—¿Tommy se ha ido?

—Ha salido con Christina a cenar. Debería volver esta noche. —Me mira de arriba abajo—. ¿Ha pasado algo?

Evito mirarla a los ojos.

—Todo bien. Conseguí el trabajo en Selfridges… Me gané la confianza de la detective de la tienda. Todo va bien, pero me siento muy mal.

El nudo en la garganta se vuelve cada vez más insoportable.

Mi madre se me acerca y me sujeta por los hombros.

—Siéntate. Cuéntame qué pasa.

—¿Por qué no me lees la mano? —Esbozo una sonrisa, y me siento en la mesa. Cierro los ojos y veo su rostro otra vez. Charlotte. Luego Louisa. Todas ellas mujeres inocentes que han sufrido por mi culpa. ¿Cuántos rostros debo añadir a la lista?

—No hablamos desde tu pelea con Richard Sloan —dice con suavidad—. Estuviste bien, Alice. Ya sé que crees que prefiero a Tommy, pero también estoy orgullosa de ti.

—Siempre lo has preferido a él —respondo automáticamente—. Pero todas tenemos debilidad por Tommy, a pesar de sus innumerables defectos. Después de la pelea con Richard, me dijo que quiere dejar atrás esta vida por el bien de Christina y del bebé. —Siento una punzada de dolor en el pecho—. Pero he venido aquí a pedirle que haga un último trabajo.

—Es lo mínimo que puede hacer —me justifica, sin dejar de sujetarme las manos—. Entonces, ¿a qué viene esa cara larga? ¿Qué hay dentro de esa cabecita? La gente viene aquí a hablar y yo escucho. Cuéntame.

Apoyo la cabeza sobre su hombro y le doy lo que me pide. Lo cuento lo que le hice a Mary, cómo he abandonado a Rob, lo de Selfridges, los McDonald, el plan y, por último, Charlotte. Al terminar, entiendo hasta qué punto la he mantenido al margen. En cierto modo, agradezco que esté a salvo, pero otra parte de mí necesita su guía.

Siento que me ahogo, pero me aclaro la garganta.

—Todo es como me dijiste, madre: estoy hecha de acero. Debo hacer cosas que otras mujeres no harían y vivir con eso. Y he tenido que hacerlo. ¿Verdad?

Calla durante un buen rato, hasta que el silencio se vuelve insoportable.

—Ma, ¿me vas a decir algo?

—Sí —responde—. Te costará dos chelines.

Logro reír y ella sonríe, con una mirada compasiva.

—The Mint ha caído en tus manos, aunque no deseabas esa carga. Pero no te corresponde cargar con estas chicas. No tenías por qué ayudarlas, ni tienes por qué guiarlas.

—Pero quiero hacerlo —digo en voz alta, y me siento bien por ello—. Si puedo guiar a The Mint, también puedo guiarlas a ella. He tenido que ganarme este lugar en The Mint y ahora necesito ganármelo con las chicas.

Me suelta las manos.

—Bueno, entonces parece que no tenías más remedio que hacer lo que hiciste. Charlotte te perseguirá, pero en toda guerra hay daños colaterales.

Pienso en lo que me acaba de decir y le pregunto:

—¿Sabes algo de Louisa?

—Hace tiempo que no —admite—. Deberías ir a verla antes de poner en marcha ese plan tan importante. Tengo fe en ti. Después de lo de Richard Sloan, no me cabe duda de que puedes sobrevivir a cualquier cosa. Pero te arrepentirás si pasa algo y no la vuelves a ver.

—Creo que ya me ha borrado de su vida —confieso con un hilo de voz.

Antes de que responda, Tommy entra por la puerta tomado del brazo de su esposa.

—¿Alice? —Su voz suena ligera, feliz, hasta que se fija un poco más en mi cara—. Eh, ¿va todo bien?

Parpadeo para no echarme a llorar y me froto la cara con las manos mientras me pongo de pie.

—Sí, pero tengo que pedirte un favor.

—Lo que sea —dice, y se quita los guantes.

—¿Podemos hablar en privado?

Subimos y nos sentamos junto a la ventana, compartiendo un cigarrillo. Le cuento los planes que tengo para el asalto a Selfridges y lo pongo al día.

—Las chicas creen que es una caja fuerte Mosler importada. Son las favoritas del señor Selfridge, o eso dicen. Todavía no sé dónde está. Damos por hecho que en su oficina.

Tiene los ojos bien abiertos, lo cual me parece harto significativo.

—La caja que no se puede abrir. Lo sabe todo el mundo.

—No hay ninguna caja que no puedas abrir, Tommy Diamond. Y piensa en ello, solo con lo que obtengas con esta misión bastará para establecerte con Christina. Podéis iros de Londres y empezar de nuevo en una casa grande en el campo y criar gallinas.

Ríe ante esa idea, pero su expresión es sombría.

—Es arriesgado, Alice. Si pasa algo, Christina quedará sola. Esa es la única razón por la que quiero dejar atrás todo esto.

—Te prometo que no te pasará nada. Ahora trabajo allí, así que conoceré el lugar por dentro y lo sabré cuando llegue el momento adecuado. No tendremos problema para salir. Es solo abrir otra caja fuerte, guardar el contenido en un bolso y salir convertidos en gente rica.

—Me tomas el pelo. ¿Ahora trabajas en Selfridges?

Sonrío henchida de orgullo.

Aun así, duda. Tommy nunca dudó tanto cuando había un trabajo así de grande y semejante inseguridad me deja claro hasta qué punto se plantea volver empezar y ser la persona ideal para su familia. La culpa me sigue reconcomiendo y empiezo a preguntarme si podremos hacer esto sin él. Una llovizna empieza a caer fuera, pequeñas gotas de agua que se resbalan por el cristal de la ventana. Y cuando me dispongo a abrir la boca y retirar lo dicho, se da una palmada en la rodilla.

—Cuenta conmigo —dice en confianza—. No hay ninguna cerradura que no pueda abrir... Me atrevería a decir que ni siquiera la del señor Selfridge.

Respiro hondo y aprieto mi frente contra la suya.

—Gracias, Tommy.

—No me lo agradezcas, Alice. Te debo esto. Te debo más que esto, pero por algo se empieza.

Alguien llama a la puerta e interrumpe nuestra

conversación. Los dos bajamos y nos encontramos con Maggie, completamente fuera de sí.

—Pearl se ha ido.

—¿Cómo que se ha ido?

Levanta las manos.

—¡Se ha ido! Salí para tratar de convencer a más chicas para que se unan a lo de Selfridges y, al regresar, la vi discutiendo con un hombre en la calle. Y antes de que pudiera acercarme lo suficiente, el tipo la metió en su coche y se fue.

CAPÍTULO 19

Maggie espera en el coche frente a la mansión de King mientras yo me acerco a la puerta. La aporreo una vez, dos veces y, luego, al final, Alba, que no puede parecer más triste, me recibe.

—He venido a ver a Pearl —digo.

Alba mira atrás, nerviosa.

—Será mejor que te vayas de aquí.

Intenta cerrar la puerta, pero pongo un pie y la freno. Noto una gota de sangre en el puño de la manga y una sensación de pánico me abruma por completo.

—O me dices ahora mismo dónde está o derribo esta puerta en tus mismas narices y entro.

Vacila y se aclara la garganta.

—Está en un hospital cerca de Camden Town. Ha tenido un accidente. —Le tiembla la voz—. Pero no ha sido un accidente… La trajo a casa. Ella insistía en irse y él montó en cólera. —Le vuelve a temblar la voz—. Está muy malherida.

Se me para el corazón. Abro la boca, pero no sale nada.

—Niña estúpida. —Escupe las palabras con ira—. ¿Creíste que podías ganar contra un hombre como él? Tienes que irte, Alice. Ya te he dicho dónde está.

Le doy una patada a la puerta, y el labio inferior me tiembla con una mezcla de ira y amargura.

—¿Está él aquí?

—No, se ha ido con ella para asegurarse de que vuelva a casa con él. No sé por qué te sorprende. —Me mira como si diera a entender que soy tonta—. No es ningún secreto que desde el día en que pusiste el pie en esta casa, ella empezó a plantarle cara. Tú le hiciste creer que era capaz de decidir por sí misma, de ponerle límites. —Un bufido escapa de su boca—. Si alguien tiene la culpa de su estado actual, esa eres tú.

Le dedico una risotada cruel.

—¿Prefieres que sea como tú? ¿Que vea cómo la pega sin parar y hacer como si no hubiera pasado nada?

—Tengo familia —dice, sin remordimiento alguno—. Necesito este trabajo. Perdóname por elegirlos a ellos sobre una zorrita rica malcriada que no sabe nada del mundo real. Ella sabía exactamente qué decir para sacarlo de sus casillas y lo hizo siempre que pudo. Y, aun así, no aprendió. Quizás ahora sí.

Me da con la puerta en las narices antes replicarle, y oigo el sonido de la cerradura.

Una ola de ira sube por mi garganta, amenazando con ahogarme cuando regreso a la calle. Maggie se baja del coche y se acerca a mí.

—¿Qué ha pasado? —Sabía que existía la posibilidad de que Harold diera con ella, pero me permití pensar lo contrario. Maggie me sujeta los hombros, y su firmeza me ayuda a mantener el equilibrio—. ¿Alice?

—Tenemos que hacer otra parada —Mi voz está sin aliento, irregular, casi histérica—. Camden Town. El hospital.

***

Llegamos al hospital en un abrir y cerrar de ojos. Maggie aparca el coche y me sigue cuando cruzo las inmensas

312

puertas. El aire huele a toallas recién lavadas y a muerte. Le pregunto a la primera enfermera que veo dónde está la habitación de Pearl y me señala una sala privada al fondo de un largo pasillo de paredes de caoba, rayadas por los roces de las camillas.

Incluso cuando entramos a la sala, impregnada del aroma a perfume y flores frescas, no me siento para nada cómoda con todo el dinero que se gasta en tratar pacientes con un estatus social más elevado. La suma que Harold pagó para su internamiento es solo dinero manchado de sangre, dinero que usa solo para darles a entender a los médicos y enfermeras que ama de verdad a su esposa y que nunca se atrevería a tocarle un pelo.

Me acerco a la cama de Pearl y le tomo la mano. Tiene los ojos hinchados y golpeados, y un enorme corte en la mejilla, tal vez por el anillo de sello que le cortado la piel. Tiene la nariz rota, desfigurada de una manera tan horrible que olvido cómo era antes.

Verla apalizada y herida de ese modo es algo que quedará por siempre grabado en mi memoria.

Maggie llega al poco tiempo, sorprendida. Se acerca a Pearl y la toma de la mano, temblando con ira.

—Él le ha hecho esto. ¿Y se dice su marido?

—Él lo ha hecho —confirmo, sin duda alguna.

Maggie frunce el ceño y luego mira a mis espaldas. Entonces oigo unos pasos que avanzan con cuidado. No necesito escuchar su voz para saber que es él. Harold King.

Aparece con un ramo de flores frescas en la mano, vestido con un traje de tres piezas hecho a medida. Ni una gota de sangre.

—Bueno, pero si es nuestra sirvienta perdida... —Levanta el brazo para tocar el lugar donde lo herí—. Todavía recuerdo tu regalo de despedida.

—¡Sé muy bien que esto se lo has hecho tú, pedazo de

cabrón! —El fuego me consume y me lanzo hacia él. Pero Maggie me detiene con un fuerte empujón. Siento sus manos sobre mi pecho, quitándome el aire.

—No —me advierte con una voz demasiado baja para que Harold no la oiga.

Harold respira hondo en respuesta, pero no veo remordimiento en su mirada.

—Es una tragedia lo que ha pasado. Un coche la atropelló anoche, la dejó tirada en la calle antes de que se diera a la fuga. Alerté a las autoridades y están buscando al hombre, o mujer, que hizo esto. No os preocupéis, se hará justicia. —No soy consciente de estar llorando hasta que noto una lágrima que me recorre la mejilla, que me delata frente a él. La limpio con el dorso de mi mano.

—Se hará justicia —convengo, con voz pesada y recio—. Puedes estar seguro de eso, maldito seas.

Frunce el ceño.

—Admiro tu pasión, pequeña sirvienta. Pero creo que serás más feliz cuando entiendas que no eres nada en este mundo sin un hombre. Nosotros tenemos el poder. Lo que les damos, también se los podemos quitar.

—¿De verdad te crees que tienes el poder? No sabes nada de poder —digo, con tal frialdad que el sonido de mi voz me desconcierta. ¿De verdad me pertenece? ¿O acaso le pertenece a la bestia que habita en mi interior? No quería hacerle daño a Richard Sloan. No me quedó más remedio.

Pero quiero hacerle daño a Harold King. Lo quiero muerto. Quiero ver su sangre en mis manos.

—Te arrepentirás de esto.

—Mi esposa ha aprendido una lección por las malas. No me gustaría nada que tú tuvieras que pasar por el mismo método de tutelaje.

Intento zafarme de Maggie, desesperada por hacerle daño.

—Vamos —dice Maggie, que se niega a soltarme del brazo—. Vámonos de aquí, Alice.

Me lleva a rastras hacia el pasillo y salimos del hospital. Cuando llegamos a su coche, grito:

—¡No deberías haberme detenido! Quería machacarlo. Quería verlo sangrar.

Hago una pausa, sorprendida en cierto modo por la intensidad de mi discurso.

—Sube al coche —me ordena y, a regañadientes, me demoro un tiempo en sentarme en el asiento del acompañante.

No me mira cuando dice:

—No puedes pegar a un hombre como Harold King a la vista de todo el mundo, en medio de un hospital. Es un caballero con mucha influencia. Dirá que estás loca y te encerrarán antes de que puedas parpadear siquiera. Y entonces, adiós a nuestro plan. Adiós a las chicas. Adiós a todo. —Sacude la cabeza, un aluvión de emociones le sonroja las mejillas—. A un hombre así lo derribas con un arma, un cuchillo, del mismo modo que lo harías con un animal rabioso. Lo cazas cuando está solo. Te aseguras de que nadie te vea. Nos encargaremos de Harold King juntas. Pero este no es el momento. Necesitamos centrarnos en el plan. No solo por nosotras, sino también por Pearl. Ella era nuestro salvoconducto y ahora nos hemos quedado sin invitación.

Solo se me ocurre otra persona a quien podrían haber invitado a la fiesta más despampanante del año.

—¿Y si le preguntamos a Kate Meyrick? Seguro que la han invitado. Se ha hecho un nombre en esta ciudad. Aunque nuestra última charla no fue cordial, que digamos.

—¿Qué hiciste?

Meneo la cabeza.

—No importa.

—Podemos preguntarle —conviene Maggie—. Pero tendrá un precio.

—Como todo el mundo —murmuro.

—También nos hemos quedado sin una chica al fallarnos Pearl. Iba a ser nuestra cara bonita. Le iba a enseñar a recolectar esta semana, a enseñarle nuestras técnicas —añade Maggie—. Necesitamos tantas chicas como sea posible. ¡Quizá pueda preguntarle a Charlotte! Nunca quiso dejar la banda. Mary la obligó a hacerlo después de su boda. Se unirá de mil amores, y ya sabemos que trabajamos bien con ella.

Sabía que este tema saldría a colación. En algún momento. Esperaba que fuera cuando todo hubiese acabado. Demasiadas cosas tenemos ya en contra, y no quiero más problemas con Maggie.

Pero me he quedado sin alternativas. Pasan los segundos mientras trato de verbalizar la manera correcta de decirlo. ¿Y si no la hay?

—Ha pasado algo —digo, y me trago el nudo que tenía en la garganta—. La detective Betts sospechaba de mí desde el primer día. No sé si fue por mi entrevista o por mis referencias, pero me dejó bien claro que no me iba a quitar ojo de encima.

Alza las cejas.

—¿A dónde quieres llegar con todo esto?

—Charlotte estaba en Selfridges. La vi robando y avisé a la detective Betts. La detuvieron.

Abre la boca, sorprendida.

—Tuve que hacerlo, Maggie. Tenía que quitarme todas las sospechas de encima para poder tener una mejor oportunidad.

—¿La has entregado? —Y se apea del coche enseguida toda prisa, como si le resultara intolerable verme.

Me apeo con ella y el instinto me grita que escape. Soy toda culpa y miedo. ¿Cómo voy a convencerla de que me perdone?

—¿Qué habrías hecho tú?

—Cualquier otra cosa —masculla—. Quizá no significara nada para ti, pero yo la conozco desde hace años. Le gustabas y, más importante aún, era mi amiga.

Asiento, aceptando sus palabras hirientes porque sé que necesita verbalizarlas.

—Mira, no lo hice a la ligera y la culpa me reconcome desde entonces. Pero no se me ocurrió otra cosa. Esta mujer, la detective Betts, se toma muy en serio su trabajo. Es inteligente. Me habría descubierto de no haberle dado un motivo para confiar en mí.

Sacude la cabeza con una expresión de puro disgusto.

—¿Y sabes por qué confía en ti ahora? Porque jamás se le habría ocurrido que entregarías a alguien de tu propio equipo. Nadie es tan insensible.

Resoplo, indignada, pero ella continúa.

—¿Habrías hecho lo mismo si hubiera sido yo? ¿Traicionarme en beneficio propio? Dices que estamos en esto juntas, pero cada paso que das parece ser solo tuyo. ¡Solo sabes estar sola!

—Tienes razón. —Recalco las dos palabras con toda la claridad que me es posible—. He pasado sola mucho tiempo, Mags, y siento que solo puedo contar conmigo misma. No me gusta lo que he hecho, pero lo hecho por ti y por Pearl y las chicas, que dependen de nosotras para llevar a cabo esto. Lo hice por nosotras. No quiero ser la persona que decida esto, pero alguien tiene que hacerlo. —Repito el discurso de mi madre—. Charlotte solo ha sido un daño colateral en esta guerra.

—¿Qué guerra? —Levanta los brazos, enfurecida—. Si voy a ir a la guerra contigo, ¡al menos dime contra quién lucho!

—¡Contra todos! —grito en respuesta, con idéntica ira—. Los hombres como Harold King, que pegan a las mujeres por deporte. Las mujeres como Mary, que manipulan a las chicas pobres y desesperadas para sacar provecho a su costa. Los hermanos McDonald, que solo quieren controlarnos. Richard y Alister. Tus hermanos, que siempre te han considerado poco más que un espectáculo circense de segunda que les proporcionaba algún que otro ingreso. ¡Todo este maldito mundo! Somos nosotras contra todos.

Maggie respira hondo y mantiene la cabeza erguida, mientras algunas lágrimas se deslizan por su rostro. Mi corazón late con fuerza cuando doy un paso adelante, y casi me ahogo cuando vuelvo a hablar.

—He hecho cosas horribles para proteger a mi familia y, si tú crees que no haría lo mismo por ti, por lo que tratamos de hacer juntas, entonces no has entendido nada.

Cierra los puños mientras piensa en lo que he dicho. Nada de lo que he dicho cambia lo que pasó, aunque para ella tenga sentido. No cambia el que Charlotte significara algo para ella y que yo le gustara. No se merecía lo que le ha pasado, y nada de lo que yo diga puede cambiar eso.

—Necesito estar un rato a solas —dice, pero suena más bien como "necesito estar lejos de ti"—. Luego nos vemos en la casa de Pearl. Evelyn y Rita quieren repasar el plan y poner al día a Tommy. Ahora que sacrificamos cosas y personas, tiene que valer la pena, y con mayor motivo.

Asiento lentamente.

—Estoy de acuerdo.

Empieza a caminar hacia la puerta del coche, pero se detiene.

—Se acabaron los secretos, Alice.

No. Los secretos no se han acabado. Estoy hecha de secretos. Pero con tal de mantener la paz, digo:

—Se acabaron.

—Lo digo en serio. De lo contrario, todo esto se acabó.

—Se acabaron los secretos.

***

Al amanecer, Maggie sigue distante, pero acepta venir conmigo para hablar con Kate esta noche y tratar de alcanzar un acuerdo con ella.

Por ahora, respondo a Selfridges, en cuya biblioteca miss Waller ha reunido a todas las nuevas empleadas para charlar sobre la inminente fiesta de Navidad. Todas hablan con entusiasmo mientras yo las miro perpleja. He sobrevivido de milagro a nuestro período de prueba, pero todas parecen florecer. Además de Lucille, no he hecho ninguna otra amiga. He estado demasiado preocupada como para planteármelo, lo cual no ha sido muy inteligente por mi parte.

Ser una extraña significa que atraeré más la atención sobre mí. La que va a lo suyo siempre es la sospechosa. Por eso trabajamos en grupo cuando recolectamos. Me he quitado a la detective Betts de encima por el momento, pero nada evitará que vuelva a sospechar de mí más adelante.

Necesito socializar.

Camino por la biblioteca y me acerco a un grupo de chicas que hablan. Me uno a la conversación justo cuando una de ellas dice:

—¿Sabíais que vendrán celebridades a la fiesta? Es el acontecimiento social más importante del año.

La que habla repara en mi presencia.

—Ah, hola, Alison, ¿verdad?

—Alice —la corrijo.

—Soy Patricia —dice—. Ellas son Kathy y Renee.

Las miro.

—Lo siento, no nos habíamos presentado.

—Miss Waller fue bastante dura contigo —observa Kathy—. Habíamos apostado a que ya habrías tirado la toalla a estas alturas. Yo lo habría hecho.

Sonrío.

319

—He trabajado para gente peor que miss Waller. —Intento no pensar demasiado en Harold—. Pagan bien y, como dijeron, es el acontecimiento social más importante del año. ¿Quién no se sentiría honrada de formar parte de esto?

—Yo solo vengo por la comida —revela Renee, algo sonrojada—. Mi prima trabajó aquí el año pasado. Dijo que cada año antes de la fiesta, el señor Selfridge invita a todas las empleadas a una enorme cena de Navidad. Y en ese momento aprovecha y entrega los bonos. Ya sé que eres nueva, pero todas estamos invitadas.

Asiento.

—Suena encantador. —Pero no puedo ir, aunque me gustaría seguirles la corriente. Tenemos mucho que preparar y me sentiría culpable, aunque sea un momento—. Qué hombre tan generoso. ¿Lo conocéis en persona?

—No —dice Kathy—. Pero lo veremos en la fiesta. Quizá con alguna nueva belleza del mundo del espectáculo. Siempre lo acompaña alguna actriz joven.

—Es bastante escandaloso —confirma Patricia con una sonrisa—. Pero no puedo decir que lo rechazara si me mirara.

Renee le da una palmada en el hombro con aire juguetón.

—¡Serás sinvergüenza!

Miss Waller entra a la habitación unos minutos más tarde y se aclara la garganta.

—Como la mayoría de vosotras sabéis, de aquí a poco menos de una semana el señor Selfridge organizará su famosa fiesta de Navidad aquí. Los invitados son seleccionados cuidadosamente y podréis ver el último grito en moda y las más recientes innovaciones tecnológicas que han diseñado inventores de todo el mundo. Algunas de vosotras trabajaréis en la sala de ventas, mientras que otras os encargaréis de los tentempiés. Esto incluye bebida y comida, y asegurarse de que los invitados se sientan a gusto en el acontecimiento.

Respiro hondo. Esto va a ser básicamente lo mismo que hacía en el Club 43, pero con un atuendo menos llamativo. Una pequeña sensación de alivio me invade al pensar en ello. Será fácil dirigir a las chicas si deambulo entre la multitud en lugar de estar quieta en un único departamento.

Miss Waller insiste en la importancia de la fiesta y en que todas entendamos en qué consiste nuestro trabajo y no bajemos la guardia, ni siquiera con todas las distracciones que nos rodearán. Por último, lee una lista con las chicas asignadas cada departamento y con las que trabajarán de camareras. Presiono los dedos de los pies mientras espero que diga mi nombre. Pero no lo hace y termina la lista, y guarda los papeles.

—Vamos a trabajar, queridas —dice a toda prisa.

—Disculpe, miss Waller. No he oído mi nombre.

—Eso es porque no te he llamado, señorita Black.

Parpadeo, y luego sacudo la cabeza.

—Entonces, ¿estoy despedida? Estoy dando lo mejor de mí misma.

—Basta ya, señorita Black —replica irritada, y alza la mano frente a mí—. No te estoy echando. Parece que le causaste una gran impresión a la detective Betts y me pidió que desempeñes un papel muy relevante en la fiesta del señor Selfridge. Y antes de que me lo preguntes, no tengo ni la más remota idea de lo que es. No me dejó opción.

—Me han contratado para trabajar en la sección de ventas —digo, confundida.

Miss Waller se encoge de hombros.

—El trabajo de la detective Betts consiste en estar alerta ante la presencia de posibles ladronas, y ese es un trabajo serio y más importante que las ventas. Es la primera vez que Betts tiene una aprendiza.

Lucho para no quedar boquiabierta.

—¿Aprendiza?

—Es lo que doy por hecho. Pero no estoy segura, porque se cree por encima del bien y del mal. —Pone los ojos en blanco y se lleva las manos a las sienes—. Limítate a tolerarla durante la fiesta. Haz lo que te pida. Cuando termine, te encontraré un puesto fijo en la sección de ventas, y así podrás quedarte con nosotras. Has trabajado duro para conseguirlo. No creas que no lo sé.

Abro la boca para responder, para agradecerle lo que a todas luces parece un cumplido, pero se apresura a añadir:

—Ahora, vete. Por lo que sé, la detective Betts está en la azotea, paseando por los jardines de recreo. Ve a ver qué quiere. Y no te olvides del abrigo.

***

La puerta del ascensor se abre al aire sereno del jardín. En verano, la terraza suele llenarse de gente que toma el té y de fiestas exclusivas para invitados especiales. He oído rumores sobre desfiles de moda extravagantes que atraen a toda la sociedad. Pero es difícil imaginarlo en pleno invierno. La nieve descansa sobre la mayoría de los bancos y el jardín solo es un puñado de ramas peladas y tristes. No cabe duda de por qué lo cierran en esta época del año. El invierno apenas le hace justicia.

Betts camina por un camino de baldosas, mirando el cielo gris, curiosamente en paz, como si este lugar oscuro y tranquilo fuera su santuario. Sujeto fuerte el abrigo y me acerco a ella.

Voy al grano, porque quiero entrar lo antes posible.

—Miss Waller me ha dicho que tienes un trabajo para mí.

Sin mirarme, se apoya sobre una columna cercana.

—Cuando era pequeña, vi cómo una mujer le robaba a un relojero. La policía pidió un boceto de su cara y se lo di. Me dijeron que sería una gran detective algún día. No hablaban en serio. —Ríe para sí misma—. Solo estaban siendo agradables, pero yo me lo tomé en serio. Luché durante años para tener una oportunidad. Atrapar ladrones es lo que me hace seguir adelante y, hasta el otro día, me consideraba bastante buena.

Mi labio superior se crispa en respuesta. Recolectoras. Preferimos llamarnos así.

—¿Y quieres que lo haga contigo?

Se gira hacia mí, y mete las manos en los bolsillos del abrigo.

—Viste algo que yo no había visto, y cargo con mucha presión para demostrarles lo que puedo hacer a todos aquellos que no me creen capaz. Un par de ojos adicionales no vendrían mal. No soy demasiado orgullosa para pedir ayuda cuando la necesito.

La encuentro más y más admirable con cada conversación que tenemos. ¿Cómo podemos ser tan parecidas y tan diferentes a la vez?

Finjo no saber de qué me habla.

—¿Qué te hace pensar que se me da bien encontrarlas? Fue pura suerte. Me contrataron para estar en la sección de ventas.

—Y aun así no pareces disfrutar mucho allí. Esto podría ser más divertido y darte la oportunidad de quedarte cuando la temporada termine.

Me entran ganas de rechazarla porque no quiero acercarme más a ella. Se le da muy bien reparar en los detalles y encontrar las pruebas más diminutas. Pero cuanto más pienso en ello, más me atrae la idea de alejarla de Maggie y de las chicas; mantenerla distraída con otra persona. Si logro ganarme su confianza, de verdad que no habrá nada que se interponga en nuestro camino.

—Sería un poco más divertido —reconozco—. Pero no quiero decepcionarte.

—No tienes que convertirte en una experta de la noche a la mañana. Solo necesito un par de ojos adicionales.

Si me negase, levantaría sospechas. Interpreto el papel de una mujer en el mundo laboral que agradecería que alguien le ofreciese algo mejor. Me obligo a esbozar una sonrisa convincente.

—¿Cuándo empezamos?

Responde con una sonrisa.

—¿Qué te parece ahora?

CAPÍTULO 20

LA DETECTIVE ME LLEVA A LA PLANTA PRINCIPAL PARA OB-
servar a la multitud de compradores de última hora que
vienen en busca de regalos y admiran boquiabiertos los
escaparates tan elaborados. Todas las vendedoras están
ocupadas hablando con clientes, animándolos con reco-
mendaciones y respondiendo sus aburridas preguntas.
Todo es una canción y un baile, y me entusiasma estar alejada de todo eso por el momento. Solo puedo "jugar a ser
agradable" por un tiempo hasta que esa fachada empiece a
desmoronarse.

—Bueno, por lo que he descubierto, las ladronas van en
grupos de tres —dice, y me quedo sumida en el descon-
cierto—. Una se queda junto a la puerta para vigilar, mientras que las otras dos entran a la tienda. La chica que está
cerca de la caja siempre es muy guapa, una cara bonita con
la que llama la atención de todo el mundo mientras que
la otra, la que tiene el verdadero talento, deambula por la
tienda y hace acopio de todo lo que puede.

Río nerviosa.

—Eres buena.

Pone los ojos en blanco, rechazando la idea.

—Ser observadora no implica ningún talento. Veo lo que
cualquiera vería si prestase atención. Ahora presta atención.

Asiento y miro a la multitud, buscando alguna recolectora a quien pudiera conocer.

—No veo nada sospechoso. O, mejor dicho, a nadie. —No hay nadie junto a la puerta, comunicándose en silencio con alguna chica en la caja, ni nadie entre la multitud que levante sospechas. Aunque debo admitir que no me esfuerzo demasiado. Además, estoy segura de que, después de que se corriera la voz sobre la captura de Charlotte, ninguna de las chicas sería lo suficientemente tonta como para venir a recolectar aquí.

—Parece un día de compras seguro —digo en voz alta.

La detective estudia la multitud y se lleva las manos a la espalda.

—Por ahora. Las Cuarenta Ladronas nunca trabajan solas. Ahí es donde reside su fuerza, en el trabajo en grupo. Mary Carr les inculcó estas creencias por una razón. Puede que no siempre estén cerca, pero siempre se buscan con la mirada. La primera regla no es conseguir la mercancía, sino cuidarse. Han creado lazos muy estrechos, ¿sabes? Irrompibles —dice, sin ninguna emoción, como si hablase de una manada de leonas que cazan en la sabana.

Recupero mi voz.

—¿Cómo sabes todo eso?

Se supone que es nueva en Londres y que, por lo tanto, es bastante improbable que nos entienda.

—El comisionado Horwood me dio todas las anotaciones que había tomado sobre ellas. Estaban muy dispersas, pero las estudié con cuidado. Atrapamos a Mary Carr en varias ocasiones, pero nunca llegaron a condenarla. Creo que está muy bien relacionada con hombres muy poderosos, y que esos hombres se aseguran de que siempre quede en libertad. Aunque el comisionado Horwood lo niega y lo seguirá haciendo hasta que se muera porque, de ser cierto, eso significaría que toda la ciudad es corrupta. Nadie puede confiar en nadie, y los verdaderos amos de Londres no son quienes están a cargo de hacer observar la ley, sino criminales como Mary Carr o los hermanos McDonald.

Me aferro a cada una de sus palabras, escuchando con tal interés que el alboroto de la tienda queda como un ruido de fondo.

—Pero ¿crees que eso es cierto?

—Creo que una mujer como Mary Carr debe de tener una extensa red de cómplices, pero hasta que no tengamos pruebas, una lista de nombres, siempre encontrará una manera de escapar del castigo que se merece. Ya sé que saldrá para fin de año.

—¿Tan pronto?

—Tan pronto —repite, y suspira decepcionada.

Asiento lentamente y nuestro entrenamiento continúa. No me enseña mucho más que la observación y el estudio necesarios. Atrapamos a un niño pequeño que estaba guardándose un tren de juguete en el bolsillo, pero nada más.

—Ven conmigo, quiero enseñarte algo. —Camina hacia el ascensor y la sigo mientras Renee y Kathy me miran con gesto suspicaz. Hace un momento se apostaban cuánto tiempo tardaría en darme por vencida y ahora soy nada menos que asistente de la detective de la tienda. Kathy sacude la cabeza cuando me ve, con los ojos entrecerrados.

Y esto es todo lo que da de sí la idea de hacer amigas.

La detective le indica a Lucille que nos lleve al cuarto piso. Más allá de todas las oficinas, incluida la puerta cerrada del señor Selfridge, hay una pequeña habitación aislada con la palabra TESORERÍA grabada en una placa dorada. La detective Betts abre la puerta y revela una caja de seguridad Mosler que ocupa toda la pared. Y no solo una, sino dos..., tres..., cuatro..., cinco.

Me quedo boquiabierta.

Mierda. Tommy me va a matar.

—Las chicas no saben que las joyas que se exponen son falsas —dice, con orgullo—. Somos la única tienda de Londres que hace esto, pero otras no tardarán en copiarnos. Con esta escalada de la criminalidad, asumo que todas las tiendas guardarán sus joyas en cajas de caudales para las fiestas del próximo año, a más tardar.

Un escalofrío incómodo cruza por todo mi cuerpo.

—¿Hay joyas en todas? —pregunto en voz alta, tratando a la desesperada de impedir que me tiemble la voz tiemble mientras hago equilibrios sobre la delgada línea que separa el entusiasmo y el temor. Cinco cajas fuertes implican multiplicar por cinco las ganancias, pero también que, de algún modo, tengo que dar con la manera de mantener esta habitación alejada de los ojos fisgones durante el tiempo suficiente para que Tommy abra cada caja fuerte. Una distracción, y bien grande.

Asiente con brusquedad.

—El señor Selfridge es un genio con sus expositores y desea que los clientes vean los productos de primera mano..., pero ni siquiera él fue capaz de predecir la existencia de Las Cuarenta Ladronas. Si no les presentamos batalla a nuestra manera, nos lo robarán todo hasta echarnos del negocio. —Mira las cajas fuertes con detenimiento, y añade—: Imagina su horror cuando les lleven todos los diamantes robados a los traficantes... y descubran... —Sonríe, y el entusiasmo ilumina su cara.

Me quedo sin palabras. Por mucho que intente encontrarlas, no acuden a mi boca.

—Esas chicas se creen muy astutas. —Ríe con energía, y cruza los brazos mientras ríe—. Poco saben que nosotros también podemos ser astutos.

Seguimos así por el resto del día; ella sonríe confiada mientras yo estudio las entradas y salidas del edificio, repaso los planes de la fiesta incontables veces y, por último, pienso en un puñado de escenarios diferentes que le darán a Tommy tiempo suficiente. Parece que habrá fallos en potencia a cada paso que demos.

Cada posible contingencia tiene lagunas que podrían acabar con una de nosotras, o con todas, atrapada por Betts en un abrir y cerrar de ojos.

No. La distracción tendrá que ser mucho más grande.

Para cuando me manda a casa, parece inquieta, girando sobre los talones, ansiando que llegue el día de la fiesta mientras yo estoy sumida en mis pensamientos, dándole vueltas a qué debo hacer para destruir esa confianza.

Solo necesito el plan correcto y el tiempo justo.

***

Maggie me pasa a buscar para ir al 43 y no dice nada hasta que llegamos. Saca un cigarrillo y lo enciende con un fósforo que enciende contra la pared del edificio. Después de darle una larga calada, me lo pasa. No dejo que mi cuerpo me traicione, pero mis ojos van al apartamento de Rob.

No hablamos desde que les dije a sus hermanos que sabía a qué se dedicaba, y ahora lo deseo más que nunca.

—¿Cómo te ha ido el día? —Su tono es indiferente, como si solo buscara un tema cualquiera de conversación.

—La detective Betts me ha convertido en su asistente —revelo—. Se supone que la tengo que ayudar a evitar los robos durante la fiesta.

Una risa escapa de sus labios.

—¿Cómo lo has hecho?

—¿Pura suerte? —Aunque no es cierto. La única razón por la que confía tanto en mí es porque le entregué a Charlotte—. Pero solo me gané su confianza porque hice algo horrible. Tenías razón. Nunca imaginaría que los criminales fueran tan crueles.

Asiente.

—¿Te arrepientes?

Se me cierra la garganta. No quiero mentirle.

—¿Me preguntas si me arrepiento de la ventaja que tengo ahora? No. Me dijiste durante la prueba que las mujeres como nosotras deben hacer cosas que otras mujeres no harían. Tenías razón, pero siento no haberte contado antes lo de Charlotte.

Veo algo parecido a la comprensión en su rostro cuando dice:

—Dejemos eso atrás y centrémonos en el ahora. Necesitamos que Kate vaya a esa fiesta.

Tardamos un poco de tiempo en convencer a Kate para que acceda a hablar en privado con nosotras, pero al final lo logramos y nos hace pasar a su oficina. De inmediato, se acerca a su escritorio y empieza a revolver una montaña de papeles mientras esperamos allí de pie. Hay fotografías de sus hijas por todas las paredes y algunas cajas de alcohol, pero nada más. Es práctica y funcional; lo opuesto al espacio presuntuoso y exuberante de Mary.

—Que sea rápido, ¿vale? Menuda noche me espera.

Sin sentarme, le resumo el plan, nuestro reciente contratiempo con Pearl, aunque no le menciono su nombre, y nuestra necesidad de acceder al recinto con alguien que ya figura en la lista de invitados.

—¿Hacéis esto a espaldas de Mary Carr? ¿Estáis quebrantando sus reglas?

—¿Las reglas que se inventó para evitar que obtuviéramos ganancias cuando ella no está aquí? Sí.

Suelta una risita.

—Mira que se lo dije cuando te reclutó. Le dije que eras una líder, no una seguidora. Pero no hizo ni caso de mi consejo. Estaba segura de que podía controlarte.

—¿Tu consejo?

—Le dije que se deshiciera de ti. —Se cuadra de hombros—. Y después de tu amenaza, ¿qué demonios te hace creer que te ayudaré?

—Podemos darte una parte —respondo a regañadientes.

—No quiero una parte —replica.

—Entonces, ¿qué quieres?

Toma una invitación roja de su escritorio, idéntica a la que tenía Pearl, y la mira sin el menor entusiasmo.

—No suelo ir —dice con sinceridad—. Aunque al señor Selfridge le parezco admirable, nadie de la élite de la ciudad cree que una mujer dueña de un club nocturno sea una figura digna de pertenecer a ese lugar. Por lo general, solo soy fuente de cotilleos y difamaciones. —Se toma su tiempo para pensar, mirándonos primero a una y luego a la otra—. Una de mis hijas vendrá de visita estas Navidades; tiene vuestra edad. Podéis fingir que sois sus amigas si vais a la fiesta conmigo. Pero recordad que vuestra actuación debe ser impecable. Nadie puede dudar de vosotras.

—¿Nos vas a hacer entrar? —Aquí hay algo que no me cuadra—. Si no quieres una parte, entonces ¿qué quieres?

—Un favor.

—¿Qué favor? —pregunta Maggie, y entrecierra los ojos.

—No lo necesito ahora, pero puede que más adelante sí.

Maggie resopla.

—¿Quieres que estemos en deuda contigo?

—Es bueno tener una banda de recolectoras a mano cuando las necesite —responde con un tono alegre.

—Está bien —digo—. Trato hecho. ¿Verdad, Mags?

—Sí —conviene Maggie—. Trato hecho. —Le estrechamos la mano y nos vamos, pero antes de que pueda cerrar la puerta detrás de mí, Kate pregunta:

—¿Qué le has hecho a mi barman?

Me alarma que el mero hecho de mencionarlo me cause un dolor insoportable.

—¿A qué te refieres?

—Renunció anoche, dijo que se iba de la ciudad. Parto de la base de que le partiste el corazón y ahora no quiere hacer nada que le recuerde a ti.

No fue exactamente lo que pasó, pero tampoco se aleja demasiado.

—No sé de qué me hablas —miento, y doy la vuelta para irme.

—Pero merece la pena, por cierto.

Sostengo la puerta y miro hacia atrás.

—¿El qué?

—Perder gente para conseguir lo que más quieres. Se supone que no debemos ser ambiciosas, Alice. Se supone que debemos ser dóciles, humildes y atentas. No se espera de nosotras que tengamos poder. Y aquellas que lo conseguimos nos quedamos solas.

No me gusta que sepa tanto sin saber nada.

—Entonces, ¿te ha merecido la pena? ¿Qué tuviste que sacrificar para convertirte en la tristemente célebre Kate Meyrick?

—Todo —es su escueta respuesta, sin el menor indicio de arrepentimiento en su voz—. Renuncié a todo.

No dejo ver hasta qué punto me afectan sus palabras y asiento antes de cerrar la puerta. Una vez más dentro del club, miro a mi alrededor por última vez. Quizás no logremos culminar el plan y no vuelva a ver este lugar.

—Tenemos que prepararnos, calmarnos —dice Mags de inmediato—. No permitas que Kate se te meta en la cabeza.

—Mi cabeza está bien —respondo—. Solo necesito un poco de aire. Nos vemos en The Mint. ¿Puedes pasar a ver a Tommy por mí?

Me tiende un brazo.

—¿Lo irás a ver? ¿No habíamos acordado que renunciarías a él?

Respiro hondo, tratando de recobrar la compostura.

—Voy a verlo. Dijiste que no tengamos más secretos, así que no te voy a mentir. Si se va, quiero despedirme.

Anticipo algún comentario grosero, o un sermón. En cambio, se le suaviza el semblante. Me recorre el brazo hasta llegar a mi mano, y la sujeta en un apretón blando.

—¿Es la última vez?

Asiento.

—Es la última vez.

***

Salgo del club y subo por la escalera hacia el apartamento de Rob. Una maleta andrajosa espera junto a la puerta. Lo llamo por su nombre, pero parece más un susurro áspero. Levanto el nudillo para golpear la puerta, pero descubro que ya está abierta. Me asomo al interior.

Apila los libros, repasándolos uno por uno. Me mira y dice, con tono absolutamente inexpresivo:

—Alice.

Entro.

—Kate me ha dicho que te vas de la ciudad.

Guarda los libros en un morral con poca delicadeza.

—Sí, bueno. Al parecer, Mary se ha aliado con el comisionado y están intercambiando secretos. El más jugoso de todos es que soy, de hecho, un mentiroso.

—¿Qué ha sucedido? ¿El comisionado te ha amenazado?

Vacila por un momento.

—Me voy esta noche. ¿Acaso te importa? Mis hermanos me han contado lo que hiciste. Me has usado en su contra.

Contengo la respiración, todavía a punto de llorar, pero rememoro la última conversación que tuve con sus hermanos y la uso como combustible para mantener la compostura. Me cuadro de hombros y levanto la barbilla.

—¡Tus hermanos vieron a una mujer a la que le iba bien y trataron de usarme para su propio beneficio! Les ofrecí saldar la deuda de Mary, pero se negaron. Querían que las chicas siguieran recolectando para ellos y, de ese modo, aumentando la deuda de Mary. Si crees que iba a permitir que se llevaran a las chicas e hicieran con ellas lo que se les antojara, entonces no me conoces en absoluto.

—Sí, sí, Alice…, la protectora de las mujeres —dice con ironía, y se peina con los dedos—. ¿De verdad lo harías? ¿Venderme?

—No.

—¿Y si tuvieras que elegir entre The Mint y yo?

—No me hagas responder.

—¿Quieres saber lo que pienso todas las noches?

—No.

—¿Quieres saber lo primero que se me viene a la mente cada mañana?

Le sostengo una mirada cargada de furia.

—No.

—¿Quieres saber para quién esperaba convertirme otra vez en el Demoledor?

Mi boca se seca en respuesta y no puedo controlar el dolor que siento en el pecho.

Se desploma sobre la cama.

—Tú.

—Sabes que no funcionaría. —Me siento a su lado y dejo que las lágrimas broten con libertad. Apoyo una mano sobre su rodilla y bajo la mirada—. Te dije que, si encontraba un buen hombre, correría tan lejos como fuera posible. Tienes que dejarme correr, Rob.

Me acerca más hacia él, mientras sacude la cabeza.

—Podemos irnos ahora, tú y yo. Tomar el próximo tren a cualquier lugar. Siempre he querido viajar. No tendríamos ningún compromiso, ni obligaciones. No te pediré que seas mi esposa. Solo la mujer que se acuesta conmigo cada noche.

Me acerca para besarme y acepto el beso, y me permito derretirme en el acto. Imagina. Viajar a algún lugar lejano donde no sea Alice Diamond, ni Diamond Annie. Solo una mujer con un hombre. Quizás adoptemos un perro y trabajemos juntos en algún pub. Ninguna carga sobre mis hombros, ninguna promesa que mantener.

Ni siquiera sé seguiría un guion o si simplemente descubriría una nueva versión de mí misma. Degusto esa fantasía mientras aspiro su dulce aroma y memorizo el patrón de la colcha sobre su cama. Lo quemo todo en mi cerebro, del mismo modo que hice con el rostro de Charlotte.

Otro daño colateral.

Otro sacrificio.

—Eres demasiado bueno para mí —digo—. Quieres paz, pero trajiste de vuelta al Demoledor por mí. Por mi culpa hiciste daño a más gente.

—No —protesta—. No es eso. Quería ayudarte.

—Por mi culpa, te estás convirtiendo en aquello que querías dejar atrás. Solo que en lugar de que sean tu país o tus hermanos quienes te controlan…, esta vez son tus sentimientos por mí. Eres una bellísima persona, Rob. Quiero que seas un buen hombre. Y no puedes serlo conmigo.

Alza las manos al aire, poseído por la frustración.

—¡Crees que no puedes redimirte, pero no es cierto! Todo el mundo se puede salvar.

Sacudo la cabeza para mostrar mi desacuerdo, y me reincorporo para mirarlo a los ojos.

—Lo que hice, lo que haré, es más grande que cualquier hombre o mujer. Es más grande que el amor. Es más grande que yo.

—¿Y eso qué significa?

Bajo la mirada y cierro los ojos de un modo soñador.

—Tomaré como base lo que empezó Mary, y a partir de ahí haré algo mucho más extraordinario. Peligroso y solitario…, pero extraordinario. Quiero hacerlo. Lo quiero más que…

—Más que a mi —dice, con solemnidad.

Me enderezo, limpiándome la cara y abrochándome el abrigo, ansiosa por marcharme antes de que me convenza para que me lo piense mejor.

—¿A dónde irás?

Frunce los labios con fuerza.

—Para proteger su reputación, el comisionado quiere que siga siendo su confidente, pero esta vez de verdad. Me proporcionará un entrenamiento adecuado para ser un oficial de verdad. —Ríe ante la ironía—. En el otro lado de la ley.

—No lo entiendo —admito—. ¿Qué beneficio obtiene al alejarte de tus hermanos? No tendrá otra fuente de información, ¿verdad?

—No lo hace por la información. Ya no confía en mí porque Mary le dijo que yo trabajaba a dos bandas. La prensa se frotará las manos si se entera. Toda la ciudad dudará de su liderazgo, dirán que las bandas controlan Londres. Para evitar todo eso, me tengo que convertir en un oficial. Mi padre se removería en su tumba.

Hago una mueca.

—No tienes que hacer nada de esto. Podrías irte.

—Hago lo que él quiere y quizá regrese con más poder para ayudar a mis hermanos. Quizá no regrese en absoluto.

—¿Quizá? —Obligo a mis hombros a caer un poco para aliviar el dolor de la despedida.

Logra sonreír.

—Quizá.

Me toma las manos y deja una nota sobre las palmas.

—Esta es mi nueva dirección, por si cambias de opinión. Te escribiré.

Río entre las lágrimas y subo una mano a su rostro, y recorro sus mejillas con los dedos.

—Te escribiré, cara de bebé.

Me besa las manos.

—No me arrepiento de nada. De ningún sentimiento por ti, ni de lo que me obligaron a hacer. —Señala la puerta mientras ahoga una tos—. Sal de aquí, Alice Diamond. Muéstrale a Londres lo que puede hacer una chica de The Mint.

CAPÍTULO 21

En la víspera de la fiesta, la detective pasa gran parte del tiempo repasando su plan para la noche y el papel que desempeño en este. Si bien somos las únicas dos detectives de la fiesta, el señor Selfridge ha contratado a unos cuantos hombres para proteger diferentes puestos, asegurar las habitaciones y ayudar a mantener las invitaciones en orden. Memorizo sus ubicaciones para pasarles la información a las chicas más tarde.

Betts dice que tengo que parecer una invitada, vestida como la alta sociedad, y que deambularé sin llamar la atención, mientras ella se queda quieta en un rincón mientras sus hombres vigilan a la multitud desde lejos. Tengo que hacerle una seña si veo a alguien, pero más importante que eso, no tengo que hablarle, ni delatar qué tarea se me ha asignado.

Quiere que yo sea invisible.

La sensación de anonimato es un alivio. Podré alejarla de las chicas mientras ellas recolectan y darles suficientes pistas falsas como para echarles a perder la noche. Al principio, la idea de tener la ventaja sobre la ley me empodera, pero me ha empezado a gustar. Es un leve inconveniente al que decido hacer caso omiso.

Por mucho que nos parezcamos y empatice con su deseo de que la tomen en serio, debo concentrarme en las chicas, en mi familia, en nuestro éxito. Ella es la enemiga. Una enemiga astuta, por supuesto, pero enemiga al fin y al cabo.

Antes de terminar el día, voy a fumar un rato con Lucille en el túnel. Si las chicas toman la escalera, aún podrán bajar al sótano sin que ninguna de las ascensoristas las vea. La detective no estará cerca de las escaleras y la sección de rebajas del sótano estará cerrada durante la fiesta.

Llevaré a Tommy arriba a la sala de personal, y después de eso tendremos que abandonar el edificio a toda prisa.

—Le he dicho que sí a mi hombre —dice Lucille, interrumpiendo mi hilo de pensamientos. Me pasa su cigarrillo, y de paso me enseña el anillo—. Planeo hacerlo después de Navidad. Pensé en invitarte, pero no sé si querrías venir.

Sonrío ante la propuesta.

—Me alegro por ti, Lucille. —No planeo seguir trabajando aquí después de Navidad, pero no quiero decir nada que pueda borrar la alegría que veo en su cara—. Me encantaría estar ahí.

Se sonroja. Está encantada.

—Y bien, ¿cómo te va con la detective Betts?

—Para mi sorpresa, bastante bien —respondo—. Es como cualquier otra mujer, tratando de hacerse un lugar en este mundo. Creí que sería intimidante y, al principio, lo era. Pero luego comprendí que no somos tan diferentes.

—Para mí sois el blanco y el negro —dice Lucille—. No me ves fumando con ella, ¿verdad?

Sonrío por su amabilidad.

—Eres un verdadero tesoro, Lucille. Si ese hombre tuyo decide en algún momento que no te mereces lo mejor, avísame. —Me aclaro la garganta, recordando que incluso con una amiga tengo que elegir cuidadosamente las palabras—. Tengo un hermano, él se encargará.

Cuando emprendemos la vuelta al sótano, miro el túnel por última vez. Es un camino irregular de una construcción intacta. No sé por qué el señor Selfridge paralizó las obras, ni cuándo planea retomarlas, pero de momento es una luz en la oscuridad. Nuestro camino a la libertad. Podemos llevarlo todo a la estación del metro y usar el coche de Maggie para escaparnos. Si cierro los ojos, puedo imaginarlo ahora mismo.

—¿Tienes idea de cuándo terminará este proyecto? —pregunto.

Lucille se encoge de hombros a modo respuesta.

—Tal vez nunca.

***

Antes de volver a casa, paso por el hospital para visitar a Pearl con una caja de chocolatinas de Selfridges. Entro de puntillas en su habitación y veo que está despierta, garabateando algo en un pequeño cuaderno en la cama. Su rostro golpeado aún es un desastre, pero tiene el pelo lavado y peinado. Cae sobre sus hombros, con ondas y limpio.

Me ve y esboza una sonrisa apenas perceptible. Baja su estilográfica.

—¿Alice?

Su voz temblorosa me abruma. Apoyo la caja de chocolatinas sobre una mesa y me acerco para abrazarla con ternura. Resopla sobre mi hombro, y se aleja un momento después para mirarme mejor.

Le acomodo un mechón de cabello detrás de la oreja y me siento a su lado en la pequeña cama, tomándola de la mano.

—He venido antes, pero estaba Harold. Me dijo que me fuera. Me he escabullido hoy para verte.

Una desesperación repentina invade todo su cuerpo. Me suelta la mano y mira hacia la puerta.

—En tal caso, deberías irte. Viene todos los días a esta hora.

—No le tengo miedo. Que venga.

Es verdad. No le tengo miedo para nada.

—No, tienes que irte, Alice. Vete y no vuelvas. —Levanta la voz—. Si nos ve hablando, eso podría acarrearme terribles consecuencias. Tiene que irte.

Me quedo de pie donde estoy.

—Encontramos otra manera de entrar a la fiesta. Kate Meyrick. Aún podemos hacerlo todo y conseguirte la nueva vida que quieres.

—Qué tontas fuimos al pensar que un simple robo podría resolver todos nuestros problemas —dice, ahogándose—. No hay otra vida. No hay otro futuro. Esto es todo.

Le sacudo los hombros con fuerza. No he perdido la esperanza de recuperarla. Sacar a la luz esa alma atrevida de su cuerpo asustado.

—Ni se te ocurra decir eso. Eres una superviviente, al igual que yo. Te voy a sacar de Londres. ¡Te voy a alejar de él!

Sacude la cabeza, alejándose de mí.

—Por favor, por favor, vete. No puedo irme de Londres. No puedo dejarlo. No sobreviviré sin él. No lo haré. —Busca un pequeño bolso en su mesa de luz—. Las llaves de mi apartamento están ahí. Llévatelas. No volveré a ese lugar.

Tomo el bolso, pero intento dárselo.

—¡Hablo en serio, Alice! —grita, y se desprende del bolso con asco.

Desde que la conozco, nunca la había visto rota por completo. Siempre era rebelde y se aferraba a la idea de una nueva vida, convencida de que un día dejaría a su esposo y conseguiría la independencia que desea desde hace tantos años. Pero ahora no percibo ninguna esperanza en su voz. Solo terror. Una especie de terror roto que me parte el alma. Sobrevivió a su último ataque, pero una parte de ella murió.

—Te lo ruego, ven conmigo. —La tomo de la mano con fuerza, incluso mientras lucha para zafarse de mí—. Te prometo que no volverás a tener miedo. Iremos a un lugar donde no pueda encontrarnos. Puedes empezar de nuevo. Ser quien quieras ser. Por favor, confía en mí.

—¡No! —Su grito es frenético y desconsolado, y me hace retroceder como si me hubiera dado una bofetada—. ¡Ya confié en ti y fue una tontería! Depositar mi fe en una sirvienta a quien apenas conozco. Patético. No debería haberlo hecho bajo ningún concepto. Tengo todo lo que podría desear, más que la mayoría. No puedes decir nada para hacerme escapar y, si te vuelvo a ver, les pediré a las enfermeras que llamen a la policía. Ahora, vete. Vete ahora, Alice. No vuelvas.

Aun así, a pesar de lo hirientes que son sus palabras, no me muevo de allí hasta que una enfermera entra para ver a qué se debe toda esta conmoción. Cuando ve la escena frente a ella, a Pearl llorando y a mí de pie desafiante, me saca al pasillo con la fuerza de un buey.

—No hagas que esto sea más difícil para ella. Hay un momento para discutir y otro momento para irse. Ahora tienes que irte.

La mera urgencia que leo en sus ojos me dice que sabe la verdad y que, al igual que yo, no puede hacer nada. Me muerdo el labio inferior y dejo salir un suspiro tembloroso.

—Volverá a hacerle daño. ¿Se supone que tengo que aceptar eso?

Mira a su alrededor nerviosa y luego de nuevo a mí. Inclina la cabeza, y me señala la salida.

—El señor King no tardará en llegar. Vete de aquí antes de que te vea. Tienes que aceptar que hay cosas que no puedes cambiar y marcharte antes de que te metas en un problema del que no podrás escapar.

Quizá no pueda hacer nada ahora, pero algo tengo que hacer.

—Alguien tiene que enseñarle una lección —mascullo—.

Alguien tiene que mostrarle que no puede salirse con la suya siempre.

—Ese alguien no eres tú —se limita a decir—. Y ya se ha salido con la suya. —Chasquea los dedos y señala la salida—. Vete a casa, muchacha.

***

Esa noche, como una fiesta de despedida por si todo saliera horriblemente mal, los Hill organizan una cena. Han decorado su parte de Chinatown con carteles rojos y naranjas. La música impregna el aire y las lámparas de papel se mueven sobre las calles, iluminadas por velas en su interior.

Evelyn, Rita y Vera celebran con bebidas y bailes, mientras que Maggie repasa el plan de mañana con Eli y Patrick en la sala de apuestas privada, y Tommy escucha con atención. Yo espero fuera, junto a la puerta, obligando a Rob y Pearl a borrarse de mis pensamientos para contentarme con todo lo que me rodea.

Rita y Vera me ven y se acercan moviéndose al ritmo de sus pasos de claqué.

—Tenemos algo para ti —chilla Vera.

Rita me entrega una caja de terciopelo de tamaño mediano con un montón de anillos de diamante. Uno para cada dedo. Brillan bajo la luz de los faroles; arcoíris coloridos en su interior. No sé qué decir, así que, en lugar de palabras, tan solo me los quedo mirando. Me acostumbré a tener cosas bonitas cuando recolectaba para Mary, pero esto va más allá de cualquier cosa que haya visto en la vida.

—Los tomamos del almacén antes de que entrara la policía. Queríamos que los conservaras. No tenías por qué dejarnos hacer esto contigo —dice Rita—. Podrías habernos entregado.

Vera esboza una sonrisa de medio lado.

—¿Y qué me dices de lo glorioso que sería golpear a un hombre en la cara con eso?

Dejo salir un suspiro tembloroso.

—Aun así, podríamos echarlo a perder y amanecer todas en el calabozo esta Navidad.

Vera sacude la cabeza.

—No, vamos a lograrlo.

—Lo haremos —coincide Evelyn, que asiente con convicción—. Somos supervivientes. Pero, por encima de todo, deseamos a alguien que crea en nosotras. Y tú lo haces, de la manera más genuina. Gracias, Diamond Annie.

Sostengo los anillos en la mano, maravillada. Es divertido cómo estos diamantes destellantes pueden, de algún modo, recordarme que he agrandado mi familia. No estoy sola.

—Gracias —les digo.

Se amontonan a mi alrededor para darnos un abrazo de grupo, y me siento abrumada por la sensación de hermandad. Necesitaba este recordatorio de por qué hago esto y por qué he hecho los sacrificios que he tenido que hacer. Pero también me recuerda a mi hermana y la súplica de mi madre para que vaya a verla antes de que todo haya terminado. Entonces entro a buscar a Tommy y los dos vamos al Savoy.

***

Un empleado del hotel nos lleva hacia el Savoy Grill, donde esperamos a Louisa en la barra. Veo a los comensales, todos ellos bien vestidos y felices, relajándose después de la función de teatro, disfrutando de una comida y cócteles con amigos. Este lugar está literal y metafóricamente a años luz de distancia de los barrios bajos a los que Louisa está acostumbrada y no puedo evitar sentirme agradecida de que tenga esta oportunidad de experimentar algo más agradable.

La imagino conociendo a un hombre algún día y teniendo uno de esos romances soñados que solo existen en los libros. Algún hombre de negocios atractivo y amable que se queda en el hotel, se enamora de la bella y dulce criada que limpia su habitación y la lleva a su mansión en la costa donde viven felices y comen perdices.

Eso me hace pensar en mi hermano, que hace lo correcto para forjar su propio final de cuento de hadas.

—Gracias por acompañarme, Tommy. —Apoyo la cabeza sobre su hombro.

Se encoge de hombros, sometiéndolo todo a un riguroso escrutinio, como si se preguntara cuántas de estas personas merecen llevar las vidas cómodas que llevan.

—Es mejor que probar cerraduras frente a Patrick y Eli. Me he pasado nueve días con esa historia.

—¿Cómo te ha ido?

—He abierto nueve de diez.

—¿Y la que no abriste?

Sonríe con picardía.

—Lo hice mal a propósito solo por verles las caras.

Le devuelvo la sonrisa, sintiendo el temor que llena mi pecho hasta que el corazón empieza a latirme con fuerza.

—¿Cómo va tu trabajo con la caja fuerte?

Abre la boca, ofendido.

—¿Te refieres a las cinco cajas fuertes?

—No tienes que abrirlas todas, Tommy —insisto, cosa que le repito una y otra vez desde hace días—. No disponemos de mucho tiempo para eso. Con que abramos una podemos darnos por satisfechos.

Se pasa una mano por la cara y luego, para mi sorpresa, deja salir una risa profunda.

—Si crees que no intentaré abrir las cinco, eso es que no me conoces de nada.

Sacudo la cabeza y busco su mano.

—Por favor, asegúrate de que no te atrapen.

Louisa aparece por fin. Está vestida con una chaqueta sencilla y encantadora y una falda plisada. Tiene el pelo corto por encima de los hombros, y un peinado bob que la favorece bastante y, de hecho, la hace parecer más grande de lo que es.

—Alice, Tommy.

Tommy se levanta para abrazarla, pero ella retrocede un poco, así que él le da un beso en la mejilla.

—Casi no te reconozco, Lou. Estás preciosa, hecha toda una señorita.

—Es verdad —convengo, y me mira titubeante. No se molesta en acercarse y dejarme que le dé un beso. En su lugar, se limita a sentarse.

—¿Dónde vives? —pregunto. Madre me lo ha contado, pero solo trato de sacar algún tema de conversación. De tener una charla normal. Nada sobre The Mint, ni nuestro plan, ni cómo se ha roto todo lo que había entre nosotras.

—Hay una habitación para las empleadas —dice—. Comparto con otras criadas. Es muy divertido. Salimos a bailar y, a veces, vemos algún espectáculo. Es bonito.

Suena amable pero distante, lo percibo de inmediato.

Si Tommy también se da cuenta, no se siente desconcertado por eso.

—Nuestra pequeña está creciendo.

Se le ilumina la cara ante el cambio de tema.

—Todavía no puedo creer que vayas a ser padre.

—Yo tampoco —admite—. Imagino que mi esposa se dará cuenta y me dejará algún día, pero, por ahora, hago todo lo que puedo a su lado.

Al final, soy incapaz de contenerme.

—Deberías venir a casa más a menudo —digo—. Si no es por mí, para ver a madre al menos.

—Lo intentaré —responde, sin darle mucha importancia—. Me alegro de haberos visto a los dos, pero debo irme.

Cuidaos. —Se pone de pie para irse. Le digo a Tommy que me espere. Así pues, la sigo y la tomo del brazo.

—Louisa, por favor, espera. No podemos estar así para siempre.

—Me va muy bien sin ti —sentencia, y me mira de arriba abajo—. Y parece que a ti también te va bien sin mí.

Siento un nudo doloroso en la garganta. Necesito tragar con fuerza para encontrar mi voz.

—Louisa, Tommy y yo estamos planeando algo… y solo quería verte…

Levanta una mano para detenerme.

—¡No quiero saber nada! Por favor, no me digas nada. Quiero que te vayas y vuelvas a The Mint. No me debes nada, Alice.

—¿Lo amabas? —le pregunto, cada vez más frustrada—. ¿Amabas tanto a Jacob como para renegar de mí por lo que le hice?

Suelta una risa.

—¿Cómo puedes estar tan ciega como para pensar que esto tiene que ver con él? ¡Esto tiene que ver contigo! —Me señala con amargura—. Contigo y tu vanidad. Cada día de tu vida has querido demostrarles algo a los demás. Podrías haber dejado ir a Jacob esa noche, pero no lo hiciste. Podrías haberlo matado en la habitación, pero no lo hiciste. Tenías que sacarlo a la calle, delante de todos, para demostrar lo fuerte que eres.

—Padre hizo eso lo mismo con otras personas cientos de veces —respondo, a la defensiva—. ¿Por qué es un problema cuando yo lo hago?

—Es un problema cuando cualquiera de los dos lo hace. Es lo mismo cuando lo haces tú y cuando lo hace él: la violencia, la muerte, las malditas batallas territoriales. Yo no quiero el poder. No quiero el dolor y el miedo que conllevan. Solo quiero divertirme con mis amigas, comprarme cosas bonitas y tener una vida perfectamente normal, como todas las demás. Y si eso significa que tengo que estar lejos de ti, pues entonces que así sea. —Mira por el vestíbulo para comprobar si la miran—. Por favor, no vuelvas aquí, no preguntes por mí. Mis papeles aseguran que me llamo Louisa Finch y que no tengo ninguna hermana.

Quiero decir más, mucho más, pero quizá le debo esto. Si voy a pelear por la banda y para que la gente de The Mint tenga la libertad de tomar sus propias decisiones, debería dejar que mi hermana tenga esa misma libertad.

Incluso aunque la use para alejarse de mí.

***

En el viaje de vuelta, no comprendo lo dolida que estoy hasta que mis dedos empiezan a temblar. Me quedo sin aire y lucho por encontrarlo, inhalando frenéticamente para calmarme. Necesito ser fuerte, pero no quiero serlo ahora. Quiero llorar por haber perdido a Louisa, a Rob y a Pearl. Quiero gritar hasta que todos los arrepentimientos y la vergüenza abandonen mi cuerpo.

Aparco el coche de Maggie en Chinatown, pero antes de bajarme y desaparecer en alguna esquina para llorar, Tommy me sujeta y me envuelve en un suave abrazo. El dolor me nubla la mente y me dejo llevar, sin preocuparme por el transcurso de las horas o los días.

Entierro la cabeza en su abrigo, y dejo salir sollozos ahogados. Empieza a canturrear para calmarme y me da unas palmadas en la espalda. Esta inversión de papeles me parece rara, que él me consuele a mí, pero la acepto. Quizá la he necesitado más veces de las que me gustaría admitir.

—Ya está, hermanita —dice con dulzura—. Déjalo salir. No te dejaré hasta que me lo pidas.

***

Regreso a The Mint para pasar la noche, consciente de que lo más juicioso que puedo hacer es dormir. Mi cuerpo está completamente atento a los peligros que vendrán si no estoy bien descansada para los días venideros, pero mi mente se resiste y bebo. Bebo demasiado, durante demasiado tiempo, mientras Tommy y madre miran algo sobre la mesa, estudiando con mayor detenimiento nuestra salida en un mapa improvisado. No puedo quitarme de la cabeza las palabras de Pearl, ni mi despedida de Rob. Su dulce y soñada oferta de empezar de nuevo con él lo más lejos posible, donde no le deba nada al mundo.

Cuanto más bebo, más tentada me siento de hacer las maletas y correr a la estación Victoria, para perseguirlo, aunque ya han pasado unas horas y lo más seguro es que se marchado hace un buen rato.

—¡Alice! —dice Maggie, que entra a toda prisa por la puerta delantera, y me incorporo en el sofá.

Al ver la cara de Maggie, iluminada por el miedo, me despierto hasta el punto de serenarme de golpe.

—¿Qué pasa?

—Louisa.

El aire parece viciado y todos salimos de la casa presas del pánico. Si bien no logro mantener el paso firme, de algún modo estoy completamente consciente y preparada. Allí fuera, el aire de la noche sopla frío y con una quietud que me incomoda. En las calles cubiertas de neblina, Ralph aparece con Louisa en los brazos.

Madre suelta un grito visceral y se acerca.

—¿Qué pasó?

—Un coche la ha atropellado —dice con voz queda, y sostiene a mi hermana con vigor, la mece como si fuera un bebé en lugar de una joven—. Dos mujeres, creo. ¿Gemelas?

Maggie gruñe, la cara enrojecida.

—¿Gemelas? ¿Estás seguro?

La ginebra aún me nubla el entendimiento, pero consigo apartar la neblina para caminar codo con codo con Ralph hasta que entra en casa y la acuesta sobre el sofá.

Está magullada y ensangrentada, y lleva la misma ropa que hace unas horas. ¿Cómo han dado con ella las gemelas? ¿Acaso me seguían?

—¿Está muerta? —pregunta Maggie, con voz quebradiza—. Por favor, dime que no está muerta.

Madre sacude la cabeza, y mira el pecho de Louisa subir y bajar a un ritmo lento, pero firme.

—No, solo inconsciente.

—Han dejado una nota en su ropa —revela Ralph, y me alcanza mientras miro, aterrada. Pero no la tomo; estoy más preocupada con la respiración de mi hermana, pues temo que en algún momento se detenga.

Tommy la toma y la lee en voz alta.

—"Si tenemos en cuenta tu traición, creo que esto es justo. Pero ya sé lo que estás planeando, Annie, y si sigues adelante con eso, la próxima vez no volverá viva a casa. Estás advertida. Te quiere, la reina de Las Cuarenta Ladronas."

—Lo sabe —dice Maggie, como si no quedara claro—. Sabe de la existencia del plan... Sabe dónde trabaja Louisa... ¿Cómo sabe todo eso?

—Para ella, la información es poder —digo, con voz carente de emoción—. Y su caudal de información es inagotable..., lo que significa que sus recursos son inagotables. Lo que significa... —Hago una pausa, y cierro los ojos para detener mis pensamientos acelerados.

—¿Qué significa? —me apremia Tommy.

Intento no ponerme rígida ni mostrar el miedo que crece en mi interior.

—Tenemos que plantearnos esta otra amenaza en el

transcurso de la operación. Una que es completamente impredecible y capaz de dañarnos a todas.

Tommy se da una bofetada en la cara.

—Ah, ¿solo eso? ¡Grandioso! Añadámosla a la lista. —Mueve una mano como si anotase algo en un papel invisible—. Detención, perderlo todo, echar a perder nuestras vidas y luego, claro está, la amenaza de una muerte inminente a manos de una zorra zumbada que de algún modo conserva el poder desde la cárcel. —Se peina con los dedos sin poner mucho cuidado.

Louisa se queja.

—Tommy, ¿puedes dejar de hablar? Me duele la cabeza.

Madre se inclina sobre ella y le acaricia la cara magullada.

—Ay, mi dulce niña.

—Lo siento, Louisa. —Más que consuelo, me sale un quejido, y cada gramo de la fuerza que conservaba se desvanece al instante—. No permitiré que esto te vuelva a pasar.

El ojo que no está cerrado por el golpe me mira.

—No puedes prometerme eso —murmura sin aliento, mientras las lágrimas caen por su mejilla.

Mis ojos se atreven a llenarse de lágrimas.

—Debería haberte cuidado mejor.

—No quiero tus promesas. Solo quiero que me enseñes cómo asegurarme de que esto no vuelva a pasar. Me vas a enseñar, Alice. No quiero tu protección. Solo que me enseñes a ser fuerte.

Me inclino hacia delante y la empiezo a mecer, como mi padre solía hacer conmigo cuando las calles tomaban la delantera y amenazaban con romperme.

—Te enseñaré —le prometo, y mantengo la voz tranquila—. Esto no te volverá a pasar.

CAPÍTULO 22

EL DÍA DE NOCHEBUENA EN SELFRIDGES ESTÁ RESERVADO a los niños. Hay eventos deslumbrantes para ellos en toda la tienda, desde espectáculos de marionetas hasta torres gigantes de muñecas envueltas en papel de regalo, silbatos de juguete y golosinas. Se exhiben muchos juguetes mecánicos y Santa Claus está en el centro de todo, deseándoles a los niños una feliz Navidad desde su enorme sillón de terciopelo rodeado por regalos. Cuando se van, le entrega a cada niño un paquete.

La detective trata esto como una tarea rutinaria y no la decepciono. Veo a varios mocosos que se guardan cositas en sus bolsillos y abrigos, soldaditos de madera y medallones dorados. Me destroza hacerlo, imitando la actitud engreída de Betts, pero aún siento como si tuviera que demostrarle que puedo hacerlo. Mantenerla mordiendo el anzuelo para que no dude de mí esta noche.

El señor Selfridge llega por la tarde y nos saluda a todas con una cálida sonrisa. Parece mayor de lo que esperaba; aun así, luce elegante y vestido para impresionar. Estrecha la mano a todas sus empleadas, que le agradecen los bonos de fin de año. Sabe sus nombres, cada uno de ellos, y parece tener los pies en la tierra; es un hombre del pueblo, una figura pública a la que nadie querría robarle.

—La encantadora Alice. —Me estrecha la mano con firmeza y, sin lugar a dudas, me siento un poco deslumbrada—. La detective Betts me ha hablado mucho sobre ti. Estoy seguro de que me harás sentir muy orgulloso esta noche, y espero que aceptes seguir con nosotros después de la temporada navideña.

Asiento como una niña embelesada.

—Gracias por darme esta oportunidad.

—No, gracias a ti. —Y sigue su camino con la serenidad que lo caracteriza, deambulando por la tienda con los dedos en alto, señalando cosas que están fuera de lugar o que necesitan atención.

La detective me viste para que parezca otra señorita elegante entre la multitud mientras que ella se queda con su chaqueta habitual y una falda sencilla, y su cabello recogido con las mismas trenzas ya pasadas de moda. Esa apariencia de institutriz es una de sus estrategias para mantener alejadas a las posibles ladronas, me explicó en detalle. La otra es tener a alguien como yo mimetizada donde ella no puede.

Una observadora que se mueva con las masas, sea excepcional y pase desapercibida.

La tienda cierra al anochecer, lo que le da al personal tiempo suficiente para prepararlo todo para la fiesta. Desenrollamos largas alfombras rojas alrededor de la tienda y montamos mesas con todo tipo de adornos festivos. Reemplazamos las muestras de juguetes con arreglos llamativos a la última moda y con las joyas más brillantes. Una habitación se usa para exhibir un Rolls-Royce nuevo resplandeciente y se prepara un enorme banquete para que los invitados disfruten mientras se relajan con las serenatas de un cuarteto de cuerdas. Algunas asistentes caminan de un lado a otro por la fiesta, listas para ofrecer deliciosos strudel y pequeños pasteles junto con copas de champán.

La detective y yo nos quedamos en la sección de ventas

cerca de los mostradores con otras empleadas cuando llegan los invitados. Las mujeres caminan con paso ligero, como si lo hicieran sobre nubes, vestidas con terciopelos y pieles, seda y raso. Tienen cuellos, orejas y dedos repletos de esmeraldas y diamantes que brillan como faros cuando emergen de la nebulosa Oxford Street. Van del brazo de hombres enfundados en camisas Bond Street, sombreros de fieltro y levitas hechas a medida. Las personas más acaudaladas de Londres llevan sus conjuntos más extravagantes.

Los guardas de la puerta comprueban las invitaciones en una larga lista, mientras que los invitados se maravillan por las elaboradas exhibiciones que honran a las mujeres del Servicio Naval Real de Mujeres y el Día del Veterano de Guerra, y una exhibición única para homenajear a Nancy Astor, la primera mujer que ocupó un escaño en la Cámara de los Comunes.

Camino entre los elegantes maniquíes que presumen de las últimas novedades de Paul Poiret, Coco Chanel y Jeanne Lanvin, y me pierdo en todos los colores. En verdad que el señor Selfridge sabe lo que hace.

Y, por desgracia para él, yo también.

Espero a que las chicas lleguen, bailoteando con ansiedad durante lo que me parecen horas y horas. La detective se marcha a su puesto de trabajo y yo me quedo deambulando sola. Aparento vigilar a la multitud, pero no dejo de mirar a la puerta de tanto en tanto.

—Mantén la mirada fija en los invitados que ya están dentro —dice Betts, que aparece de repente por detrás de mí—. No vas a ver a una ladrona entrando. Solo cuando salga. Intenta no parecer tan nerviosa. —Sacude la cabeza con una risa triste—. Relájate. No quieres que nadie se dé cuenta de que los vigilas.

—Perdón —digo, con un suspiro—. Tengo que prestar atención a muchas cosas.

Me da una palmada en el hombro.

—Te irá bien. Pero concéntrate en tu trabajo.

Asiento y aparto la mirada de la puerta. Al cabo de unos minutos, cuando al fin las veo entrar a la tienda, el alivio hace que mi cuerpo se sienta como si flotara, y casi me acerco a saludarlas, antes de recordar por qué estamos aquí. Rita y Vera son las caras bonitas esta noche, vestidas para llamar la atención con un vestido azul y dorado con un escote bastante pronunciado y lleno de adornos intrincados que refulgen con la luz, mientras que Maggie y Evelyn las siguen por detrás con vestidos de seda dorados y amarillos, con detalles de perlas.

Nadie pone en duda su presencia allí porque han aparecido con Kate Meyrick y su hija. Han seguido al pie de letra las instrucciones de Kate relativas a interpretar bien su papel. Nadie dudaría de que son las amigas de la hija de Meyrick.

Todas nos vemos y nos colocamos el pelo detrás de las orejas, un gesto mudo con el que damos por iniciada la recolección. No pierdo tiempo y empiezo a moverme entre la multitud para marcar los objetivos.

Se separan y la detective, que de algún modo percibe los problemas, empieza a gravitar hacia ellas. Pero la distraigo en cada ocasión, pretextando sospechas que en realidad son falsas. Las chicas deambulan con confianza por la multitud como serpientes. Rita y Vera hipnotizan a todo el mundo con sus conversaciones joviales mientras que sus hábiles compañeras meten las manos en los bolsillos y detrás de los expositores. Si veo algún objetivo en particular, como una matrona oronda y enjoyada cerca del grupo, camino hacia ella y toso dos veces; así queda marcada para que mis compañeras la identifiquen.

La ventaja de una fiesta como esta, incluso aunque haya pocos invitados, es que a todos los asistentes les preocupa exhibirse. Después de un año de espera, la idea de que estén aquí y formen parte de la *crème de la crème* hace que se comporten como niños. Los distraen todos los objetos de lujo que exhibe el señor Selfridge y no prestan atención a la gente que los rodea. Las pocas conversaciones que tienen lugar son cortas e impersonales. Algún saludo pasajero mientras se mueven con la corriente, al mismo tiempo que las chicas se mezclan entre ellos y pasan desapercibidas.

Es un baile orquestado a la perfección, y al observarlas echo de menos recolectar. No me he llevado ni un alfiler de sombrero desde que empecé a trabajar aquí. He pasado junto a guantes bordados, bufandas de terciopelo, un delicado reloj de pulsera de oro y los objetos más preciosos, y siempre me ha dolido resistir la urgencia por llevármelos.

Al cabo de una hora, algo aleja a la detective Betts del ascensor. Las chicas se apresuran durante su partida, y recolectan objetos más grandes de los mostradores y expositores antes de que regrese.

Todo sale tal como habíamos planeado. No, incluso mejor. Me siento en la cima del mundo. La campanilla del ascensor suena y la puerta se abre. Me doy la vuelta para sonreírle a la detective, pero me recibe con una expresión oscura y animal. Me ve y sus ojos lo dicen todo. *Ya sé quién eres.*

En un abrir y cerrar de ojos, la tengo frente a mí con una expresión que me deja petrificada.

—¿Podemos hablar?

Trago saliva.

—¿Ahora?

La habitación me da vueltas.

—Sí, ahora.

Camino con ella hacia el ascensor y Maggie observa. Me hace una señal de asentimiento que parece muy brusca. Detrás de ella, veo a las gemelas, Grace y Norma, que entran a la fiesta, con vestidos escalonados idénticos de terciopelo y abrigos gigantes de marta cibelina. Las dos van tomadas del brazo de un hombre mayor y no tienen ningún problema para entrar a la fiesta.

Cuando la puerta del ascensor se cierra, las dos me miran y sonríen al unísono. Solo pienso en estrangular sus pequeños cuellos. Pero mantengo la compostura y me doy la vuelta para buscar a la detective Betts mientras vamos hacia debajo de la fiesta.

—¿Qué pasa? ¿No deberíamos estar ahí fuera?

Silencio. Nada más que silencio.

—Déjame hablar a mí, Diamond Annie.

CAPÍTULO 23

LA PUERTA DEL ASCENSOR SE ABRE Y ME CONDUCE POR LA sección de rebajas del sótano hacia una pequeña habitación que hay al final del pasillo. Dentro solo hay un escritorio lleno de papeles y archivadores.

Me enderezo mientras la sigo, pero a medida que el eco de nuestros zapatos rebota contra las paredes subterráneas vacías, una ola de miedo me avasalla por completo. Mantengo las manos pegadas a mí, y toqueteo mi vestido, frotando la tela entre los dedos mientras unas gotas de sudor me recorren la frente. No hay nadie aquí abajo para protegerme, y nadie que ayude a las chicas a navegar entre la multitud.

—¿A dónde me llevas? —Me aseguro de que lo único que salga de mi boca sea fastidio. Quizá no sea demasiado tarde para convencerla de que se equivoca y mantener intacta mi fachada de Alice Black.

Pero antes de comprender qué sucede, me pasa una esposa por la muñeca y la otra cierra sobre una tubería de vapor. Sucumbo al pánico y trato de soltarme, pero enseguida se guarda la llave en el fondo del bolsillo de su chaqueta.

—A través de una fuente anónima, me llegó información conforme a la cual Alice Black falsificó sus referencias para que la contrataran aquí y que es una de Las Cuarenta Ladronas. Te has manejado con mucha astucia para conseguir este puesto en Selfridges y conocer el funcionamiento de la tienda. Sabía que algo en tu manera de ser no me cuadraba desde el principio. Lo sabía.

—¿Una fuente anónima?

Se detiene contra la pared frente a mí y me mira como un gato a un tazón de leche.

—No tengo ni la más mínima idea de lo que hablas.

—Sí que lo sabes, ni siquiera me molesta que hayas resultado ser una ladrona, ni que estés aquí sentada mintiéndome. Mentir es algo natural para las de tu calaña. Me molesta no haberme dado cuenta. No haber seguido mi intuición y haberte apretado más por esa pequeña escena que montaste. —Sacude la cabeza, decepcionada—. Esa mujer, Charlotte, ¿estaba contigo? Parecía asustada de verdad mientras lloraba y los policías se la llevaban.

Vacilo, sintiendo el nudo que tengo en la garganta.

—Charlotte no sabía nada. Me valí de ella para ganarme tu confianza.

Abre los ojos al oír esta confesión.

—¿Traicionaste a una de las tuyas para engañarme? ¿Hasta ese punto os he subestimado a todas? —Baja la mirada, y luego se gira, como si estuviera desesperada por dar algo de sentido a mis palabras—. ¿La señorita Carr ha planeado todo esto desde su celda? ¿Cómo ha podido hacerlo?

Le dedico una sonrisa cargada de tensión.

—Mary Carr no tiene nada que ver con esto.

Se desploma sobre una silla, y me presta toda su atención.

—¿Quieres decir que has planeado todo esto sola? No había visto tu nombre en los informes. Eso significa que eres nueva. ¿Y cómo se las ha arreglado la chica nueva para llevar a cabo su propia operación mientras la jefa está encerrada?

—Quebrantando las reglas —revelo, con un encogimiento de hombros. ¿Tenía planeado todo esto desde el primer momento? En absoluto. ¿Me enfada que todo haya encajado a la perfección para favorecerme? En absoluto—. Mary y yo no compartimos nada.

Ríe cínicamente. Le cuesta respirar.

—Mientes. No te atreverías a llevarle la contraria. Ella elaboró este plan, ¿verdad? ¡Dime la verdad!

—Me acabas de esposar a este escritorio. ¿Por qué iba a mentirte?

—¡Vosotras no trabajáis solas! —La incredulidad la sacude—. No es vuestro método. Esto está mal.

No sé por qué disfruto tanto al verla así de conmocionada. Creyó saberlo todo sobre la banda, y quizá fuera cierto cuando Mary estaba a cargo, sí. Pero yo no soy Mary.

—¿Hay más de tu banda ahí fuera? —Señala la puerta.

—Sí.

Se sacude un poco, luego se pone de pie y alisa el vestido.

—Entrégalas y olvidaré que me han proporcionado esta información. Aún obtendré el crédito por su captura y tú quedarás en libertad. —Ahí está otra vez, su ambición, tan cruda y explícita. No tiene vergüenza y parece capaz de ir lo más lejos posible para demostrar su valor ante los hombres que están por encima de ella.

Sacudo la cabeza y luego exhalo lentamente.

—No puedo hacer eso.

Frunce el ceño.

—¿Por qué no? ¿No tienes familia? ¿Alguien que dependa de ti?

—Sí —insisto con vehemencia—. Y si entrego a las chicas, puedo volver con ellos y olvidar que todo esto ocurrió. Es tentador, pero no pienso hacerlo.

Tensa la mandíbula y se acerca y siento un tono de desesperación en su voz cuando suplica:

—¡Ellas han decidido qué camino tomar en la vida! Todas podemos elegir. Te estoy dando la oportunidad de hacerlo ahora. La posibilidad de alejarte de todo esto.

Me obligo a mirar detrás de ella.

—Atrapar a un puñado de chicas no acabará con estos robos. Lo sabes, ¿verdad? Hay muchas chicas perdidas en esta ciudad que buscan un hogar. Incluso aunque Mary y yo no estuviéramos aquí, otra ocuparía nuestro lugar. Tu ambición, mi ambición, no van a ninguna parte. Esto es solo el principio.

—Un puñado de chicas es un éxito en mi historial —dice con ferocidad, la voz fuerte y despiadada.

Bajo la mirada, y me aseguro de que mis próximas palabras sean lentas y bien medidas.

—Pero ¿sabes qué te daría la victoria definitiva? ¿Qué detendría por completo su operación?

—¿Qué? —pregunta entre dientes.

—Tú misma lo has dicho: sus conexiones. —Pienso en los enormes registros de Mary, llenos de páginas y páginas de su letra apretada. Toda la información que el comisionado necesitaría para enterrar toda su operación—. ¿Crees que podríamos hacer un trato?

Apoya una mano sobre su pecho. Le cuesta respirar.

—¡No! ¡No puedes hacerme una propuesta! Yo soy la que te da la oportunidad, solo esta vez. Marca a las chicas aquí en la fiesta y saldrás por la puerta de atrás. Cuando miss Waller pregunte por ti, le diré que decidiste renunciar sin previo aviso. Serás un fantasma para mí; uno que con gusto dejaré en el pasado. —Baja la mirada—. Exponerte solo me hará pasar vergüenza.

Me froto la frente con la mano que me queda libre.

—No puedo hacer eso.

Se pone de pie y se lanza hacia mí, sujetándome de la barbilla con una fuerza imposible, como si fuera una niña que necesita aprender una lección.

—Entonces eres tonta y sufrirás como tal. ¡Te llevarás todo el crédito por todo lo que roben esta noche!

Sacudo la cabeza sin dejar de mirarla.

—Tu debilidad es que harás lo que sea con tal de demostrarle tu valor a los hombres que te dan órdenes. ¿Yo? A mí me importa una mierda lo que los hombres piensen de mí. Tú sigues las reglas… Yo hago mis propias reglas. ¿No quieres empezar a hacer tus propias reglas?

Me mira fijo a los ojos durante un buen rato y me pregunto si mis palabras sirven de algo. ¿Cambiará de parecer? ¿Se lo pensará dos veces? Pero antes de que pueda decir nada, un estruendo mueve todo cuanto nos rodea, una explosión que sacude los cimientos del edificio. Creí que estaría preparada para esto, pero el corazón se me sale por la boca y arrojo la mano libre sobre mi cabeza con frenesí, mientras todo el edificio se empieza a desmoronar por encima de nosotras.

Oigo unos gritos arriba, y el caos en las calles.

—¿Qué ha sido eso? —Me mira a los ojos, pero mi expresión aturdida debe de insinuar ignorancia. Enseguida se acerca a la puerta y mira por el pasillo en busca de alguien que pueda disponer de información. Entonces, y esto es muy extraño, la veo completamente rígida y vuelve a entrar nerviosa.

Maggie aparece por la puerta apuntándola con una pequeña pistola. Tiene una bolsa de compras llena de mercancía, un abrigo enorme de piel con compartimentos secretos rebosante de objetos, y un semblante de aterradora indiferencia que deja a las claras que no dudará en apretar el gatillo.

La detective retrocede y mira a Maggie.

—¿Cómo has llegado aquí?

—Conozco muy bien este edificio —dice con tono suave y monótono—. Todas las chicas lo conocen. Conocemos cada entrada y salida.

Incluso las que no están en el mapa. En particular, el as

que guardamos bajo la manga: el túnel que asegurará nuestra evasión.

Frunce el ceño.

—La escalera está vigilada. Todas las entradas están cubiertas. Tus amigas y tú podréis salir de esta habitación, pero no del edificio. Alertaré a seguridad.

—Eso pensé que harías —Maggie señala mi mano esposada—. Deduzco que tienes la llave. ¡Quítale esas esposas ahora mismo!

La detective se estremece ante la orden. En el intercambio, le quito la llave sin romper contacto visual y rápidamente paso la esposa por su muñeca, la cierro y guardo la llave.

—Yo soy la fuente anónima.

Parece consternada.

—¿Tú? ¿Por qué?

—Necesitaba que estuvieras aquí abajo… porque eres buena, Betts. Eres muy buena. Tenías razón. Lo sabes todo sobre nosotras, cómo trabajamos, lo que hacemos. La única manera de engañarte era entregarme. Porque no hay nada que ames más que una victoria.

Sus fosas nasales se ensanchan cuando sacude la mano esposada, y hace ruido con el tubo.

—Pagarás por esto. ¡Lo juro! Sé cómo te llamas. Y me he quedado con tu cara.

—Estaremos en contacto.

Me voy muy deprisa y Maggie cierra la puerta por detrás, acallando los gritos de ayuda de la detective.

—Estamos preparadas para irnos. Todas las chicas aguardan en la salida.

—¿Sabes algo de Tommy? —pregunto. Me cuesta seguirle el ritmo, y me falta el aliento—. Si no está con ellas, iré a buscarlo arriba.

—¡No puedes subir!

—¡Entonces lo esperaré! ¡Vete, Maggie!

Oímos un ruido en la escalera y nos lanzamos hacia cada lado de la pared, por si aparece algún guardia. Maggie se da la vuelta pistola en mano, lista para atacar, pero se choca con Tommy, que viste el uniforme de un guarda.

Ríe algo irritado y levanta una mano en tono de broma, como si se entregara, mientras que con la otra sujeta firme un enorme bolso de viaje.

—¡Ten cuidado con dónde apuntas esa cosa, Parca!

Lo abrazo sin aliento, el sonido de su risa hace que mi corazón se agite.

—¿Lo has hecho?

—¿Es que no tenías fe en mí? Me ofendes, hermanita.

Maggie ríe.

—¡Maldito cabrón! ¿No has tenido problemas con la caja?

Sonríe.

—Las cajas. Las cinco. Y nunca tengo problemas. Bueno, ¿queréis salir de aquí o qué? Esta cosa pesa como una tonelada de ladrillos.

Las chicas esperan en el pasillo con sus abrigos y bolsillos llenos de objetos, además de los bolsos en cada uno de sus brazos repletos de joyas y pañuelos de seda. Los tres nos apresuramos para encontrarnos con ella.

—Tienes razón. Hay que irse ahora mismo.

Mientras corremos, pienso en lo que me dijo la detective: según ella, no hay manera de salir del edificio.

—¿Cómo has llegado aquí abajo? ¿Por la escalera?

—No, hemos tenido ayuda.

—¿Ayuda?

Llegamos a los ascensores y veo a Lucille nerviosa dentro de uno de ellos, manteniendo la puerta abierta.

—¿Lucille? —Apenas doy crédito lo que veo. Miro a Maggie con el ceño fruncido—. Lucille, ¿te ha amenazado?

—No —responde con tono cordial—. Me dijo que eran tus amigas y que te vendría bien un poco de ayuda.

Quiero agradecérselo y disculparme al mismo tiempo. Quiero contarle que hay una razón detrás de todo esto.

—Lucille...

—No quiero saber nada —me interrumpe—. Fuiste amable conmigo cuando necesitaba una amiga. Te devuelvo el favor y, si la policía me pregunta, diré que me obligaste.

Mis ojos se llenan de lágrimas. No solo por su amabilidad, sino también porque estamos tan cerca de escapar. Contra todo pronóstico, hemos conseguido lo imposible.

—¡Idos ahora! —Su voz se vuelve apremiante—. No disponéis de mucho tiempo antes de que seguridad venga a buscar a la detective Betts. —Cierra la puerta del ascensor y nos deja para que sigamos con lo nuestro.

Corremos por el sótano donde está la sección de rebajas y abrimos la puerta que da al túnel a medio construir, avanzando entre los escombros a toda prisa, hasta que subimos por una escalera que hay al final, y que asegura nuestra salida. Maggie abre la puerta y nos escabullimos en la estación. Pasamos junto a un grupo de pasajeros indiferentes, demasiado cansados esta noche como para preocuparnos por lo que sucede a nuestro alrededor. Todo esto parece demasiado bueno para ser cierto.

—El coche está en la entrada de la estación —dice Maggie, casi corriendo hacia la salida más cercana. Aún parece más incómoda que alegre, a diferencia de nosotras. No lo considerará una victoria hasta que hayamos vendido toda la mercancía. Hasta que nos hayan pagado.

—¡No me puedo creer que lo hayamos conseguido! —exclama Rita.

—Nunca había recolectado tanto en una noche —añade Evelyn.

Las dos miran a Tommy.

—¿Es verdad lo que dicen sobre ti? ¿Que no hay caja fuerte que no puedas abrir?

Menea la cabeza ante el cumplido.

—Todavía no hemos ganado, señoritas. Salgamos de aquí.

Vera asiente.

—¿Qué pasó ahí dentro con la detective de la tienda?

—Ya os lo contaré durante el viaje —responde Maggie, agitada, pero nos detenemos al oír una voz familiar en la salida de la estación.

—Vaya, vaya, no tan deprisa, chicas —dice Norma con tono burlón, mientras su hermana se apresura a sacar una pistola. Pequeña, como la que tiene Maggie.

Los transeúntes que deambulan por la estación se dispersan al ver la pistola.

—Esto es de parte de Mary —dice Grace, la mirada empañada por un tinte malicioso cuando dispara.

No hay tiempo para gritar, ni pensar, ni moverse. Bajo la vista al cañón humeante de la pistola con una extraña especie de aceptación. Si así es como acaba todo, al menos me iré después de haberme hecho un nombre y de haberle dado a mis familiares una fortuna que podrán usar para ocuparse de sí mismos.

Al menos las chicas están a salvo.

Desafié todas las probabilidades. Acepté el desafío y gané.

Cierro los ojos y me siento liviana, y permito que el caos de la estación se desvanezca hasta que dejo de oír nada. Me pregunto si moriré lentamente, si me desangraré hasta morir frente a las chicas, o quizá Grace sea una tiradora experta y todo será tranquilo. Rápido.

A buen seguro me iré al infierno, con toda la sangre que me tiñe las manos.

Evelyn grita y el sonido es tan ensordecedor y fuerte que me taladra los oídos. Abro los ojos para mirar mi vestido, pero es a Tommy a quien tengo delante, con apenas la suficiente fuerza para girarse y mirarme con una pequeña sonrisa antes de caer al suelo.

No me ha dado a mí.

Le ha dado a él.

No a Tommy. Mierda, no a Tommy.

Caigo al suelo con él, desesperada por hacer retroceder el tiempo, pero cuando veo la sangre que se filtra a través de su camisa, un dolor punzante me atraviesa el estómago, lo retuerce con toda su fuerza hasta que mi cuerpo entero convulsiona.

—¡Tommy! —grito, y le sujeto la cabeza—. ¡Por qué has hecho eso, cabrón!

Vera, Rita y Evelyn se acercan corriendo a las gemelas para agarrar la pistola, pero mi visión queda completamente nublada. Apoyo su cabeza sobre mi regazo, mientras el dolor me sube por todo el cuerpo y mis labios tiemblan cuando balbuceo:

—¡Todo irá bien! ¿Me oyes? ¡Vas a recuperarte! ¡Siempre te recuperas! Nada en este maldito mundo te puede matar, Tommy.

Busco su mano y la sujeto con firmeza.

—Creí que era hora de que yo te salvara a ti.

Sacudo la cabeza. Esto no puede estar pasando. No está pasando.

Me mira otra vez, los ojos abiertos fijos en los míos, llenos de lágrimas, pero, de algún modo, sin miedo.

—Cuídala, ¿vale? Cuida al bebé. Si es niño, llámalo Tommy.

—¿Y si es niña? —pregunto, con voz ahogada.

—Tommy —dice y la comisura de sus labios se desplaza hacia arriba antes de toser un chorro de sangre.

Se muere en mis brazos y yo no puedo hacer nada para ayudarlo. Presiono mi mano sobre la herida para detener la hemorragia, pero no puedo hacer nada más por él.

—Yo sé que te ocuparás de mi familia, Alice. Tú… siempre… lo haces.

Levanta la mano hacia mi pecho, su palma abierta se apoya sobre mi corazón latiente. Pero estoy demasiado conmocionada como para pronunciar las palabras que debería decir para tranquilizarlo cuando más lo necesita. No puedo aceptar que esto esté ocurriendo en realidad.

Se muere, y sufro por la parte de mí que muere con él. Esa parte que se creía capaz de salvar a la gente a la que amo. Toda la calidez abandona mi cuerpo enseguida, y a su paso deja solo dolor. Todo lo que no atesoré de él en vida, todas las cosas que le dije que no amaba de él, están más presentes que nunca, velando en sombras todos los recuerdos que compartimos cuando éramos pequeños, cuando había risas y calidez. No le dije lo suficiente que lo quería. No disfruté lo suficiente mi tiempo con él.

¿Cómo podría haberlo hecho, cuando cada año, mes, día y hora eran parte de una lucha por sobrevivir? Nunca tuvimos la oportunidad de vivir una vida normal.

Me quedo sin aire, y unas lágrimas saladas me recorren el rostro. Trato con todas mis fuerzas de mantenerme firme, pero no puedo hacer nada más que jadear y temblar. Necesito algo. Necesito venganza. Necesito ver a alguien más sangrar por Tommy.

Miro a Maggie, que aún sostiene la pistola, y se la quito.

Miro a Grace entre todas las chicas que forcejean para tener el control.

—Alto —grito, y las chicas retroceden, dejando a Grace sola. Incluso frente a la pistola, no siento ningún miedo en sus ojos.

—Esto es por Louisa. —Un único disparo al hombro—. Y esto, por Tommy. —Otro al pecho. Norma grita cuando Grace se desploma en el suelo.

Evelyn, Rita y Vera retroceden, conmocionadas.

Apunto a Norma, que está tumbada sobre Grace. Me mira y reconozco que el monstruo que hay en sus ojos es el mismo que el mío. Su barbilla tiembla y mira a su hermana, que se sacude por última vez antes de quedar completamente inmóvil.

Maggie me toma del brazo.

—¡No lo hagas, Alice! Deja que vuelva con Mary para que esta sepa lo que ha ocurrido. Tienes que enviar el mensaje. Tienes que hacerlo.

No sé si lo dice en serio o si solo intenta evitar que mate a Norma, pues no fue quien disparó. De todos modos, bajo la mano.

Me quita la pistola y le quita a Norma todo lo que robó de la fiesta.

—Vete. ¡Vete de aquí ahora!

—¡No me voy de aquí sin ella! —Nos mira a las dos con una intensidad febril—. ¡Y una mierda me voy a ir!

Maggie se inclina y, con una voz pesada y grave, dice:

—Te vas ahora viva o te vas como tu hermana.

CAPÍTULO 24

MAGGIE ME DICE ALGO. SU VOZ SUENA DISTANTE Y, DE ALgún modo, cercana a la vez. Las chicas siguen adelante mientras yo me rompo en miles de fragmentos diminutos. En mi interior, me siento quieta, como si el tiempo se hubiera detenido, y entonces comprendo que no puedo sentir cómo el corazón late en mi pecho. ¿Y si nos ha disparado a los dos?

Quiero morir.

Mi hermano quería salirse de todo esto y yo lo traje de nuevo para esta misión. Yo tengo la culpa de que esté muerto. Yo tengo la culpa de que su hijo no vaya a conocerlo, y de que Christina esté sola.

Yo le he hecho esto a todo el mundo.

Lloro tan fuerte sobre su cuerpo que me quedo sin aliento, para poder traerlo en silencio de vuelta a la vida, sacudiéndole los hombros y sollozando mudas disculpas sobre su pecho.

—Tenemos que irnos —dice Maggie con la voz rota—. Tenemos que irnos. La detective Betts ya le debe de haber avisado a los de seguridad. Los policías deben de haber oído los disparos. Tenemos que irnos.

Mi visión se expande para observar toda la escena que tengo ante mí. Lo tenemos todo: toda la mercancía, todas las reservas de las cajas fuertes que abrió Tommy. En todos los sentidos, menos en uno, hemos ganado.

Eli y Patrick aparecen corriendo, sin aliento, con los escombros de la explosión sobre la ropa. Levanto la vista hacia Eli, que parpadea rápidamente para secarme las lágrimas de mis ojos. Mira el desastre, la sangrienta escena con los cuerpos de Tommy y Grace, y se queda boquiabierto. Le tiemblan las manos y, por primera vez desde que tengo memoria, sus ojos se ponen vidriosos.

—¿Qué cojones ha pasado aquí, Mags?

—Mary —revela, con voz vacilante— mandó a Grace para matarme… y fue Tommy quien recibió el disparo.

Patrick se lleva las manos a la boca y se da la vuelta.

Eli cae de rodillas y me busca las manos, llenando los dedos con la sangre de Tommy para ayudarme a dejarlo ir.

—¿A dónde quieres llevarlo?

Me pregunta dónde quiero enterrarlo.

Sacudo la cabeza.

—Alice, necesito que me respondas. No tenemos tiempo; esta estación se va a llenar de policías. Están fuera, tratando de averiguar quién lanzó la bomba. Si nos quedamos más tiempo, estamos muertos. ¿Me has oído? Estamos muertos.

—El río —tartamudeo—. Amaba el río. Pero tenemos que… Tenemos que ir a buscar a mi madre.

Asiente sin soltarme las manos, apretándolas con fuerza.

—Patrick y yo llevaremos a Tommy, buscaremos a tu madre y nos veremos en nuestro lugar junto al río.

Nuestro lugar junto al río…, donde pasamos tanto tiempo soñando juntos entre besos. Un lugar que recuerdo con tanta felicidad, tan feliz que parecía tonta.

—Yo me encargo, Alice. Yo me encargo de todo.

Y sé que lo hará. Aun así, digo, apenas en un susurro:

—No puedo abandonarlo.

—Lo mantendré a salvo conmigo. Sabes que lo haré. Pero necesito que te vayas. Maggie os sacará de aquí.

Maggie me mira y asiente lentamente.

Cierro los ojos. Tengo cientos de lados, claros y oscuros y tonos grises sin color. Tengo que reprimir a todos los demás y aferrarme a la oscuridad dejando de lado la sensibilidad, abrazar la violencia que hay en mí. La mujer que no retrocede; la líder que tomó The Mint y lo conservó.

Una asesina. Una recolectora. Una mujer de negocios.

Alice Diamond.

Cuando abro los ojos, miro a Maggie de un modo diferente.

—Vamos, Mags.

***

Nuestro camino junto al Támesis está iluminado solo por nuestras linternas mientras nos acercamos cabizbajos a un cementerio situado cerca de una vieja fábrica de papel, donde mi padre aseguraba haber enterrado a los suyos hace mucho tiempo. A poco más de un kilómetro está el muelle de Greenwich Pier, e incluso con las primeras luces de la mañana de Navidad los hombres ya deambulan de un lado a otro por el muelle.

Tommy amaba el río desde que éramos pequeños, lo hacía sentir vivo. Solía mirar las carreras de botes desde el puente de Putney y comprar billetes para la Real Regata de Henley todos los años. En cierta ocasión llegó a decirme que fantaseaba con lanzarse al mar después de leer *La isla del tesoro*. Es lo más cerca que puedo llevarlo de sus sueños ahora.

—¿Lo vamos a enterrar? —pregunta Maggie.

—Aquí no. Pongámoslo en el agua.

Juntamos unas rocas para meterlas en sus bolsillos y bloques de cemento de una fábrica cercana para ponerlo

372

sobre su pecho. No es el funeral que se merece. Merece una misa en una iglesia y un ataúd lleno de flores. Y que sus seres queridos pronuncien palabras preciosas sobre él y compartan sus recuerdos.

Lo mínimo que puedo hacer es asegurarme de que descansa en paz. Mary le quitó la vida y ahora su merecido funeral.

Solo puedo darle una cosa a mi hermano, pero para ello debo moverme lo suficientemente rápido. Venganza. Mary tiene que pagar por esto.

Eli y Patrick llegan y mi madre salta del coche como un gato, tropezándose y sollozando mientras se acerca a mí. Louisa, aún débil, la sigue por detrás, pero se aleja al verlos bajar del maletero el cuerpo de Tommy.

Madre cierra los puños, lista para empezar a asestar golpes.

—¡Tú has hecho esto! ¡Tú lo has matado! ¡Tú lo has matado!

Maggie se interpone entre nosotras para detenerla, sujetándola del brazo.

—¡Tommy no querría esto!

Madre la hace a un lado.

—¡Me importa una mierda lo que quisiera Tommy! Estaba esperando un bebé… ¿Qué le vas a decir a ese bebé?

No se me va el nudo que se ha formado en mi garganta. Luego miro el coche, buscando a Christina.

—¿Dónde está? ¿Dónde está Christina?

—Se desmayó al enterarse de lo de Tommy —dice—. La dejé con Ralph. No quiero perder a nadie más hoy, y mucho menos a manos tuyas.

Eli y Patrick llenan el cuerpo de Tommy con las rocas y los bloques de cemento que hemos juntado, y lo acercan al río. Camino para ayudarlos mientras mi madre se desploma sobre sus rodillas, la cara enterrada entre las manos.

Llora tan fuerte que el sonido se vuelve más ronco y temo que pierda la voz. Lo arrojamos al agua y vemos cómo su cuerpo se hunde en el agua parduzca, mientras los llantos de madre penetran en mis oídos. El sonido de la pérdida, el dolor de perder un hijo, la consternación de que su hija no lo haya protegido… pesan sobre mí hasta que mis piernas ceden y la tierra empieza a girar.

Antes de desplomarme, dos manos me sujetan por los hombros con una fuerza increíble para evitar que caiga.

—No, no —dice Eli, y me sujeta al tiempo que me da la vuelta para que podamos estar cara a cara. Apoyo una mano sobre su pecho y me aparto, pero al final me desplomo sobre él—. Tienes dos opciones. O te caes… o sigues de pie. Y Dios te guíe en lo que ocurra si sigues de pie, Alice.

Me apoyo sobre él, sus palabras entran y salen de mis oídos lentamente. Quiero dejar de llorar, pero no sé cómo. Lleva las manos a mi cara y me echa la cabeza hacia atrás para poder hablarme directo al oído, las manos temblando sobre mi cabello.

—Tienes dolor… Toma ese dolor y úsalo.

—¿Alice? —Maggie se acerca y me toma de la mano—. ¿Qué quieres hacer ahora?

Retrocedo y tomo una bocanada de aire, que mantengo por un largo rato. Pienso en el día en que conocí a Mary en el café, en su vanidad mientras me hablaba de sus éxitos. En las promesas que me hizo y lo poco que me costó creerlas.

Nuestras últimas palabras, cuando me aseguró que, si la traicionaba, tomaría medidas para asegurarse la venganza. Abro la boca y las palabras salen por voluntad propia.

—Sangre por sangre.

Maggie exhala lentamente y su expresión se endurece ante mí. Asiente, de acuerdo conmigo.

—Sangre por sangre. Pero ¿cómo? No podemos acercarnos a ella si está encerrada.

—Para empezar, conseguiremos que le resulte imposible rearmarse.

Miro la tumba de agua de Tommy, mientras contemplo mi próxima jugada. Le llevamos ventaja porque tenemos la mercancía. No puedo matarla en prisión, pero puedo destrozarle la vida una vez haya salido.

—Necesitamos ver a los McDonald.

—Quizás deberíamos dejarlo para mañana —me aconseja Maggie—. Tomarnos un tiempo para llorar la pérdida.

—No quiero tiempo —digo con más frialdad de la que me habría gustado. El tiempo para descansar solo volverá mis pensamientos en mi contra, los hará llegar a los lugares más oscuros imaginables—. Quiero que estés conmigo, pero las demás chicas deberían regresar a Chinatown para vender todo esto enseguida.

Maggie asiente.

—¿Todo?

—No, espera, todo no. Tú y yo nos quedaremos con la mitad, más lo que lleves contigo. Eso cubrirá lo que Mary le debe a Wal y Wag. Una vez les hayamos pagado, no tendrán ningún interés en ella ni en sus negocios. Entonces, cuando la haya matado, no habrá razón alguna para que nos castiguen. No estaremos atadas a nada ni a nadie.

No responde de inmediato y dejo que las palabras se asienten en mi interior. Es un plan, incrustado en mis huesos.

—¿Estás segura?

—Sí —digo sin emoción. Por más que busque la calidez, una sonrisa reconfortante que darle, seguridad en cualquier forma, no la encuentro—. ¿Harás esto conmigo?

No titubea cuando responde:

—Sí.

***

Eli y Patrick llevan a mi madre y a Louisa a The Mint, mientras Maggie y yo vamos hacia Elephant. No hablo mucho durante el viaje, y Maggie tampoco intenta forzar una conversación. Me estudio las manos, usando un pañuelo para tratar de limpiar la sangre de Tommy de la palma y de los dedos, pero, por mucho que frote, no hay manera de quitar la mancha oxidada de mi piel.

Cuando finalmente llegamos, el sol ya está en el cenit y brilla sin piedad, de manera casi ofensiva, sobre mis ojos. Ansío la noche, la oscuridad, la calle neblinosa.

A pesar de que es tan temprano, Wag y Wal están dentro. Me pregunto si tienen familias esperándolos para recibir la mañana de Navidad o si este es solo un día más para ellos. Más trabajo, como de costumbre.

Se sobresaltan nada más vernos y nos miran con detenimiento cuando Maggie y yo entramos con el botín y lo esparcimos sobre la barra para que todo brille a la luz de la mañana.

Espero que parezcan impresionados, pero Wag dice con cierta frialdad:

—Mary siempre nos trae dinero, nunca el botín.

—Solo sois unos niños grandes —respondo—. Y yo no soy Mary. Podéis vender esto solitos. —Mi voz suena áspera e inestable, pues aún pienso en Tommy. Pero me aclaro la garganta para igualar el tono distante de Wag en un abrir y cerrar de ojos—. Esto debería cubrir la deuda y un poco más. Y así termina cualquier relación que tengáis con Las Cuarenta Ladronas.

—Supongo que esto significa que habéis conseguido lo imposible, ¿verdad?

—Eso no te incumbe. —Le lanzo una mirada cargada de osadía—. Pero sí.

Es evidente, a juzgar por sus expresiones idénticas de

sorpresa, que nunca lo creyeron posible. Wal se aclara la garganta.

—¿Qué vas a hacer a partir de ahora?

—Las chicas y yo nos llevaremos el negocio a The Mint. Ya no necesitamos los apartamentos. Ni tampoco vuestros contactos. No os necesitamos a vosotros.

Wag frunce el ceño.

—Si no tenemos ninguna amistad, ¿qué nos impide entregar a la policía a la mente responsable del mayor asalto del año? El comisionado debe de buscaros, a ti y a todas vosotras. Rob ya no está. No lo puedes usar en nuestra contra.

Le hago un gesto a Mags para que tome las riendas y da un paso adelante.

—Lo mismo que nos impide a nosotras, y a mis hermanos, consideraros nuestros enemigos.

—Lo mismo cabe decir de The Mint —añado.

La expresión de Wag adopta un tono sombrío.

—¿Creen que los Hill seguirán órdenes de su hermanita? Mags sonríe con orgullo.

—Sí, porque puede garantizarles una ganancia. —Toma un conjunto de peines de plata preciosos de la barra y lo inspecciona con todo detalle—. Con Alice a la cabeza, ninguna tienda de Londres está a salvo.

Wag me mira.

—¿Las ladronas, los Hill, todos? ¿Creéis que podréis manejarlo?

—Estoy segura de que Maggie y yo podemos —digo—. Podemos manejar cualquier situación.

Wal sacude la cabeza.

—Pero las calles son solitarias sin amigos, Alice.

Me cruzo de brazos.

—La amistad se gana.

Wal señala a Wag.

—Somos todo oídos.

Sonrío.

—Podemos ser amigos si podemos ser socios. Podemos ayudarnos sin tener que renunciar a nuestros territorios ni sacrificar nuestras relaciones.

—¿Qué ganamos con todo eso? No podemos controlar The Mint, ni tu negocio. Además, acabas de decir que no necesitas nuestros contactos en política.

Maggie responde.

—Enseñaremos a las chicas a pelear. Puño, pistolas, cuchillos. Todo. Estáis metidos en una guerra contra Sabini, y sus fuerzas van en aumento. Tenéis que hacer lo mismo. Somos las aliadas que menos espera que sean una amenaza.

Wag se muerde el labio mientras piensa.

—Haremos correr la voz de que somos aliados y así os seguiremos brindando protección cuando la necesitéis para acometer misiones más ambiciosas. Pero con una condición: si necesitamos ir a la guerra, acudiréis a nuestra llamada.

—Y si nosotras os necesitamos a vosotros, haréis lo mismo —añade Mags, empecinada—. Hemos saldado con creces la deuda de Mary. Sabéis que tenemos palabra. Pero ¿cómo sabemos que vosotros la tenéis?

Pienso en Charlotte, y me pregunto si podemos valernos de sus contactos para corregir un perjuicio.

—A una de nuestras chicas, Charlotte, la detuvieron por robo. ¿Podéis aseguraros de que la pongan en libertad? —Inclino la cabeza—. Ya sabéis, mostrarnos esa brillante red de contactos de la que Mary tanto alardeaba. ¿O era todo mentira?

Wag se aclara la garganta.

—Veremos qué podemos hacer.

Solo una cosa más, lo más importante de todo para mí en este mismo instante.

—Tengo una última condición para sellar nuestra amistad. Cuando Mary salga, manteneos alejados de ella. No aceptéis reuniros con ella y no permitáis que se acerque a ninguna de las chicas. Ella está al margen de todo esto.

—¿Qué pasó anoche? —Wag me lanza una mirada suspicaz hasta que posa la mirada sobre la mancha oscura de mi ropa—. ¿Eso es sangre?

—Mary firmó su sentencia esta noche —contesta Mags—. Envió a dos chicas a dispararle después del asalto, pero Tommy detuvo la bala.

—¿Tommy está muerto? —El rostro de Wag expresa compasión—. Lamentamos tu pérdida.

—No nos interpondremos si buscas venganza —asegura Wal.

Wag deja salir un suspiro profundo de decepción.

—Es una lástima. Tu hermano era como un dolor de muelas, pero tenía talento. No había nadie como él.

Ahogo mi exabrupto emocional y bajo la cabeza lentamente.

—No, nadie.

—Considera a Mary Carr excluida… y nuestra amistad, sellada.

Wag se escupe la mano y me la tiende. Sé lo que esto significa. No hay vuelta atrás. No hay oportunidad de tener la vida normal que Louisa ansía o la aventura relámpago que Rob me propuso si me iba con él.

No seré esposa ni madre.

Una vez que haga esto, seré una nueva pieza en la guerra de bandas de Londres. Una fuerza propia.

Me escupo la palma para estrecharle la mano a Wag, y luego a Wal. Maggie hace lo mismo.

—Bienvenidas al negocio —nos dicen de un modo tajante.

Al salir del pub, de vuelta al coche, Maggie me pregunta:

—Les diste a entender que teníamos nuestra propia red de contactos. ¿Se puede saber de qué hablabas?

—¿Los registros de Mary siguen en el apartamento de Pearl?

Asiente.

—Tengo un plan.

***

Espero en el jardín de la azotea de Selfridges durante un buen rato. Hace un frío insoportable arriba, pero por suerte la mañana está tranquila y el viento también. Una vez más, imagino cómo debe de lucir este lugar en primavera, rebosante de hojas verdes y de flores coloridas. Han pasado unos días desde el asalto y la bomba, pero la policía aún sigue abajo, tratando de entender lo que ocurrió.

Uno de los ascensores se abre y la detective Betts sale con cautela, mirando la nota que le hice llegar. La noto desconcertada mientras inspecciona la terraza.

Cuando gira en mi dirección, salgo de detrás de una columna y me siento en un banco cercano con uno de los registros de Mary en la mano. Los otros están en una maleta, guardados a buen recaudo en el local de madre.

Se queda petrificada al verme y mueve una mano lentamente hacia las esposas que lleva en el cinturón. Río.

—Qué tonta has sido al venir aquí —dice con tono cortante y avanza con energía sobre la nieve hasta detenerse frente al banco—. Encontramos un cuerpo que dejaste atrás al escapar. ¿Supongo que era una de tus chicas?

—Siéntate —digo, y le doy una palmada al banco que hay a mi lado—. Tengo algo para ti.

No parece nada dispuesta a obedecerme hasta que ve el libro que tengo en mis manos, y entonces le vence la curiosidad. Se sienta en la otra punta del banco con los labios apretados con tanta fuerza que forman una línea reprobadora. Imagino que, si llevara una pistola encima, de mil amores la usaría para obligarme a bajar por el ascensor y entregarme ante el comisionado Horwood.

—Hablaba en serio cuando dije que somos dos mujeres que se parecen y quieren lo mismo. Durante el poco tiempo que trabajé contigo, me gustaste mucho. ¿Cómo podía no respetar tu arrojo? Tu deseo de que los hombres de tu entorno reconozcan que estás tan capacitada como ellos. Nuestras vidas siguen caminos diferentes, pero las elecciones a las que hacemos frente son las mismas. Por difícil que te resulte creerlo.

Inspecciona mis facciones.

—¿A dónde quieres llegar todo esto? ¿Por qué has vuelto? ¿Qué es eso que tienes en las manos?

Toco la tapa de cuero del libro.

—Es una de las listas negras de Mary Carr. Uno de sus muchos registros contables. Tienen todos sus contactos: traficantes, compradores, guardas de seguridad de algunas tiendas, vendedores, policías corruptos y políticos sucios. Incluso hay un juez que podría interesarle al comisionado. Tú misma lo dijiste: en este conocimiento estriba la verdadera victoria.

Todo su lenguaje corporal cambia.

—¿Has venido aquí para alardear?

—He venido aquí para entregarte esto. No es todo lo que tengo, pero te daré uno a la vez, siempre y cuando conservemos la amistad.

—¿Amistad?

—Quiero hacer todo cuanto esté en mi mano para destruir el negocio de Mary Carr y que nunca más vuelva a ver la luz del día. Y ahí es donde apareces tú. —Abro el libro—. Aquí también hay recibos y notas en las que se sugieren diferentes maneras de chantajear a ciertas personas, en caso de que la traicionaran. Era una mujer astuta, Mary. Sabía cómo mantener un negocio y controlarlo.

Betts se pone de pie y retrocede.

—¿Por qué haces esto?

Me encojo de hombros. Quiero parecer lo más despreocupada posible.

—Es fácil. Ella me arrebató algo que yo apreciaba, así que yo se lo voy a arrebatar todo.

—No va a dejar que suceda eso. —Tiene los hombros tensos—. Irá a buscarte por esto.

—No le tengo miedo a Mary Carr.

Se inclina adelante, la mirada llena de incredulidad.

—¿Quién eres? ¿De dónde rayos has salido?

Bajo los ojos y jugueteo con los dedos de mi guante.

—Soy tu amiga de ahora en adelante. Y yo cuido a mis amigas.

—Pero ¿qué significa esto para ti? ¿Estás asumiendo su lugar en la banda? —Su entusiasmo es obvio.

—¿De verdad esperas que te conteste?

Respira hondo.

—Eso es un sí. Sabes quién soy y en qué consiste mi trabajo.

—Esta información consolidará tu carrera.

—No hago tratos con delincuentes. —Abre los ojos cuando da media vuelta hacia el ascensor—. Y no me importa cuán tentador sea el trato.

Me pongo de pie y la llamo.

—Puedes decir que lo encontraste junto a la chica muerta en la estación del metro, o que volviste para registrar el túnel y lo encontraste enterrado debajo de un banco. No hay razón para que duden de ti. Te tomarán en serio. Todo Londres sabrá quién eres. Te estoy dando una oportunidad que tal vez no se te vuelva a presentar.

Se detiene, pero no se gira hacia mí.

—Pero ¿a qué precio?

Me acerco para que estemos cara a cara.

—Voy a tomar lo que empezó Mary y lo voy a transformar. A cambio de esta información, te mantendrás alejada de mi negocio. Si me ves en la calle, haces como que no me has visto. Si te busco para pedirte un favor, me lo haces. Somos amigas y no me volverás a ver en Selfridges. Pero si decides quedarte con esto y mentirme, si haces una promesa de amistad que no planeas mantener, todo ello te acarreará consecuencias.

Algo en mi voz la asusta, pero enseguida aparenta estudiar el libro en mi mano para que no pueda ver su miedo.

—¿Qué le pasó a la chica de la estación del metro? ¿Cómo murió?

—Será mejor que no lo sepas —respondo, y cuelgo mi premio frente a ella—. ¿Trato hecho?

No me responde aún, solo mantiene la mirada fija en el libro con deseo, como si se imaginara el impacto que va a ejercer en su vida. Todas las cosas que va a lograr. Pero también noto un poco de resistencia. Salta a la vista en su manera de caminar y respirar. Toma el libro con cautela y revisa algunas páginas. La noto nerviosa.

—Falta una página.

—Es alguien a quien pienso proteger. —Por un lado, una modista que planeo usar en el futuro, y por otro lado, Kate. Es lo menos que puedo hacer para devolverle su ayuda.

—No puedo hacer esto —dice, mientras acuna el libro entre sus manos.

—Hacer esto no te convierte en una delincuente. Es solo lo que significa ser mujer en una ciudad administrada por hombres. Si queremos que nos tomen en serio, debemos hacer cosas que otras mujeres no harían. Debemos tomar nuestras propias decisiones, correr riesgos y vivir con ellos.

Endereza los hombros y exhala, nuestra respiración queda congelada. Levanta la vista y me mira a los ojos, esta vez con certeza. Entonces dictamina, con tono frío y resolutivo.

—Trato hecho.

***

Regreso a donde arrojamos a Tommy en el río y me tumbo y lloro hasta que mi boca está seca y mi estómago ruge por el hambre. No recuerdo cuándo comí por última vez.

—Todavía me queda una tarea pendiente —le informo—. Pero te prometo que regresaré pronto. —Le lanzo un beso al agua antes de partir hacia el muelle, donde paro un taxi para que me lleve al escondite de Pearl.

Cuando llego a la puerta, Maggie la abre para recibirme.

—¿Dónde te habías metido?

Dentro, un grupo de mujeres me aguarda. No solo Rita, Evelyn, Vera y Maggie, sino una docena más. Apenas cabemos en el pequeño espacio, de pie, hombro con hombro.

Me quito el abrigo manchado con tierra y las miro, esperando que alguien diga algo.

Maggie sonríe.

—Todas estamos contigo, Alice. Estamos aquí para ti.

Tener cinco mujeres en la banda es una cosa, pero tener casi veinte es otra completamente distinta. Guiarlas significa que aceptaré protegerlas y que seré responsable de sus éxitos. Me buscarán para obtener respuestas, y yo deberé ofrecérselas.

Necesito tranquilizarlas, consolarlas, disciplinarlas.

—No será como antes —digo en voz alta—. Tendremos que cambiar. Volvernos más fuerte. Aprenderemos a defendernos por nuestra cuenta. Así asumiremos misiones más ambiciosas y arriesgadas. Y entonces podremos levantarnos como un imperio inquebrantable. No será fácil.

—Lo sabemos —dice Rita.

—Queremos cambiar —añade Evelyn—. Todas.

—Tú dinos qué tenemos que hacer —coincide Vera.

A pesar de la oscuridad y la frialdad que hay en mi interior, veo tanta esperanza en ellas que disfruto con su calidez y me entran ganas de sonreír. Perdí algo dentro de mí, una luz que no puedo recuperar, pero encontré una nueva.

Una vida que me pertenece.

CAPÍTULO 25

Una semana más tarde

Espero en silencio en la estación Victoria con mi madre, Christina y Louisa. La primera plana del periódico que tengo sobre mi regazo dice "Un robo a Selfridges es un ataque a todos los negocios de Londres", seguido de otro artículo que enumera todas las detenciones practicadas con ayuda de los registros de Mary. Lo doblo al oír el tren que se acerca y miro a mi madre.

Apenas me habla desde que perdimos a Tommy, y tengo toda la razón para creer que seguirá así. Le arrebaté a su hijo, y eso no hay nada que lo pueda cambiar.

Christina tampoco me dirige la palabra, pero eso es porque se larga a llorar a cada minuto, y luego hace una serie de ejercicios de respiración para calmarse.

Cada vez que estoy con ellas, el peso de mi vergüenza me oprime el pecho como una montaña de rocas, pero siempre doy con maneras de distraerme de la culpa. Al menos, cumplo con mi promesa de proteger a la esposa de Tommy y a su bebé, de la única manera que se me ocurre: alejarlos lo más que pueda de Londres.

Lo más que pueda de mí.

—Una chica pasará a buscaros en Birmingham —digo,

y le entrego a mi madre un pequeño bolso con dinero y otros bienes de primera necesidad—. Ella os llevará al lugar donde os quedaréis. Estaréis a salvo allí. Os enviaré más dinero todas las semanas. Pero de momento tenéis suficiente para montar un nuevo local, uno mejor.

Toma el bolso con una sonrisa forzada.

—¿Esta es la última vez que te veré a ti también? ¿La próxima estarás en la tumba?

—Madre, basta —le reprocha Louisa—. Tommy no querría esto.

—Por favor, ven con nosotros, Louisa. —Le ruega madre, y corre hacia ella para acercar las dos manos de Louisa a su pecho—. Dormiré mejor por la noche si estás a mi lado.

—Yo también dormiría mejor si te fueras —coincido. Las dos luchamos para que se fuera por su propia seguridad, pero su terquedad se impuso.

Se inclina adelante y le da un beso en la mejilla a madre.

—Me quedaré. Una Diamond de The Mint no es suficiente muestra de fuerza, y todavía hay unas cuantas cosas que me gustaría aprender de Alice.

Muchas cosas que le gustaría aprender. Desde nuestro gran asalto y su desafortunado incidente con las gemelas es una chica diferente, sin deseos de seguir escapando. Me entusiasma tenerla de regreso, pero, al mismo tiempo, una parte de mí desea que vuelva a estar a salvo en su habitación del Savoy. Le pedí demasiado a Tommy y lo perdí.

No puedo hacerle lo mismo a ella.

El peso de mi tristeza me oprime el pecho y ansío abrazarlo y sentir sus brazos a mi alrededor. Se me nubla la visión, pero rápidamente parpadeo para arrinconar las lágrimas.

—Cuando tu padre salga, dile dónde estamos y asegúrate de ir a verlo y contarle lo que hiciste.

—¿Qué hice? Creo recordar que le dijiste a Tommy que

me debía un último trabajo. —Mis palabras se vuelven venenosas y, de inmediato, me arrepiento: no merece compartir la culpa por su muerte.

—¡Un trabajo! Te debía un trabajo. ¡No su vida! —Le tiembla el labio inferior—. Se suponía que te ocuparías de todo… Siempre te ocupaste de él.

—Lo sé —digo, y me sale más un gimoteo que palabras.

El tren hace sonar su estridente silbato.

—Te escribiré —digo.

—No te molestes. Tengo una nueva familia ahora —dice con amargura, y mira a Louisa por última vez con añoranza, una imagen tan dolorosa que yo también la siento así—. ¿Vendrás a visitarme?

Louisa asiente.

Esperamos en el banco durante un buen rato después de que el tren abandone la estación y abro el periódico de nuevo: "La policía sospecha de Las Cuarenta Ladronas, bajo nuevo liderazgo, por el asalto a Selfridges".

Louisa sujeta el periódico y me lo quita lentamente, doblándolo entre nosotras dos. No me ofrece ninguna palabra de consuelo, solo me toma la mano y entrelazamos los dedos.

—¿Qué vas a hacer ahora?

Río con dulzura.

—¿No querrás decir qué vamos a hacer ahora?

Se le ilumina el rostro, tal como hizo meses atrás cuando le hablé de mi primera noche en el 43, y pienso que aún estoy a tiempo de cumplir la promesa que le hice.

Una nueva vida. El sol. Todo lo que alguna vez pudo querer.

***

La casa de mi familia ha cambiado en las últimas semanas. El exterior recibió una nueva mano de pintura y un nuevo letrero de madera con las palabras "Lady Diamond" cuelga en la entrada. Eli y Patrick se quedaron con el fumadero de opio de al lado para usarlo como su nuevo centro de operaciones y, justo al otro lado de la calle, empezamos a trabajar en una serie de apartamentos para que vivan las chicas.

Maggie me espera en la calle para recibirme cuando llego con el coche.

—Se ve bastante bien allí dentro. —Abre un periódico—. ¿Sabes cómo llaman ahora a la detective Betts? Lady Sherlock Holmes. El comisionado Horwood ya ha efectuado una docena de detenciones. —Deja salir una risita reservada. Es la única persona a la que le he hablado del trato que hice con la detective. Se acabaron los secretos.

—Solo vi algunos titulares —respondo. Tomo el periódico y lo leo mientras Louisa entra corriendo para ver la casa—: "A pesar de las detenciones, los comerciantes de Londres temen por la irrupción de una nueva reina de las ladronas y exigen una mayor justicia".

Betts está en la primera plana junto al comisionado Horwood. El periódico la nombró "la mejor detective de tiendas de todo Londres".

Maggie arquea las cejas.

—¿Quieres entrar y ver cómo está el lugar hoy?

He evitado entrar en local de madre. En su lugar, prefería dormir en el pub de Ralph, demasiado abrumada por los recuerdos de mi madre y Tommy. Por los momentos que quiero atesorar, pero a los que aún no tengo la fortaleza necesaria para enfrentarme.

—Vamos —insiste, y me empuja por la puerta. Titubeo antes de entrar, pero de manera paulatina me dejo llevar al interior.

Han limpiado y restaurado el suelo y las paredes, y transformado una parte de la planta baja en una oficina con una ventana que da a la calle. El interior está decorado con una enorme alfombra persa y un escritorio de nogal. Paso los dedos por el borde del escritorio antes de hundirme en la silla que hay detrás de este.

Desde la puerta, Maggie sonríe.

—El negocio va bien, ¿no crees?

Louisa se desploma sobre un nuevo diván mullido y toma un libro de un estante con nuevos títulos.

Maggie murmura por lo bajo.

—No creo que lo tenga, Alice.

—¿Para ser una de nosotras? —pregunto.

—No vas a permitirlo, ¿verdad?

—No si puedo evitarlo. —Bajo la voz hasta que no es más que un susurro—. Pero no tiene que saberlo. Déjala que se pierda en sus libros.

Quiero darles las gracias a Mags y a sus hermanos como es debido, ya que se han encargado de todas estas renovaciones, pero primero debemos hablar del negocio.

—Necesitamos un almacén. ¿Se te ocurre algo?

Maggie asiente.

—Creo que he encontrado un lugar, pero le vendrían bien unas cuantas reformas. Mientras tanto, tendríamos que guardarlo todo aquí.

—Eh, chicas —nos llama Rita desde la puerta—. Tenéis visita.

Me levanto de la silla y me asomo por la ventana de mi oficina. Kate Meyrick espera fuera con las manos enterradas en los bolsillos de su abrigo. Parece un pez fuera del agua. Me acerco para saludarla y Maggie me sigue.

—¿Te has perdido, reina de la noche?

—Se me ocurrió pasar a saludar —dice, y mira a su alrededor—. Este sitio tiene una pinta estupenda. Veo que estáis aprovechando al máximo vuestras ganancias.

Maggie cruza los brazos.

—¿Por qué estás aquí, Kate?

—No creo que estuvieras de paseo por esta zona —añado—. Vamos, ¿qué pasa?

Mueve un labio con tono de arrepentimiento.

—Ese favor que me debías. He venido a buscarlo.

—Era evidente —dice Maggie de manera inexpresiva.

—¿Qué podemos hacer por ti?

—Hay un poli al que le pago una buena cantidad de dinero para que pase por alto algunas cosas en el club y para que me avise con tiempo sobre cualquier redada. Su compensación es más que adecuada, pero la semana pasada decidió que quería más.

—¿Cuánto más? —pregunto.

—Mucho más. Me amenazó con entregarme si no le daba lo que pedía.

Maggie frunce el ceño.

—¿Qué quieres que hagamos?

—Quiero que lo convenzáis de que nuestro arreglo es justo y para que siga aceptando la cantidad que le doy. También quiero que le deis una lección. No me gusta que me amenacen.

Sonrío.

—¿Qué clase de lección?

Se encoge de hombros con total despreocupación.

—Algo que entienda a la primera.

Maggie sonríe.

—Parece un trabajo divertido para mí.

—¿Eso es todo? ¿Nos encargamos de esto y estamos en paz? —pregunto.

—Estamos en paz.

Maggie y yo asentimos en silencio.

—De acuerdo. ¿Por qué no hablas de los detalles con Maggie? Así le pasas su información y nosotras nos encargamos.

Antes de partir, Kate apoya una mano sobre mi hombro.

—Yo sé lo que se siente al llegar a donde estás ahora, así que este es un favor incondicional por mi parte. Cuando llegue un momento en el que no sepas cómo seguir adelante, la puerta de mi oficina estará abierta de par en par para ti.

Resoplo.

—Será mejor que esperes sentada.

Ríe y sigue a Maggie hacia una mesa en la parte trasera, y yo salgo. Evelyn está jugando con su hija, Cora, al frente de los apartamentos en construcción para las chicas. Cora persigue a un gato callejero por la calle y las dos parecen felices, y en casa.

Una sonrisa aparece en la comisura de mis labios.

Eli sale del edificio contiguo y se acerca a mí a toda prisa.

—¡Alice! ¿Te gusta cómo ha quedado el local? Hemos trabajado en él día y noche.

—Tiene un aspecto fantástico —respondo—. Gracias, Eli.

—Gracias a ti —dice, y mira la calle con alegría—. Esta colaboración nos beneficia a los dos. Y ahora, ¿qué? ¿Ya tienes en mente tu próximo plan?

—Solo algunos trabajos menores. Necesitamos mantener un perfil bajo durante un par de semanas, hacerle creer a la policía que juega con ventaja. Luego atacaremos.

Se gira para apartar la mirada de mí y se aclara la garganta.

—Ya sabes… Si necesitas que hagamos algo, algo de lo que quizá no quieras que las chicas o Louisa se enteren, estaremos más que contentos de acceder.

Parpadeo lentamente.

—¿A qué te refieres?

—Me refiero a que, como una líder, habrá cosas que tendrás que hacer en las sombras. Cosas que deberían permanecer en las sombras. Nosotros te garantizaremos la seguridad, te ayudaremos a transportar los bienes, a darte nombres cuando los necesites, pero también podemos ser las personas a las que recurras cuando necesites que hagamos algo innombrable.

—¿Te refieres a si quiero matar a alguien?

Resopla.

—No quiero decir que necesites ayuda, pero ¿entiendes a lo que me refiero?

—Sí —respondo con un tono más serio—. Hay algo con lo que me gustaría que me ayudaras.

Abre los ojos bien. He despertado su interés.

—¿Qué necesitas?

—Buscar a alguien. Te daré el nombre.

—¿Ahora?

Miro el local y me encojo de hombros.

—Cuanto antes, mejor.

***

El almacén que eligió Maggie es un matadero abandonado a juzgar por su olor, una leve mezcla de vísceras y sangre rancia que me revuelve el estómago. Es un desastre polvoriento y desordenado que tiene poco para ofrecer más allá de su enorme espacio, algo que creo que necesitaremos en los meses venideros. Hay que hacerle algunas reparaciones antes de que lo vean las chicas, pero es nuestro y eso basta para en mi interior un poso de satisfacción. Partimos de cero, pero ahora hacemos las cosas bien.

Eli y Patrick llevan al objetivo que he elegido al interior del edificio y lo atan a una silla frente a mí con una soga gruesa. Profiere unos gritos, ahogados por la bolsa que tiene sobre la cabeza.

Me preparo para el momento tan esperado, y hago acopio de toda la amargura que guardé en mi interior solo para él. Le lanzo a Eli una mirada de asentimiento y le quita la bolsa de la cabeza, lo que revela a un Harold King conmocionado.

Sacude los brazos atados a la silla y mira a su alrededor con una expresión salvaje. Estoy dispuesta a apostar que un hombre de su posición no había experimentado esta clase de trato ni había estado en situaciones sobre las que no ejerciera control ni influencia.

Un hombre como Harold nunca se ha sentido impotente.

Y me gusta que sea así.

Mira a Eli y Patrick, y finalmente me ve a mí. Solo entonces un miedo genuino se apodera de él, drenando todo el color de su piel. Debe de hacerse cientos de preguntas ahora mismo, pero la más importante de todas es: ¿cómo es posible que una sirvienta tenga un par de matones que llevan a un hombre como él a un lugar como este? ¿Qué clase de autoridad le permite estar por encima de él?

—¿Qué significa todo esto? —grita—. ¡Suéltame ahora mismo! ¡Soy amigo del comisionado Horwood! Haré que te encierren durante una buena temporada.

Me giro hacia Patrick, quien lentamente se pone unos puños americanos. Se los ajusta con fuerza antes de asestarle una trompada en la cara para callarlo. Harold suelta un chillido en respuesta.

—Yo soy la que hablará hoy, señor King.

Pienso en Pearl. Su rostro cortado y magullado. En cómo la manipuló valiéndose de su miedo, en cómo la convirtió en la criatura que él siempre quiso: un perro con correa. Señalo a Eli esta vez, y su golpe es más despiadado. Hace caer a King con la silla y todo su cuerpo se estrella contra el suelo.

Me muerdo los labios para controlar la sonrisa que intenta aparecer.

Patrick lo levanta. Ahora su boca es un reguero de sangre.

Tose y tiembla.

—No me mates. Tengo dinero. Tengo mucho dinero.

Presiono mi dedo sobre su frente.

—No hago esto por dinero.

Me mira boquiabierto.

—Todo se hace por dinero. Dime un precio —Luego mira boquiabierto a Eli y Patrick, desesperado—. ¿Cuánto os paga? Yo os pagaré más.

Retrocedo y les hago una seña.

Esta vez, cuando su silla cae al suelo, no se detienen. Le asestan patadas puntiagudas en el vientre y en la cara hasta que uno de sus ojos está completamente negro e hinchado, y la sangre brota de su boca y de su nariz sin parar. Cuando vuelve a hablar, es un grito de piedad.

Recuerdo lo que me dijo en el hospital y me acerco a él en el suelo. Le cuesta respirar, desfigurado, y es un amasijo de sangre. Lo agarro del pelo y le levanto la cabeza para que mire hacia arriba, directo a mis ojos.

—Creo que serás un hombre más feliz cuando te des cuenta de que este mundo ya no te pertenece. No tienes todo el poder. Lo que te doy, te lo puedo quitar.

Me pongo de pie y dejo que su cabeza se estrelle contra el suelo.

—Matadlo, pero que parezca un accidente. Que sea lejos de su casa… No quiero que esto le acarree problemas a Pearl.

Me pongo mi abrigo y abandono la fábrica, una sonrisa de satisfacción en el rostro cuando recibo el aire fresco que sopla fuera. Busco algo en el interior de mi abrigo, la nota de Rob, donde escribió su nueva dirección. Llamo a Eli, que está en el almacén, donde sigue moliendo a golpes el cuerpo de Harold.

—Me iré por unos días.

Hace una pausa y entrecierra los ojos.

—¿A dónde?

—A ver a un amigo.

Regreso al local para hacer el equipaje, pero me encuentro con que Ralph me espera en la puerta, más entusiasmado de lo que lo había visto en los últimos años.

—¡Alice! Hablé con los hombres. Resulta que Alister y Richard se traían un plan entre manos. Querían más. Querían expandirse.

—Muy bien —digo con tono agradable—. Si eso es lo que quieren para The Mint, entonces eso es lo que haremos, pero necesitaré su ayuda.

—Ahora los traigo —dice Ralph.

Lanzo una sonrisa triunfal, y siento mi corazón latir con un entusiasmo que no puedo ocultar.

—No solo a los hombres. Tráeme también a sus esposas e hijas.

AGRADECIMIENTOS

Para empezar por el principio, un agradecimiento enorme para los guionistas, actores y productores de *Peaky Blinders*. Y más en concreto, a los personajes femeninos. Dejaron una marca inmensa en mí, de modo que no pude evitar preguntarme: "¿Por qué las mujeres no estaban a cargo de la banda?". Esa pregunta que llevó a una profunda investigación en el transcurso de la cual descubrí a Alice Diamond y el libro de Brian McDonald que relata las salvajes aventuras de Las Cuarenta Ladronas.

A mi esposo, que nunca me acompañó durante los momentos de ansiedad y dudas. Quince años más tarde, todavía encuentras maneras para recordarme día a día que puedo hacer realidad todos mis sueños. Gracias por las largas noches de escritura y por las tormentas de ideas, nuestros tres preciosos hijos y la interminable dedicación.

A Pitch Wars y Sajni Patel, que aceptaron el riesgo de un proyecto que necesitaba mucho trabajo en poco tiempo. A todos mis amigos de Pitch Wars, Samantha Rajaram, Mindy Thompson, Jessica Olson y Jessica Froberg, por brindarme su compañía y sus consejos durante tiempos duros y a veces imposibles. A Laura Lashley, una increíble fuente de infinita positividad y humor. No sé cómo podría haber sobrevivido a las revisiones sin ti.

A Carrie Pestritto, ¡mi extraordinaria agente! Es un placer trabajar contigo, tienes una paciencia infinita y me siento muy afortunada porque compartamos la misma visión para la mayoría de los proyectos. Al equipo de Blackstone, y en particular a Addi Black. Gracias por ser tan apasionada por este libro.

Por último, a las mujeres peligrosas y desconocidas de la historia que esperan salir a la luz para que el mundo las descubra; mi objetivo es encontrarlas a todas.

NOVELAS HISTÓRICAS EN VIDIS

ÍTACA • CLAIRE NORTH
Ulises se ha ido con todos los hombres jóvenes de la isla. Penélope gobierna desde las sombras de un concilio de ancianos. Es hora que las mujeres cuenten su versión del famoso mito griego.

EL SECRETO DE PARÍS • NATASHA LESTER
Una novela sobre la resistencia en París que presenta a las primeras pilotos de guerra y el origen de la casa Dior.

LA ÚLTIMA ROSA DE SHANGHÁI • WEINA DAI RANDEL
Un amor apasionado entre una rica heredera china y un joven judío refugiado del nazismo, en el ambiente glamuroso del viejo Shanghái de los 40.

LAS BRUJAS DE VARDØ • ANYA BERGMAN
En una fortaleza noruega del siglo XVII, cuando las mujeres eran encarceladas y quemadas por brujas, dos valientes mujeres protagonizan una historia épica basada en hechos reales.

LAS TRES VIDAS DE ALIX ST. PIERRE • NATASHA LESTER
Una historia de amor, traición y búsqueda de redención envuelta en un glorioso vestido de Dior.

LAS CUARENTA LADRONAS • ERIN BLEDSOE
Inspirada en la historia real de Alice Diamond, la reina de los ladrones de Londres en 1920.